W9-CBM-674

W9-CEK-731

Сергей ЛУКЬЯНЕНКО

ИЗДАТЕЛЬСТВО
ТРАНЗИТКНИГА
МОСКВА
2006

УДК 821.161.1-312.9
ББК 84 (2Рос=Рус)6-44
Л84

Художник В. Бондарь

Компьютерный дизайн С. Шумилина

Подписано в печать 21.12.05. Формат 84х108 ¹/₃₂.
Усл. печ. л. 21,84. Доп. тираж 30 000 экз. Заказ № 4025.

Лукьяненко, С.В.

Л84   Черновик : [фантаст. роман] / Сергей Лукьяненко. — М.: АСТ: АСТ
МОСКВА: Транзиткнига, 2006. — 414, [2] с.

ISBN 5-17-033151-7 (ООО «Издательство АСТ»)
ISBN 5-9713-0250-7 (ООО Издательство «АСТ МОСКВА»)
ISBN 5-9578-2740-1 (ООО «Транзиткнига»)

В ТВОЕЙ квартире живут ЧУЖИЕ ЛЮДИ...
ТВОЕ место на работе занято ДРУГИМ...
ТЕБЯ НЕ УЗНАЮТ ни друзья, ни любимая девушка...
Тебя стирают из ЭТОГО МИРА.
Кто?

УДК 821.161.1-312.9
ББК 84 (2Рос=Рус)6-44

1

Бывают дни, когда все не ладится. Нога с кровати опускается не в тапочек, а на спину любимой собаки, с перепугу цапающей тебя за щиколотку, кофе льется мимо чашки — и прямо на свежую рубашку, дойдя до метро, обнаруживаешь, что позабыл дома документы и деньги, а возвратившись домой, понимаешь — ты их не забыл, а потерял. Вместе с ключами.

Но случается и наоборот. Встаешь бодрым и с приятными воспоминаниями о приснившемся сне, вчерашний насморк за ночь прошел бесследно, яйца удается сварить «в мешочек», подруга, с которой разругался накануне, звонит сама и просит ее простить, троллейбусы и автобусы подкатывают, едва ты подходишь к остановке, начальник вызывает к себе и сообщает, что решил поднять тебе зарплату и выплатить премию.

Таких дней я опасаюсь больше. Все-таки правы были древние — нельзя гневить судьбу излишней удачливостью. Царь Поликрат не зря выбросил кольцо в море — вот только когда море отвергло жертву, царю стоило бы отрезать себе палец, авось не прирастет. Если ты не прирожденный счастливчик, идущий по жизни легкой походкой бездельника, — бойся счастливых дней! Жизнь не зря походит на полосатую тюремную робу. Случилась беда, значит — завтра придет удача.

Обычно эта мысль меня успокаивает. Но только не сегодня.

Я стоял перед дверью своей квартиры. Дверь как дверь. Железная в силу нынешних криминальных времен, дешевая по причине отсутствия богатого дядюшки в Америке.

Вот только дверь была приоткрыта. Что это значит, объяснять вряд ли требуется. Склерозом я пока не страдаю, ключи Аня презрительно швырнула на пол неделю назад перед уходом. Был запасной комплект у родителей — не для инспекций, разумеется, а на тот случай, если я ухитрюсь потерять свои. Но вот беда, родители неделю как отдыхают в Турции и наведаться в гости никак не могут.

Я стоял и думал о Кешью. Почему моего скай-терьера зовут Кешью, надо спрашивать у заводчицы. Может быть, она любит эти орехи. А может быть, просто не знает, что такое кешью. Я спросить постеснялся.

Что сделает вор, обнаружив в квартире мелкого, но отважного терьера? Хорошо, если только пнет.

Конечно, в квартире было кое-что ценное. Ноутбук. Музыкальный центр. Телевизор тоже неплохой, DVD-проигрыватель совсем новый. В конце концов, любой опытный вор обнаружит приклеенную скотчем к задней стенке гардероба заначку — тысячу евро в бумажном конверте.

Но думал я только о Кешью. И простоял бы, наверное, еще несколько минут, не решаясь распахнуть дверь, не раздайся из квартиры легкий металлический звон.

Вор еще был в квартире!

Богатырским сложением или геройским нравом я никогда не отличался. Все знакомство с единоборствами заключалось в вялом полугодовом хождении на курсы каратэ в нежном тинейджерском возрасте, а весь боевой опыт — в нескольких потасовках примерно в то же самое

время. Но в квартиру я ворвался с энтузиазмом Брюса Ли, которому наступили на любимое кимоно.

Вам когда-нибудь доводилось чувствовать себя полным идиотом?

Я стоял в тесной полутемной прихожей своей однокомнатной квартиры. Вот только квартира выглядела чужой. Вместо аккуратно прикрученных к стене крючков, с которых одиноко свисала неубранная с весны куртка, обнаружилась разлапистая деревянная вешалка с бежевым плащиком и зонтом-тростью. На полу лежал коврик веселенькой раскраски. На кухне, насколько я мог видеть, тоже все было не так... к примеру — исчез куда-то холодильник. Зато на его месте стояла с кастрюлей в руках молодая некрасивая девица в халатике. При виде меня она громко завизжала и выронила кастрюлю.

— Попалась, лахудра! — закричал я. Что такое лахудра? Откуда слово-то выскочило? Сам не знаю.

— Что вы себе позволяете! — завопила в ответ девушка. — Убирайтесь! Я вызову милицию!

Учитывая, что телефон висел у самых дверей, обещание ее было не просто наглым, но еще и опрометчивым. Я заглянул в комнату — сообщников девицы там не наблюдалось. Зато имелся Кешью, стоящий на диване — не моем диване! И Кешью громко лаял: живой, здоровый, совершенно невредимый.

Это ж надо — вынесли всю мебель! Сколько меня не было дома — пять часов, шесть? Но вынести-то вынесли, а зачем принесли другую...

— Милиция? — спросил я. — Будет вам милиция.

Я снял трубку и набрал ноль-один. Девушка прекратила визжать и молча смотрела на меня. Кешью лаял.

— Пожарная охрана слушает, — раздалось в трубке.

Я нажал на рычаг и набрал ноль-два. Ничего, со всяким бывает. Не каждый день тебя обворовывают, да еще и так затейливо.

— Милиция? Ограбление, — быстро сказал я. — Приезжайте быстрее. Студеный проезд...

— Вы что, больной? — спросила девушка. Кажется, она успокоилась. — Или напились?

— Напился, обкурился, обкололся, — злорадно подтвердил я, вешая трубку. — Конечно-конечно.

— Кирилл? — раздалось из-за спины.

Я обернулся, с радостью обнаружив на лестничной клетке соседку. Вздорная старая женщина по имени Галина, любительница сплетен и ненавистница соседей. Но сейчас, в преддверии новой темы для разговоров, лицо ее выражало неподдельное любопытство и дружелюбие.

— Посмотрите, Галина, что творится, — сказал я. — Пришел и обнаружил дома воровку!

На лице соседки отразился восторг в смеси с легкой опаской.

— Так, может, милицию вызвать, Кириллушка?

— Я уже вызвал, — успокоил я ее. — Будете свидетелем?

Соседка закивала и изобразила что-то вроде легкого замаха в сторону девицы:

— У, лахудра драная! У меня на рынке в прошлом году такая кошелек из сумки украла!

— Да вы с ума посходили, — спокойно сказала девица. Достала пачку сигарет, закурила. В комнате продолжал лаять отважный Кешью. — Кешью, заткнись! — рявкнула девица, и пес немедленно замолчал.

Я оторопел. Соседка насторожилась и покосилась на девицу. Мою собаку она ненавидела, как и любое живое существо в доме. Но...

— Подружка твоя?

— Что? Эта? — Я поперхнулся от досады. Понятно, в ее глазах любой молодой мужчина — кобель, а если он еще и неженатый — так, значит, смесь Казановы с Калигулой. Но заподозрить меня в том, что я привел домой это бесцветное существо с рыжими волосенками и конопушками по всему лицу... — Первый раз ее вижу!

— Это я вас первый раз вижу! — совершенно излишне возразила девушка. — Не знаю, чего вы добиваетесь, но лучше бы убрались из моей квартиры...

— Кирилл здесь четвертый год живет, — сразу же встала на мою защиту соседка. В этот миг я готов был признать, что старая сплетница заслуживает уважения. — Родители у него люди богатые, купили сыночку квартиру, ремонт сделали. Другие всю жизнь по углам маются, а он с молодости при жилье...

Нет, наверное, я погорячился насчет соседки. Какое ее собачье дело, кто купил мне квартиру? Ей-то самой трехкомнатная досталась в стародавние времена от государства непонятно за какие заслуги на ниве работ в Госплане...

— Вы с ума сошли, — сказала девица. — Или все — одна шайка.

Галина всплеснула руками. И бросилась звонить в соседнюю дверь. Мы с девицей остались мерить друг друга злобными и подозрительными взглядами. Словно по уговору ни она, ни я не трогались с места. Только девица курила — уже вторую сигарету, а я крутил на пальце кольцо с ключами.

— Мамы дома нет, — отвечала Галине из-за приоткрытой двери соседская девочка. — А папа спит после работы...

— Разбуди папу, тут у нас соседа грабят! — радостно сказала старуха.

Девочка выглянула, пискнула мне: «Здрасте» и скрылась в квартире, не забыв захлопнуть дверь. Галина тут же прокомментировала:

— Знаем мы эту работу. Нажрался как свинья, отсыпается...

Дверь снова открылась. Вышел сосед — в трусах, майке и босиком. Ему лет под сорок, но мужик он здоровый и, похоже, не прочь сейчас кому-нибудь засветить кулачищем в глаз.

— Здрасте, Петр Алексеич! — выпалила соседка. — А у нас тут беспредел! Грабят мальчика нашего средь бела дня!

— Вечер уже, — отстраняя соседку, сказал Петр. Подошел, глянул через плечо. Спросил: — Помощь нужна?

— Сейчас милиция приедет.

Сосед кивнул. С грустью произнес:

— Жаль, что девка. Мужику бы сейчас дали в репу. Для начала.

Девица побледнела.

— А может, стоит все-таки дать? — вслух размышлял Петр.

Но тут загудел лифт, и сосед замолчал. Через несколько секунд на площадку вывалились трое милиционеров. Двое — с автоматами. Обнаружив, что стрелять пока не в кого, они замерли будто почетный караул. Третий — видимо, старший, — спросил у меня:

— Кто вызывал милицию?

— Я.

— Ваша квартира? — кивая на дверь, спросил старший.

— Да.

Девица внутри истерически засмеялась.

— Его-его, — подтвердила Галина. — Мы соседи. И свидетели!

— Старший сержант Давыдов. Предъявите документы, — велел милиционер, не делая пока попыток пройти в квартиру. — Всех касается!

Соседи нырнули в свои квартиры. Даже неспешный Петр Алексеевич обрел некоторую торопливость. Я достал паспорт и протянул милиционеру, сбивчиво объясняя:

— Вернулся с работы, дверь открыта... За собаку испугался, эти ж сволочи и прибить пса могут...

— Собаку надо держать такую, чтобы при ее гавке преступник мочился в штаны, — изучая паспорт, сказал милиционер. Покосился на девицу. — Или мимо юбки... Так. Кирилл Данилович Максимов. Прописан в городе Москве, Студеный проезд, дом тридцать семь, квартира восемнадцать... Так. Что ж, все ясно.

Вышли соседи с паспортами.

— Будете понятыми, — сообщил им Давыдов. — Входим в квартиру?

— Входим, — злорадно сказал я. — Представляете, вынесли мебель, вместо нее свою притащили...

— Захват жилого помещения, — вставил один из ментов с автоматом.

— Выводы оставь судьям, — оборвал его старший сержант.

Мы вошли в квартиру. Кешью опять залаял. Давыдов посмотрел на него и покачал головой. После чего вполне вежливо поинтересовался:

— Ваши документы.

— Они в сумочке. На вешалке, — кивнула девица.

— Достаньте.

Девица достала из сумочки документы. На меня она теперь смотрела как-то очень странно.

С минуту старший сержант изучал ее паспорт. Потом прошел к окну и еще минуту разглядывал паспорт при остатках дневного света. Присвистнул и посмотрел на меня с загадочной улыбкой:

— Вот так третья улица Строителей, гражданин Максимов...

То, что он назвал меня гражданином, мне не понравилось. И вполне обоснованно.

Звали девицу Натальей, фамилия — Иванова. Двадцать один год, на пять лет моложе меня. Прописана она была в моей квартире. Сейчас мы сидели на кухне за столом — я, Наталья и старший сержант.

Некоторое время Давыдов изучал паспорта, потом спросил:

— И друг друга вы не знаете?

Я даже не стал отвечать. Девица — тоже.

— Кто здесь проживает? — поинтересовался старший сержант у соседей.

— Он! — воскликнула Галина. — Он тут живет! Три года как живет.

Все-таки что-то человеческое в ней есть.

— Кирилл, — подтвердил Петр Алексеевич. — Не сомневайтесь. А эту... первый раз вижу.

Старший сержант посмотрел на Наталью и укоризненно спросил:

— И зачем это вам, гражданка? Подделка паспорта, воровство...

— Выводы оставьте судьям, — огрызнулась девица. — Я здесь живу! Три года, как квартиру купила. А этих... — неопределенный кивок то ли в мою сторону, то ли в сторону соседей, — первый раз вижу! Это же шайка, ну как вы не понимаете!

Я слушал ее — а сам смотрел на кафель. Обычная полоска кафеля над плитой и умывальником, «фартук». У меня был красивый бордовый кафель, в принципе — очень дорогой, но купленный задешево, как остатки. Сколько там нужно было этого кафеля, два квадратных метра...

У Натальи кафель был попроще. Голубенький.

Да, за день можно вынести из квартиры всю мебель. И если уж на то пошло, даже переклеить обои. Но сколоть старый кафель и положить новый? Да еще так аккуратно?

Или все-таки можно?

Я посмотрел на пол. Линолеум. Не тот, что у меня. Другой.

— Это ваша квартира? — спросил Давыдов. — Вы здесь живете?

— Не знаю...

— Как это — не знаете? — Он даже растерялся. — Вы же...

— Я здесь живу. Это мои соседи. — Я кивнул на понятых. — Но... тут все совершенно изменилось. Мебель другая. Линолеум на полу... у меня посветлее был и мягкий такой, на подкладке...

Наталья фыркнула.

— Кафель на стенах другой... — чувствуя, что шансы получить поддержку в милиции падают, закончил я.

— Кафель? — заинтересовался старший сержант. — Кафель другой?

Он подошел к стене. Поковырял ногтем шов. Пожал плечами. Спросил у другого милиционера:

— Ты же вроде на стройке работал? Можно за один день кафель на стене сменить?

Мент поколебался:

— Теоретически оно все можно. Хороший клей, быстросохнущая затирочка... А практически — нет.

— Пройдемте в ванную, — решил Давыдов.

В ванной комнате сушилось белье. Женское. Наталья засуетилась, срывая с веревочек трусики и лифчики.

— Ваша ванная комната? — спросил Давыдов. — Кафель ваш?

Дался ему этот кафель... Но я понимал, к чему он клонит. Сменить два метра кафеля — дело одно. А вот в ванной комнате ремонт сделать...

— Вроде мой, — печально сказал я. — Тот, который и был, я не менял.

— Приметы какие-нибудь? Скол на ванне, плитка треснувшая?

Я честно пытался вспомнить. Мне очень хотелось найти в этой квартире хоть что-нибудь свое.

— На смесителе царапины были, я его в некондиции брал, — признался я. — Но тут другой смеситель, старый.

— Какой еще старый? — возмутилась Наталья. — Я смеситель не меняла, какой стоял, такой и стоит!

У старшего сержанта пискнула рация. Он буркнул что-то в микрофон. Задумчиво потрогал смеситель. Произнес:

— Значит, так. У кого есть документы на квартиру?

— У меня! — откликнулась Наталья. — Сейчас...

Она убежала в комнату.

— У меня тоже были, — безнадежно сказал я. — В письменном столе. Только его нет в комнате, я заглядывал. Стола, в смысле, нет.

— Такие документы надо хранить в банковской ячейке, — серьезно сказал старший сержант.

И тут я не выдержал, взорвался:

— Ты что несешь, страж закона? Какая ячейка! Ну кто я тебе — новый русский, ячейку в банке снимать? Ты сам-то где документы хранишь?

Он даже не обиделся — и это вновь меня испугало.

— Под матрасом... Остыньте, Кирилл Данилович, наговорите лишнего — придется вас задержать.

Вернулась Наталья. С документами на квартиру — бланки о квартплате, квитанции за электричество, свидетельство о покупке квартиры...

Я молчал. Старший сержант просмотрел документы, вернул их и сказал:

— Что ж, господа и дамы, не вижу возможности вам помочь. Вам, Кирилл Данилович, следует обратиться в суд. Если квартира действительно ваша...

— То есть как это действительно? — воскликнул я.

Давыдов поморщился и продолжил:

— ...то копии документов хранятся у нотариуса, в органах регистрации актов купли-продажи жилья, в дэзе, наконец. Подменить все эти документы... — он замялся, — ну, наверное, возможно, но настолько сложно и дорого, что овчинка выделки не стоит. Не будет никто из-за однокомнатной в панельном доме на окраине такие дела воротить!

Наталья хмыкнула — так торжествующе, что стало ясно: она уверена в наличии документов. И в дэзе, и у нотариуса...

— Вам же, гражданка Иванова, если вы здесь проживаете, я бы посоветовал завести хоть какие-то отношения с соседями. Кто может подтвердить, что вы тут живёте? Подруги, родственники?

— Родственники в Пскове живут, ко мне не приезжали, — отпарировала Наталья. — С подругами я в парке гуляю и в кино хожу, а не пью в квартире, как мужики. А с соседями такими, стыд пропившими... — она гневно посмотрела на соседей, — знаться не собираюсь.

— Тихо-тихо. — Движением руки Давыдов притормозил шагнувшего к Наталье Петра Алексеевича. — Ситуация сложная, но правда всегда восторжествует. Давайте покинем квартиру гражданки...

Я понял, что проиграл. И сказать мне было нечего. Хотя...

— Кешью я тебе не оставлю, сука! — подхватывая вертящегося у ног Натальи скай-терьера, сказал я. — А-а!

Кешью цапнул меня за палец, вывернулся, упал на пол и принялся лаять. На меня.

— Ты мне только покалечь собаку, сволочь! — взвизгнула Наталья. — Кешью, маленький...

— Пусть документы на собаку представит! — крикнул я. — Это мой пес!

Кешью сидел на руках у Натальи и возмущенно облаивал меня. Палец болел, но все-таки скай прихватил его не до крови.

— Идемте, Кирилл. — Давыдов похлопал меня по плечу. — Идемте. Собака, похоже, с вами не согласна.

— Сейчас покажу документы! — вопила вслед Наталья. — Вот сволочь! Вот для чего ты все задумал, да? Собаку отнять?

Едва мы вышли в подъезд — Давыдов то ли подталкивал меня, то ли выпихивал, — дверь за нами с грохотом захлопнулась. Щелкнули замки. Потом брякнула задвижка.

— Дела... — с чувством сказал старший сержант.

Я посмотрел на соседей. Галина, я наконец-то вспомнил ее отчество — Романовна, смотрела на меня с неподдельным восторгом. Еще бы! Такая тема для разговоров!

— Улыбаться будете, когда вернетесь домой из булочной, а в вашей квартире будет жить чужой мужик, — сказал я.

Глаза у Галины Романовны округлились.

— Ах ты... — завопила она, в панике отступая в свою квартиру. — Знать тебя не знаю! И не жил ты здесь никогда!

Давыдов вздохнул:

— Зря вы так. Похоже, вам предстоит долгое разбирательство, а вы свидетелей против себя восстанавливаете...

— Так вы мне верите? — спросил я.

Никогда я милицию не любил. Слишком уж часто беды от ментов больше, чем помощи. Но этот старший сержант мне нравился, он... ну, как сказать, походил на правильного. На нормального милиционера. Такого, каким тот должен быть. Даже то, что он спасовал перед документами Натальи, меня не обидело.

— Верю. Не похоже, что вы врете, да и зачем вам врать. И соседям вашим я верю. — Давыдов достал пачку «Явы», предложил мне, я отказался. Давыдов закурил и продолжил: — Если бы я решал, то одно слово этой сволочной бабки все бумажки бы перевесило.

— Да уж, если она вступилась... — буркнул Петр Алексеевич. — Не угостите?

Давыдов глянул в пачку. Сказал:

— Последнюю менты не забирают... зато угощают. Кури, у меня в машине есть.

Похоже, расходиться им не хотелось — настолько ошарашило всех происходящее.

— Что же мне делать? — спросил я.

— Документов у вас нет? Кроме паспорта?

Я покачал головой.

— Идите в дэз. Идите по всем конторам, где могут быть бумажки, подтверждающие ваше право на жилье. Без бумажки ты кто?

— Букашка, — пробормотал я.

— Вот. Хоть сто свидетелей приведи, которые с тобой в квартире водку пили, обои клеили, новоселье обмывали. Но без бумажки ты никто, и ни один суд тебя не защитит. Если знакомые журналюги есть — к ним обратись. Может, посоветуют чего или статью напишут...

— Это раньше к статьям внимание было, — пробормотал Петр Алексеевич. — Сейчас... только подтереться.

— С собакой странно, — сказал вдруг Давыдов. — Я все допускаю. И что документы всюду подменили, и что обои переклеили, кафель сменили. Но чтобы собака хозяина не признала? Взрослой брал?

— Щенком. В два месяца.

— Чушь какая-то. — Давыдов покачал головой. — Значит, другой пес.

— Мой! Ну что же я, свою собаку не узнаю? Это для чужого человека они на одно лицо...

Рация у Давыдова вновь запищала.

— Удачи... — сухо буркнул он, будто решив, что излишне разоткровенничался. Надавил кнопку лифта. — Правда — она все равно дырочку найдет...

— До свидания, — как-то очень неуместно произнес тот мент, что прежде работал строителем.

Они погрузились в лифт, цепляясь друг за друга стволами автоматов и как-то совершенно этого не замечая. Вот так и происходят несчастные случаи...

— Кирилл, может, зайдешь, сто грамм выпьешь? — спросил Петр Алексеевич. — На тебе лица нет...

Я покачал головой:

— Напиться-то я сегодня напьюсь, но не сейчас...

— Тебе есть где ночевать?

— Есть... наверное. Если у родителей теперь не прописаны какие-нибудь таджикские беженцы...

Петр не улыбнулся.

Я тоже подумал, что ничего смешного в этих словах нет. Пожал ему руку и вызвал лифт.

— Если что — всегда скажу, ты здесь жил! — сказал сосед. — И дочка подтвердит, и супруга...

Я отметил слово «жил», хотя вряд ли Петр придавал ему какое-то значение.

2

В квартире родителей таджикских беженцев не обнаружилось. Наглых некрасивых девиц — тоже. Я достал из холодильника пакет промороженных сосисок, пока они варились — полил цветы. Цветочкам повезло, я хоть и обещал заезжать, но все ленился...

Может быть, цветы во всем виноваты? Они обладают коллективным растительным разумом и древней магией...

Хихикнув, я пошел есть сосиски. Как ни странно, но настроение у меня почему-то не упало окончательно, а, напротив, улучшалось с каждой минутой.

Отобрали квартиру? А вот хрен! Никто ее не отберет. Найдутся «бумажки», найдутся свидетели, найдутся и нужные люди в прокуратуре, чтобы «взять дело на контроль». В конце концов, отец у меня всю жизнь отработал гинекологом, очень даже неплохим, и сколько через него прошло женщин-судей и судейских жен... Помогут. В нашей стране прав не тот, на чьей стороне правда, а тот, у кого друзей больше. А у меня и дело правое, и связи найдутся.

Зато будет, что потом вспомнить!

Успокаивая себя этими мыслями, я достал из холодильника бутылку водки, выпил под сосиски сто граммов и спрятал обратно. Напиваться в одиночку в мои планы не входило, а вот посоветоваться с умным человеком за бутылкой, снять стресс — это будет очень даже к месту.

Прихватив телефон, я завалился на диван. К кому бы напроситься или лучше кого позвать к себе? Такого, чтобы разговор не выродился в пьяный треп ни о чем...

И тут телефон зазвонил сам.

— Алло? — настороженно спросил я. Не дай Бог, родители вздумали позвонить мне домой и наткнулись на эту... лахудру...

— Кирилл? — раздался жизнерадостный голос. — Во, нашел я тебя. Мобильник отключен, у тебя дома Анька рычит, что ты там больше не живешь... ты что, совсем спятил, квартиру ей отдал и сам ушел?

— Анька? — доставая трубку, спросил я. Блин. Мобильник, оказывается, сел. А зарядка оставалась в квартире...

— Ну а кто? Баба какая-то...

Все женщины в мире делились для Коти на «баб» и «даму». Бабы — это все лица женского пола. Дама — это та баба, в которую он в данный момент влюблен.

— Котя, ты не тараторь, — попросил я. — Тут такие дела, что мне твой совет нужен...

— А мне — твой! — радостно сказал Котя. К кошачьим он был совершенно равнодушен, но свое паспортное имя Константин почему-то не любил и с детства с удовольствием откликался на Котю или Котенка. Обычно такие прозвища прилипают к здоровенным неторопливым мужикам, относящимся к ним с иронией. Котя же был невысоким, щуплым и подвижным до суетливости. Не Квазимодо, но и не Аполлон, Котя, однако, обладал изрядным обаянием. Многие писаные красавцы, пытавшиеся закадрить с ним на пару девиц, с удивлением убеждались, что самая симпатичная неизменно предпо читала Котю. «Можно просто — Котенок», — с улыбкой говорил он при знакомстве, и это почему-то не выглядело ни манерным, ни фальшивым.

— Приезжай, — сказал я. — К родителям, адрес еще помнишь?

— Помню. — Котя поскучнел. — Слушай, я горю, мне статью надо добить. Еще на два часа работы. Приезжай ты, а?

— А твоя дама против не будет? — спросил я.

— Все бабы — сволочи, — печально сказал Котя.

Понятно. Очередная дама перешла в категорию баб, не сумев окольцевать моего слишком подвижного друга. А новой еще не появилось.

— Приеду, — вздохнул я. — Хотя отрываться от дивана...

— У меня коньячок есть хороший, — затараторил Котя. — Веский довод, а?

— Да хрен с ним, с твоим коньяком... — вздохнул я. — Ладно, сейчас приеду. Что прихватить?

— Ну ты же у нас умный, — ответил Котя. — Все что угодно, кроме баб!

Вот так и получилось, что, лишившись квартиры, я отправился пьянствовать с другом. Нормальный русский вариант развития событий, странно было бы ожидать чего-то другого.

Котя жил в просторной двухкомнатной квартире в старом сталинском доме на северо-западе. Временами в квартире было чисто и прибрано, но сейчас, в отсутствие дамы, жилье постепенно превращалось в свойственный Коте безалаберный бардак. Судя по пыли на подоконниках и немытой плите, с очередной пассией Котя расстался не меньше недели назад.

При моём появлении Котя оторвался от компьютера, выставил на стол бутылку коньяка — и впрямь приличный пятилетний «Арарат», — довольно потёр руки. Сказал:

— Теперь пойдёт. А то без ста грамм рассказ не осилю, а в одиночку не пью.

Это была его обычная присказка. Без ста грамм он не был готов осилить уход очередной дамы, дописать рассказ или выдать мудрый совет. В одиночку, впрочем, он действительно никогда не пил.

Мы разлили коньяк по рюмкам. Котя задумчиво посмотрел на меня. В голове крутились десятки вопросов, но задал я самый нелепый:

— Котя, а что такое «лахудра»?

— Это и есть то, что ты хотел у меня узнать? — Котя поправил очки. Близорукость у него была очень умеренная, но кто-то его убедил, что очки ему идут. В принципе они и шли, к тому же в очках Котя выглядел совершенно типичным умным еврейским мальчиком, работающим «где-то в сфере культуры». То есть самим собой. — Лахудра, наивный друг мой, это проститутка самого низкого пошиба. Вокзальная, плечевая...

— Плечевая?

— Ну, которая с водителями-дальнобойщиками... Котя поморщился. — И скажу я тебе по совести, что в каждой бабе сидит эта самая лахудра...

— За это пить не буду, — предупредил я.

— Тогда просто за баб.

Мы выпили.

— Если ты с горя решил проститутку вызвать... — начал Котя.

— Нет. Ты-то что хотел спросить?

— Слушай, у тебя же папаня — гинеколог?

— Угу.

— Какие есть венерические заболевания? Экзотические?

— Затрудняешься в диагнозе? — не удержался я. — СПИД, сифилис...

— Все старо... — вздохнул Котя. — Я тут для одной газетки письмо пишу, исповедь мужика, который вел разгульную половую жизнь и в результате пострадал... Ну не сифилисом же он заразился! И не СПИДом... Старо все это и скучно...

— Ты что-нибудь из личного опыта вставь... — ехидно сказал я. — Не знаю, старик. Дома мог какую-нибудь книжку глянуть, а на память... я-то сам не врач.

Котя зарабатывал на жизнь довольно оригинальным методом — он писал рассказы для «желтой» прессы. Якобы документальные. Всякие там исповеди матерей, согрешивших с сыновьями, терзания голубых, влюбившихся в мужика с нормальной ориентацией, записки зоофилов, воспылавших страстью к дикобразам, признания несовершеннолетних девочек, которых соблазнил сосед или учитель. Все это дерьмо он гнал километрами в тот период, когда его бросала очередная подруга. Когда же половая жизнь Коти налаживалась, он переходил на сенсационные материалы о летающих тарелках, духах и привидениях, личной жизни знаменитостей, масонских заговорах, еврейских кознях и коммунистических тайнах. Ему было в принципе все равно, что писать, существовало лишь два периода — о сексе и не о сексе.

— Ладно, — поморщился Котя. — Пусть будет СПИД... в конце концов...

Я подошел к компьютеру, посмотрел на экран. Покачал головой:

— Котя, ты хоть сам понимаешь, чего пишешь?

— А? — насторожился Котя.

— Ну что это за фраза? «Хотя ей было всего шестнадцать, развита она была как семнадцатилетняя»?

— Чем плохо? — насупился Котя.

— Ты хочешь сказать, что шестнадцатилетнюю девчонку можно от семнадцатилетней отличить? По степени развитости?

Котя промычал что-то невнятное. Потом изрек:

— Замени там «семнадцатилетняя» на «двадцатилетняя».

— Сам заменишь. — Я вернулся к столу. — Ну сколько можно эту чушь писать? Ну сочини эротический роман, что ли. Большой, серьезный. Все-таки литература. Может, «нобелевку» получишь или «букер».

Котя вдруг опустил глаза, и я с удивлением понял, что попал в точку. Сочиняет он что-то такое... серьезное. Или собирается.

В принципе Коте достаточно было хорошим языком описать свою жизнь, чтобы получилось вполне занятное чтиво о нравах московской богемной и около нее молодежи. Но это я говорить уже не стал, решив, что на сегодня лимит дружеских подколок выбран.

— У меня беда, Котя, — сказал я. И сам удивился, как легко это прозвучало. Правдиво. — Случилась какая-то сумасшедшая история...

Слова полились сами собой. За рассказом мы почти допили коньяк, Котя несколько раз снял и протер очки, под конец вообще убрал их на телевизор. Пару раз он что-то уточнял, один раз все-таки не выдержал и спросил: «А ты не гонишь?»

Когда я закончил, был уже двенадцатый час.

— Ну ты и попал, — произнес Котя тоном врача, выносящего предварительный, но весьма нерадостный диагноз. — Никаких документов?

— Никаких.

— Ты... точно там паспорт не терял... документов? Может, тайком квартиру перепродали, эту стерву вселили...

— Котя! Она утверждает, что живет там три года! И по документам — три года!

Котя кивнул и сказал:

— С первого взгляда — похоже на обычное квартирное кидалово. Но... за один день сменить обои, кафель... что там еще?

— Линолеум...

— Ага. А также перекрутить смесители, вытащить мебель, поставить новую... и еще создать обжитую обстановку, тапочки там раскидать, лифчики развесить... Кирилл, единственная разумная версия — ты врешь.

— Спасибо.

— Подожди. Я же говорю — разумная версия! Теперь — неразумные. Первая — ты сошел с ума. Или ушел в запой. Квартиру продал неделю назад, когда тебя Анька бросила, и забыл про это.

— А еще я подделал документы, чтобы квартира казалась проданной три года назад!

— Давай для начала убедимся, что еще вчера все было в порядке. Кто-нибудь у тебя в гостях был?

— Нет. — Я покачал головой. — Постой, был! Игорек вечером забегал. Выпросил диск один посмотреть.

— Какой диск?

— Не эротический, — вновь не удержался я. — Мультики японские.

— А какой Игорек?

— Да не помню я его фамилию, Игорек и Игорек... пацан такой шустрый, у нас в фирме работал, потом к врагам ушел... да знаешь ты его! Он тебе компьютер собирал и ставил!

— Это который все от армии косит? — усмехнулся Котя. — Помню. Номер его есть?

— У меня телефон сел.

— У тебя же «Нокиа»? Возьми мою зарядку, они все стандартные. Счет на электричество я тебе потом выставлю. — Котя хихикнул.

Я достал трубку, подключил зарядник — и в самом деле удобно, что на разных моделях один и тот же разъем, порылся в записной книжке.

— Вот. Ну и что?

— Набирай.

Котя забрал у меня трубку, опасно откинулся на табуретке — впрочем, у него все было схвачено, спиной он оперся о стену. И тут же бодро воскликнул:

— Игорек? Привет, дорогой. Это Котя. Которому ты год назад компьютер ставил. Друг Кирилла.

Он подмигнул мне, и я стал откупоривать принесенную с собой бутылку.

— Да, конечно, поздно. Извини. Но очень важный и неотложный вопрос. Ты вчера был у Кирилла? Какая еще «Служба доставки Кики»? Нет, не интересуюсь. У меня другой вопрос — он по-прежнему живет в Медведково? Все там же? Не был раньше? Однушка у него, верно? Однокомнатная, говорю! Ага. Разгрома в квартире не было, ремонта, следов переезда? Ну надо, очень надо! Ага. А пес у него есть? Славный пес, говоришь? А он вчера Кирилла не кусал? Нет, почти не пьян. Слушай, Игорек, скажи своей бабе, что если мужики разговаривают, то мешать не надо! Даже если она в постели и тебя ждет... Чего?

Котя молча отдал мне трубку. Покачал головой:

— Учишь молодежь, учишь... просвещаешь сексуально... все равно баб не воспитывают! Да. Но свидетель, как я понимаю, у тебя есть. Вчера ты еще там жил. И пес твой держал тебя за хозяина, а не за тварь дрожащую.

— Котя, я тебе найду еще десяток свидетелей. Ромка Литвинов три дня назад заходил, мы пивка попили. А он у меня часто бывает. Еще кто-то был... Ты пойми, я не спятил. В моей квартире живет чужой человек. И все выглядит так, будто она живет там уже давно.

— Говоришь, баба некрасивая? — небрежно спросил Котя.

— На даму никак не тянет.

— Чего только не сделаешь ради друга, — вздохнул Котя. — Где она работает?

— Менту сказала, что продавщицей на Черкизовском рынке... обувью торгует...

— Ужас какой, — вздохнул Котя. — Страх и ужас. Давно я не обольщал продавщиц. Но свежие штиблеты мне не помешают.

— Ну ты даешь, — только и сказал я. — Только чем это поможет?

— Хотя бы выясню, кто такая.

В способности Коти увлечь блеклую моль Наталью Иванову я не сомневался. И никакой жалости к аферистке не испытывал. Но мне этого было мало.

— Хорошо. Спасибо. Но что мне еще делать, посоветуй? Может, в прессу обратиться?

Котя фыркнул. О прессе он был очень низкого мнения.

— Завтра с утра ты на работу не идешь. Ну, звонишь шефу, отпрашиваешься... Двигаешь по маршруту жэк—нотариус...

— Давно уже не жэки, а дэзы...

— Какая разница? В общем — обходишь все, где могут быть документы о твоем существовании в бывшей квартире.

— Скажешь еще раз «бывшей» — получишь в лоб, — мрачно сказал я.

— Извини. В будущей. — Котя ловко увернулся от нарочито медленного замаха. — В настоящей, настоя-

щей... В общем, ты все обходишь, не забыв и про телефонный узел.

— О, точно, — оживился я.

— А потом, когда ты нигде не обнаруживаешь своих
документов...

— Почему нигде? — Я мигом протрезвел.

— Кирилл, судя по размаху аферы, за тебя взялись всерьез. Я не понимаю, кто и зачем, но устраивать в квартире
скоростной ремонт и делать фальшивые документы, не
изъяв настоящих, — глупо. А твои неведомые враги — не
глупцы! Итак, документов ты не находишь. После этого
идешь к юристу. Хорошему. Очень хорошему, если деньги
есть, а не в рядовую юридическую консультацию. Если денег нет, я могу занять... ну, полштуки точно займу.

— Спасибо, — только и сказал я. — Ничего, деньги
есть. У меня на карточке почти штука, да и у родителей...
в общем, знаю, где их заначки.

— Хорошо. Юрист даст тебе мудрые советы. Я тем
временем попробую познакомиться с этой ба... — Котя
сделал над собой усилие и мужественно сказал: — ...да-
мой. Вряд ли они ожидают такого хода.

— Они?

— А что, она похожа на бога Шиву? Одной парой рук
кафель клала, другой — обои клеила, третьей линолеум
стелила? Точно хочу познакомиться с затейницей... Да!
Об удивительном ремонте! Еще ты идешь в строитель-
ную фирму. Хорошую фирму, серьезную. Попытайся
выглядеть психом при деньгах. И пытай их насчет того,
можно ли в однокомнатной квартире за восемь часов сделать ремонт. Вот именно то, что у тебя в квартире изменилось, и перечисляй. Скажи, что хочешь сделать сюрприз жене... какой жене, кольца ты не носишь... подруге.
Или еще чего скажи. Нет, с подругой правдоподобнее
всего будет. Очень важно, что они скажут...

Котя оживлялся на глазах. И виной тому явно был не коньяк, а ситуация, в которую я влип. Вот так всегда в жизни — твои проблемы доставляют развлечение даже самым лучшим друзьям!

— Я в прошлом году унитаз менял, — рассказывал он. — Так... раскокал по дурости... Хорошего мастера нашел, непьющего, пожилого. В сантехнике ведь как?

На всякий случай я неопределенно кивнул.

— Опыт нужно иметь! Опыт — главное, — заявил Котя. — Так вот старый опытный мастер целый день провозился. С восьми утра и до десяти часов вечера. Я извелся, он сам страдал... у хороших мастеров примета есть — пока унитаз не закончишь ставить, в туалет нельзя ходить. Зато уж потом обновить его по полной программе — их святое право и обязанность... Четырнадцать часов! На один унитаз! А у тебя весь ремонт за восемь...

Из кухонного шкафа Котя достал сигареты и пепельницу. Я кивнул, хотя курил так же редко, как и он. Спичек Котя не нашел, мы прикурили от газовой плиты с автоподжигом.

— Как ты унитаз-то рассадил? — спросил я.

— Говорю же — по дурости. Знаешь, есть такие китайские хлопушки, маленькие, будто спички. Чиркнул, бросил — она взрывается. Под Новый год дети ими на улице балуются...

— Ну?

— Я летом с друзьями ходил купаться. Завалялась коробка этих хлопушек, я и стал ими бросать в воду. Они не гасли, а в воде взрывались... прикольно так. Друзья очень веселились. А домой приехал, решил показать... одной дамочке... что эти хлопушки в воде продолжают гореть. Не наливать же ванну? Я бросил одну в унитаз... хорошо, что дверь прикрыл. Грохот — и унитаз на кусочки! Только труба торчит, а края — острым венчиком...

— Гидродинамический удар, — сказал я. — Взрыв в жидкой среде в замкнутом пространстве. Думать надо было.

Котя не спорил. Вздохнул, затянулся сигаретой. Сказал:

— Вот еще что... Очень меня волнует твой пес. Крайне волнует.

— И мент то же самое говорил...

— Прав был мент. Стены можно перекрасить. Люди могут соврать. Собака не предаст никогда...

Некоторое время он молча курил. Потом с удовольствием повторил:

— Люди могут обмануть. Собака никогда не предаст... Надо вставить в рассказик про зоофила...

— Сволочь ты гнусная, — сказал я. — Точно писателем станешь. Из человеческой беды сюжет делаешь!

— Не из человеческой беды, а из собственной удачной фразы, — возразил Котя. — Пока все. Буду думать, но больше ничего посоветовать не могу. Расскажи лучше, что у тебя с Анькой?

— Да ничего. Ей хочется стабильности, уверенности. В общем — кольца на пальце.

— А ты против? Пора и остепениться. Четверть века прожил, а до сих пор болтаешься менеджером в торговой фирме, запчастями к компам торгуешь... Это что — работа? Да это все равно что сказать: «Моя работа в ОТК, презервативы надуваю!» Тебе нужна хорошая работа, верная жена, ребенок какой-нибудь завалящий...

Я вытаращил глаза.

— Да шучу, шучу, — пробормотал Котя. — Не мне тебя учить. А все-таки жаль, что ты с Анькой расстался, она мне нравилась.

Кажется, он не шутил. Я подумал и плеснул коньяк по рюмкам.

— Мне тоже жаль, Котя. Но так уж сложилось.

— Анька-то свидетелем выступит, если что?

— Выступит, — уверенно сказал я. — Мы, в общем, не разругались, по-интеллигентному разошлись.

— Когда интеллигенты расходятся, тут-то самая грызня и начинается... ни один сантехник такого не учудит.

— Дались тебе эти сантехники... — пробормотал я. — Наливай лучше...

Мы просидели еще часа два. До третьей бутылки, слава Богу, дело не дошло. Но и к концу второй мы развеселились изрядно. Происшествие с квартирой окончательно превратилось в приключение. Котя рассказал историю своего дальнего родственника, путем хитрых обменов, разводов и схождений превратившего две однокомнатные на противоположных концах Москвы в четырехкомнатную «почти в центре». История почему-то показалась нам очень смешной, мы хохотали в голос, и даже когда Котя сообщил, что в результате перенапряжения сил его родственник схватил инфаркт, его бросила жена и теперь он, как дурак, сидит один в большой квартире, больной и никому не нужный, это нас не огорчило.

По этому поводу Котя заметил, что самое главное в жизни человека — исполнить свое предназначение, об этом даже писал великий мыслитель Коэльо. Видимо, предназначение родственника в том и заключалось, чтобы совершить этот грандиозный обмен. А по сравнению с исполненным предназначением и потерянное здоровье, и утраченная жена — мелочи жизни.

Потом Котя постелил мне на диване и вернулся к своему недописанному произведению. Я уронил голову на подушку, сообщил, что сна нет ни в одном глазу, и мгновенно уснул под ровное постукивание клавиш.

3

Встал я рано, на удивление свежим и бодрым. Припомнился старый анекдот о том, что в двадцать лет всю ночь пьешь и гуляешь — утром встаешь бодрый, в тридцать лет всю ночь пьешь и гуляешь — утром встаешь и чувствуешь, что всю ночь пил и гулял, а в сорок всю ночь спишь — а утром встаешь, будто всю ночь пил и гулял. Поскольку я пока был между двадцатью и тридцатью, то у меня ночь на ночь не приходилась.

Эта выдалась удачной.

Котя еще дрых. Я принял душ, вычистил зубы намазанным пастой пальцем, порылся в холодильнике и сделал себе пару бутербродов с докторской колбасой. Ждать, пока работник умственного труда и вольного графика проснется, не было никакого желания. Хотелось действовать. Хотелось бороться и искать, найти и не сдаваться. Я заглянул в спальню.

Котя спал на широкой двуспальной кровати, сиротливо прижавшись к стенке. Я потряс его за плечо.

— Вставайте, граф!

Замычав, Котя открыл глаза. Удивленно уставился на меня.

— Пошел я. Правду искать. По дэзам, нотариусам и прочим адвокатам. Дверь закрой.

— А... Киря... — Котя потер переносицу. — Что-то мы вчера изрядно кирнули...

Ненавижу глупые каламбуры! Даже с похмелья.

— На Черкизовский заедешь?

— На даму посмотреть? Помню, помню... — Котя крякнул и сел на кровати. — Ладно, давай двигай... Я тоже вставать буду.

— Работу-то закончил? — спросил я.

— А как же... «Девочка и ее пес». — Котя встал и вслед за мной двинулся в прихожую. — Отличная история вышла, душещипательная... В малолетстве девочку соблазнил родной дядя, потом изнасиловали все одноклассники по очереди, потом она работала в борделе на Мальте, потом вернулась в Россию и занялась разведением мальтийских овчарок... тут-то и нашла свою любовь...

— Балда! — не выдержал я. — Мальтийских овчарок в природе не существует! Есть мальтийские болонки!

— Это ты у нас собаковод, тебе и положено знать, — не смутился Котя. — А рядовому читателю по барабану — что мальтийская болонка, что йоркширский терьер... Зато какова финальная фраза: «Люди могут соврать. Собака не предаст никогда!»

— Ну-ну. «Букер» тебе обеспечен, — сказал я, выходя за дверь. Вспомнил Кешью, и настроение как-то сразу упало.

Следующие четыре часа я провел в разъездах. Поймал машину с водителем-кавказцем, как нынче принято в Москве. Рыдван у него был покрепче обычного, да и сам водитель мне понравился, так что я сразу договорился с ним «на время» и принялся мотаться по городу. Дэз, нотариус, отдел регистрации жилого фонда... все те места, куда по доброй воле не пойдешь. Но мне сегодня отчасти везло. Почти всюду я проходил без очереди, почти все бюрократы «входили в мое положение».

Котя оказался прав.

Все документы на квартиру были выписаны на имя Натальи Степановны Ивановой.

Я не устраивал скандалов. Выписаны — и выписаны. Вряд ли стоило восстанавливать против себя мелких клерков. Вначале надо составить полную картину происходящего.

Последней точкой был Останкинский телефонный узел. Телефон тоже принадлежал гражданке Ивановой.

И вдруг меня посетила неприятная догадка. Я попросил водителя остановиться у офиса МТС на проспекте Мира, подошел к окошечку кассы и назвал свой номер.

— Фамилия, — скороговоркой сказала барышня.

— Максимов.

— Неверно, — холодно ответила девушка. — Повторите еще раз номер.

— Фамилия — Иванова, — предположил я. — Забыл совсем, ведь жена оформляла...

— Сколько будете класть денег?

— Сто рублей, — мрачно сказал я.

Итак, меня лишили даже мобильника. Казалось бы — невелика потеря. В любом ларьке купи пакет «Би+» или «Джинс», а то и просто оформи новый контракт. Что там у меня на счету лежало? Рублей пятьсот, не больше...

Ужасало другое. Они все продумали! Они не упустили даже такой мелочи, как контракт на мобильный телефон!

Неужели они не упустили совершенно ничего?

— Давай в поликлинику, — велел я водителю. — Это здесь, рядышком...

Поликлиника была самая обычная, «совковая». Старая, вечно ремонтируемая, с огромными очередями из кашляющей молодежи и охающих старушек. Молодежь приходила за больничным, старушки — за общением. Лечиться здесь стоило, только если вас не волнует результат. Я и сам стоял на учете лишь ради редких больничных «по гриппу».

Моей тощей карточки не нашлось. Была карточка гражданки Ивановой — пухлая, растрепанная. Видимо, она любила лечиться...

Выйдя из поликлиники, я постоял, глядя на терпеливо ожидающего водителя. Куда податься бомжу? Впрочем, у меня еще не так все плохо. Можно к маме с папой, можно к друзьям, можно на работу...

— Четвертый час кончается, — предупредил водитель.

— Дальше я пешком, — сказал я. — Тут рядом.

Заплатил восемьсот рублей — вполне по-божески, исходя из московских расценок.

— Давай уж подброшу, — сказал водитель. — Просто так.

Наверное, если бы я рассказал ему свою историю, он бы меня понял. Водитель был мингрел, бежавший во время войны из Абхазии. У него тоже где-то был дом, который теперь ему не принадлежал. И он даже не мог его увидеть — «в Абхазии меня сразу убьют».

А я мог посмотреть на свой бывший дом.

— Спасибо, — отказался я. — Пройдусь немного. Я тут рядом живу.

Водитель уехал, я двинулся к дому. По пути купил пачку сигарет — нервы все-таки пошаливали. Черт с ним, со здоровьем, когда вся жизнь рушится!

Некоторое время я бродил у дома, покуривал и разглядывал занавески. Чужие занавески... я вообще их не вешал, предпочитал жалюзи.

Потом вошел в подъезд, поднялся, постоял у двери. Тихо. Кешью, наверное, дрыхнет на диване...

Я достал связку ключей. Открыл первый замок.

А вот второй не смог. Пригляделся — и увидел, что в замке стоит новенькая личинка.

— Что творим? — раздалось со спины.

Я обернулся — по лестнице поднимался сосед.

— Петр Алексеевич, это же я, Кирилл! — воскликнул я.

— А... — Он кивнул. Остановился у своей двери. — Сменила она замок утром. Сама сменила, рукастая дама...

При слове «дама» мне сразу вспомнился Котя.

— Что же это делается? — спросил я. — Отобрали квартиру... представляете, все документы выписаны на нее! Везде!

Петр кивнул. Достал ключи, стал отпирать свою дверь. Потом сказал:

— Честно говоря, сосед, я твоих документов никогда не видал...

Это было как удар под дых. Я не нашелся, что ответить. А тут еще хлопнула вторая дверь, и высунулась стервозная бабка Галина.

— Кто такой, что тут ходит? — спросила она у Петра Алексеевича, начисто меня игнорируя.

— Кирилл же это, сосед... бывший... — буркнул Петр.

— Какой еще Кирилл? Какой еще сосед? Здесь Наташа Иванова живет! — злобно сказала бабка.

— Старая ты дрянь... — не выдержал я. — Совести нет, так о Боге подумай, скоро уже встреча предстоит.

— Сейчас милицию вызову! — юркнув к себе, выкрикнула бабка. И принялась бесноваться за дверью.

— В милицию тебе попадать точно не с руки, — сказал Петр, входя в свою законную квартиру. — Выпить хочешь?

Я молча стал спускаться по лестнице. Ждать лифт я не мог, слишком уж бурлил адреналин в крови.

Куда теперь? Строительная контора... и кинолог. Начнем с кинолога.

Достав телефон, я отыскал номер заводчицы, которой не звонил уже года два. Взяла она не сразу: судя по голосу, я ее оторвал от дел. Впрочем, заводчикам породистых собак звонят непрерывно.

— Полина Евгеньевна? — нарочито бодро спросил я. — Это Кирилл Максимов, помните? Я у вас покупал Кешью.

— Кешью... Кешью... — пробормотала Полина Евгеньевна. Как и все заводчики, она помнила скорее собак, чем их владельцев. — Помню, славненький кобелек... Вы его развязать решили? Или приболел?

— Да нет, все в порядке, — соврал я. — Я у вас проконсультироваться хочу, если можно. У моего хорошего друга с собакой проблема случилась.

— Только коротко, — сразу же расставила акценты Полина Евгеньевна. Консультировать друзей бывших клиентов, конечно же, не входило в ее обязанности.

— У него тоже скай, хороший молодой песик, — сказал я. — И вот он внезапно перестал хозяина признавать. Совершенно случайную девушку теперь воспринимает как хозяйку, а на друга рычит, лает, чуть ли не укусить готов. Почему такое могло случиться?

— Совсем не воспринимает? — заинтересовалась заводчица.

— Совсем! Как на чужого смотрит! А девчонку эту слушается прекрасно!

— Вы пса не наказывали? — спросила Полина Евгеньевна, давая понять, что моя жалкая хитрость про «друга» не сработала.

— Да нет, как можно, — пробормотал я.

— Он же у вас не кастрирован? Может быть, у девушки сейчас... критические дни... — замялась Полина Евгеньевна. — А пес молодой, активный, вот и ластится к ней. Но то, что он перестал воспринимать вас как хозяина...

— Моего друга!

— Хорошо, хорошо. Вашего друга. Так вот вы передайте вашему другу, что скай — порода очень эмоциональная, интеллигентная и в ответ на грубое обращение может обидеться. Даже на хозяина. Надо быть ласковее с собакой. Может быть, даже извиниться перед ней. Они ведь все понимают, совсем как люди! Не поверите, был у меня случай...

— То есть такое возможно? — прервал я Полину Евгеньевну.

— Я, честно говоря, не сталкивалась, — сухо сказала заводчица. — Но все когда-нибудь случается в первый раз. Доброта и забота, запомните! Добротой и заботой можно от собаки добиться всего, а вовсе не силой и командным голосом! Собаки — они как люди, только еще лучше. Они в отличие от людей не предают!

— Спасибо большое... — промямлил я. — Так и скажу другу...

— Вот так и скажите! И супруге привет большой передавайте... Наташа, кажется, ее зовут?

Я похолодел. Мне показалось, что в трубке я слышу шуршание бумаг.

— Вы ошиблись, я не женат.

— Ну как же не женаты? Вот у меня все записано: Кешью фон Арчибальд, кобель, владелица — Наталья Иванова...

— Да, вы правы, — сказал я. — Простите за беспокойство. До свидания.

Они не упустили ничего! Они подменили документы даже в квартире заводчицы!

И ради чего? Ради однокомнатной квартиры в старом панельном доме?

Бред, чушь, нонсенс!

Я присел на скамейку. Достал еще одну сигарету. Повертел в руках трубку. Чужой телефон, чужая квартира, чужая собака. А если это все — только начало? Чего меня еще можно лишить?

Родных. Друзей. Работы.

Я набрал номер розничного отдела своей фирмы. Занято. Что ж, обычное дело. Звонят всякие пионеры, ищут крутую видеокарту подешевле... Номер босса.

— Слушаю...

— Валентин Романович, добрый день!

— Добрый.

— Это Кирилл Максимов вас беспокоит. Менеджер розницы.

— Из какой фирмы?

Телефон едва не выпал из моих рук.

— Из вашей! Из «Бит и Байт»!

Пауза. Шепоток — будто микрофон прикрыли рукой. Шеф в технике полный ламер, никак не научится пользоваться кнопкой отключения микрофона. Мне показалось, что я услышал: «Кирилл Максимов у нас работает? На рознице?» Потом шеф тем же вежливым тоном спросил:

— Да?

— Я сегодня не могу прийти на работу, Валентин Романович. Тут сложились такие обстоятельства...

Снова пауза и шепоток сквозь ладонь.

— Э... Кирилл Максимов?

— Кирилл, — обреченно сказал я.

— Где вы, говорите, работаете?

— В розничном отделе. Менеджер по продажам. Спросите Андрея Исааковича!

— Андрей Исаакович, — нарочито громко спросил шеф. — Работает у вас Кирилл Максимов?

— Нет, — донесся ответ старшего менеджера розницы. — Валентин Романович, я вам все время говорю — у нас не хватает одного человека! Ну трудно втроем с нашими объемами, просто совсем невозможно!

— Э... Кирилл Максимович... — сказал шеф.

— Кирилл Максимов!

— Кирилл Максимов. Я не совсем понял смысл вашей шутки, но если вы хотите работать в нашей фирме и имеете опыт...

— Имею. Три года работы.

— Где?

— В «Бите и Байте!» — крикнул я и прервал связь.

Меня колотило мелкой дрожью. Это уже не бумажки. Меня не узнал Валентин Романович? Пускай. Не так уж часто я с ним вижусь. Но вот Андрюшка Ливанов, с которым вместе было и выпито технического спирта, и пролито трудового пота...

Бумаги можно подменить. Если уж решили отнять квартиру.

Людей можно подкупить... или запугать. Если уж задались целью затравить меня.

Но откуда у шефа и Андрюшки подобные актерские способности? Андрей у нас хоть и Ливанов, да не тот. И выдать импровизированную горестную речь о нехватке менеджера он никак не мог!

Руки тряслись, и виной тому была не вчерашняя пьянка. Я огляделся. Мой двор. Мой, понимаете? Мой! Эти скамейки и карусели на детской площадке, свеже-выкрашенные ко дню города, — они мои! Этот дворник, сгребающий мокрые осенние листья, — мой! Этот магазинчик на углу, где я покупаю хлеб, колбасу и пельмени, — тоже мой! Все вокруг привычное и уютное, даже лужа в узком проходе между нашим и соседним домом — моя, обжитая, сто раз в ней промокали ноги, а однажды я поскользнулся и шлепнулся в нее — совершенно по-клоунски размахивая руками, пытаясь удержаться от падения, но все-таки приземлившись на мягкое место. Анька тогда хохотала будто ненормальная, я, глядя на нее, тоже принялся смеяться — сидя в луже, и проходившая мимо бабулька высказала все, что думает о пропившей стыд и совесть молодежи...

Я набрал номер Ани.

— Кирилл, не звони мне, хорошо? — раздалось в трубке. — Я не хочу больше с тобой общаться. Правда не хочу.

Отбой.

Наверное, наши отношения и впрямь иссякли. Я не огорчился. Я обрадовался! Анька узнала мой номер, она помнила меня!

Что же происходит?

Я уселся поудобнее, с улыбкой кивнул дворнику — тот меня не узнал и на кивок не ответил. И принялся обзванивать друзей, знакомых и деловых партнеров — всех подряд по записной книжке телефона, начиная с менеджера Ашимова, у которого иногда закупал железяки для фирмы, и кончая папиным знакомым, стоматологом Яблонским, полгода назад ставившим мне очередную пломбу.

Через полчаса, почти посадив телефон, я закончил обзвон.

Картина вырисовывалась странная... впрочем, нет, странная — это если бы в ней начисто отсутствовали закономерности. А здесь они имелись.

Случайные знакомые вроде Яблонского или менеджеров крупных оптовых фирм меня забыли начисто. Приятели, с которыми связывали более-менее личные воспоминания, вспоминали не сразу, но после какого-нибудь «Лешка, ты что, опух? Мы на прошлой неделе

вместе пиво пивали в «Граблях»!» вспоминали и начинали смущенно извиняться, ссылаясь на выбившую всю
память работу или последствия вчерашнего пьянства.
Пятеро вспомнили меня сразу — Котя, хотя тут, вероятно, сказывалось недавнее общение, три девчонки, отношения с которыми были более чем теплыми, и, совершенно неожиданно, один паренек из конкурирующей
фирмы. С пареньком этим я общался не слишком уж часто... было в нем что-то такое... голубоватое, что ли...

Я крякнул. Вот те на! История почти как в Котиных
рассказах. Парень-то, похоже, и впрямь гей! А я, видимо,
ему симпатичен. Вот потому и помнит...

Почему-то мысль о том, что я являюсь объектом сексуальных фантазий голубого, меня потрясла больше, чем
охвативший моих знакомых склероз. Я встал, дошел до
магазинчика и купил пива. Продавщицы меня не узнали.
Вернувшись на скамейку, я попытался сосредоточиться.
Фиг с ним, с парнем, положившим на меня глаз. К вечеру и он меня забудет начисто, пра-а-ативный.

Потом, наверное, забудут те девчонки, с которыми у
меня были романы.

Что дальше?

Без работы. Без квартиры. Без друзей.

Паспорт? Ну и что с того? Фальшивый. На рынке
купил.

А родители?

Не вызовут ли они милицию, обнаружив меня в своей квартире?

Я набрал папин номер. Вслушался в щелканье и по-
трескивание мирового эфира.

— Да? — весело откликнулся папа.

— Привет, это Кирилл, — сказал я.

— Кто-кто? — не понял отец.

— Кирилл! Ты что, родного сына не узнаешь?

— Да слышно тебя плохо, Кириллка, — добродушно отозвался отец. — Не мобильная связь, а полевая почта... Как дела? Трудишься?

— Тружусь, — ответил я, отхлебывая пиво.

— Мать спрашивает — не болеешь?

— Здоров как бык...

— Все в порядке? Ничего не случилось?

Так и подмывало ответить — «выгнали с работы, отобрали квартиру, а друзья меня забыли».

— Все зашибись! Как отдыхаете?

— Хорошо отдыхаем. Турки облизывают со всех сторон, но так и норовят лизнуть в бумажник, — весело ответил отец. — Зря не поехал.

— Зря, — согласился я.

— Ты просто так звонишь, что ли? Соскучился?

— Ага.

— Ну, через три... через четыре дня приедем. Мать тебе уже сувениров накупила.

Я кивнул. Пара футболок с надписями вроде «Турция — страна веселых девочек», ритуально привозимая с морей ракушка, бутылка какой-нибудь анисовой турецкой настойки.

— Пока, Кирилл, — продолжил отец. — У меня там денег на счету немного, а роуминг прожорливый.

— Положить тебе? — спросил я.

— Да ладно, не надо. Пока!

— Пока, папа, — сказал я.

Почему-то на душе было нехорошо. Вроде и узнали меня, и подарки везут...

Не было уверенности, вот оно что. Если хватило суток, чтобы меня забыли все приятели, то родителям на это понадобится больше времени. Куда больше. Может быть, целая неделя. Но рано или поздно — я был почти уверен — забудут и они. Будут с удивлением натыкаться на мои фотографии... впрочем, кто поручится, что фотографии не исчезнут? Или вместо них окажутся совсем другие снимки?

Что делать?

— Мне нужен специалист, — пробормотал я. И сам себе кивнул. Да, мне нужен специалист. Человек, понимающий хоть что-нибудь в происходящем. Мент? Вряд ли. Адвокат? Да ни в жизни. Экстрасенс? Может быть. Творится что-то совершенно невообразимое. Экстрасенс... или священник?

Я смущенно потрогал крестик, висящий на груди. Формально я — человек православный. И крещенный не в детстве, а во вполне сознательном возрасте. То есть как бы осознанно. В церковь захожу... порой... Раз в год даже к исповеди прихожу. Может, и впрямь — настала пора за помощью бежать к Богу?

Ой беда какая... С Богом все сложно, на личную аудиенцию рассчитывать не стоит. Придется идти к его земным представителям. И что подумает любой здравомыслящий священник, а ведь они по большей части очень даже здравомыслящие, когда я расскажу ему свою историю?

Правильно. Больной человек. В крайнем случае — одержимый. Меня, конечно, будут утешать. Посоветуют молиться. Возможно, даже вместе со мной помолятся.

Но всерьез, конечно же, никто не поверит. Разве что совсем уж не-здравомыслящий батюшка. Но такой помощи мне не надо.

На всякий случай я помолился. Стало чуть легче, как всегда, когда пытаешься переложить свою проблему на чужие плечи — и вроде как перекладываешь.

Однако совет мне требуется реальный — и в этой жизни.

Я снова набрал номер Коти.

— Да? — отозвался герой литературного фронта.

— Привет. Это Кирилл.

— Э... Какой Кирилл?

Процесс прогрессировал... и прогрессия явно была геометрическая.

— Котя, я тебе звонил полчаса назад. Помнишь?

— Ну... — неуверенно начал Котя.

— Кирилл. Менеджер из фирмы «Бит и Байт». Мы же лет пять знакомы! Вчера вечером я к тебе приходил, мы две бутылки коньяка выхлестали!

Долгая пауза.

— Кирилл, ты можешь сейчас приехать? — спросил Котя.

— Да, — с облегчением ответил я.

— Приезжай. Только быстро. Что-то странное творится.

— Правда? Я тоже заметил, — ядовито сказал я, вставая со скамейки.

4

С транспортом мне сегодня везло. Я добрался до Коти минут через сорок. Позвонил в дверь.

Котя открыл не сразу. И уставился на меня с нескрываемым любопытством.

— Котя, это я, Кирилл, — сказал я. — Помнишь? Мы вчера...

— Квасили... — пробормотал Котя. — Пока помню. Входи.

И все-таки таращился он на меня нехорошо. Не как на чужого, но как на очень, очень странного знакомого.

— Так ты помнишь? — уточнил я. — Происходит какая-то чертовщина. Стал звонить знакомым...

— Пошли к компу, — сказал Котя. — Прочитай, что там написано.

Я послушно прошел к компьютеру. На экране был открыт какой-то текст. Я вопросительно посмотрел на Котю.

— Читай с самого начала, — велел он, плюхаясь на диван.

Пролистав текст к началу, я послушно начал читать.

«Индивидуальная тренировка.

Семен Макарович, сорокалетний учитель физкультуры, внимательно смотрел на не по годам развитых восьмиклассниц, занимающихся в школьном спортзале. К нему подошла Юля и сказала:

— Никак у меня не получается сесть в шпагат.

— Значит, будет у тебя «тройка» в четверти, — ответил Семен Макарович. — Гибкости у тебя не хватает.

Юля, признанная школьная отличница, побледнела.

— Только не «тройка», Семен Макарович! Неужели ничего нельзя сделать?

— Почему же? Можно. Зайди ко мне после занятий. Проведем с тобой индивидуальную тренировку по развитию гибкости...»

Я посмотрел на Котю. Тот поморщился:

— Это я халтурку одну делал, когда ты позвонил... дальше читай.

Занимательная история сорокалетнего учителя и негибкой отличницы и в самом деле оборвалась. Так мне и не удалось узнать, какими методами старый нимфоман собирался развивать и без того не по годам развитую школьницу. Зато дальнейший текст касался уже напрямую меня.

«Только что мне позвонил старый приятель Кирилл Максимов. Странное дело — я его не узнал. А ведь накануне мы с ним просидели весь вечер за бутылочкой коньяка...»

— За двумя, — уточнил я.

«Только когда он начал это напоминать, я его вспомнил. И вспомнил как-то странно. Вроде бы вчерашний день весь помню. И как работал, помню. И как выпивал с кем-то вечером — тоже. А вот с кем — совершенно из головы вылетело, пока Кирилл не позвонил. И лицо его с трудом вспомнил. И вообще — все, что с ним связано, в голове путается. Тут помню, а тут не помню».

— Слишком много «помню», — сказал я. — За стилем не следишь, литератор.

— Мне не до стиля было, — огрызнулся Котя. — Читай...

Далее Котя довольно подробно описал нашу вчерашнюю беседу и мои злоключения. Прерывался текст на фразе: «И у меня сильное подозрение, что если бы Кирилл позвонил на полчаса позже и я не успел записать этот текст, то я бы его уже не узнал».

Я вздохнул и повернулся вместе с креслом к Коте.

— Пока о тебе думаю, — уныло сказал Котя, — вроде бы все нормально. Помню и тебя, и все, что с тобой связано. А вот стоит отвлечься... Я отошел, кофе себе сделал. Вернулся, собирался продолжать про учителя физкультуры. Смотрю — на экране какой-то левый текст! Стал читать. Снова вспомнил. Но... как в тумане все.

— Котя, что происходит? — спросил я.

— Ты сам все помнишь? — с надеждой спросил он.

— Все. Это меня забывают. Родители вроде бы помнят, Анька... еще несколько девчонок...

— Те, с кем у тебя наиболее крепкий эмоциональный контакт, — заключил Котя.

— В смысле?

— Те, кто тебя постоянно вспоминает. Это не дает им тебя забыть... ну, быстро, во всяком случае. Мы ведь все постоянно все забываем. Это нормально. Если информация лишняя, если не используется, то мозг ее стирает... ну или откладывает куда-то в долгий ящик. У меня на компьютере такая же система стоит, периодически спрашивает: «Вы этой программой не пользовались уже полгода, она вам нужна или ее можно стереть?» Так что все нормально... только слишком быстро происходит. Будто у тебя склероз.

— При чем тут я? Я все помню. Склероз у моих друзей.

— Такого не бывает... — мрачно сказал Котя. — Слушай, Кирилл, ты хороший человек, очень мне симпатичен, но только я не собираюсь о тебе постоянно вспоминать. Ты это учти! А если вспоминать не буду — то забуду начисто. И никакие записки не помогут.

— Я от тебя подвигов не требую, — пробормотал я. — Хочешь — сотру твои писульки и уйду?

Котя некоторое время размышлял. Скорее всего чтобы потрепать мне нервы.

— Нет, погоди. Мне интересно. Ты сегодня чем занимался?

— Обошел толпу бюрократов... — начал перечислять я. Котя внимательно слушал, кивал. Потом спросил:

— В церковь не пробовал сходить?

Я вытаращил глаза. Котя воинствующим атеистом не был, но и в Бога не верил.

— Ты чего?

— А чего? Я не атеист, я агностик. А любой агностик теоретически допускает существование высших сил. Раз уж пошла такая мистика...

— Нет, не ходил. Так... сам помолился... — с легкой стыдливостью признался я.

— Надо сходить, — решил Котя.

— Точно?

— Точно. Потому что больше я никаких выходов для тебя не вижу.

Мы помолчали.

— Котя, мне нужна помощь, — сказал я наконец. — Может, и впрямь — мистика? У тебя нет знакомых экстрасенсов?

— Откуда?

— Ну... ты же сам, когда «не о», пишешь о всякой чертовщине... Общаешься...

— Чего? Да я с такими же охламонами и общаюсь! Ты думаешь, я хожу по шарлатанам-экстрасенсам, а потом о

них пишу? Ты еще предположи, что я с овчарками траха-
юсь, а потом это описываю... Все из головы, Кирилл! Все
это гонево на потребу публики! Нет никаких настоящих
экстрасенсов... ну или я их не знаю...

— Тогда мне и впрямь только в церковь осталось пойти, — сказал я.

— Подожди. Знаю я, к кому пойдем.

Я вопросительно посмотрел на Котю.

— К Дмитрию Мельникову. А? Хорошо я придумал?

— А ты что, с ним знаком? — удивился я.

— О! И тебя склероз коснулся, — захихикал Котя. — Знаком. Не то чтобы очень, но Мельников — мужик внятный,
компанейский. Только надо будет с коньяком прийти.

Дмитрий Мельников был человеком редкой профессии. Вот уже лет двадцать он работал писателем-фантас-
том и, видимо, на этом поприще преуспевал. Во всяком
случае, жил знаток инопланетных чудовищ и отечествен-
ных вампиров в новом высотном доме на Кутузовском, с
чистым подъездом и бравым дедком-вахтером, судя по
выправке и въедливому взгляду, служившим раньше ох-
ранником в лагерях.

Квартиру Мельников имел огромную и богато об-
ставленную, да и сам выглядел вполне благостным. Я
всегда подозревал, что человек, герои которого зубами
гнут арматуру, а пинком ноги прошибают бетонные стены, должен иметь не слишком-то геройское телосложе-
ние. Мельников и впрямь оказался человеком средних
лет, среднего роста и средней плечистости — зато с изрядным брюшком.

Котю, однако, он принял вполне благосклонно. Я
тоже был удостоен рукопожатия с властителем дум наив-
ных подростков и романтичных девиц.

— Проходите в кабинет, ребята, — демократично предложил Мельников. — Хотите — тапки надевайте.

Где-то в недрах квартиры звякала посуда, канючил что-то детский голос, тявкала собака. Но за массивными дверями кабинета сразу стало тихо. Что-то мурлыкал пижонский проигрыватель — весь прозрачный, так что было видно, как крутится внутри диск и перемигиваются наверняка ненужные, только ради эстетики понапиханные светодиоды.

— А внутре у ней неонка, — пробормотал я.

Мельников обрадованно уставился на меня:

— О! Как приятно встретить образованного человека! А то до чего дошло — классику никто не помнит. Процитировал Стругацких без кавычек, сделал, так сказать, литературный комплимент — а читатели стали хвалить фразу как мою...

Настроение у меня было и без того не очень.

— По крайней мере у читателей хороший вкус.

Мельников замолчал. Кажется, решал, не стоит ли обидеться и выставить меня вместе с Котей.

Не выставил. Пробурчал:

— К вкусу бы еще общую начитанность... Ну как можно упереться в одного автора и читать только его? Пусть даже меня!

Котя хихикнул. Достал из пакета, на который Мельников уже успел покоситься, бутылку коньяка.

— Понятно, — сказал Мельников. Открыл шкаф, в котором оказался бар — и не пустой. Извлек бокалы. Поставил на стеклянный журнальный столик возле дивана. Подумал и спросил: — Как я понимаю, вы не только пить пришли?

— Очень нужна ваша помощь, — сказал Котя. — У Кирилла такая странная ситуация...

— Я не издатель, — быстро ответил Мельников. — Могу подсказать, куда обратиться с романом...

— Нет, что вы, Кирилл не пишет, — замахал руками Котя.

На лице Мельникова отразилось явное облегчение. Он спросил:

— А чем я тогда могу помочь? Единственное, в чем я профессионально разбираюсь, — это литература. Конкретизирую — фантастика.

— История у Кирилла приключилась фантастическая... — начал Котя. — Да что я... Кирилл сам расскажет.

Писатель-фантаст без всякого энтузиазма посмотрел на меня. Я вздохнул, сел на диван, взял в руки бокал с коньяком и начал рассказывать:

— Вчера я пришел домой с работы. Живу один... ну, почти один, у меня собака есть...

Минут пять писатель откровенно скучал. Потом на его лице появилось легкое любопытство.

Странно — для того, чтобы пересказать самые наполненные событиями сутки из своей жизни, мне потребовалось всего четверть часа.

— Хорошая история. — Мельников плеснул себе еще коньяка. — Э... так это замысел вашего...

— Это случилось со мной на самом деле, — мрачно сказал я. Так и думал, что фантаст будет не лучшим советчиком. Фантасты в чудеса верят еще меньше, чем проститутки в любовь.

— Дмитрий Сергеевич, так и есть, — подтвердил Котя.

— Покажите мне ваш паспорт, — попросил Мельников.

Я пожал плечами — ну чем ему помогут мои документы, — но все-таки достал и протянул паспорт.

— Скажите, Кирилл Данилович... — изучая паспорт, сказал Мельников. — А как вы довели документ до такого состояния? В вашей ситуации...

Выхватив паспорт, я уставился на страницу с фотографией. Паспорт как паспорт... Вот только... только очень бледный шрифт. И фотография — будто выцветшая. И страницы — хрупкие, пожелтевшие.

— Еще вчера он был нормальный, — сказал я. — Глянь...

Протянул паспорт Коте — тот с ужасом уставился на блеклые строчки.

— Любопытно, — сказал Мельников с нескрываемым удовольствием. — Дайте-ка сюда...

Он еще раз внимательно изучил паспорт. Пролистал. Хмыкнул.

— Чего еще? — спросил я.

— А вы знаете, Кирилл, что вы нигде не прописаны? — спросил Мельников.

Страница с пропиской и впрямь оказалась пустой. Как я ни смотрел на нее — под ярким светом лампы, у окна, под углом и на просвет, — никаких следов штампа не было.

— Тяжело в Москве без прописки, — вздохнул Котя. — Может, тебе временную регистрацию получить? Да шучу, шучу, успокойся!

Мне было не до шуток. Я спрятал паспорт в карман. Посмотрел на Мельникова.

— Итак, надо исходить из того, что ваш рассказ — правда? — спросил Мельников.

Я кивнул.

— И вы хотите моего совета... э... как человека, выдумывающего всякие неправдоподобные истории?

Я снова кивнул.

Мельников откинулся на спинку дивана, опер локоть на кожаную подушку. Задумчиво покрутил в руке бокал с коньяком.

— Если бы я был Стругацкий А и Бэ, — начал он, — то я бы придумал так... Я бы придумал, что вы — человек совершенно ненужный в жизни, никчемушный... вы уж только извините, это все для примера...

— Ничего, продолжайте, — попросил я.

— И вот сама жизнь, сама реальность принялась вас исторгать из мироздания. Постепенно стираются все ваши следы — вначале бюрократические бумажки, потом воспоминания случайных знакомых, потом воспоминания друзей и родных... И кончилось бы это... — Он на миг задумался. Потом кивнул: — Кончилось бы это тем, что вы истаяли бы, превратились в неощутимого и забытого всеми призрака. Примерно так.

— Спасибо, — сказал я, чувствуя странную сухость во рту. — А можно иные варианты?

— Конечно! — радостно откликнулся Мельников. — Будь я Глобачёв, я бы предположил, что на Землю вторгаются инопланетяне. Таким хитрым образом они очищают себе плацдарм — вытесняют человека из жизни, стирают память о нем, подменяют бумаги... и ваше место занимает агент враждебной цивилизации. Кончилось бы все тем, что вы вступили бы с ними в борьбу, проникли бы на их планеты — и надавали всем по полной программе.

Эта версия показалась мне более оптимистичной. Но в свои способности устрашать инопланетных захватчиков я не верил.

— Будь я Заров, — продолжал Мельников, — то вы бы были маленьким мальчиком или наивным юношей. И вас бы испытывала на стойкость инопланетная цивилизация — не такая злая, как у Глобачёва, но тоже недобрая. Вы бы повзрослели и закалились в борьбе, надавали бы всем по полной программе, по случаю обрели всемогущество — но отказались бы от него по невнятным причинам.

— Тут я уже пролетел, — сказал я. — По возрасту. Дальше?

— Будь я Велесов, — задумчиво произнес Мельников, — то подобным образом вас готовили бы к переходу в иной мир — откуда вы и прибыли в младенчестве. А в мире том много разных богов, монстров и волшебников. Вы, пожалуй, были бы сам из рода богов или героев. И...

— Всем бы надавал, — догадался я. — И занял подобающее мне место.

— Ага. Но потом бы обнаружили, что существуют еще более крутые боги. И принялись бы воевать с ними...

— Еще версии? — спросил Котя. Похоже, он любил фантастику — потому что сейчас довольно лыбился, глядя на Мельникова.

— Будь я Охотников — то я бы ничего объяснять не стал. — Мельников злорадно улыбнулся. — Вам бы наваляли все кому не лень. Вы бы просто очень долго страдали, а потом поняли, что жизнь придется начинать с чистого листа. И заново добились бы всего в жизни и завоевали любовь забывшей вас женщины...

— Что-то мне это не нравится, — признался я.

Котя захохотал.

— Будь я Чудов, — Мельников прищурился, — то были бы вы мачо. Интеллигент с тонким знанием психологии окружающих, но с манерами армейского сержанта. И злая девица облила бы вас дерьмом из ночного горшка, а менты бы долго били дубинками. До кровавых соплей. Но ваша сила духа все превозмогла бы.

Котя прыснул.

— Будь я супругами Иноченко, — Мельников на миг задумался, — то подобные гадости творились бы со многими людьми, регулярно, все бы их ждали и к ним готовились. Но вы, пожалуй, изначально были бы девочкой или юной девушкой. Кончилось бы все грустно, но оптимистично.

Котя ржал в полный голос. Я невольно улыбнулся.

— Будь я молодой и честолюбивый автор Вася Пупкин, то я бы поиграл с религией, — продолжил Мельников. — К примеру — сделал бы вас современным Иовом, которого Господь испытывает и осыпает бедами. Я бы еще ждал у вас проблем со здоровьем, милицией и преступным миром.

— Совсем не нравится, — сказал я.

— Будь я Дромов, то эпидемия стирания людей из реальности началась бы внезапно и во всем мире. Вы бы работали в спецслужбе и расследовали это дело — пока с вами самим не началось подобное. Объяснения я бы все-таки предложил, но не слишком убедительные — не в них дело.

— Скажите, а если бы вы были Мельниковым? — не удержался я.

Мельников вздохнул.

— Будь я Мельников... а я и есть Мельников... то я смело написал бы роман с любым подобным сюжетом. Вы поймите, я ведь и сейчас фантазирую, предлагаю различные варианты... а для смеха провожу параллели...

— Но все-таки? Что, по вашему мнению, более реально?

— Да ничего! — Мельников залпом выпил коньяк. — Да не верю я в этих дурацких пришельцев, в этих богов и героев, в таинственные законы мироздания, страдания и прочую ерунду! И Велесов, и Дромов, и Иноченко — никто не верит. Все писатели-фантасты — очень здравомыслящие люди. Они просто развлекают людей. Ну... еще немного экстраполируют реальные житейские проблемы на фантастическую ситуацию — чтобы читать было интереснее. Так что все варианты возможны — и все нереальны.

— Но со мной же что-то происходит, — сказал я. — Понимаю, вы не хотите мне поверить. Не можете. Думаете, что это розыгрыш... бред больного... Но допустите хоть на миг! Что мне делать?

Мельников задумался.

— Ну, для начала... В милицию вам идти поздно. Вас арестуют на всякий случай, и все... Держитесь тех, кто вас помнит. Близких друзей. — Он посмотрел на Котю. — Родителей. Подруг. Не давайте им забывать. Тяните время — все может измениться... Что еще? Постарайтесь найти какие-то документы. Свидетельство о рождении, а? Какие-нибудь справки в совсем уж случайных конторах... В кино не снимались? На телевидении не выступали? Домашние видеозаписи, фотографии... Сходите к врачу, заведите на себя медицинскую карту. Платные поликлиники паспорт требовать не станут... В церковь сходите! Помолитесь!

— Пожалуй, мне только последнее и осталось, — сказал я. — Молиться.

— Кирилл, — начал Мельников. — Я готов вам поверить. И скажу честно — мне страшновато при мысли о том, что вы не шутите. Ведь если такое случилось с вами, то может случиться и со мной. Но я не знаю ответа. Я не оракул. Я всего лишь писатель-фантаст. Могу посочувствовать, выпить с вами, дать пару дурацких советов. И все!

— Вы извините, что мы так вторглись, — сказал Котя. Похоже, нутром почувствовал, что аудиенция окончена.

Мельников встал, разлил остатки коньяка. Сказал:

— На посошок?

Я выпил без всякого удовольствия. Странное дело — вроде и не ждал никаких чудес, а все равно расстроился.

— Вы меня держите в курсе, — сказал Мельников. — И я, если что-нибудь придумается, позвоню... э... Коте.

— У меня мобильник есть, — зачем-то сказал я. — Запишите...

— Да, да, конечно. — Мельников засуетился, взял со стола какой-то клочок бумаги и нацарапал на нем мой номер. Надо полагать, через полчаса этот клочок уже отправится в мусорное ведро.

Попрощались мы как-то скованно. Возможно, при других обстоятельствах Мельников оказался бы интересным собеседником и просидели бы мы с ним не час, а весь вечер. Виноваты, конечно, были мы с Котей: пришли к человеку, который давным-давно в чудесах разуверился, и требуем в эти чудеса поверить.

Многократно повторяя, что «будем держать друг друга в курсе», мы потоптались у дверей, потом Мельников как-то ловко и незаметно отпер замки, и ничего не оставалось, кроме как выйти на лестницу. Из глубины квартиры явственно пахли свежепожаренные котлеты, и писатель слегка нервничал.

— Так мы еще позвоним! — бодро сказал Котя в закрывающуюся дверь, услышал в ответ неопределенное «угу» и виновато посмотрел на меня.

Я пожал плечами.

— Он вообще-то ничего мужик, — пробормотал Котя. — Очень даже компанейский. Я думал, дольше пообщаемся.

— Проститутки верят в любовь, — сказал я.

— Чего? — Котя вызвал лифт. — Какие проститутки? Нет, я не против...

— Фантасты в чудеса верят еще меньше, чем проститутки в любовь. Это я так подумал, когда пришли к Мельникову. Вот только проститутки — они в любовь верят. Тихонечко, никому не говоря, но верят. Мечтают, что есть что-то, кроме потных толстых мужиков, которым требуется секс за деньги. Мечтают и боятся в это поверить. Так и Мельников твой... ему на самом-то деле хочется, чтобы все это было — чудеса, инопланетяне, параллельные миры. Чтобы это было не только оберткой для конфеты, а самой конфетой... разноцветным монпансье в коробочке. Но он боится поверить! Ему куда проще себя убедить, что я — аферист или псих. Тяпнет водочки под котлеты, почешет в затылке и пойдет писать про коварных пришельцев.

— Ну загнул! — с восхищением сказал Котя. Побарабанил пальцами по кнопке лифта. — Про проституток — это здорово!

— Вставь в рассказ, — предложил я. — Пошли пешком, не работает лифт.

— Да как же не работает, трос движется!

Я махнул рукой и стал спускаться.

— С двенадцатого этажа пехом? — возмутился вслед Котя. — Ну-ну, посмотрим, кто быстрее!

Я дошел только до седьмого, когда вверх прошел лифт. Потом — второй. Я ускорил шаг, но где-то на четвертом спускающийся лифт меня обогнал.

Все-таки целесообразно быть ленивым...

Перепрыгивая через ступеньки, я выскочил в подъезд. Котя уже открывал дверь подъезда.

— Подожди! — крикнул я. — Ты куда разбежался?

Котя застыл в дверях и покосился на читающего газету вахтера. Я сделал еще несколько шагов — и остановился.

Котя смотрел на меня пустым, чужим взглядом.

— Котя? — спросил я.

Котя откашлялся и спросил:

— Да?

— Ты что, меня не узнаешь?

— Э... — промямлил Котя. Снова посмотрел на вахтера. Тот подозрительно спросил:

— Какие-то проблемы, молодые люди?

— Нет, никаких проблем, — протискиваясь мимо Коти на улицу, ответил я. — Все в порядке!

— Вы откуда идете? — крикнул вахтер вслед.

Я не ответил. Стоял и ждал, пока Котя неуверенно выйдет из подъезда. Не то чтобы он запаниковал, но явно насторожился.

— Котя? — повторил я. — Костя?

— Не припомню, — искренне ответил Котя, слегка расслабляясь. — Вы... знакомый Мельникова?

— Ну да, — сказал я. — Знакомый. Неужели не помнишь?

Котя помотал головой. Спросил:

— Что-то случилось?

— Ты... вы от Мельникова идете? — выдавил я.

Котя кивнул.

— Он дома?

— Да, конечно. — Котя потоптался на месте. — Так вы к Мельникову? Извините, лицо знакомое, но никак не припомню...

— Все в порядке, — сказал я. — Это внешность у меня такая, не запоминающаяся.

— Ну, я пошел... — Котя сделал шаг, покосился на меня, что-то собрался сказать, но мотнул головой и отвернулся.

Я достал сигареты, закурил. Дым был сладок и горек одновременно. За стеклянным окошечком в двери мелькнуло лицо вахтера — бравый дедок был настороже. Не вызвал бы ментов...

Снова запустив руку в карман, я достал паспорт. Открыл. Хрупкие страницы рассыпались в руках, фотография со щелчком отскочила и упала на асфальт. Я поднял ее — на сером квадратике уже нельзя было различить лица.

Было холодно. Все-таки уже осень. А зиму обещали холодную...

— Значит, так... — пробормотал я. То ли угрожая кому-то, то ли пытаясь выстроить план. — Значит, так? Значит, так!

Первое — чудес не бывает.

Второе — исключения возможны, но только для злых чудес.

А если настало время злых чудес, то бесполезно оставаться добрым.

5

Окна в моей квартире не светились. Вряд ли девица Наталья Иванова ложилась спать в восемь часов вечера.

Я поднялся на свой шестой этаж, позвонил в дверь. Гавкнул и настороженно затих Кешью. Я постоял несколько минут, потом пожал плечами и вошел в лифт. Если кто-то за мной следил через глазок, то этот кто-то сейчас зашаркает своей старческой походкой обратно к телевизору, отметив в памяти, что к соседке приходил кавалер. В том, что стерва Галина Романовна меня уже начисто забыла, я не сомневался.

Интересно, как вообще эти бабки, не отрывающиеся от бесконечных «мыльных опер» и утепляющие двери дерматином на синтепоне, ухитряются слышать звонок в соседские двери? А еще имеют обыкновение шастать по поликлиникам и жаловаться врачам на плохой слух!

В лифте я нажал кнопку девятого этажа. Ждать Наталью на площадке рядом с мусоропроводом было опасно, обязательно кто-нибудь выйдет с ведром или покурить. А вот девятый этаж меня вполне устраивал — в одной квартире жил старенький дедушка, никуда самостоятельно не выходивший, две другие снимали многочисленные семейства восточных гастарбайтеров, которые никогда в милицию не позвонят. Раньше меня раздражали эти тихие восточные люди, то ли таджики, то ли узбеки, жившие по десять человек в квартире. Нет, ничего личного, они старались проскочить к себе незаметно, по углам, будто тараканы на свету. Обычный бытовой шовинизм.

Теперь я был рад тихим соседям с последнего этажа. Сидел у мусоропровода, курил, глядел в окно вниз, на подступы к подъезду. Темнело, но лампа над подъездом была яркая, Наталью я успею увидеть загодя.

Несколько таджиков поднялись вверх и юркнули в свои квартиры, сделав вид, что не видят меня. Я потихоньку добивал пачку сигарет.

Пошел дождь — мелкий, тихий, я такие даже люблю осенью. Они как напоминание, что лето кончилось. И почти сразу же внизу мелькнул цветастый кружок зонта.

Может быть, я видел его вчера в своей квартире, среди прочих чужих вещей. А может быть, и не видел. Но я сразу почувствовал — это Наталья.

Живот свело холодом, ноги будто отнялись. Я с трудом заставил себя дойти до лифта и нажать вызов. Где-то внизу хлопнула дверь, но лифт уже подъехал к девятому этажу. Я вошел, но нажимать кнопку первого не стал.

За меня это сделала Наталья — и лифт послушно пошел вниз.

Трудно становиться бандитом, четверть века прожив вполне честно и порядочно.

И очень не хочется в тюрьму за бандитизм.

Из внутреннего кармана куртки я достал нож, купленный два часа назад в ларьке у метро. Дешевая китайская подделка под какую-то знаменитую марку. Плевать. Мне важен был его устрашающий вид — узкое длинное лезвие с хищными зазубринами и кровостоком. Если бы в ларьке продавались убедительно выглядящие муляжи пистолетов — я купил бы муляж пистолета.

В тюрьму не хотелось ужасно.

Дверь лифта с шипением открылась, и некрасивая девушка Наталья шагнула в лифт. Даже не шагнула — качнулась, занося ногу, но тут же увидела меня, глаза ее округлились, она попыталась отпрянуть.

Схватив девушку за плечо, я втолкнул ее в лифт. Прижал нож к горлу — движение оказалось таким естественным, будто я всю жизнь подрабатывал маньяком-насильником, промышляющим по лифтам.

— Я буду кричать, — сказала Наталья, косясь на нож.

— Почему же не кричишь? — спросил я. Сложенный зонт упирался мне в ногу, Наталья его упорно не выпускала. В другой руке у нее был пакет с какими-то продуктами.

— Отпустите, я вас не знаю! — громко сказала девушка. — Отпустите меня!

Я нажал кнопку шестого этажа.

— Врешь. Ты меня помнишь. А это значит...

Ее глаза забегали по моему лицу. Она облизнула губы. Осторожно покачала головой:

— Вы с ума сошли. Вас посадят. Знаете, как в зоне с насильниками поступают?

— Наталья, вы слишком спокойны, — сказал я. И только сказав, понял — попал в точку. Она слишком спокойна для женщины, на которую с ножом напал... да не важно кто — маньяк или облапошенный накануне лох.

— Вы не убийца. Вы меня не тронете.

— Проверим? — спросил я. — Вы лишили меня всего. Квартиры, работы, документов. Мне терять нечего!

— Жизнь, — коротко ответила она.

— Это не так уж и важно. — Я перехватил нож поудобнее, так, чтобы острие покалывало шею в районе артерии. — Только пикни — я ударю.

Лифт остановился. Открылись двери.

— Рекомендую вести себя так, словно мы старые хорошие друзья, — сказал я, обнимая Наталью за плечи. — Спокойно откроешь дверь, и мы войдем в квартиру. Договорились?

Если я все рассчитал правильно и если Наталья не станет дергаться и кричать, то нож через соседский глазок не увидишь. Идут в обнимку парень и девушка, не терпится добраться до постели, чего тут необычного? Именно такую картину и желает увидеть старая климактеричная стерва-соседка.

Наталья дергаться не стала.

Щелкнули замки, мы вошли в квартиру. Ногой захлопнув за собой дверь, я зашарил по стене, нащупывая выключатель. Прямоугольник кухонного окна сочился умирающими сумерками. В комнате тревожно тявкнул Кешью. Было холодно — неужели до сих пор не топят...

— Выключатель ниже, — презрительно сказала Наталья. — На уровне опущенной руки.

— Ну да, ну да, как же я мог забыть, — пробормотал я.

Вспыхнул свет. Я заглянул в комнату — собака лежит на диване, больше никого.

— Что дальше? — спросила Наталья. Она слегка наклонила голову, подальше от лезвия ножа. — Сразу убьешь или вначале помучаешь?

Кешью соскочил с дивана. Выметнулся в коридор, завилял было хвостом — и замер где-то на грани между бегством и лаем.

— Ты слишком спокойна, — повторил я как заклинание. Это было единственное, что я мог предъявить в качестве улики, стоя в этой чужой, незнакомой квартире. — Наталья, я ничего не смогу доказать. Но я уверен, что ты в этом замешана с головой.

Девушка фыркнула.

— Так и будем стоять?

— На кухню, — велел я.

Мы прошли на кухню, я задернул шторы. Кешью следовал за нами — все такой же настороженный, но пока тихий.

— Садись! — Я толкнул Наталью на табуретку. Достал из кармана скотч.

— Боевиков насмотрелся, — презрительно сказала Наталья.

Она не сопротивлялась, даже сама протянула руки — и я скрутил их скотчем. Потом прикрутил ее к табуретке. Тишина была мертвящая, страшная — даже на улице ни гула проезжающей машины, ни пьяных гуляк, ни хлопающих дверей подъезда.

— Успокоился? — холодно спросила Наталья, когда я отложил рулончик скотча и сел на другую табуретку. — Ну объясняй теперь, чего хочешь? Квартиру на тебя переписать? Трудновато будет...

Я ее не слушал. Я внимательно изучал кухню. Восемь квадратных метров, да комната — двадцать, да еще десять на ванну, туалет, коридор... невелики хоромы. Если затратить очень много сил и средств, то все можно замаскировать до неузнаваемости даже за восемь часов.

Замаскировать — но не переделать.

Чудес не бывает.

И мне надо найти следы моей квартиры в этом чужом жилье.

Что первое?

Кафель.

Я ковырнул ножом кафельную плитку. Все в порядке, кафель, а не наклеенная поверх цветная пленка. Поддел затирку между плитками — тоже ничего не понять. Сухая. Может быть, старая. Может быть, быстросохнущая.

Наталья засмеялась.

— Рот заклеить? — спросил я. — Могу.

— Ты ковыряй, ковыряй, — добродушно сказала девушка. — Потом заставлю ремонт сделать.

Обои.

У самого пола, в незаметном месте, я надрезал кусочек обоев и оторвал. Под ними была стена. Следов прежних обоев не наблюдалось. Содрали? Могли, конечно...

— Дурак ты, — сказала Наталья.

Я сел на пол, крест-накрест вспорол линолеум — грубо, посередине кухни. Подошел Кешью, обнюхал дыру в полу — старого линолеума там не было. Зарычал на меня и отступил.

— Ну сам посуди — если документы действительно каким-то волшебством поменялись, если все друзья тебя забыли, то что ты собираешься здесь найти? — Наталья хихикнула. — Следы ремонта?

Я протянул руку к Кешью — пес увернулся. Ответил:

— И сам не знаю. Но про друзей я тебе ничего не говорил.

Наталья замолчала.

Я посмотрел ей в глаза, покачал головой:

— Это ты зря сказала. Теперь я на сто процентов уверен, что ты в этом замешана. Только не знаю как.

— Что дальше? — Голос у нее оставался совершенно спокойным. — Пытать будешь? Убьешь? Ты не в тайге, родной. Ты теперь для всех — спятивший маньяк. Без документов, без прошлого. Ворвался в чужую квартиру, убил хозяйку. Смертную казнь у нас отменили или как?

— Вроде как отменили.

— Пятнадцать лет в зоне — тоже не сахар. Ну? — Наталья победно улыбнулась. — Развяжи-ка меня, Кирилл. Сядем как люди, чаек поставим, поговорим по душам.

Больше всего на свете мне хотелось залепить ей пощечину. И не надо говорить, что бить женщин нехорошо! Таких — нужно!

Вот только бесполезно. Наталья в истерику не впадет, в коварных планах не сознается.

Можно плюнуть — даже в физиономию. И уйти — пусть сама освобождается, перегрызает скотч и хихикает в свое удовольствие.

А можно попробовать поговорить.

Я встал и подошел к Наталье. Она с улыбкой вытянула руки — я поднес к ним нож, чтобы разрезать скотч.

— Лопух, — с улыбкой сказала Наталья. И пронзительно завопила: — Помогите! Убивают! Убива...

Ничего я не успел сделать! Ни опустить руку с ножом, ни заткнуть ей рот. Продолжая кричать, Наталья приподнялась вместе с примотанной к заднице табуреткой — и рванулась вперед. Прямо на нож.

Лезвие дурацкого китайского ножа вошло ей под левую грудь. Мне на руку толчком выплеснулась кровь. Девушка перестала кричать, будто подавилась собственным голосом. Вскинула голову и прошептала:

— А что теперь придумаешь, Киря?

Я отпрыгнул — невольно выдергивая нож из раны. Наталья, скрючившись, упала на пол. Из-под нее потекла кровь, собираясь в разрезанном линолеуме. Кешью зарычал, прижался к полу и стал подползать к ней.

Никогда в жизни мне не было так страшно.

Я всегда считал, что всякие там «ослабевшие руки», «подкосившиеся ноги», «холодный пот» — это выдумки романистов. Когда мне доводилось попадать в передряги, то я, наоборот, заводился и становился деятельным. Отец по этому поводу одобрительно говорил — «адреналиновая реакция на стресс».

Сейчас я не падал только потому, что привалился к дверному косяку. Ноги дрожали, я весь был мокрый от пота. Нож я держал в вытянутой руке, и пальцы сжались так, что не расцепить.

Хотя — зачем мне его выбрасывать? На радость милиции? Проще всего зарезаться вслед за Натальей. Пусть следователи строят версии о несчастной любви. И одним кинжалом он убил обоих...

В дверь позвонили.

Надо же...

— Эй, соседка! — донесся до меня голос Петра Алексеевича. — Эй, у тебя все в порядке? Наташа?

Когда Наталья упала, у меня на секунду мелькнула надежда, что вместе с ее смертью развеется и морок. Меня вспомнят друзья, соседи, сослуживцы...

Нет, не сработало.

Я все тот же человек без прошлого — да еще с ножом в руках и трупом у ног. И ни одна сволочь не поверит, что Наталья сама наделась на нож.

В дверь постучали.

Кешью завыл, лежа у тела Натальи. Пронзительно, истошно — никогда не думал, что он способен выть, даже оплакивая хозяйку...

Да какую, к чертовой матери, хозяйку! Аферистку-самоубийцу!

Кешью взвыл особенно жалостливо. Я даже дернулся к нему, чтобы взять на руки, успокоить (все собаководы советуют этого не делать — но вы когда-нибудь слышали щенячий плач?). Но Кешью сразу же оскалился на меня.

Собака мне не верит.

И никто не поверит.

Меня посадят. А не надо было приходить в чужой дом с ножом!

— Милицию уже вызвали! — донесся из-за двери визгливый голос соседки. — Щас приедут, разберутся!

Была в этом голосе такая жажда крови — не обязательно моей, чьей угодно, лишь бы случилась эта кровь, нашлось о чем сплетничать с подругами по телефону, что я взглянул на нож. А не выйти ли, не зарезать ли старую стерву? Сделать напоследок доброе дело для человечества. Тварь ли я дрожащая?

Наверное, тварь. Не зарежу. И Наталью бы не тронул, права она была.

Долго ли наша милиция едет на вызовы?

А какая разница... Через окно я не удеру, шестой этаж. У дверей караулит Петр Алексеевич, мужик при всем его пьянстве и грубости правильный. Влепит в рожу — тут я и лягу...

— Попал я, Кешью, — сказал я. — И даже ты меня предал!

Кешью рычал.

С его точки зрения он никого не предавал, напротив — как мог защищал хозяйку.

Огибая по дуге собаку, я прошел в комнату. Выглянул в окно. Раз уж мир сошел с ума, почему бы у моего окна не возникнуть пожарной лестнице?

Не было никакой лестницы. Зато во двор неторопливо въезжала милицейская машина. Сирена была отключена, но мигалка помаргивала синим.

Вот и все.

Милиция всегда опаздывает к месту настоящих преступлений, зато в моем случае...

В дверь стали звонить непрерывно. Почему-то вспомнилось, как в раннем глупом детстве баловался с друзьями — бегали по подъезду и звонили в чужие двери. Высшим достижением было звонить очень долго, но все-таки успеть убежать до того, как откроется дверь... Потом мы нарвались на мужика вроде Петра Алексеевича, который по квартире ходил очень тихо, по лестнице бегал очень быстро, а пройтись ремнем по жопе малолетнего сорванца считал правильной воспитательной методикой...

Я пошел к двери. Зацепился чем-то за стену, недоуменно глянул на зажатый в кулаке нож. Бросил его на пол. Какой смысл стирать отпечатки пальцев при таком количестве улик?

Звонок надрывался, и самым важным казалось прекратить этот звон.

Как во сне я повернул головку замка и открыл дверь.

На меня уставились Петр Алексеевич и Галина Романовна. Похоже, они уже и не ожидали, что дверь откроется. Наверное, я мог бы сейчас рвануться, проскочить мимо них и броситься вниз... прямо в руки милиции.

Петр Алексеевич все еще держал палец на кнопке звонка.

— А-а-а! — протяжно взвыла соседка, уставившись на мои руки. — Кровь, кровь! Убил!

И — вот чего не ожидал — закатила глаза и грохнулась в обморок.

Зато Петр Алексеевич отреагировал так, как я и ожидал. Навстречу моему лицу вылетел здоровенный кулак, мир завертелся, и я кулем осел рядом с соседкой.

Почему-то даже уложив меня на пол, сосед продолжал звонить. Или это звенело в ушах? Я потряс головой, пытаясь прийти в себя. Перед глазами почему-то оказалось две пары грубых шнурованных ботинок, все остальное плыло и было не в фокусе. Донесся сквозь звон чей-то суровый голос:

— Прекратите звонить! И нечего своевольничать, рукоприкладством заниматься...

Через меня перешагнули, заглянули в квартиру. И тот же голос, чуть изменившись, добавил:

— Для этого в стране милиция есть.

Ботинки вернулись — и один из них со всего маху ударил меня под ребра. С каким-то неожиданным облегчением я закрыл глаза и провалился в беспамятство.

В маленькой зарешеченной клетке милицейского УАЗа воняло хлоркой. Едкая вонь навевала унылые мысли о казенном доме, муниципальных больницах и прочих местах, где требуется перебить запах нечистот и уменьшить число микробов.

Я пришел в себя лежа на железном полу, скорчившись в три погибели. Руки были скованы за спиной.

К моему удивлению, машина стояла. Мне очень смутно вспомнилось, как меня протащили по лестнице, надели наручники и зашвырнули в «клетку». Видимо, собирались везти в отделение. Или куда там везут задержанных с поличным убивцев...

Но машина по-прежнему стояла — я почему-то был в этом уверен — возле моего дома. Моего бывшего дома.

Изгибаясь всем телом, я встал. Заглянул в зарешеченное окошечко двери. Стекла за решеткой не было. Воздух свободы был свежим и чистым после дождя. Поблескивали в свете фонарей мелкие лужи.

Да, все верно. «Уазик» стоял у подъезда. Рядом появилась еще милицейская «волга». Собирают улики?

А меня на время оставили в покое?

Что-то было в этом неправильное. Либо вези в участок, либо допрашивай над свежим трупом, к чему полумеры...

Из подъезда вышли двое. Один, похоже, обычный пэпээсник, возможно, тот самый, что бил меня ногами. А другой в штатском. Следователь, поднятый с постели?

— ...бытовуха, — донеслось до меня. — Торговка с рынка, привела хахаля...

— Разберемся, — мрачно сказал человек в штатском. — Ладно, сержант, спасибо за службу. Можете ехать... Да! Кто там у вас сидит?

Он мотнул головой в сторону уазика.

— Там? — Милиционер вроде бы задумался. — Пьянь какая-то.

— Где задержали?

— У метро, — как-то не очень убедительно сказал мент. — Давно уже. Да нет, не ваш клиент.

Человек в штатском вернулся в подъезд. А пэпээсник подошел к «уазику». Я присел на пол. Сердце зачастило. Неужели... Да нет, не может быть!

Где-то рядом щелкнула зажигалка, потянуло сигаретным дымком. Потом хлопнула дверь машины и кто-то сказал:

— Ну что там, старшой? Я прикемарил малость...

— Нож нашли, отпечатки сняли... Собачонку сосед к себе взял... Курить будешь?

— Давай.

Снова щелкнула зажигалка. Дымок стал гуще. Я не выдержал и попросил:

— Мужики, дайте сигарету...

Некоторое время никакой реакции на мои слова не было.

Потом сержант спросил:

— Слушай, а где мы его подобрали? Все из головы вылетело...

— У метро вроде, — подумав, сообщил водитель. — Или во дворах на детской площадке?

— Вроде как воспитывать его пришлось, — продолжил сержант. — Черт, с этой работой...

Дверь с грохотом открылась. Два милиционера неприязненно, но без особой ненависти уставились на меня.

— Мужики, дайте закурить, — попросил я.

— Проспался? — спросил сержант.

Я униженно закивал.

— Кури.

Мне в зубы всунули мятую «мальборину». Поднесли огоньку. Я жадно затянулся и, пьянея от никотина и собственной наглости, спросил:

— Долго ездить-то будем? Меня скоро и в вытрезвитель не примут.

Водитель заржал:

— А что, так рвешься?

— Совсем не рвусь, — признался я. — Жена убьет. И так скандал будет, ревнивая она у меня, а если в вытрезвитель залечу...

— Повернись, — велел сержант, затаптывая окурок.

Я с готовностью повернулся. Получу дубинкой по башке или...

С меня сняли наручники.

— Иди домой, гуляка, — беззлобно сказал сержант. — Девку тут зарезали... не до тебя сейчас. Кому-то горе, а кому-то удача.

Я выпрыгнул из машины. Стал растирать затекшие руки. Заметил пятно крови на рукаве — и спрятал ладони в карманы. Сказал:

— Спасибо большое. Чтоб я еще так нажирался...

— Ну-ну, — скептически произнес сержант. Все-таки в его взгляде оставалась недоверчивость. Его что-то смущало... едва-едва, но смущало. — Где мы тебя подобрали-то, помнишь?

— У метро, во дворах, — с готовностью ответил я. И начал переминаться с ноги на ногу, как человек, мечтающий отлить. Особо притворяться не требовалось.

— Доберешься сам?

— Мы же в Медведково? — Я начал озираться. — Ну да, конечно! Спасибо!

— Ты там не нагадил? — вдруг встрепенулся водитель. Бдительно осмотрел клетку и подобрел. — Ладно, вали к своей ревнивой...

Милиционеры смотрели мне вслед, пока я уходил. Вполне равнодушно смотрели. Не было им больше смысла возиться с подобранным у метро пьяным, везти его, уже пришедшего в себя, в вытрезвитель...

Это что же получается?

Я уже совсем никто?

Я могу убить — и через час... часы остались? Остались и даже не разбились. Через два часа задержавшие меня менты уже не помнят, где и когда меня задержали...

Ноги сами вынесли меня в подворотню. Я подошел к углу, расстегнул ширинку. Что уж теперь, после всего случившегося...

Я стал идеальным преступником. Могу воровать, грабить, убивать. Меня не запомнят никакие свидетели. Если не убьют при задержании — то отпустят.

Ребра, кстати, болели. Переломов, наверное, нет, а вот ушибы или трещины — запросто.

Но в карманах остались деньги и ключи от родительской квартиры, на руке — часы, на поясе — мобильный. Все в порядке. Полпервого ночи. Еще успею доехать к родителям на метро. Вымыться, чего-нибудь съесть и подумать, что делать дальше.

Преступником я быть не хочу. Даже идеальным.

Но что я могу сделать? Наталья мертва — и у меня не осталось ни одной ниточки к прошлому.

Только ключи от родительской квартиры.

Я вертел их в руках, выходя из подворотни на улицу. И когда металлический ключ переломился у меня в пальцах, ничуть не удивился.

Этого следовало ожидать.

6

Супермаркеты придуманы для многодетных семей. Круглосуточные супермаркеты — для мизантропов.

Нормальный человек не отправится среди ночи за покупками в огромный мультиплекс. Бутылку водки для продолжения пьянки проще купить в магазинчике у метро. Набирать полную тележку продуктов во втором часу ночи — удел людей, мечтающих жить на необитаемом острове.

Я стоял у молочных витрин, изучая бесконечные ряды йогуртов. Есть не хотелось, а нести продукты было попросту некуда. Но мне требовалось оказаться среди цивилизации — в ее самом вульгарном, товарном воплощении. Жратва, выпивка, бытовая электроника, дешевые тряпки. Негромкая музыка из невидимых громкоговорителей. Редкие покупатели, беззвучно бродящие по залу.

Вот молодой человек набивает тележку пакетами с молоком и картонными упаковками яиц. Кто это? Сумасшедший едок омлетов? Менеджер ресторана «Млеко-яйки»? Изобретатель новой чудо-диеты?

А кто этот просто одетый мужчина, сосредоточенно изучающий журналы по элитной недвижимости? Эксцентричный миллионер, присматривающий особняк на Рублевке? Нищий архитектор, не желающий отставать от новых тенденций в дизайне? Мазохист, которому хочется увидать, как живут сильные мира сего?

Ну, с парочкой, что прихватила в зале две бутылки шампанского и коробку конфет, а на кассе — пачку презервативов, все понятно. Вот только еще одна сопутствующая покупка, рулон туалетной бумаги, выглядит в корзине смешно и неуместно.

Первым делом я взял зарядник для телефона — будто у меня имелась для него розетка. Положил в свою тележку фляжку дешевого дагестанского коньяка. Подумал и добавил плитку шоколада и бутылку минералки. Можно всю ночь провести в торговом зале, охрана скорее всего на меня внимания не обратит. У маленького кафетерия в супермаркете есть туалет, я его уже посетил и долго отмывал с рук следы крови. Но смысл здесь оставаться? Проще сесть на лавочку перед супермаркетом и дать бой всем проблемам традиционным русским способом...

Идти мне некуда. Звонить некому. Даже родителям. Нет у них больше сына по имени Кирилл, уверен.

Я медленно двинулся к кассе. Кредитная карточка цела, но без паспорта ничем мне не поможет. Зато наличные пока не собирались рассыпаться. Вот ведь гадость какая, вопреки всем пословицам деньги оказались надежнее друзей!

За пересчитыванием на ходу купюр меня и застал телефонный звонок.

Сейчас, когда мобильные телефоны играют любую музыку, от Бетховена до «Уматурман», самый оригинальный звонок — это простой «дзинь-дзинь». Как в старых телефонах, где еще не было никаких микросхем, а всего лишь барабанил по чашечкам звонка маленький молоточек.

Я достал трубку и уставился на надпись «номер засекречен».

В общем-то ничего эта надпись не значит. Вовсе не обязательно звонит президент или иная большая шишка, чей номер смертным знать не положено. Обычный сбой определителя...

— Алло, — сказал я.

— Кирилл.

Не вопрос, скорее утверждение. Сильный мужской голос, в меру властный и доброжелательный.

— Да.

— Запоминай путь. Метро «Алексеевская». Сразу из метро — налево. Вниз по лестнице. Идешь по тропинке между домами...

— Кто это говорит? — воскликнул я. — Что вы хотите?

— Запоминай путь.

— Я никуда...

— Как угодно.

Невидимый собеседник умолк.

— Алло? — осторожно спросил я.

— Запоминай путь. Метро «Алексеевская»...

Я сдался.

— Послушайте, просто назовите адрес!

— Запоминай путь.

Не знаю, чем бы закончился этот разговор, остановись я в зале. Мог бы и упереться, отказаться ехать неизвестно куда. Но я продолжал идти — и обнаружил, что миную кассиршу. Девушка равнодушно смотрела сквозь меня.

Я сделал еще шаг, прокатывая тележку сквозь рамку сигнализации. Раздался тревожный писк. Девушка вздрогнула, ее взгляд сфокусировался на мне.

— Не спите, — сказал я, откатывая тележку назад и выкладывая на транспортер кассы свои покупки.

И добавил в трубку:

— Подождите секунду. Я включу диктофон.

Машину я поймал с огромным трудом. То ли никому не хотелось среди ночи и под снова зарядившим холодным дождем сажать пассажира, то ли меня совсем перестали замечать. Судя по продавщице в супермаркете — второе.

Наконец остановился старый «жигуленок», для разнообразия — с русским водителем. Для себя я решил, что желание заработать способно преодолеть любую чертовщину.

За последние полтораста рублей я доехал до «Алексеевской». Перешел проспект Мира по переходу — даже в два часа ночи там было довольно многолюдно. Теснились кучкой легко одетые ярко накрашенные девицы. Торопились домой пассажиры последних поездов. Подошел к метро — на вход станция уже не работала, но люди еще понемногу выходили.

Вниз по лестнице и между домами...

Чем дальше от метро, тем безлюднее становилось вокруг. Даже теплым летом мало кто гуляет в третьем часу. Что уж говорить о холодной дождливой осенней ночи!

Я шел, временами доставая телефон и прослушивая запись на диктофоне. Никогда не считал себя мастером ориентирования в городе, но кроки мне дали на удивление четкие. Налево — здание милиции. Проходим мимо, сворачиваем...

Безумный день!

С утра у меня еще была какая-то вера в обыденность происходящего. К вечеру стало ясно, что банальными бандитами ситуацию не объяснить.

Потом предполагаемая аферистка покончила с собой. Я был бит справедливо возмущенными гражданами и доблестными защитниками порядка — после чего отпущен.

Получил звонок непонятно от кого — и пошел в ночь неизвестно куда.

Ну не идиот ли?

Очередная порция ориентиров вывела меня к длинному сталинскому дому. Если я правильно понял, то за ним будет какая-то мелкая станция полуживой железнодорожной ветки. Последний ориентир.

Удивительно, но мне совсем не было страшно. Бить меня сегодня уже били, а убивать — после всего произошедшего — просто нелепо. Хоть я и очень себя люблю, но прекрасно понимаю — не стоят моя жизнь и мое имущество таких усилий.

Скорее мне было интересно.

А раздражал больше всего дождь, припустивший с новой силой и ставший совсем холодным.

Когда я обогнул дом и вышел к станции, ботинки у меня промокли насквозь, куртка стала влажной и тяжелой, джинсы облепили ноги холодными компрессами.

И что хорошего тут меня ждет? Даже не станция, платформа. Крошечная будочка кассы закрыта, тускло светит лампочка над дверью. Два павильончика магазинов, оба ярко освещены, на одном гордо написано «круглосуточно», но дверь тоже закрыта, сквозь стекло просвечивает табличка «перерыв 15 минут».

Я последний раз включил диктофон, прижал мобильник к уху.

«Стань лицом к круглосуточному магазину. Повернись направо. Пройди тридцать шагов», — сообщил чужой вежливый голос.

Я встал, повернулся и пошел — в чахлую лесополосу, тянущуюся вдоль насыпи с путями. К подошвам липла размокшая глинистая земля, с голых веток сыпались каскады брызг. Из темноты проступила приземистая кирпичная башня. Вдоль железки полно таких старых водонапорных башен. Наверное, их строили еще во времена паровозов, заполнять огромные котлы...

Впрочем, на этой башне белым кирпичом был выложен год: «1978». Паровозов в ту пору уже не водилось. Хотя один друг мне рассказывал, что паровозы до сих пор стоят в депо, законсервированные — на случай войны или прочих катаклизмов нет более надежного транспорта.

— Ау-у! — негромко позвал я. — Кто звал меня?

Тишина. Сеет с неба холодный дождь, спят в своих кроватях добропорядочные граждане, пьют на кухнях алкоголики и интеллигенты, в подвалах и на чердаках пригрелись бомжи в обнимку с дворовыми собаками.

Все люди как люди, один я в мокрых штанах и в поисках приключений.

Никто не откликался. Никто не спешил разъяснить мне, что именно происходит, — ну или огреть дубинкой по затылку.

Я подошел к башне. В крепкой стене красного кирпича была небольшая железная дверь. В водонапорных башнях есть двери? Никогда не приглядывался... Да еще и против обыкновения не с навесным замком. Просто дверь с металлической ручкой в глухой стене. Я некоторое время смотрел на дверь, представляя себя, как тяну, открываю — и обнаруживаю...

Что?

Да что угодно!

Чего только не помещали за такими дверями коллеги писателя Мельникова! Райские кущи. Миры, где трубят в боевой рог мускулистые герои, отмахиваясь тяжелой острой железякой от злых чудовищ. Сонные провинциальные городишки, оккупированные бесчувственными инопланетянами. Вход в секретные лаборатории спецслужб. Древнюю Русь разной степени сусальности — в зависимости от знания автором истории. Я прямо-таки услышал бодрый голос фантаста: «Будь я Холопов, вы бы попали в подземные катакомбы...»

У меня хлюпнула вода в ботинке. Без всякой уверенности я взялся за ручку.

И замер.

Что вы почувствуете, взявшись за металлическую ручку на двери заброшенного строения под холодным осенним дождем?

Ну да. Влажная ржавчина, стылый металл, общая грязь и неуютность. Я тоже это почувствовал.

Но одновременно...

Такое чувство, словно, придя с промозглой улицы, я переоделся в домашнее — старую заношенную рубашку и брюки, которые не наденешь на люди, но в которых уютно и комфортно; налил в большую кружку крепкого горячего чая и открыл новую книжку любимого писателя. Прочитал несколько страниц и удовлетворенно посмотрел, как много еще страниц впереди...

Теплота, спокойствие и ожидание чего-то хорошего...

Я оторвал руку от дверной ручки. Пальцы были в мокрой рыжей грязи.

Ощущение тепла не проходило.

Предвкушение праздника — тоже.

Я потянул дверь на себя, она открылась мягко, будто петли недавно смазывали. Я шагнул в темноту. Помедлил секунду.

Тут никого не было. Я это знал так четко, будто тщательно осмотрел все помещение.

Совершенно привычным движением, будто войдя в свой дом, я пошарил левой рукой по стене, наткнулся на выключатель и вдавил клавишу. Загорелся свет.

Просторная пятиугольная комната. Двери, оказывается, были в каждой стене. Очень чисто, никаких следов ночевок бомжей или подростковых гульбищ. Кирпичные неоштукатуренные стены, ровный бетонный пол, с низкого потолка свисает на проводах несколько лампочек без абажуров. Посередине — вертикальная металлическая лестница, уходящая в открытый на потолке люк.

Явно не жилое помещение.

Похоже на ангар или гараж.

Никак не на водонапорную башню.

Бессмыслица какая-то...

Я прикрыл за собой дверь. Обнаружил и задвинул засов. Прошел вдоль стен, дергая остальные двери. Все они были закрыты — на засов изнутри и, видимо, снаружи.

В возрасте лет десяти такие помещения вызывают восторг. Не зря дети обожают играть на стройках, к ужасу родителей и справедливому возмущению рабочих. Для взрослого человека ничего хорошего тут не было.

Но ощущение уюта, правильности этого места — не проходило. Я поймал себя на том, что по-хозяйски неодобрительно смотрю на грязные следы своих ног.

Ладно, оглядим второй этаж.

Я вскарабкался по лестнице — подошвы скользили на неудобных, сваренных из трубок ступеньках. На втором этаже лестница не кончалась, но люк на третий этаж был закрыт и не поддавался моим усилиям. Второй этаж оказался чуть уменьшенной копией первого — только вместо дверей здесь были наглухо закрытые железными ставнями окна. А когда я нашел выключатель и зажег свет, то обнаружил и мебель — два стула, стол, деревянную койку с матрасом, подушкой и одеялом, но без постельного белья. Все чистое, новое, будто только что из магазина. Мебель самая простая, словно кустарная.

Гладко оструганные доски, крепко завинченные шуру-
пы. Глаз не радует, но не развалится...

— И чего вы от меня хотите? — громко спросил я.

Если за мной кто-то и следил, то отвечать явно не
входило в его планы.

Возле выключателя нашлась розетка. Я включил телефон на зарядку и поставил будильник на восемь утра.
Пакет с покупками из супермаркета бросил на столе.
Спустился вниз, выключил свет на первом этаже. Поднялся, выключил свет на втором. На удивление легко нашел в полной темноте кровать, с наслаждением снял
мокрые туфли, разделся и развесил мокрую одежду на
стульях.

Лег.

Все начнется утром. Не знаю, что именно, но ночь в
моем распоряжении...

Некоторое время я тихо лежал, прислушиваясь к пере-
стуку дождя за окном. А потом легко, ни о чем не думая,
уснул. Если мне что-то и снилось, я этого не запомнил.

Проснулся я не от будильника, а от ворвавшегося в
сон стука. Несколько блаженных секунд не помнил, где
я и что со мной приключилось. А потом вспомнил все —
разом. Лающий на меня Кешью, витийствующий Мельников, рассыпающийся паспорт, кровь на моих руках,
голос в телефоне...

Открыв глаза, я сел на кровати. Оказывается, ставни
на одном из окон были закрыты неплотно, и в комнату
проникал слабый утренний свет. Неожиданно белый...
будто зимой. Поежившись — было прохладно, — я подошел к окну. Вечером я и не пробовал открыть ставни, но
это оказалось неожиданно просто. Вначале я открыл
створки окна, потом откинул защелку с блестящих, будто никелированных ставен. Распахнул их.

В комнату ворвался свежий холодный воздух. И свет — много света. Окно выходило не на железку, а в какой-то тупичок, застроенный старыми кирпичными домами промышленного вида, почти без окон. Все было припорошено чистым, чуть розоватым в лучах восходящего солнца, еще не истоптанным снегом. Тень от башни падала на снег и поднималась на глухую стену соседнего здания. Больше всего строения походили на какие-нибудь заводские корпуса девятнадцатого века постройки, еще не переоборудованные ушлыми дельцами в дискотеки и ночные клубы.

Несколько минут я с удовольствием дышал, чуть щурясь от яркого света. Откуда взялась эта заводская окраина? В Замоскворечье таких много, где-нибудь в районе Измайловского — тоже хватает. Никогда не думал, что такие районы есть между «Рижской» и «Алексеевской», стоит лишь чуть отойти от проспекта Мира...

Закрыв окно — стало совсем холодно, — я принялся торопливо одеваться. Джинсы высохли, рубашка тоже, а вот туфли остались влажными. Да, рано пришла зима. А я совсем не по погоде одет...

Снизу донесся стук, и я вздрогнул, вспомнив причину пробуждения. Кто стучится в дверь ко мне? Уж никак не почтальон...

В полминуты закончив одеваться, я сунул в карман мобильник и сбежал вниз по винтовой лестнице.

Почти сбежал. Остановился на последней ступеньке и вцепился в деревянные перила. Меня пробило мелкой дрожью, и холод тут был ни при чем.

Какая, к чертовой матери, винтовая лестница?

Вечером это была обычная металлическая лесенка вроде пожарной. Дурацкая, неудобная.

Сейчас — винтовая лестница в полтора оборота. Деревянная — и перила, и ступеньки, и центральный столб.

Очень по уму сделанная — ступеньки шероховатые, не скользкие, перила — как раз на нужной высоте, рука сама на них ложится.

Я вспомнил, как искал следы ремонта в своей бывшей квартире. Наивный! Тут ухитрились поменять целую лестницу, пока я спал...

Кстати, не только лестницу! Вчера пол на первом этаже был бетонный. Сегодня — деревянный. Широкие, плотно пригнанные друг к другу доски, не лакированные, как паркет, а будто пропитанные темным маслом. Очень благородно выглядит, ничего не скажешь.

А лампы на потолке оказались забранными в решетчатые металлические абажуры. Это слегка напоминало уличные фонари, но в принципе тоже смотрелось неплохо.

Можно было сказать, что мои жилищные условия после некоторого падения стремительно улучшались. Позавчера утром я был владельцем маленькой однокомнатной квартиры, вчерашний вечер встретил бомжом, лег спать в заброшенной башне у железной дороги. Теперь у меня были двухэтажные апартаменты с интерьером, не лишенным определенной роскоши.

Стук повторился, и теперь уже было понятно, что стучат в одну из дверей. Причем, если я совсем не потерял ориентацию в пространстве, не в ту, через которую я вошел.

Я подошел к двери, помедлил секунду. Решительно отодвинул засов и распахнул дверь.

Да, входил я не здесь. Эта сторона башни выходила в заснеженный заводской тупичок. А на снегу переминался с ноги на ногу мужчина средних лет в серой суконной униформе с большой медной бляхой на груди, в сапогах, в меховой фуражке и — с толстой сумкой на ремне. Нетерпение на его лице при моем появлении сменилось воодушевлением.

— Мать моя... — сказал я.

— Что? — растерянно спросил мужчина. Оглянулся и с недоумением пожал плечами. — Ваша матушка?

— Нет... ничего. Э...э?

— Доброе утро. Чудный денек, не правда ли? Почта. Мужчина похлопал по сумке. Посмотрел на меня с некоторым подозрением.

— Да, конечно. Доброе утро. Я догадался.

— Почта, — повторил мужчина. — Два пакета и письмо.

Пакеты были прямоугольными, увесистыми. Письмо — в простом белом конверте, без марок и адреса, никак не подписанное.

— Спасибо, — принимая пакеты и письмо, сказал я. Почтальон учтиво приподнял фуражку — не представляю как, но жест вышел естественным. — Я... э... вам что-нибудь должен?

— Нет-нет, все оплачено, — вежливо ответил почтальон. — Всего доброго.

Он развернулся и пошел, огибая башню. Я выждал пару секунд — и, повинуясь безумной догадке, бросился вслед за ним.

Не было никаких сталинских домов, насыпи с железкой, асфальтированной дороги.

Были: заводские корпуса, узкая заснеженная улица между ними и ожидающая почтальона карета. То есть не карета, конечно. Но откуда мне знать, как называется двухколесный открытый экипаж, в который впряжена лошадь? Шарабан? Тарантайка? Тильбюри?

Почтальон неторопливо шел к своему экипажу. А я обежал по свежему снегу вокруг башни — совершенно не похожей на водонапорную, скорее выглядевшую как одна из заводских построек.

Как я уже и ожидал, в башню вела только одна дверь, а на втором этаже было только одно окно. Башня была пятиугольной, метров пятнадцать высотой, немного сужающейся кверху.

Вернувшись к двери, я нырнул внутрь башни. Захлопнул дверь. Пакеты и письмо бросил на пол, а сам кинулся к другим дверям, изнутри их по-прежнему было пять.

Закрыто.

Закрыто.

Третья дверь послушно распахнулась.

Шел дождь. Над Москвой висело серое промозглое утро. Неожиданно резко ударил в нос запах выхлопных газов, мазута, еще какой-то дряни. Стучала вдали колесами уходящая электричка. Я вышел, тут же вляпался в лужу, с ботинок упали и мгновенно растаяли хлопья снега. Обернулся.

Кирпичная башня. Самая обычная старая водонапорная башня. Одна-единственная дверь, одно окно, закрытое ржавыми железными ставнями.

От магазинов донесся обильно сдобренный матюками разговор: «А она... подзаборная... нажрался... как свинья, говорит... все вы, бабы...» Неправедно обиженному что-то визгливо отвечали пропитым, но, наверное, женским голосом.

Здравствуй, любимый город...

Я отступил назад, захлопнул за собой дверь. Закрыл засов.

Эх, писатель Мельников... Зря ты мне не поверил.

Подняв с пола пакеты и письмо, я поднялся на второй этаж. Открыл окно, выходящее на Москву. Отошел немного и несколько минут любовался удивительной картиной: дождливое серое утро в одном окне, яркий зимний рассвет — в другом.

А потом сел за стол и аккуратно вскрыл конверт с письмом.

Из конверта выпал узкий желтоватый листок, вызвавший у меня ассоциацию то ли с повесткой, то ли с телеграммой: качеством бумаги, слепым машинописным шрифтом, пропущенными союзами.

«Кириллу Максимову. Поздравляем прибытием. Обживайтесь. По желанию приступайте работе. Комиссия прибудет послезавтра. Всех благ».

Это «всех благ» меня доконало. Я скомкал листок, бросил на пол. Снова заглянул в окна. Дождь в одном, снег в другом. Два мира и три закрытых окна. Я попытался снять защелку с одного из закрытых окон — она не поддавалась.

Вернувшись к столу, я разорвал один из пакетов. Достал увесистый томик в коричневом кожаном переплете. Не в пластиковом «под кожу», а в настоящем, вкусно пахнущем новой вещью. Почему-то вспомнилось, что в Азии запах кожи считается одним из самых отвратительных... интересно, будь я китайцем или корейцем, из чего оказался бы переплет?

Я осторожно открыл книгу. Никаких выходных данных, разумеется. Хорошая плотная белая бумага, четкая печать. На первой странице — оглавление:

Москва

Товары, разрешенные к вывозу — стр. 3

Товары, запрещенные к вывозу — стр. 114

Товары, разрешенные к ввозу — стр. 116

Товары, запрещенные к ввозу — стр. 407

Я открыл страницу сто четырнадцать. Список был более чем невелик.

«Рабы (лица, обращенные в собственность ближнего своего, состоящие в полной власти его).

Оружие массового поражения (оружие, предназначенное для нанесения массовых потерь)».

Я открыл книгу ближе к началу. И выяснил, что пошлина за один килограмм разрешенного к вывозу перца (черный, красный, белый или зеленый) составляет три тысячи восемнадцать рублей шесть копеек. Зато перчатки облагались пошлиной в размере всего семи рублей за пару. Пергамент — девяносто шесть рублей три копейки за квадратный метр. А павлины (перо) — два рубля семнадцать копеек за десять сантиметров.

— Верещагин, уходи с баркаса... — пробормотал я. Посидел, разглядывая мелкий разборчивый шрифт. Нашел четыреста седьмую страницу.

Кроме рабов и оружия массового поражения, в Москву было запрещено ввозить любые растения и семена, сохраняющие всхожесть, наркотические вещества и любых животных, за исключением эндемичных. Несколько секунд я размышлял, являются ли эндемичными для Москвы верблюды. Или дельфины. Или белые медведи.

В зоопарке ведь они имеются.

Я представил, как по заснеженному тупичку тяжело топают к башне груженные тюками анаши белые медведи с погонщиками-рабами, вооруженными портативными ядерными бомбами. А я гордо встаю у двери и, размахивая книгой, не пускаю груз в Москву...

Я даже подошел к окну, за которым дремали заснеженные заводские корпуса, и бдительно оглядел безлюдную улицу.

Что это? Дыра в пространстве? Нет уж, судя по архитектуре зданий и гужевому транспорту почтальона — скорее во времени.

Или и в пространстве, и во времени.

Или в параллельный мир, вечную радость фантастов. Шел человек, открыл дверь в стене...

Тьфу!

Я разорвал второй пакет. Точно такая же книга, тоже в кожаном переплете, только черного цвета. Оглавление — все те же четыре раздела.

Но вверху — не «Москва», а таинственный «Кимгим».

Что-то в этом слове было от сибирских названий, что-то от азиатских. В одном я был уверен: никогда раньше я не слышал про такой город.

И впрямь проход между мирами?

А при чем тут я? Почему меня вначале забыли друзья, а потом перестали замечать даже менты? Откуда взялась Наташа Иванова и с какой радости она покончила с собой? Кто позвонил и вывел меня на эту башню, смотрящую двумя сторонами в два разных мира (и, никаких сомнений, способную открыться еще в три)? Кто прислал письмо и сборники таможенных правил?

Нет, неправильные вопросы. Не важные. Вначале меня должны интересовать не причины происходящего, а мои действия.

На мне сырая одежда, к тому же — совсем не по погоде. Из еды — шоколадка и бутылка минералки. Денег ни копейки, и пока даже присвоить таможенные сборы нет возможности.

Впрочем, нет худа без добра. Раз уж меня не замечают кассирши, а милиция отпускает после задержания «на месте преступления»...

Я ухмыльнулся и отложил таможенные правила Кимгима.

7

С самого детства, посмотрев первый боевик и прочитав первый детектив, я решил, что грабить людей — нехорошо, а вот обчищать банки или корпорации — очень даже нравственно. Уж не знаю, откуда у меня взялась такая странная мораль, но что-то в ней есть. Я потом в книгах неоднократно встречал такой же подход. Да и в жизни, если разобраться, вора, укравшего кошелек, граждане могут убить на месте, а ловкого мошенника, обворовавшего страну на миллиард, терпят и даже готовы им восхищаться.

Как бы там ни было, но я решил обворовать ближайший крупный магазин. Такой нашелся минутах в десяти пешком от железки.

Для начала я решил запастись продуктами. Прошелся по залу, набрал полную тележку: консервы, копченая колбаса, сухарики, минералка и соки, еще две бутылки коньяка, на этот раз дорогого армянского. На взгляд все это добро тянуло тысячи на две-три. Не настолько много, чтобы персонал ждали серьезные неприятности.

Лучезарно улыбнувшись кассирше, я прокатил тележку мимо кассы. Детекторов тут не было, не настолько крупный магазин, так что визга сигнализации не последовало...

— Гражданин! — раздраженно и одновременно растерянно окликнула меня девушка с кассы.

Я выждал секунду и повернулся:

— Да?

Продавщица, ярко накрашенная молоденькая девица, возмущенно смотрела на меня:

— А платить?

У меня предостерегающе екнуло в груди. Но я еще хорохорился:

— О чем вы?

— Володя! — позвала продавщица.

Охранник тут же подошел к нам.

— Платить не желает!

Никакой забывчивости в ее глазах не было. Наоборот, я готов был биться об заклад, что девушка запомнила меня накрепко и вечером не преминет рассказать семье о наглом воришке.

— Как не желаю? — быстро сдал назад я. — Хотел вначале упаковать покупки.

Более нелепого объяснения и придумать было нельзя.

— А пробить? — помахивая датчиком штрих-кода, будто футуристическим бластером, спросила девушка. — А пробить я товар должна?

— Ой, извините, что-то я совсем задумался... — Выдавив кривую улыбку, я стал выкладывать продукты на ленту транспортера.

Охранник задумчиво посмотрел на меня. Остановил кассиршу, уже подносившую первую банку к датчику:

— Погоди, Танька... У вас деньги-то есть, молодой человек?

Денег у меня не было. Я небрежно достал кредитку:

— Карточку принимаете?

— Принимаем. — Кассирша всмотрелась в карточку. И злорадно улыбнулась: — Только эту не приму.

— Почему?

— А она не ваша.

Смотреть на карточку я даже не стал. Сказал:

— Ой. Иванова Наталья? Это жены, у нас от одного банка...

— Чужую не приму, — облегченно произнесла кассирша.

Зато охранник ехидно улыбнулся:

— Вон банкомат стоит. Утром деньги закладывали. Сними, сколько там тебе надо.

Под его пристальным взглядом я направился к банкомату.

Что сделает охранник, если я брошусь наутек? Вряд ли примется преследовать. Да и в милицию скорее всего не сообщит. Урона магазину я не нанес, а что карточка у меня чужая, так это не его проблемы...

Встав к охраннику спиной, я всунул карточку в щель банкомата (и впрямь владелица Ivanova Natalia). Карточка изменилась — чего и стоило ожидать.

А вот изменился ли пин-код?

И не успел ли банк заблокировать карточку покойной?

Я медленно набрал на пульте: 7739. Подтвердил код.

На экране загорелся запрос суммы.

Я с облегчением выбрал пять тысяч. Потом передумал и набрал девять семьсот — почти все, что на карточке оставалось.

Банкомат равнодушно зашелестел купюрами, выдавая мне новенькие пятисотки и слегка мятые сотни.

Я вернулся к кассе, демонстративно держа деньги в руке. Охранник с явным разочарованием отошел в сторону. Кассирша молча упаковала покупки, я расплатился — и через минуту уже вышел из магазина. Обернулся — кассирша и охранник смотрели мне вслед и о чем-то разговаривали.

Беда.

Куда делась моя вчерашняя неприметность? Ведь я был зрячий в стране слепых. Я был человеком-невидимкой, избавленным от проблем с ходьбой нагишом и босиком.

А сейчас...

Во мне вдруг проснулась робкая надежда. Я сел на лавочке напротив магазина, примостив рядом пакеты с покупками. Достал телефон.

покупками или родителям?

Друзьям.

Родителям.

...Другой. Третий.

Гудок — послышался в трубке веселый отцовский го-

— Слушаю вас!

...сглотнул вставший в горле ком и сказал:

— Это я, Кирилл.

— О, привет-привет! — отозвался отец. И — не успел я обрадоваться — добавил: — Кирилл Андреевич?

— Нет, Кирилл Данилович.

— Э... извините?

— Я твой сын! — крикнул я в трубку.

Несколько секунд длилась пауза. Потом отец как-то очень неуверенно сказал:

— Глупая шутка...

— Я твой сын, — повторил я.

— Сколько вам лет? — спросил отец, понижая голос.

Я растерялся, но ответил:

— Двадцать шесть.

Мне показалось — или в голосе отца послышалось облегчение?

— Не надо так шутить, молодой человек! Глупо и не смешно!

В трубке забили сигналы отбоя. Я рефлекторно набрал снова — но телефон у отца был, похоже, отключен.

Это что же получается? Назад ничего не вернулось...
А зачем отец спрашивал мой возраст?

Я подумал секунду — и вдруг понял зачем. На лицо
невольно наползла ухмылка. Ну, папа! Ну, ты даешь! Значит, у меня может существовать братец, старший или
младший...

Впрочем, какая с того радость, если я сам не существую?

Дверь магазина открылась, вышел охранник, закурил.
Увидел меня — и тут же во взгляде появилась подозрительность.

Нет, новая встреча с милицией мне не нужна, в этот
раз не отпустят.

Подхватив пакеты, я зашагал обратно, к своей башне. Исчезни она или превратись в обычную грязную водонапорную башню — я бы ничуть не удивился. Но башня была на месте, дверь открылась, внутри тоже ничего
не изменилось: винтовая лестница, простая меблировка
на втором этаже. Минералка и коньяк так и стояли на
столе. Я выложил покупки, сразу же понял, что забыл
купить хотя бы пластиковую посуду и столовые приборы.
Колбасу пришлось грызть. Впрочем, это не помешало
мне позавтракать колбасой с сухариками, запить все минералкой и глотком коньяка, после чего некоторое время
постоять у окна, выходящего в чужой мир.

Снег. Здания красного кирпича. Солнце стоит высоко, но уже нагнало облаков... как бы снова не начался
снегопад.

Конечно, стоило выйти в этот мир. Поискать хоть
какие-то разгадки. Но вначале мне потребуется теплая
одежда... и с моими финансами закупки придется делать
на вещевом рынке.

Утреннее воодушевление развеялось как дым.

Так не бывает! Уж если существуют иные миры — то там должны водиться чудовища и прекрасные принцессы. Первых уничтожают, вторых спасают. А тут глухая улочка и заброшенные здания...

Некоторое время я мрачно смотрел в окно. Потом сказал сам себе:

— Нечего сидеть. Все ответы где-то там. А еще — чудовища и принцессы...

Убежденности в своем голосе я не заметил. Но встал и вышел — в Москву.

Мне все-таки удалось обойтись без визита на вещевой рынок. Я вспомнил про магазин в районе ВДНХ, где торговали конфискованными поддельными брэндами, нераспроданными остатками модных когда-то коллекций и прочими товарами с подозрительно низкими ценами. Там мне удалось приобрести теплую куртку, пошитую трудолюбивыми китайцами, вязаный берет неизвестного происхождения (надпись «Design of Italia» меня ни в чем не убедила, наоборот, укрепила в сомнениях) и зимние ботинки, имеющие одно неоспоримое достоинство — они были сухие.

Впрочем, кому-нибудь мог понравиться и их удивительный бледно-зеленый цвет.

С покупками в большом пакете, за который экономные торговцы сомнительным товаром не преминули содрать пять рублей, я вышел из магазина. Тут-то меня и поймал телефонный звонок.

— Да? — ответил я.

— Кирилл? — раздалось из трубки.

У меня потеплело на душе.

— Да! Котя, привет!

— Кхм... — Котя явно не рассчитывал, что его узнают. — А как твоя фамилия?

— Максимов.

— Угу. Да. Слушай, мы с тобой два дня назад...

— Коньяк пили, — устало сказал я. — Все ясно. Ничего не помнишь, но опять нашел свою запись? Как там старый ловелас физрук, научил старшеклассницу в шпагат садиться? Ты еще посмотри на подоконнике, там две пустые бутылки стоят. Одна «Арарат»...

— Так это серьезно все? — спросил Котя убитым голосом.

— А ты что думал?

— Хакеры шалят... влезли на мой компьютер и написали...

Нет, надо быть Котей, чтобы верить в таких хакеров.

— Слушай, я тебе ничего доказывать не буду, — сказал я. — Вчера мы вместе ходили к твоему знакомому фантасту. А потом ты меня забыл. За десять секунд.

— А где ты сейчас? — помолчав, спросил Котя.

Я насторожился.

— Зачем тебе?

— Ну... неудобно. Странно все как-то... Приезжай?

— И чем это кончится? — почти весело спросил я. — Я приеду. Буду долго доказывать, что мы с тобой знакомы. Мы выпьем две бутылки. К утру ты протрезвеешь и опять мне не поверишь. Знаешь, что... Приезжай лучше ты.

— Куда?

— Станция «Москва-3». Это в городе, недалеко от метро «Алексеевская»...

— Я найду. Посмотрю по карте. — Котя явно решился. — Через час... нет, через полтора буду. Э... тебе надо чего-нибудь?

— Нет, спасибо. Я тебя буду ждать у круглосуточного магазина на станции, если понадобится, там и возьмем. Только учти, — не удержался я, — третий день подряд пить — это уже запой.

— А как я тебя узнаю? — беспомощно спросил Котя.

— Я тебя сам узнаю.

Спрятав телефон, я подумал, что зря мы с Котей не догадались сфотографироваться. Сразу, в первый вечер, когда все только началось. Вот и было бы доказательство знакомства...

Как известно, если ты понял, что сделал глупость, то сокрушаться малопродуктивно. Куда полезнее не повторять этой ошибки. В магазинчике фототоваров у метро я купил одноразовый «пляжный» фотоаппарат, по случаю приближающейся зимы стоивший всего две сотни. На что-нибудь более серьезное деньги тратить было жалко — никаких поступлений у меня не предвиделось.

А еще я купил швейцарский перочинный ножик. Больше всего мне понравилось, что лезвие в нем маленькое и без стопора.

Ловушек я не ожидал, но на всякий случай обосновался в отдалении от магазинчика, на полпути к своей башне. Купил бутылку пива и тихонечко распивал ее, прохаживаясь по дорожке. Человек в ожидании поезда пьет пиво, что может быть безобиднее...

Котя не подвел и приехал вовремя. Вылез из такси, воинственно поправил очки и стал озираться. Несколько минут я изучал окрестности, но никакой группы захвата не заметил. Да кому я нужен...

— Котя! — окликнул я бывшего друга, подходя ближе.

Котя подпрыгнул на месте и уставился на меня с таким мучительным желанием узнать, что даже стало неловко.

— Я это, — сгружая пустую бутылку в урну, сообщил я Коте. — Кирилл Максимов. Твой старый... э... приятель.

— Не узнал, — печально сказал Котя. Достал из кармана мятые листки, распечатанные на принтере. Внимательно пробежался глазами. Вздохнул и протянул мне. — Все сходится. Будем на «ты»?

Оказывается, Котя не ограничился одной записью. Вчера, пока мы собирались к Мельникову, он набил еще несколько строчек:

«Сейчас пойдем в гости к Мельникову. Он фантаст, вдруг чего посоветует? На всякий случай, если снова все забуду: моего незадачливого друга зовут Кирилл Максимов. Ему двадцать шесть лет. Он работает менеджером в каком-то компьютерном салоне. Чуть выше среднего роста, обычного телосложения, намечается небольшое пузо...»

— Чего? Какое пузо? — возмутился я. — У меня совершенно нормальный вес!

— Вес нормальный, а работа сидячая, — парировал Котя.

«...пузо, лицо овальное, пухлые щеки...»

— Тебя послушать, так я весь жиром заплыл... — мрачно сказал я. — Я вешу восемьдесят кило. Совершенно нормально для моего роста.

«...щеки, глаза карие, волосы темно-каштановые, нос правильной формы, уши с четко выраженными мочками».

— Котя, ты в милиции не работал? — спросил я. — Словесные портреты не составлял?

Котя ухмыльнулся.

«В целом лицо добродушное и привлекательное. Говорит быстро, голос чуть глуховат, в разговоре неумело старается острить и подкалывать собеседника. Если я вернусь домой один и забуду про Максимова, то, прочитав эту запись, вспомню о случившемся. Что-то странное происходит с Кириллом, и мне очень не нравится, что я в это впутался».

Дальше шли чистые полстраницы — и еще несколько строчек из рассказа, в который Котя и впечатал записку самому себе:

«— Вот таким макаром! — шутливо закончил Семен Макарович, вытирая пот со лба. — Это называется тантрическая йога, и придумали ее тысячи лет назад древнегреческие гетеры.

— Спасибо огромное! — воскликнула Юля и зарделась».

Я посмотрел на Котю и покрутил пальцем у виска:

— Какие еще гетеры?

— Древнегреческие! — Котя забрал листки. — Работа у меня такая...

— Знаю я твою работу.

— Что вчера у Мельникова случилось? — спросил Котя.

— А ты ему не звонил? — поинтересовался я. — Сам-то что помнишь?

— Звонил, — ответил Котя с достоинством. — Он считает, что я к нему зашел один и мы говорили о литературе. Я тоже это помню. И все.

— Как я тебя на выходе из подъезда остановил?

Котя покачал головой.

— Пошли сядем, разговор долгий будет.

Мы взяли по бутылке пива (Котя хмыкнул, когда я без вопросов купил ему его любимую «Оболонь», а себе — нормальный «Туборг»), и я начал рассказ. Ничего не утаивая. И как купил нож, как подстерег Наталью Иванову, как она зарезалась...

— Ты уверен, что это не ты ее ударил ножом? — не выдержал Котя.

— Уверен. Я стоял с ножом в руке, хотел скотч разрезать...

— Невозможно прыгнуть на нож так, чтобы зарезаться! — подозрительно сказал Котя.

— А ты пробовал?

Котя замолчал.

Когда я дошел до милиции, освободившей меня из-под стражи, Котя занервничал.

— Слушай, Кирилл, вот это никак не возможно!

— Но так оно и было.

— Было, не было... — Котя задумался. — Говоришь, тебя били?

— Я думал, ребра сломают. Несколько раз так пнули...

—. А сосед тебе в глаз засветил?

— Ну да.

— Ты в зеркало на себя смотрел?

— А что такое?

Котя ухмыльнулся.

— Ничего! В том-то и дело. У тебя лицо свежее и довольное. Будто ты неделю на курорте провел. А ребра болят?

Я подумал и расстегнул куртку. Подтянул свитер.

— Никаких следов, — констатировал Котя. — Ты меня извини, но так не бывает. Если тебя избили ногами, то хотя бы синяки наутро останутся.

Спорить с ним было трудно.

— Слушай дальше, — сказал я. — На этом чудеса не кончились.

— После ментов, которые тебя отпустили, бóльших чудес случиться не может, — скептически произнес Котя.

Через десять минут я закончил рассказ про башню и ехидно спросил:

— Как оно? Удивительнее ментов?

— Где эта башня? — спросил Котя.

— Вон, — показал я.

Котя снял и протер очки. Сказал:

— Это старая водонапорная башня.

— Да, конечно. С виду.

— И ты можешь меня туда провести?

— Ага.

— Пошли. — Он решительно поднялся. — Хотя я совершенно убежден, что дверь не откроется или внутри башни не окажется ничего странного...

Если честно, этого боялся и я. Откуда мне знать, могу ли я провести кого-то с собой? Быть может, проход между мирами работает только для меня. Это даже было бы логично.

Но дверь в башню открылась. И внутри все было именно так, как я запомнил. Винтовая лестница на второй этаж, пять дверей.

— Офигеть, — сказал Котя, озираясь. — Ты видишь то же самое, что и я? Качественный ремонт, винтовая лестница наверх...

— Да.

— Покажи мне ту дверь! — велел Котя. — Ту, в Кылгым!

— Кимгим, — поправил я.

Подошел к двери и, еще не открывая ее, понял, что все в порядке: металлическая ручка была ледяная.

Шел снег. Небо затянуло плотным покровом туч, и нам на головы ложились легкие белые хлопья. В окнах заводов (хотя с чего я решил, что это заводы?) света не было, звуков тоже никаких не доносилось. Следы от почтового экипажа давно засыпало снегом.

— Вот оттуда приезжал почтальон, — сказал я. — На тильбюри.

— Интересно, — сказал Котя и покосился на меня. — Тильбюри, говоришь?

Я пожал плечами. Содрал с фотоаппарата целлофановую обертку и сделал несколько снимков. Крошечная вспышка ка помаргивала, пытаясь подсветить местность. Впрочем, пленка — 400 единиц, снимки должны получиться.

— По всем признакам — параллельный мир, — сказал Котя. — А? Более отсталый, чем наш. Верно?

— Ну... похоже.

— Пошли в дом. — Котя вдруг посерьезнел.

— Теперь веришь? — спросил я, задвигая засов.

— Верю, верю... — Котя подергал остальные двери. — Все закрыто... Черт побери! Какие дела...

Он заметался по комнате, прижимаясь к дверям ухом, простукивая их, чуть ли не обнюхивая. Потом принялся изучать деревянный пол.

— За ночь изменился, — сказал я с гордостью, будто это я сам, лично, за одну ночь настлал тридцать квадратных метров массивной доски.

— Лиственница, — сообщил Котя. — Лаком не пахнет. А залакировано уже после укладки!

— Вот такая беда и на моей квартире была, — подтвердил я. — Никаких следов ремонта.

— Изменилась реальность... — с чувством произнес Котя. — И все изменились вместе с реальностью, один ты остался неизменным!

— Пошли наверх? — гостеприимно предложил я. — Там еще веселее вид.

— Или же наоборот, — продолжал размышлять Котя, идя за мной. — Реальность неизменна, а изменился ты. Потому и воспринимаешь обычные вещи как неожиданные...

— Это эвфемизм к слову «спятил»? — спросил я. — А ты не знаешь, в каждой заброшенной водонапорной башне произведен евроремонт?

Котя только вздохнул.

На втором этаже он тоже минут пять изучал обстановку. Таращился в окна, осматривал мебель. Обжигаясь, выкрутил одну лампочку и долго изучал цоколь. Потом вцепился в присланные книги, стал их с интересом проглядывать.

Я ему не препятствовал, потихоньку разлил купленный вчера коньяк, нарезал колбасу и сыр. На душе у меня слегка полегчало. Пускай друг меня и забыл, но наши отношения словно бы и не изменились. Наверное, оттого, что я-то знал, как с ним общаться, какие слова лучше говорить и как поступать.

— Что-то не сходится... — Котя отложил книги и задумчиво посмотрел на меня. Без особого интереса взял коньяк, пробормотал: — Только для снятия стресса...

— И что не сходится? — спросил я, когда мы выпили.

— Все не сходится. Вот смотри, что мы имеем? Ты — обычный молодой московский парень. Занимаешься какой-то ерундой, живешь в квартире, подаренной родителями, не женат, детей нет. Уникальными талантами не отмечен. Верно?

— Верно, — признал я.

— В твоей квартире поселилась чужая баба, у тебя исчезли все документы, тебя забыли друзья и родные. Ты подозреваешь во всем этом чью-то злую волю — и пытаешься допросить злодейку, отнявшую твою квартиру. Она внезапно кончает с собой. Тебя арестовывают, но забывчивость ментов прогрессирует, и тебя отпускают.

— И впрямь ерунда, — признался я.

— Нет! — Котя вскинул руку. — Ты не прав! Вот как раз все это укладывается в один логически верный ряд! Некая сила стирает тебя из нашей реальности. Что это за сила — инопланетяне, масоны или господь Бог, — пока не важно. Но смотри, что происходит дальше. Тебе звонят и приводят в заброшенную водонапорную башню. Внутри башни оборудовано жилье, причем за ночь обстановка меняется к лучшему. А еще в башне пять дверей, и одна из них — пока только одна — ведет в чужой мир! К тому же тебе недвусмысленно намекают, что ты станешь выполнять функции таможенника. Понимаешь, что не сходится?

— Нет, не понимаю! Все та же самая «некая сила» орудует.

Котя вздохнул. Налил еще по рюмке.

— Дубина. Ты возьми любого... ну ладно, у семейных свои причуды... возьми любого холостого молодого человека. Будь он дворник, студент или преуспевающий работник крупной фирмы. Возьми и предложи новую работу: таможенник миров двух между!

— Интересно, — признался я.

— Я бы согласился! — Очки Коти азартно сверкнули. Конечно же, от резкого поворота головы, но выглядело это так, будто глаза засветились от азарта. — Любой бы согласился! И ты — тоже!

— Ну знаешь... — Я посмотрел в окно. Над неведомым городом Кимгимом шел снег. Там уже стемнело. Там было тихо, таинственно и чисто. А в другом окне моросил дождь, и земля растеклась в слякотную кашу. Фыркая черным дымком, проехал по дороге тяжелый грузовик. Неожиданно для себя я признался: — Да, согласился бы.

— Ну вот, — кивнул Котя. — Теперь подумай — зачем все эти сложности? Квартира, документы, склероз у друзей, безумная баба-самоубийца? Пришли бы и предложили работу — все дела... Вот это меня и смущает, Кирилл.

— Ты пытаешься понять логику... — Я подавился словом «инопланетян» и закончил: — Невесть кого. Может у них вообще логики нет.

— Логика есть всегда! — строго ответил Котя. — Если ее нет, то, значит, мы не понимаем происходящего. И это меня тревожит... А еще...

Он взял одну из книжек, открыл в начале, провел пальцем по странице. Спросил:

— Что такое асфетида?

— Пряность восточная, — не подозревая подвоха, ответил я. — Входит в состав карри. Еще ее называют хинг или асмаргок.

— Верю, — согласился Котя. Раскрыл книгу чуть подальше. — А что такое... э... жуи?

— Ткань. Хлопковая.

— А чем она от обычной ткани отличается?

— Ну... она такая... белая или бежевая, и на ней рисунок одним цветом. Всякие пастушки, барашки, деревца...

Я замолчал.

— Дошло? — спросил Котя. — Ты когда про тильбюри сказал, я сразу неладное заподозрил... Или ты работал поваром на ткацком комбинате?

Я помотал головой.

Самое обидное, что я никаких новых знаний в себе не чувствовал. Какие пряности? Я их знаю две: соль и перец! Какие еще ткани? Бывают натуральные, а бывает синтетика. Синтетику лучше не носить. Особенно в виде носков.

Но когда Котя задал вопрос, ответ выскочил сам собой. Я представил асфетиду (даже резкий чесночный запах припомнился) и большой рулон жуи с пасторальными сценками.

— Это, видимо, тебе прилагается вместе с должностью, — рассуждал вслух Котя. — А иначе как будешь работать... ой!

Нервы были на взводе, но вот раздавшийся стук меня ничуть не напугал — в отличие от Коти. Я встал и отправился вниз.

— Подожди! В глазок хоть посмотри! — выпалил Котя, вскакивая.

— Какой глазок? — отмахнулся я.

— Недосмотр, что глазка нет! — Котя уже явно паниковал. — В какую дверь стучат? В какую дверь?

— В нашу! Московскую!

— Спроси кто!

Но я спрашивать не стал. Просто открыл.

Чуть в стороне, съехав с дороги на раскисшую обочину, стояла большая темно-синяя «Audi Allroad». А прямо у дверей — три человека. Мужчина лет пятидесяти, в дорогом, чуть старомодном пальто из кашемира и с такими начищенными туфлями, будто до дверей его донесли. Сразу было видно человека «с положением». За ним — девушка лет двадцати, в шубке из щипаной норки, стильно одетая, хорошенькая, но с таким брезгливым выражением лица, будто ее заставили рыться в помойке. За ними — здоровенный мужик с мрачным лицом, которому не хватало только плаката на груди: «Я — очень крутой телохранитель». Но при этом телохранитель смотрел на меня не с обычным профессиональным подозрением, а с каким-то испуганным вызовом. Будто я недавно безнаказанно отвесил ему пару затрещин, а потом похлопал по плечу и одобрительно сказал: «Хороший мальчик».

Удивительное это чувство, когда понимаешь — тебя опасаются...

— Добрый вечер, — сказал мужчина с хозяйскими повадками. Я насторожился, вспоминая голос в телефонной трубке. Нет, кажется, не он. Похож только общей уверенностью. — Мы войдем.

— Пожалуйста. — Я посторонился.

Мужчина и девушка вошли. Телохранитель остался снаружи.

— Как договаривались, Витя, — бросил ему мужчина и закрыл дверь.

Наступила неловкая пауза. Девушка стряхивала с шубки капли воды. К высоким каблучкам сапожек она, похоже, не привыкла и стояла как-то неустойчиво. Мужчина осмотрелся. Улыбнулся мне, кивнул замершему на лестнице Коте. Котя зачем-то быстро снял и сжал в руке очки.

— Вы ко мне? — спросил я.

Брови у мужчины поползли вверх.

— Нет. Мы бы хотели пройти.

— В Кимгим? — хриплым от волнения голосом спросил с лестницы Котя.

— А уже есть варианты? — заинтересовался мужчина.

— Нет, — ответил я.

— Тогда в Кимгим.

— Надо было ехать на «Семеновскую»... — негромко сказала девушка.

— И провести час в пробках? Так быстрее, — отрезал мужчина. — Мы пройдем? Товаров у нас с собой нет.

Надо было попросить у них объяснений. Нет, не попросить, а потребовать. Но что-то меня удержало. Может быть ощущение, будто требовать от этого лоснящегося господина объяснений — все равно что спрашивать, сколько цилиндров в моторе его машины. Он не знает, он пользуется.

А может быть, меня остановил взгляд девушки? Одновременно раздраженный... и просящий. Будто она смертельно боялась заминки — и оттого злилась. И на меня, и на мужчину.

— Проходите в ту дверь. — Я кивнул.

Они прошли, оставляя за собой грязные следы на полу. Девушка на ходу провела рукой по перилам лестницы, будто потеряла равновесие. Мужчина уверенно отодвинул засов, пропустил вперед девушку и вежливо кивнул мне на прощание.

Я подошел, чтобы закрыть дверь. И обнаружил, что в отдалении от башни парочку ждет экипаж. Четырехколесный, с откидным верхом.

— Какая дама! — восхищенно сказал Котя за спиной. — А? Что скажешь?

— Ландо, — сказал я, захлопывая дверь.

— Какое еще ландо? Подруга у мужика хороша!

— Может, это дочь?

— Ха! — Котя даже всплеснул руками от возмущения. — С такой попкой? Эх, живут же люди... Надо было их расспросить!

— Не думаю, что это они все устроили, — сказал я.

Меня что-то тревожило. Так... они вошли... девушка покачнулась и взялась за перила, на мгновение замедлила шаг...

— Ну хоть что-нибудь, да рассказали бы! Кто такие, от кого знают про башню, куда собрались... А ты понял — в Москве это не единственная башня! Есть еще где-то на «Семеновской»! Ты что там увидал, Кирилл?

Я подошел к лестнице. Наклонился и поднял с пола комочек бумаги, развернул его.

— Записка? — оживился Котя и перегнулся через перила. — Откуда?

— Это девушка бросила, — объяснил я. — Когда проходила мимо лестницы.

Глаза Коти забегали по бумаге. Через несколько секунд он тихо сказал:

— Блин... Что делать будем?

8

В ас когда-нибудь просили о помощи?
Наверняка просили. «Одолжи штуку на неделю, а?», «Купил я все-таки гарнитур! Приходи, будем таскать мебель на четвертый этаж без лифта!», «У тебя машина на ходу? Теща в три часа ночи из Антальи прилетает...».

Конечно, это иногда напрягает. С другой стороны, понимаешь, что сегодня просили тебя, а завтра попросишь о помощи ты.

А вам когда-нибудь приказывали помочь?

Непременно. «Фура с товаром пришла, поможешь грузчикам», «Стойте, гражданин, будете понятым!», «В субботу вечером все идем на митинг против терроризма!».

Знаете, в чем разница? Ты бы и так пошел разгружать грузовик, ведь от пришедшего товара зависит твоя зарплата. И засвидетельствовать, что у мрачного типа с бегающими глазками в кармане женский кошелек, — тоже был готов. А к террористам ты относишься чуть хуже, чем к тараканам, и «была б моя воля...».

Но тебе не оставляют выбора. Тебе приказывают делать то, на что ты и так согласен. Подчеркивают, кто здесь начальник, а кто дурак. Хотя на самом-то деле умный начальник в таких случаях приказывать не станет, оставит тебе иллюзию собственного решения.

Записка, подброшенная девушкой «с такой попкой», оказалась приказом. Старательным округлым почерком человека, не привыкшего много писать от руки, на листке из блокнота было написано колонкой:

Через час отправляйтесь вслед за мной.
Найдете белую розу.
Человек ответит на все вопросы.

Я посмотрел на часы, засекая время.

— Что будем делать? — повторил Котя. — Искать мужика с белой розой?

— А может, женщину? — из чувства противоречия спросил я.

— Тут же написано — человека! — искренне возмутился Котя. — По умолчанию имеется в виду мужчина... Кирилл, ты учти, дело явно пахнет контрабандой!

— Чего? Белых роз? — Я покрутил пальцем у виска.

— Мало ли чего... Ты даже тех... этих... не проверил как следует!

— Нет у них ничего запрещенного. В товарных количествах — тоже ничего нет.

— Откуда ты знаешь? — удивился Котя. И тут же восторженно воскликнул: — О! Я понял! Ты просто знаешь! Как с асфетидой!

Я кивнул.

— Пошли наверх.

— Тебе чайник надо завести электрический, — сказал Котя, подымаясь вслед за мной. — Или плитку. Как ты без горячего?

— Еще тюль на окна и горшок с геранью... Не собираюсь я тут обустраиваться!

— Ха! — фыркнул Котя. — Не собирается он... Слушай, а где у тебя...

— В Москве. За башней.

Котя остановился как вкопанный:

— Ты что, серьезно?

— По-большому можешь сбегать на станцию.

— Так быть не может, — строго сказал Котя. — Извини меня, но это помещение подстраивается под твои вкусы. Я имею в виду, под твои потребности!

— А ты где-нибудь здесь заметил унитаз?

Котя подумал секунду и стал подниматься по лестнице дальше.

— Закрыто там, — вяло сказал я.

Котя толкнул люк, закрывающий проход вверх. И тот легко подался, откинулся на петлях.

— Закрыто, говоришь? — бодро воскликнул он. — Так... свет тут есть?

Свет там был. Выключатель нашел я, он как-то очень удобно лег под руку.

Третий этаж башни оказался разделенным на две части. Маленькая круглая площадка вокруг лестницы, две двери. Одна вела в совмещенный санузел — исполинских размеров ванна, умывальник, унитаз. На вешалках нашлись чистые полотенца и пестрый банный халат моего размера. Окон не было.

— Погоди минутку, ладно? — Котя бесцеремонно закрыл за собой дверь.

В ожидании я заглянул во вторую полукруглую комнату.

Как и следовало ожидать. Электрическая плита, шкафы, стол и четыре стула. Кухня. В шкафах нашлась посуда. Тарелки, вилки-ложки, кастрюли и сковородки. Неплохой набор. Я даже обнаружил внушительного размера чугунный казан для плова. На кухне окошко имелось — и выходило прямо на железку.

— Знаешь, что интересно... — входя на кухню, сказал Котя. — Никаких ярлычков на полотенцах. Никаких знаков на фаянсе. В мыльнице кусок мыла лежит, так вот это просто мыло. Без рисунка, букв, символов. Во флаконе шампунь стоит, так он ничем не пахнет и прозрачный. Но мылится!

— Гипоаллергенный, значит, — сказал я. — Котя. Я пойду и приму душ. Я последний раз знаешь когда мылся? Вчера утром у тебя дома.

— А как же эта... — Котя явно растерялся, — просьба о помощи?

— Просьба? По-моему, это приказ. Не люблю приказов.

— Мы же все равно хотели туда идти! — воскликнул Котя.

— Искать человека с белой розой? Что-то мне не хочется. Ловушка это какая-то. Лучше вымоюсь.

На лице у Коти поочередно отразились растерянность, обида и даже неприязнь.

— Дама просила, — сказал он. — Ну... смотри. Иди принимай водные процедуры. Я пока твою жратву на кухню перетащу.

Когда я закрывал за собой дверь, то мне послышалось еще что-то вроде: «Дама просит, а ему двое суток без душа невтерпеж...»

Плевать я хотел на его бурчание! Горячая вода, шампунь неизвестного происхождения, хороший напор в душе — я с наслаждением вымылся и оделся. Увы, о чистом белье я вовремя не задумался, но все равно мне было хорошо.

Когда я вышел из ванной на кухню, **Котя стоял у окна. На плите кипел алюминиевый чайник. При моем появлении Котя демонстративно посмотрел на часы и вздохнул.**

— Котя, как ты представляешь себе поиски человека с белой розой в чужом мире? — спросил я, усаживаясь за стол. Надо сказать, что, несмотря на изрядный бардак у себя дома, в гостях Котей овладела какая-то страсть к порядку. Он действительно перетащил на кухню все продукты и аккуратно разложил по шкафам.

— Я представляю, что не тому человеку выпал уникальный шанс исследовать чужой мир! — горько сказал Котя.

— Котя, сейчас семь вечера, — ответил я. — Еще двадцать минут.

— Так ты пойдешь? — Он сразу ожил. — А еще голову морочил... Кстати, здесь та же самая петрушка! Никаких знаков изготовителя, ни на посуде, ни на плите. Я думаю, все это создано механизмами башни как идеальное отражение конкретных вещей! Своего рода платоновские идеальные вещи!

— Какими механизмами? — спросил я, наливая себе кипятка и бросая в стакан пакетик чая. — Какие идеальные вещи? Этот кривобокий чайник — идеальный чайник?

— Сразу видно, что ты не интересуешься философией. — Котя тоже сделал себе чай. — Между прочим, белая роза — это древний философско-магический символ. Как и башня, кстати! Со времен Вавилонской башни...

— Котя... — Я вздохнул. — Это не символ. Мы в нем сидим. И чай пьем тоже не из символа.

— Весь мир состоит из символов, а наша жизнь — тем более! — горячо воскликнул Котя. — Любовь мужчины к женщине тоже глубоко символична. Я думаю, когда эта дама оставила нам записку...

— Котя! — воскликнул я, прозревая. — Дама?

У Коти забегали глаза, но он твердо повторил:

— Дама!

Я первый раз присутствовал в момент влюбления моего друга. Вот оно как бывает! Мимолетный взгляд, восхищение фигуркой — и Котя готов. Он ведь и лица ее толком рассмотреть не успел!

Нет, симпатичная девушка, слов нет. Но...

— Кирилл, если ты согласен, я пойду с тобой, — твердо сказал Котя.

— Замерзнешь. Там снег валит, а у тебя ботиночки на тонкой подошве и куртка на рыбьем меху.

— Она с виду тонкая, а на самом деле очень теплая!

Я пожал плечами.

— Да пожалуйста! Что я тебе, мать родная, шарфик на шее повязывать? Ты уже большой мальчик, воспаление легких сам вылечишь.

— Я пойду с тобой, — упрямо повторил Котя.

В тупичке было темно. По-зимнему, когда небо не разглядишь, но рождающийся в нем белый снег координатной сеткой чертит воздух, а от самой земли будто идет слабое белое свечение. Едва-едва угадывались заснеженные стены и темный контур башни. На ней снег почему-то не налипал.

— Один маленький шаг открывает целый огромный мир, — внезапно сказал Котя.

— А? — Я вздрогнул. — Ты чего?

— Ну... мы же впервые вышли в иной мир. Надо что-то сказать. — Под моим взглядом Котя даже в темноте начал мяться. — Что-то умное.

— Впервые? Тут люди так и шастают! Туда-сюда! И мы уже выходили час назад, башню осматривали.

— Тот раз не считается... Пошли?

Я решил, что бороться с романтическим порывом Коти бесполезно, и двинулся прочь от башни. Туда, откуда приезжал почтальон и куда, вероятно, отправилось ландо с незнакомой дамой и ее спутником. Снега за прошедший час насыпало изрядно, но следы от повозки все-таки оставались, и мы старались держаться их.

— Неправильно все, — вздыхал за спиной Котя. — Надо было приборы захватить. Термометр, барометр... Какова разница температур между нашим миром и этим? Почему не возникает перепадов давления? Снег бы хорошо взять на анализ... Проверить, работает ли здесь радио...

— У меня в телефоне есть радиоприемник, — похвастался я.

— О!

— Только надо наушники втыкать, они вместо антенны. А их нет.

— Мобильник! — спохватился Котя. — Сейчас... — Он извлек из кармана телефон и обиженно сказал: — Блин... Сеть недоступна!

— Хватит болтать на морозе, точно горло застудим.

Думаете, Котя успокоился? Он обсуждал со мной архитектуру окрестных строений — хотя что тут можно было рассмотреть, в темноте. Выдвигал и опровергал гипотезы о мире Кимгима — к примеру, у него получалось, что мир этот может быть куда развитее нашего, а гужевой транспорт жители используют из соображений экологии и любви к старине.

Я его почти не слушал. Шел, месил ногами рыхлый пушистый снег. Есть люди, которые в непонятной ситуации замыкаются в себе и ждут развития событий. А есть такие, кто начинает болтать и фонтанировать идеями. Я раньше считал, что и сам из таких. Но рядом с Котей невольно стал молчуном.

Меня куда больше волновало, что делать, если мы и впрямь найдем человека с белой розой. Какие вопросы задать. И какие ответы мы получим...

Улица закончилась как-то неожиданно вовремя. Котя, шедший за мной, вначале перестал тараторить, потом тяжело задышал, потом сказал, что я пру как танк и совершенно не жалею работника умственного труда, не привыкшего торить снежные тропы. Похоже, он уже готов был сдаться и отправиться назад. Но тут впереди забрезжил слабый свет, мы оба невольно ускорили шаг и через несколько минут вышли на открытое пространство. Для полноты наших впечатлений и снегопад немного поутих.

— Убиться веником! — воскликнул Котя. — Где это мы?

Я был с ним абсолютно солидарен.

Мне почему-то казалось, что тупичок расположен где-то в центре города. Что достаточно из него выйти — и мы окажемся в гуще местной жизни. Чудились какие-то кривые улочки, прижавшиеся друг к другу дома в три-четыре этажа, маленькие площади с фонтанами и крошечные лавочки с товаром непонятного происхождения и назначения, чинно расхаживающий люд, конные экипажи...

Фиг там.

Мы вышли к морю. На длинную заснеженную набережную, под которой набегали на каменистый берег серые холодные волны. С одной стороны море, с другой — однотипные здания из красного кирпича, с присыпанными снежком железными крышами, без единого огонька в окнах, прореженные уходящими от берега улочками. Как далеко тянулись здания вдоль берега, снегопад мешал рассмотреть. Уж на километр в обе стороны от нас — точно.

Со стороны моря шел довольно высокий, мне по грудь, каменный парапет. И на нем, на пузатых столбиках, горели неярким дрожащим светом большие, с метр диаметром, шары молочно-белого стекла. Фонари стояли нечасто, но благодаря снегу вся набережная была освещена.

— Свет, похоже, не электрический, — с интонациями естествоиспытателя произнес Котя. — Гляди, а что там?

Мы подошли к обледенелому, мокрому от брызг парапету. Вдали, в море, и впрямь медленно двигались огоньки — целое созвездие, плывущее за мутным снежным занавесом.

— Корабль, — предположил я.

— Угу.

— На Питер похоже, — сказал Котя. — Нет, не на Питер. На Юрмалу.

— Хочешь сказать...

— Нет, не хочу. — Котя поежился. — Какое-то все чужое... Тебе не страшно, Кирилл?

Я подумал и покачал головой. Нет, страшно не было. Любопытство, легкая настороженность — и все.

— А то, может, вернемся... — предложил Котя. — Мы честно искали, но никого не нашли.

— Следы от ландо видишь? — спросил я.

— Вижу, — признался Котя.

— Давай пройдем по ним немного. Это все-таки повозка, а не автомобиль. Не могли они очень далеко уехать. Или замерз?

— Я? — возмутился Котя. — Да я вспотел! Говорю же — у меня куртка теплая.

— Тогда пошли. Нет, подожди!

Я прошелся вдоль парапета, утаптывая снег и пытаясь найти хоть какой-нибудь мусор. Камень, ветку... хоть что-нибудь. Лезть через парапет на берег не хотелось. Наконец я нашел булыжник с кулак размером, обтер от снега и торжественно водрузил на парапет.

— Отмечаешь место? — догадался Котя. — Правильно. А то заплутаем.

Честно говоря, я немного завидовал другу. Он вел себя... ну... правильно, что ли. Исследовал новый мир. Героически терпел холод. Спешил задать все вопросы и получить все ответы. И ведь он совершенно явно побаивался.

А во мне была какая-то непонятная уверенность в себе, которая начисто убивала сам дух приключения. Если подыскать сравнение, то Котя вел себя будто охотник девятнадцатого века, отправившийся в Африку охотиться на львов. А я — как современный турист, едущий на сафари в комфортабельном джипе.

Может быть, так и надо?

Может быть, нет здесь никаких львов?

Мы двигались по набережной. Здесь идти было проще, ветер сдувал снег к морю. По левую руку тянулись дома, по правую — парапет с фонарями, исчезающие вдали огни корабля. Котя приплясывал на ходу и прятал ладони под мышками. Я, честно говоря, тоже пожалел об отсутствии перчаток. Снег снова зарядил не на шутку.

А потом сквозь метель проступило здание на берегу. Здесь набережная дугой выступала к морю, и на образовавшейся площадке стоял двухэтажный дом. Тоже кирпичный, но живой — с теплым светом в занавешенных окнах, с дымком из трубы, с расчищенным снегом у входа. Такие дома рисуют воспитанные дети, которых любят родители. Еще их можно встретить в благоустроенной и уютной Европе.

У нас они как-то плохо приживаются.

— Во идиоты, — сказал Котя, останавливаясь. — Во мы идиоты!

Надо же — в очках, но первым разглядел вывеску над широкими двустворчатыми дверями.

БЕЛАЯ РОЗА

— И с чего мы взяли, что надо искать розу? Белую? Зимой? — Котя фыркнул от возмущения. — Это гостиница. Или ресторан. Ресторан еще лучше... Пошли?

— Постой. — Я схватил его за плечо. — Подожди!

Котя послушно остановился.

Я оглядывал здание. Что же меня тревожит? Там должно быть тепло. Там, наверное, и впрямь чего-нибудь нальют. Если попросить. И ответят на вопросы...

— Первым пойду я. — Я строго посмотрел на Котю. — Понял? А лучше ты подожди пока здесь...

— Дай угадаю, — сказал Котя. — Ты небось служил в десанте. Или имеешь красивый цветной пояс по каратэ.

— Нет.

— Тогда не строй из себя героя!

— Хорошо. — Я не стал дальше спорить. — Только иди за моей спиной. Пожалуйста.

«Пожалуйста» сработало. Котя кивнул.

Я подошел к дверям. Красивые ручки — бронзовые, старинные, в виде когтистых птичьих лап... Да что я тяну, здесь все старинное! Неужели пришел страх?

Я взялся за холодный металл и потянул дверь на себя. Она легко, мягко открылась.

— Что там? — спросил Котя из-за плеча.

Там была небольшая комната вроде прихожей или гардеробной. Вешалки на стенах — все пустые. Две двери. Большое кресло, обитое потертым красным бархатом. Оно пустовало, и это почему-то казалось неправильным. Из стены торчат несколько ламп с цветными абажурами. Похоже, газовые — свет дрожал, как от колеблющегося пламени.

Мы вошли.

— Стильно, — сказал Котя. — И пусто. Но тепло!

Я толкнул внутреннюю дверь. Вот за ней было именно то, что я ожидал увидеть: огромная зала (про нее хотелось сказать именно так — «зала»), потолок — метра четыре или даже пять, в центре комнаты свисает погашенная хрустальная люстра; повсюду стоит основательная, добротная мебель: кресла, столики, шкафы с посудой; стены обиты бежевыми гобеленами. Большой растопленный камин с мраморной доской, уставленной безделушками из стекла и керамики. Широкая лестница на второй этаж. Угол залы занимала массивная барная стойка: никаких металлических цеплялок для бокалов, никаких никелированных стоек, одно лишь матово-черное дерево. За стойкой у стены неглубокие шкафы с красочными бутылками, дальше — полуоткрытая дверь. На полу залы лежал светло-коричневый ковер со странным рисунком из беспорядочно разбросанных темных пятен.

— Какой странный рисунок, — глядя под ноги, сказал Котя. Умоляюще посмотрел на меня: — Да?

— Это кровь, — сказал я. И оглянулся.

В гардеробной стоял человек. Видимо, вышел из второй двери, когда мы прошли внутрь. Мне не понравилась его одежда — черного цвета свитер и брюки, все облегающее, даже на вид скользкое, не ухватить. Одежда для драки, а не для распития напитков у камина. Еще мне не понравилась черная маска-капюшон на голове, оставляющая свободными только глаза. Глаза тоже не понравились — холодные, безжалостные. Очень не понравилась увесистая короткая дубинка в руке.

Да что там перечислять, человек мне совершенно не понравился!

И то, как он осторожно приближался, держа дубинку чуть отведенной, — тоже.

— Кирилл, зря мы сюда зашли, — дрожащим голосом сказал Котя, глядя мне за спину.

Я проследил его взгляд: за барной стойкой был еще один мужчина в черном, то ли прятавшийся под стойкой, то ли вышедший из двери. На дружелюбного бармена, мечтающего смешать вам необычный коктейль, он никак не походил. Для начала ему пришлось бы отложить дубинку и нож с широким листовидным лезвием.

Еще двое одетых в черное вышли из неприметной двери в дальней стороне залы. Тоже с дубинками и ножами.

И не похоже было, что нас собираются схватить. Скорее мы оказались досадной помехой, которую требовалось устранить максимально простым и надежным образом.

Мужчина за стойкой чуть отвел руку с ножом.

Мужчина из гардеробной перешагнул порог и стоял теперь метрах в двух от нас.

— Кирилл... — начал Котя.

Я не стал его слушать. Узурпировавший место бармена человек стремительно взмахнул рукой. В ту же секунду я выбросил руку навстречу сверкнувшему ножу и ударил Котю ногой под коленку — он предсказуемо рухнул.

На самом деле это невозможно. Если тебя не обучали с младенчества в каком-нибудь Шаолине. Но сейчас я не задумывался о таких мелочах.

Я поймал нож в полете — не остановил, а лишь коснулся рукояти и подправил траекторию. Он вошел в грудь человеку, закрывавшему нам путь к отступлению, — всем своим широким лезвием, из черной ткани торчал только короткий хвостик, даже не похожий на рукоять. Человек издал хрюкающий звук и осел на колени.

И на этот раз я уже не мог сказать, что в этом нет моей вины.

Человек, метнувший нож, перепрыгнул стойку — красиво, опираясь лишь левой рукой, а правой, с дубинкой, замахиваясь в прыжке. Дубинка неслась мне прямо в голову. Я присел, пропуская удар над собой, — и ткнул нападавшего в грудь открытой ладонью. Убийца будто сломался. Его шатнуло назад, он выронил дубинку и беспомощно заскреб грудь руками. Я ударил снова, почему-то опять не кулаком, а растопыренными пальцами — снизу в подбородок. И не услышал, скорее почувствовал хруст позвонков, когда его голова запрокинулась назад.

Оставшиеся в живых остановились. Страха они не выказывали, хотя я лично при виде невооруженного человека, убившего двоих нападавших, еще три дня назад наложил бы в штаны. Они скорее выглядели растерянными.

— Функционалы? — неожиданно сказал один из них.

— Нет. Не может быть, — ответил второй.

Выглядели они как персонажи-плохиши в детских мультиках. Ко всему еще один держал дубинку в правой руке, другой в левой, так что они казались зеркальным отражением друг друга.

— Кирилл, ты их убил! — внезапно воскликнул лежащий на спине Котя и попытался встать. На лице его отразился больший ужас, чем когда убить собирались нас. — Ты же их убил!

Левша неожиданно пнул оказавшийся перед ним стул — с такой силой, что тот полетел мне в голову. И парочка бросилась в атаку.

Я поймал стул на лету, двумя руками за гнутые, покрытые узорчатой резьбой ножки. Одним рывком выломал эти ножки. Перевернул их в руках острыми обломанными концами вперед. И вогнал в грудь нападавшим, прежде чем они успели обрушить на меня свои дубинки.

Как выяснилось в ходе эксперимента, деревянный кол в груди смертелен для человека не менее, чем для вампира.

Левша рухнул прямо на Котю, и тот с воплем выскочил из-под подергивающегося тела. Попятился от меня, будто ожидая, что я прикончу и его.

Собственно говоря, а почему бы ему так не подумать? Ведь для Коти я — почти незнакомый человек...

— Ты их убил! Ты... ты...

— Они бы убили нас! — рявкнул я. — Ты что, они же хотели нас убить! Нож, между прочим, летел тебе в горло!

Котя закивал, но без особой убежденности. Потом глаза у него чуть прояснились, безумный ужас ушел. Но явно обещал вернуться.

— Котя, я не маньяк. Не псих. Они напали, я защищался.

— Как ты их... как ты смог? — Котя снял и начал протирать очки. При этом лицо у него, как это часто бывает с очкариками, стало растерянным и беззащитным.

Я оглядел четыре неподвижных тела. У одного нож в сердце, у другого сломана шея, двоих я проткнул. Кажется, одного насквозь. Это с какой силищей надо было ударить? Я с легким ужасом посмотрел на собственные руки. Так захочешь в носу поковыряться и полголовы оторвешь...

— Не знаю как. Это само пришло. Надо было защищаться, ну и...

— Ты... у тебя глаза при этом стали... задумчивые, меланхоличные. Будто ты стихи читаешь вслух.

Ничего себе сравнение! Все-таки в Коте есть задатки писателя.

— Я делал то, что нужно было делать. Я... даже не сомневался в этом. Знал, что так надо.

Котя кивнул. Водрузил очки на нос. Взгляд у него стал более осмысленный.

— Скажи, а что они кричали — ты понял?

— Да. А что?

— Я так и подумал. — Котя кивнул. — Они не по-русски говорили. Затрудняюсь сказать, на каком языке...

что-то довольно приятное, вроде французского. Но я такого языка не знаю.

Я не удивился.

— И что они говорили? — поднимая откатившуюся к его ногам дубинку и уважительно взвешивая ее в руках, спросил Котя.

— Один из них спросил другого: «Функционалы?» А тот ответил, что не может такого быть. Что такое функционал?

— Математическая функция. — Котя аккуратно положил дубинку на хрупкий журнальный столик, чудом уцелевший в пылу сражения. — Ты у нас специалист по значению редких слов, тебе виднее.

— Видимо, функционалы через таможню не возят.

Котя еще раз смерил меня взглядом и покачал головой:

— А ведь ты чувствовал! Ты знал, что здесь будет засада!

С очевидным спорить было бесполезно. Я зашел за барную стойку, заглянул в дверь. Небольшая кухня, все в том же стиле «у нас тут девятнадцатый век, вы не против?». Вроде бы никого нет. Я взял с полки бутылку вызывающе алкогольного вида, глянул на этикетку. Так, информация к размышлению... Надпись явно на английском. Какое-то виски.

— Котя, что тут написано? — Я показал ему бутылку.

Котя подошел, неприязненно поглядывая на тела.

— Господи, тут четыре трупа, а тебя на выпивку потянуло... Виски, односолодовый, двенадцать лет выдержки... Круто. Давай сюда!

Он сделал крупный глоток прямо из горлышка, закашлялся.

— Значит, читать у тебя получается? — спросил я.

— Если помнишь, то вывеску я тоже прочитал. — Котя вручил мне бутылку. — Она была на русском.

— Что же тут, говорят на одном языке, пишут на другом? Котя посмотрел на меня с неожиданной иронией:

— Я бы предположил, что эти вот... что они здесь такие же гости, как и мы. И общались на своем языке. Только ты, похоже, этот язык понимаешь.

— Функционал? — Я пожал плечами. — Не сказал бы, что понимаю, но... Ты что делаешь?

Котя прошелся от тела к телу, трогая каждого за запястье.

— Вдруг живы... помогли бы.

— Они убийцы!

— Ну они же теперь не опасны? — Котя развел руками. — Нет, ты их надежно уложил. Кирилл, ну что же ты наделал... Это ведь другой мир! Понимаешь? А мы начали знакомство с ним с преступления... Зря ты их убил...

Он подошел к дальней двери и осторожно заглянул внутрь. Потом вывернулся обратно и обессиленно прислонился к стене. Лицо у него стремительно бледнело.

Подхватив на ходу дубинку, я бросился к нему на помощь.

— Лучше не смотри, — быстро сказал Котя. — Лучше не надо.

Был он белый как мел и в бисеринках пота. Одна капля смешно свисала с носа.

— Зря ты их убил, — повторил Котя. — Так легко. Надо было... надо было помучить.

В общем-то после этого в дверь можно было и не заглядывать. Все стало понятно. Но я все-таки заглянул.

— Твари... — пробормотал Котя.

— Они их пытали, — сказал я. — Соберись. Вот тут как раз надо... пощупать пульс.

9

Бытует мнение, что самым гнусным преступлением на свете является убийство детей. Убийство стариков вызывает презрительное возмущение, но уже не будит инфернального ужаса. Убийство женщин также воспринимается крайне неодобрительно — как мужчинами (за что женщин убивать-то?), так и женщинами (все мужики — сволочи!).

А вот убийство человека мужского пола, с детством распрощавшегося, но в старческую дряхлость не впавшего, воспринимается вполне обыденно.

Не верите?

Ну так попробуйте на вкус фразы: «Он достал парабеллум и выстрелил в ребенка», «Он достал парабеллум и выстрелил в старика», «Он достал парабеллум и выстрелил в женщину» и «Он достал парабеллум и выстрелил в мужчину». Чувствуете, как спадает градус омерзительности? Первый тип явно был комендантом концлагеря и эсэсовцем. Второй — карателем, сжигающим каждое утро по деревеньке. Третий — офицером вермахта, поймавшим партизанку с канистрой керосина и коробкой спичек возле склада боеприпасов.

А четвертый, хоть и стрелял из парабеллума, легко может оказаться нашим разведчиком, прикончившим кого-то из трех негодяев.

Так вот люди в черном явно не были озабочены укреплением своего реноме. В небольшой комнате — я мысленно определил ее как курительную — я увидел три неподвижных тела. Старуха, молодая женщина и мальчик-подросток.

Всему есть свое место и время. Истязаниям пристало твориться в пыточных камерах темных подземелий. Среди мягких кресел и диванчиков (будь они хотя бы кожаными, а не из розового шелкового шенилла) и журнальных столиков с хрустальными пепельницами неподвижные окровавленные тела выглядят особенно омерзительно.

А еще — очень тошнотворна смесь запахов хорошего табака и свежей крови...

Повинуясь инстинкту защиты слабого, я первым делом подошел к голому по пояс подростку, привязанному к креслу. Мальчишке было лет четырнадцать-пятнадцать, на возраст невинного ребенка он уже проходил с трудом, но все-таки... А вот привязали его как-то картинно, так тупые злодеи связывают смелых юных героев в детских фильмах, затрачивая метров десять толстой веревки и совершенно не гарантируя результата. Ноги примотаны к ножкам кресла, руки — к подлокотникам, еще несколько петель вокруг пояса и петля на шее.

И повсюду — кровь. На мешковатых штанах из темно-коричневой ткани, на прыщавом мальчишеском лице. Кровь совсем свежая. Но многочисленные порезы — на лице, на руках, на торсе — уже не кровоточат.

Я осторожно прижал пальцы к сонной артерии. И почувствовал слабое редкое биение.

— Он жив, — удивленно сказал я.

— Чего? — Котя все еще стоял в дверях. — Да из него вся кровь вылилась!

— Пацан живой. — Я встал. — Куча мелких порезов, но ничего страшного. Развяжи его и положи на диван...

Сам я отправился к женщине. Та же самая картина: неглубокие порезы, кровоподтеки. Крови потеряла много, мне показалось, что ковер под ногами влажно хлюпает. Но живая.

— Какой идиот завязывал узлы? — ругался Котя, стаскивая веревки с пацана. — Снять как нечего делать...

— Они не только глупые, они еще и целомудренные, — сказал я, глядя на женщину. — Не потрудились даже одежду снять...

Конечно, в пыточном деле я профан. Но если уж взялся кого-то мучить и тыкать ножиком, то разумно вначале жертву раздеть. Во-первых, видно результат своей работы. Во-вторых, голый человек уже заранее напуган и унижен.

А тут — с пацана сняли только рубашку, женщину вообще не рискнули раздеть.

У старухи — ей было за шестьдесят, не меньше, — я тоже нашел пульс. Пожалуй, из троицы она была самой колоритной. Если пацан был типичным подростком, которому в пору рекламировать лосьон от угревой сыпи, женщина походила на обычную домохозяйку лет сорока, то старуха скорее напоминала маститую актрису в возрасте. Я не о внешности, а о том редком типе харизматичных женщин, которые с годами утрачивают внешнюю привлекательность, но обретают внутреннюю силу. Старая, но крепкая; с лицом морщинистым, но фактурным; с седыми, но густыми и ухоженными волосами. Среди русских женщин такие редкость — обычно они превращаются либо в затюканных, либо в сварливых бабок. Среди западных тоже, они в большинстве своем мигрируют в сторону бодрых туристок в шортах и с фотоаппаратом.

Убрав руку, я в задумчивости отступил от кресла.

Старуху пытали меньше всего. Несколько синяков — будто размашисто, но неумело били по лицу. Несколько порезов на шее — скорее всего запугивали, прижимая нож к горлу. Роскошное (но предусмотрительно глухое) платье из шелка цвета морской волны даже не было запачкано.

— Странно, — неожиданно сказал Котя. — Как в анекдоте.

— В каком?

— Ну, где бабка наняла наркоманов свинью зарезать... А те выходят из сарая и говорят: «Зарезать не зарезали, но покоцали»!

— Притащи сюда какой-нибудь труп, — попросил я.

— Чего? — Котя вздрогнул. — Чего-чего?

— Приволоки труп, трудно, что ли? — спросил я. — Не хочется мне этих без внимания оставить... Или я схожу, а ты за ними посмотришь?

Котя сглотнул. Поглядел на три неподвижных тела, на пролитую повсюду кровь. И вышел в большую залу.

Когда я заканчивал развязывать старуху (все те же многочисленные, но не слишком надежные веревочные петли), Котя довольно бодро втянул за ноги труп (судя по отсутствию крови — это был тот, кому я сломал шею).

— Спасибо, — поблагодарил я. Оставил беспамятную бабку, наклонился над телом и стащил с болтающейся головы капюшон.

Ничего необычного, если не считать того факта, что это убитый мной человек. Европеоид, лет двадцать пять — тридцать. Лицо грубоватое, непримечательное. На шее, в месте удара, багровый кровоподтек. Пульса нет, конечно же. Я раздвинул веки, посмотрел в зрачки и поднялся.

— Мертвы, — пояснил я Коте. — Я уж подумал, тут все...

Старуха в кресле застонала и зашевелилась. Мы повернулись к ней как раз вовремя: она открыла глаза.

— Мы друзья! — быстро сказал я. — Не беспокойтесь.

Старуха посмотрела на меня. Потом на Котю. Снова на меня. Задержала взгляд — будто видела что-то, мне недоступное.

— Ты откуда взялся, служивый? — хрипло сказала она. — Я-то думала, конец нам пришел...

Она тяжело привстала в кресле, обернулась.

— Живы, — успокоил я ее. — Без сознания, но живы.

Старуха рухнула в кресло. Благодарно кивнула. Я вдруг понял, что именно в ней странно: обычно к старости люди либо ссыхаются, либо расплываются. А эта бабуля, при всех ее морщинах, ухитрилась сохранить нормальную, почти спортивную фигуру. И ее нынешняя слабость казалась вызванной пытками, а никак не следствием возраста.

— Спасибо, сосед, — сказала бабка и протянула мне руку. Секунду я колебался, а потом обменялся с ней рукопожатием — поцелуев она явно не ждала. Рукопожатие оказалось крепким.

— Да не за что. — Я с трудом удержался, чтобы не добавить: «На моем месте так поступил бы каждый...»

— Белая, — с ударением на втором слоге произнесла бабка.

— Что?

— Белая Роза Давидовна. Хозяйка гостиницы.

Котя присвистнул. И нервно захихикал.

— Максимов Кирилл Данилович, — представился я. — А этого типа зовут Константин Чагин. Ты кто по отчеству?

— Игоревич, — кисло сказал Котя. — Мог бы и запомнить.

— Очень приятно. — Роза Белая кивнула. Покосилась на неподвижное тело в черном, сочувственно, но без капли сомнений на лице покачала головой. — Глупцы...

— Кто они? — спросил я.

— Не знаю, Кирилл Данилович. Не знаю. Они увидели гостиницу и смогли в нее войти — значит не лишены известных способностей. Но они не из наших.

Мы с Котей переглянулись.

— А что они хотели?

— Мне кажется, они сами это с трудом понимали, — фыркнула Роза. — Они искали моего постояльца. Но у меня сейчас нет постояльцев. Не сезон, вы же видите?.. Костя, милый мальчик, принеси мне воды. У меня язык прилип к гортани. Только не из крана, на кухне белый эмалированный бак с питьевой. Набери полный графин.

Котя послушно выскочил из курительной.

— Какой вежливый молодой человек. — Роза одобрительно кивнула. — Приятно, что у вас сохранились друзья среди людей.

— А не должны были?

— Разве тебя не забыли родные и близкие? — вопросом ответила Роза. — Такова наша судьба...

Из залы донесся грохот падающего стула. И вскрик. Роза Давидовна привстала в кресле:

— Ты убил всех?

— А сколько их было? — Я ответил, уже понимая, что ответом никак не будет «четверо».

— Семеро... или шестеро? Нет, наверное...

Я не стал возиться и уточнять. Схватил дубинку, которую положил на журнальный столик. И бросился к двери.

Видимо, они спустились со второго этажа. Один держал Котю за волосы, запрокидывая голову и приставив к горлу нож. В руках у Коти был большой стеклянный кувшин с водой. Еще двое в черном, тоже с ножами в руках, осторожно крались к курительной комнате.

Мое появление их явно не порадовало. На несколько секунд все застыли.

— Отпустите его, — сказал я.

Державший Котю сделал недвусмысленный жест, проведя ножом у самого горла пленника.

— Не трогай его! — Один из черных вдруг стянул с лица капюшон. К моему удивлению, это оказалась девушка: лет двадцати, коротко стриженная, с чуть раскосыми глазами и смуглым лицом. Не чистая азиатка, но явно с изрядной долей восточной крови. — Кто ты?

— Не важно, — быстро ответил я. — Отпустите моего друга!

Девушка колебалась. Видимо, они не видели и не слышали предыдущей схватки. Но вот ее результаты были перед ними налицо.

— Если отпустим, ты позволишь нам уйти?

Котя умоляюще смотрел на меня. На долю скромного труженика «желтой» прессы выпало на сегодня изрядно приключений.

Честно говоря, я не сомневался, что смогу убить еще троих. И даже был почти уверен, что Котя не пострадает.

…Я поднимаю руку — так быстро, что они не успевают среагировать. Бросаю дубинку — она летит, будто предназначенный для метания снаряд, и тяжело бьет в лоб держащего Котю черного. Тот валится навзничь — то ли мертвый, то ли оглушенный. А я уже прыгаю вперед, уворачиваюсь от брошенных в меня ножей — стальных молний, беспомощно режущих воздух, сворачиваю шею черному в маске — снова этот влажный тягучий хруст, девушку бью в живот, потом по затылку — она падает без сознания, и ее еще можно будет допросить…

Скорее всего так оно и будет.

Если, конечно, та непонятная сила, что помогает мне расправляться с вооруженными врагами, позволит оставить кого-то в живых...

— Отпустите его и уходите, — сказал я.

— Он врет, — быстро сказал державший Котю черный. Судя по голосу, это был молодой парень — и на самой грани истерики. — Он нас убьет. Полицейский функционал не отпустит...

— Он таможенник, дурак! — выкрикнула девушка. — Мы уходим! Отпускаем твоего друга и уходим!

Она разжала ладонь, и нож упал на пол. С секундным колебанием выпустил нож и ее напарник. Они стали пятиться, отступая к двери.

Державший Котю парень неохотно убрал руку с ножом и легонько отпихнул пленника. Котя, смешно семеня ногами, побежал ко мне, так и не выпустив графин с водой. Я шагнул вперед, прикрывая Котю собой. Велел:

— Отнеси водичку Розе Давидовне.

Ничего так не спасает от паники, как простые и внятные действия. Котя кивнул и юркнул в курительную.

Уцелевшая троица налетчиков спешила ретироваться. Первой исчезла в двери девушка, за ней — ее напарник. Последним шел тот, кто держал Котю.

И вот тут я сглупил. Буквально на секунду повернул голову, глянул, что творится в курительной. Ничего особенного там не происходило: старуха стояла и жадно пила прямо из графина, Котя опасливо косился на дверь.

Левое плечо пронзила острая боль. Я повернулся как раз вовремя, чтобы увидеть последнего налетчика, готовящегося юркнуть в дверь. Из моего плеча торчал хвостик метательного ножа.

Я взмахнул рукой, и дубинка пронеслась в воздухе, тюкнув парня в затылок. Даже через всю залу мне было видно, что череп под ударом промялся, будто спелое яблоко от удара кулака. Черный раскинул руки и рухнул в проем двери.

Вот идиот...

Дверь вдруг хлопнула — и сама собой закрылась, выдавив при этом тело в прихожую. На двери громыхнул, закрываясь, тяжелый засов. Послышался голос Розы:

— Вот так спокойнее будет.

Подцепив нож, я вытащил его из руки. Снаружи ничего не было, только разрез. А вот где-то под курткой по руке текла кровь, удивительно густая и горячая. Больно не было, только ныло и пульсировало, отдавая куда-то в пальцы.

Я ввалился в курительную. Бросил окровавленный нож на столик. Сел, зажимая рану. Котя с ужасом уставился на меня.

— Царапина, — сказал я.

— Я... я перевяжу... — пробормотал Котя. — Кирилл, ты как? На тебе лица нет...

Удивительная вещь — человек. Я убил пятерых. И никаких положенных, если верить писателям, угрызений совести и тяжких переживаний не испытал. А одна-единственная рана, понятное дело, что неопасная, — и сразу стало страшно. Сразу холодок в груди.

— Дайте-ка посмотреть, молодой человек...

Уверенными движениями Роза помогла мне снять куртку и свитер, расстегнула рубашку. Рукав был весь в крови. Морщась, я вытащил руку.

— Минуточку, — сказала Роза. В руках у нее появился мокрый платок, которым она аккуратно стирала кровь. Я посмотрел на свое плечо. Там был шрам, покрытый воспаленной красной коростой.

— Для вас это внове? — Роза посмотрела мне в глаза.

Я кивнул.

— Привыкнете.

Старуха отвернулась и пристально посмотрела на неподвижно лежащую женщину. Позвала:

— Клавдия! Клава, очнись!

Женщина медленно, заторможенно приподнялась. Посмотрела на Розу, потом на нас.

— Видишь, все хорошо, — сказала Роза. — Помощь пришла. Тебе лучше?

— Да, Роза Давидовна...

— Вот и хорошо.

Женщина склонилась над подростком, потрясла его за плечи. Тот привстал. Клавдия взяла полупустой кувшин, сделала несколько глотков, протянула мальчишке. Он начал жадно пить. Вода текла по его лицу, смывая кровь. Отставив пустой кувшин, пацан протер лицо руками. Шрамов на коже больше не было.

Юношеские прыщи остались.

— Петя, поздоровайся, — велела Роза. — И поблагодари господина таможенника. Он не обязан был нас спасать.

— Петр, — послушно представился мальчик. — Спасибо большое.

— Приведите в порядок себя, а потом гостиницу, — сказала Роза. — Почистите мебель и ковры.

— А этих куда девать, Роза Давидовна? — спросила женщина, глядя на тело налетчика.

Я подумал, что этот вопрос никогда не встает перед героями фантастических книжек. Многочисленные убитые враги остаются на месте, а потом сами собой куда-то деваются. Хорошо, допустим, на открытой местности их утилизируют звери и птицы. А в помещении? Тела требуется похоронить. Наверное, возле каждой деревушки, которую минуют, размахивая острыми железяками, герои боевиков, существует специальное кладбище для врагов.

— К морю. Только не бросайте в воду, положите пока на бережку, — поразмыслив секунду, сказала Роза. — Вдруг за ними придут и захотят похоронить.

Клавдия и Петя, с любопытством косясь на нас, но ничего не спрашивая, вышли из курительной.

— Мать и сын, — пояснила Роза. — Я их наняла три года назад, у нас, в России. Не доверяю местным, знаете ли... Муж у Клавы алкоголик, сын в результате несколько... э... простоват. В жизни их ничего хорошего не ожидало. Они мне очень благодарны. Жаль, что обычные люди и в свой срок умрут.

— А мы? — спросил я.

Подцепив ногтем запекшуюся коричневую корочку на ране, я потянул ее. Результат каждому известен с детства — должна была алыми бисеринками выступить кровь.

Под корочкой была чистая ровная кожа.

Я стал одеваться.

— А мы — как получится... Долго ранка заживала, — сказала Роза. — Вы, похоже, совсем недавно при делах?

— Сутки.

— Понимаю, — кивнула Роза. — Вы молодец. Вы быстро осваиваетесь.

Я посмотрел в залу. Немногословный мальчик Петя стаскивал в кучу тела. Очень легко стаскивал, будто под черной тканью скрывались надувные куклы, а не мертвая плоть.

— Они не похожи на обычных людей. Раны сразу зажили, и такая силища...

— Это моя территория, — сказала Роза, будто это все объясняло. — И здесь я устанавливаю кое-какие правила. К сожалению, воевать — не моя прерогатива.

— Роза Давидовна! — не выдержал Котя. — Мы и в самом деле ничего не понимаем. Кто вы? И что за мир вокруг?

— Давайте поговорим, — дружелюбно кивнула Роза. — Вон в том шкафчике — коньяк, сигары. Хотя тут несколько неубрано... Идемте! А коньячок с сигарами прихватите, да.

— Не курю, — буркнул Котя, но в шкаф полез. Достал и сигары из деревянной шкатулки, и плоскую фляжку коньяка, и три изящных серебряных стаканчика.

Вслед за старухой мы прошли через залу, где Клавдия с ведром и ворохом тряпок оттирала с ковра темные пятна, поднялись по лестнице на второй этаж. От небольшого холла расходились в две стороны коридорчики. Но Роза кивнула в сторону диванчика и пары кресел у окна.

— Тут подождем, пока приберутся. Может, все-таки по сигаре? Уверены? А я, с вашего позволения... простите, что так вульгарно...

Она откусила кончик толстой коричневой сигары. На журнальном столике перед диванчиком имелись пепельница и коробок спичек. Головка сигары отправилась в пепельницу, от длинной спички Роза ловко закурила.

Странное это зрелище — женщина с полноценной «короной». Сразу вызывает возмущение у мужчин... Фрейд бы по этому поводу нашел, что сказать. Я сел рядом и огляделся. Комнатушка походила на холл маленькой гостиницы. На стенах лампы — газовые. Холодный камин с аккуратно уложенными дровами.

— Это гостиница, — сказала Роза. — Постоялый двор. Отель. Как угодно называйте.

Я молча кивнул.

— Я родилась в одна тысяча восемьсот шестьдесят седьмом году, — торжественно произнесла Роза и с вызовом посмотрела на нас. — Не имею обыкновения скрывать свой возраст.

— Хорошо сохранились, — сказал Котя. Он не стал садиться, стоял у окна. — Да вы рассказывайте. Мы теперь во все поверим.

Поколебавшись, я взял стеклянную фляжку. Армянский «Праздничный». Судя по этикетке — выпущенный еще в СССР. Я налил три стаканчика, хотя Роза и покачала головой.

— С молодости работала по гостиничному делу, — сказала Роза. — Когда-то в отцовской гостинице, в Самаре... потом уехала в Питер. Все и не перечислить. Революцию встретила в «Европейской», помощником управляющего. Работала и когда большевики в ней приют для беспризорников открыли, и когда при нэпе снова в порядок гостиницу привели. А в двадцать пятом — попала под статью.

— Политика? — спросил я.

— Нет, проворовалась, — спокойно ответила Роза. — Что вы хотите, время такое... Всякий выживал как мог. Ходила под следствием. Бежать в мои годы уж поздновато... родилась бы мужиком — застрелилась бы, тогда это было модно, но мне никогда не нравились эмансипе. Лежать в покойницкой с дыркой в голове? Нет уж, увольте! А глотать отраву — это для девочек-истеричек. Так что ждала естественного развития событий. И вдруг началась форменная чертовщина! Прихожу на работу, у самой в голове одно — сегодня в допре окажусь или завтра. А меня — не узнают! Куда прешь, говорят, бабка! Номеров нет свободных!

Она тихо засмеялась. Я кивнул.

— Возвращаюсь домой. Муж, покойник, как-то странно смотрит. Но ничего. Поужинали, спать легли. Под утро он просыпается — и давай орать! Кто такая, почему в моей постели... Вот ведь дурак, верно? Нашел в кровати женщину, пусть даже немолодую, пользуйся моментом! Кричу ему: «С ума сошел, старый хрыч? Я твоя жена!» А он в визг: жена у него пятнадцать лет как померла, на кладбище похоронена, он честный вдовец и никакая старая ведьма у него комнату не отнимет... Плюнула я ему в физиономию за такие слова — и вон из дома. Три дня по Питеру моталась. Спала на улице, христарадничала, думала, что с ума сошла. И вдруг подходит ко мне почтальон. На улице, представляете? Вручает телеграмму. А в ней адресок на Литейном и предложение прийти. Мне терять нечего, двинулась по адресу. Нашла рядом с Офицерским собранием маленький магазин. На витрины посмотрела — чуть не упала. Время-то какое было? А за стеклом — изобилие... Рыба красная и белая, раки живые, икра черная и красная, вина и шампанское, вырезка свежая, пикули, оливы в рассоле, фрукты глазированные, шоколад... В лучшие годы нэпа такого не видала. Только при царе, да и не во всяких гастрономах... А народ мимо идет — как не видит... Я войти-то вошла, а сама уже ничего не понимаю!

Она посмотрела на нас с Котей, будто проверяя, верим или нет. Пыхнула сигарой и продолжила:

— Вышел хозяин, культурный молодой паренек, посмотрел на меня пристально и говорит: «Да у вас сейчас голодный обморок случится, уважаемая...» Накормил, напоил, все честь по чести. И говорит: «Вас, наверное, забывать все стали? На работе не узнают, в семье не признали?» Я киваю. Вот он мне и объяснил... то, что сейчас я вам расскажу.

— Нет, таких чудес не бывает, — мрачно сказал Котя. — Мы ничего не услышим. Начнется пожар или землетрясение.

— И рассказывает мне тот торговец, что я — избранная.

Котя фыркнул.

— Жизнь — она ведь коротка. Вам пока не понять, вот к шестидесяти годам убедитесь, если доживете. Как в народе говорят: хоть золотарь, хоть царь, а всё — смертна тварь... Но! — Роза назидательно подняла палец. — Это судьба обычного человека. Совсем другое, если ты в своем деле достиг высот мастерства.

— К примеру — в гостиничном? — с иронией спросил Котя.

— К примеру — да, — согласилась Роза. — Или в столярном. Или в живописи. Или в военном искусстве. И вот такие люди не умирают. Они становятся мастерами. И выпадают из жизни!

Я вздрогнул.

— Простые люди про тебя забывают, — с легким сожалением продолжила Роза. — И родные, и друзья. Документы твои рассыпаются. Место твое в жизни становится пустым, вроде как не рождался ты никогда или помер давно. Зато ты становишься мастером и можешь жить вечно. Иногда в своем мире. А иногда в другом. Где ты нужнее.

— Масоны, — сказал Котя. — И параллельные миры.

Роза рассмеялась негромким, снисходительным смехом.

— Молодой человек, не верьте «желтым» газетенкам и дешевым борзописцам... При чем тут масоны? Самые обычные люди, добившиеся настоящего мастерства в своей профессии, вступают в новую жизнь, становятся мастерами...

— Или функционалами? — спросил я.

Роза кивнула.

— Да, некоторые называют так. Но нам, русским людям, не следует портить язык. Мастера! Прекрасное гордое слово. Я — мастер в своем деле, гостиничном. Вы, как я вижу, мастер-таможенник? Восхищена, что преуспели в столь юном возрасте.

— Я не таможенник, — сказал я.

Роза улыбнулась:

— Ну я же вижу! Вы наш. Вы тоже избранный!

— Ложки нет... — сказал Котя и уселся напротив Розы.

— Какой еще ложки?

— Не обращайте внимания... — В Коте проснулся какой-то профессиональный журналистский интерес. — Так вы здесь живете уже восемьдесят лет? Не старитесь...

— Как видите.

— Это ведь не Земля?

— Это Кимгим. — У Розы слово прозвучало мягко, словно с украинским акцентом. — Здесь немного иные очертания материков, но город расположен примерно на месте Стокгольма. Впрочем, я не особо интересуюсь географией.

— А откуда у вас эта гостиница?

— Каждый мастер, юноша, получает место, где может приложить свои таланты. Когда я пришла сюда — через таможню у Николаевского вокзала, здесь стоял полуразрушенный сарай. Но я чувствовала, что это — мое. С каждой проведенной здесь ночью здание менялось. Пока не стало таким, как мне хотелось. — Поколебавшись, Роза добавила: — Если бы я пожелала, здесь вырос бы отель побольше «Европейского». Но мне всегда нравились маленькие уютные гостиницы.

— Так вы не стареете... вы получили возможность заниматься любимым делом и такую гостиницу, как вам хотелось... и какие-то способности, превосходящие человеческие... раны у вас заживают, еще что-то, да? — Котя перечислял, а Роза кивала в ответ. — Вы... вы вроде как не человек?

— Мастер, — сказала Роза.

— И вас таких много? И вы живете в нескольких мирах и путешествуете между ними? Это все уже давно, десятки и сотни лет? Почему про вас не знают?

— Почему же не знают? Вот вы, Константин, обычный человек. Но друг-мастер вам доверился — и теперь вы знаете. Со временем сумеете замечать и других мастеров, эта способность вроде как тренируется. Клава и Петя давно умеют отличать мастеров от обычных людей.

Роза наслаждалась разговором, это было сразу видно. Нечасто, наверное, ей доводилось поучать неопытных мастеров. И не похоже, что она лгала.

Вот только — какой из меня мастер? Какой еще таможенник? Каких высот я достиг, чтобы внезапно превратиться в сверхчеловека?

— А кто вами правит? — не унимался Котя.

— Правят толпой, юноша, — усмехнулась Роза. — Мы — мастера. Мы самодостаточны.

Я мог бы напомнить, что полчаса назад самодостаточный мастер гостиничного дела была привязана к креслу, но удержался. Вместо этого спросил:

— Так вы не знаете, кто на вас напал?

— Местные, — коротко ответила Роза. — Очевидно, среди них был человек, знающий о нас. Вот они и охотились за...

Она вдруг прищурилась и с силой притушила сигару в пепельнице. Я поморщился от резкого запаха.

— Кирилл Данилович, так они же за вами приходили! Да, да, да... несомненно! Знали, что вы ко мне придете, и решили вас схватить. Но просчитались! Скажите-ка, молодые люди, а почему вы ко мне пришли?

— Нас попросили, — убитым голосом произнес Котя. — Одна да... одна ба... одна женщина. Подбросила записку, что надо найти белую розу, и нам ответят на все вопросы. Мы думали, цветок надо найти. Потом решили, что это про гостиницу...

— Вас заманивали в ловушку! Но просчитались! — Роза всплеснула руками. Интрига происходящего явно прибавила старушке экспрессии. — Какое коварство! Я свяжусь с ближайшим мастером-охранником... Вы, вероятно, еще не знакомы со своими соседями?

Я покачал головой. В отличие от Коти я не испытал разочарования. Но как-то плохо вязались между собой подброшенная записка и засада.

— Нам надо вернуться, — сказал я. — Мы, пожалуй, пойдем.

— Что вы! — Роза Давидовна укоризненно покачала головой. — В такую метель? Зачем? Переночуете у меня. Вы почувствуете, что такое гостеприимство мастера! А Клава замечательно готовит, вы поразитесь, какой она искусный кулинар...

— Нам лучше вернуться в башню, — повторил я. — Ну... вы должны меня понять. Как мастер мастера.

Это подействовало. Старуха закивала:

— Да, конечно. Да, я понимаю... Так у вас тоже башня?

— Почему тоже?

— Вы бы знали, — вставая, произнесла Роза, — как предсказуема мужская фантазия. Половина мастеров предпочитают жить в башнях.

Котя выглядел недовольным, но смолчал. Мы спустились вниз, где уже почти не было следов побоища. Мальчик Петя оттирал какие-то пятнышки со стены, его мать гремела посудой на кухне.

— Сейчас зима, — с грустью произнесла Роза. — Вы к нам приходите летом. Много постояльцев, веселый смех, цветы в вазах. Я приглашаю из города музыкантов, здесь играет пианино...

— А почему сейчас никого нет? — спросил Котя. — Я понимаю, зима. Но все-таки? Голая набережная, только фонари горят. Дома закрытые.

— Ну... так не сезон же... — повторила Роза. Взгляд у нее вдруг стал жалкий и смущенный. — Это бывает. В маленьких приморских гостиницах зимой всегда так. А жители... они тоже разъехались.

Котя посмотрел на меня и кивнул:

— Нам и впрямь пора. Очень было... — Он уставился на мальчика Петю, который меланхолично полоскал в тазике тряпку. От тряпки в воде расходилось красное, и Котя, проглотив слово «приятно», закончил: — ...познакомиться.

И тут в дверь постучали. Роза Давидовна вздрогнула. Петя уронил тряпку и замер с открытым ртом, из кухоньки выглянула Клавдия.

— Если это вернулись... — начала Роза. — Но ведь вы сможете нас защитить, Кирилл Данилович?

Я пожал плечами.

Роза мельком глянула на люстру — и та зажглась. Гордо подняв голову, подошла к двери и распахнула ее настежь.

В прихожей еще клубился пар и даже летали снежинки. У дверей стоял человек в сером пальто с башлыком, сапогах и меховой шапке. Может быть, лет сорока или чуть старше. И с очень встревоженным лицом. Только когда он увидел меня за спиной Розы, в глазах его появилось облегчение.

— Мастер? — удивленно произнесла Роза. — О... добрый вечер!

— Там, за гостиницей, пять трупов, — сказал человек, не тратя время на приветствие.

— Это ужасно, Феликс! — Роза заломила руки на груди. — Какие-то сумасшедшие люди напали на гостиницу! Они искали молодого мастера...

— Они искали меня, — отрезал Феликс. — Идемте, молодой человек. Вы не один?

— С другом.

Феликс поморщился:

— Что ж, я захвачу обоих... — Он повернулся к старухе: — Роза Давидовна, будьте осторожнее, прошу вас. Вы же понимаете, как нам будет вас не хватать, если случится непоправимое.

— О, Феликс...

Почему-то мне не хотелось пререкаться и терять зря время. Я схватил Котю за рукав и потащил за собой. Мальчик Петя смотрел нам вслед с бесхитростным любопытством, Клава быстро и мелко крестилась, Роза Белая с немым обожанием провожала взглядом Феликса.

Мы вышли в метель.

Экипаж стоял прямо перед входом. Обычный фаэтон с поднятым по причине снега верхом, только не на колесах, а на полозьях. Впряжены в него были две лошади, поводья намотаны на неприметный столбик у дверей гостиницы. Яркий фонарь, закрепленный по правую сторону кузова, светил как раз на сваленные метрах в десяти тела, уже припорошенные снегом.

— И много сказок вам наплела Роза Давидовна? — спросил Феликс, прикрывая за собой дверь.

Котя нервно рассмеялся. Я с облегчением сказал:

— Много. Что родилась в одна тысяча восемьсот шестьдесят седьмом году...

— Вечно молодится, — буркнул Феликс. — Ну какая тут разница — пятьдесят или шестьдесят седьмой? Нет, все бы ей приврать... Еще управляющей отеля назвалась, верно?

— Помощником управляющего.

— Горничная она. Была горничной и осталась. И отель ее — мечта горничной. Чисто, тепло и ни одного постояльца. — Феликс поморщился. — Садитесь, ребята. Нечего нам тут делать.

— Она назвала вас мастером... — Я не закончил фразу, но Феликс понял вопрос.

— Еще одна блажь. Мастера, надо же такое придумать... Мы всего лишь функционалы. Да забирайтесь в сани, успеем еще наговориться!

10

С погодой творилось форменное безобразие. Вьюга налетала короткими снежными зарядами, потом ветер утихал, с неба начинали валить крупные рождественские хлопья снега — чтобы через минуту смениться мелкой ледяной крупкой и стригущей дорогу поземкой. Лошади бежали ровно, и сани плавно, убаюкивающе покачивались на ходу. Заднее сиденье в санях походило на узкий диванчик, покрытый меховым чехлом, для ног внизу имелось что-то вроде меховой полости. Я никогда раньше не катался в санях и ожидал гораздо меньшего комфорта.

Мы отъехали от гостиницы уже километра на три, а унылые кирпичные здания все тянулись и тянулись вдоль набережной, и не было ни одной живой души... Хороши были бы мы с Котей, попытайся проделать весь этот путь пешком.

— Меня зовут Кирилл! — запоздало представился я. — А моего друга — Константин. Мы из Москвы.

— Очень рад, — не выказывая особых эмоций, откликнулся Феликс.

Я упрямо пытался поддержать разговор:

— Феликс, почему здесь никто не живет?

— Это заводской квартал, — коротко ответил Феликс. — Промзона. А сейчас праздники.

— И все-таки? Почему совершенно никого нет? — настаивал я.

Феликс потянул вожжи, притормаживая лошадей. Тоже интересное ощущение — машины приучили меня, что остановиться можно в любой момент. Сани проехали еще с полста метров, прежде чем окончательно встали.

— Ты правда хочешь это знать? — спросил Феликс.

Я кивнул. Лицо Феликса было серьезным, даже мрачным. Если бы он сейчас сказал, что город оккупирован инопланетными пришельцами, захвачен вампирами или выкошен чумой, — я бы поверил.

— Вокруг посмотри. Какой идиот в такую погоду отправится гулять по набережной?

Я хотел было ответить — и не нашелся, что сказать.

Феликс усмехнулся. Но тут со стороны моря тяжело плеснуло — будто накатила особенно большая волна. И улыбку с лица Феликса словно смыло этим плеском.

— Есть еще одна причина! — резко ударяя лошадей вожжами, крикнул он.

Лошади в понукании не нуждались. Они рванули так, что нас с Котей отбросило на спинку диванчика. Я перегнулся через боковину саней — и увидел, как за парапетом, за строем фонарей, колышется на воде что-то округлое, темное, усыпанное фосфоресцирующими блестками, с длинными щупальцами, тянущимися к дороге...

Сани неслись теперь вдоль самой стены заводов, максимально далеко от воды. Туша исполинского спрута ворочалась далеко позади.

— Не бойтесь, — не оборачиваясь, произнес Феликс. — Они боятся света и никогда не выползают на дорогу.

Почему-то ничего подобного я не ожидал. Чужой мир был слишком похожим на наш. Здесь могли водиться тигры и медведи — но никак не драконы и гигантские спруты.

— Куда мы едем? — наконец-то спросил я.

— Ко мне. Не беспокойтесь, уже почти на месте.

Сани свернули на широкую улицу — совсем не похожую на те узкие тупики, что разделяли заводские корпуса. Она была освещена — такими же фонарями, как на набережной.

И впереди что-то грохотало. Гремело. Сверкало яркими прожекторами. Неслось нам навстречу. Что-то металлическое, на огромных, метра два в диаметре, колесах, между которыми угрожающе нависал приземистый бронированный корпус с несколькими башенками с тонкими стволами — то ли пулеметов, то ли мелкокалиберных пушек...

Феликс прижал сани к обочине — и ревущая, громыхающая машина пронеслась мимо нас. Остро запахло чем-то химическим. Не обычная бензиновая вонь, а совсем другой запах, чуточку спиртовой, чуточку аммиачный.

— Так и народ подавить недолго, — буркнул Феликс. Обернулся: — Что притихли? Танка не видели?

— У нас танки другие, — тихо сказал Котя. — Они ездят за городом. Степенно. На гусеницах.

— Так у вас и по берегу гулять можно, — усмехнулся Феликс.

С берега, куда умчался колесный танк, часто застучало, будто заработала огромная швейная машинка.

Мы удалялись от берега — и город вокруг оживал, терял свою унылую геометрическую правильность. Пошли здания в два-три этажа, еще не жилого, но уже и не промышленного вида. В некоторых окнах горел свет. От дороги, по которой мы ехали, разбегались в разные стороны узкие улочки.

Снега стало меньше, полозья временами пронзительно скрипели на камнях. Мы свернули, дорога запетляла, и сани стали подниматься в гору. Теперь вокруг стояли внушительные особняки, окруженные садами. В каком-то окне я с радостью увидел мелькнувшую человеческую фигуру: женщина разливала чай. И я понял, чего мне тут так сильно не хватало: нормальных людей. Безумная бабка по фамилии Белая, ее дебильная прислуга, убийцы в черном, даже Феликс, появившийся как чертик из коробочки, — все это были не люди, а персонажи театра абсурда. Такие же странные, как скребущее щупальцами по берегу чудовище или спешивший на рандеву с ним скоростной танк, только в человеческом облике.

А вот женщина, пьющая чай, была настоящей. Обычной. Самые обычные и банальные вещи — они-то как раз и есть настоящие. И даже эта мысль настоящая — потому что банальная донельзя...

Как ни странно, но люди теперь попадались все чаще, несмотря на позднее время. В саду у двухэтажного особняка компания человек в десять — взрослые и дети — играла в снежки. Нам помахали руками, обстреляли снежками и дружно прокричали какие-то поздравления, я не расслышал, с чем именно.

— У нас праздник, — повторил Феликс.

— Я тоже не прочь поиграть в снежки, — мрачно сказал Котя.

— Сейчас согреетесь, — понял его Феликс. — Уже приехали.

Сани остановились у приземистого здания на вершине холма. По архитектуре оно напоминало старую русскую усадьбу — двухэтажный центральный корпус и два одноэтажных крыла. Площадка перед зданием была покрыта утоптанным снегом со следами многочисленных колес и полозьев. Все те же фонари на улице. Яркий свет из окон, движущиеся тени за шторами и, кажется, приглушенная музыка. Нас то ли ждали, то ли заметили приближение саней — в дальнем крыле особняка открылась дверь, к саням подбежал молодой парень: в расстегнутой рубашке, в легких туфлях, но с обмотанным вокруг шеи шарфом.

— Я вернулся, — спрыгивая с саней и бросая парню поводья, сказал Феликс. — Все в порядке?

— Ага, — с любопытством поглядывая на нас, ответил парень. — Распрягать?

— Распрягай.

Вслед за Феликсом мы пошли к входу в главный корпус. Парень повел лошадей к большим воротам в правом крыле.

— Почему у вас нет автомобилей? — не выдержал я.

— Потому что у нас нет нефти, — ответил Феликс.

У меня вдруг возникло ощущение, что Феликс на любой вопрос найдет такой, до идиотизма правильный ответ. «Почему никто не гуляет? Холодно. Почему нет машин? Бензина нет».

— В чем смысл жизни? — ехидно спросил я.

— Издеваешься... — буркнул Феликс. — Для нас весь смысл жизни — добросовестно исполнять свои функции.

— Мне это не нравится.

— Привыкнешь...

Это оказался ресторан. Не такой, как в гостинице, с атмосферой маленького европейского клуба. Нет, это был Ресторан с большой буквы. В стиле загулявших купцов и партийных работников. Это был кабак! Это было что-то столь же вульгарное, как ресторан «Прага» на Новом Арбате. Такие рестораны были в России до революции, благополучно пережили нэп (тогда, возможно, в таких кутила бодрая старушка-воровка Роза Белая), уцелели при Сталине, сохранились в годы Великой Отечественной, окрепли и заматерели в эпоху выращивания кукурузы и брежневского застоя, сменили десяток хозяев во время перестройки и победоносно встретили третье тысячелетие.

Пошлость вообще бессмертна.

Здесь были колонны. И хрустальные люстры. И шпалеры на стенах. И статуи голых фигуристых девиц с пустыми глазами вареных рыбин. И белые накрахмаленные скатерти. И хрусталь-фарфор со столовым серебром. И официанты в черных смокингах и белых рубашках, с надменно-вежливыми лицами.

Вы скажете, что все это правильно, замечательно, что ресторан должен отличаться от кафе быстрого обслуживания или ресторанчика национальной кухни. Ну да, конечно. Вот только здесь всего было слишком много. Хрусталя, серебра, крахмала. Какая-то незаметная грань была перейдена, и помпезная роскошь превратилась в безвкусицу.

Под стать оказалась и публика. Я все вспоминал того вежливого почтальона, что привез мне таможенные справочники, — он был этакий лощеный, породистый, джентльменистый. Словно дворецкий из английских фильмов.

А здесь царило безудержное веселье. Нет, за некоторыми столиками ели и пили аристократического вида дамы и господа, на них достаточно было посмотреть, чтобы понять — не наши! Местные! Из мира, где нет нефти и ездят на санях, зато на берег лезут морские чудища. Но вот в центре, за огромным столом, гуляла компания вроде тех, что я порой видал в дорогих московских ресторанах. Шеф обязательно устраивал под Новый год «корпоративную вечеринку» в какой-нибудь «Красной Площади» или «Метрополе», нет бы деньгами премию выдать... Так вот там такие случались. Накачанные, но с брюшком (а можно сказать и наоборот: с брюшком, но накачанные), коротко стриженные и с постоянной, вызубренной полуулыбкой. Вначале ведут себя вполне прилично, а потом с них спадает лоск вместе с трезвостью, и они превращаются в тех, кем были десять лет назад, — мелких бандюганов. Только вместо польского «Наполеона» они теперь глушат «Камю», а заблевывают не красные пиджаки, а костюмы от «Бриони».

У них и девушки были соответствующие. Длинноногие (что хорошо), красивые (что замечательно), но с глазами пустыми и яркими, как елочные игрушки. Они и сами были игрушками, но это их вполне устраивало. От скуки эти девочки открывали «бутики» (магазин — это бизнес, а бутик — для души), по полдня проводили в фитнес-залах, потребляя травяные чаи и занимаясь на экзотических тренажерах, получали никому не нужное высшее образование на платных факультетах (особо ценились менеджмент и психология).

Вот что хотите делайте, но эта компания была наша!

Феликс провел нас через зал (я заметил, что официанты при его появлении будто подтягиваются, хотя, казалось, куда уж дальше). Коридоры, мимо кухни, где гремело, шумело, растекалось вкусными запахами, лестница на второй этаж, прижимающаяся к стенкам прислуга — ресторан напоминал шкатулку с двойным дном, где спрятано куда больше, чем есть на виду.

Потом Феликс отпер высокую двустворчатую дверь и ввел нас в кабинет — куда менее помпезный, чем залы ресторана. Письменный стол, заваленный бумагами, рабочий стул с жесткими подлокотниками и высокой спинкой. Хотя и для пышных кресел в стиле ампир, расставленных вокруг овального стола, место в кабинете нашлось.

— Садитесь. — Феликс кивнул на кресла. Нажал кнопку на столе. Через несколько мгновений в кабинет заглянул официант. Похоже, он ожидал у дверей. — Молодым людям — хороший ужин. Канелони с индейкой, бараньи ребрышки с фасолью... суп... — Феликс внимательно посмотрел на нас и распорядился: — Луковый суп обоим. И нам всем глинтвейна.

— Глинтвейн уже несут, — с достоинством сказал официант. — На дворе изрядно похолодало, господин директор.

— К утру дороги заметет, — согласился Феликс. — Мы видели кракена на берегу. Пошли кого-нибудь в полицию, возможно, удастся купить щупальца.

— Я отправлю Фридриха, — кивнул официант.

Похоже, он был не рядовой сотрудник. Начальник смены, старший по залу или как там это у них называется. А еще я заметил, что на Котю он глянул почти равнодушно, зато на меня — с явным уважением. Неужто и впрямь что-то чует?

Второй официант принес нам глинтвейн — по пузатой стеклянной кружке каждому и укутанный в полотенце кувшин на подносе.

Когда мы остались одни, я с наслаждением глотнул горячего вина. После двадцатиминутной поездки в санях лучшего нельзя было и придумать. А потом спросил:

— Феликс, кто ты?

— Функционал. Ресторатор-функционал.

— Это вроде повара? — заинтересовался Котя.

— Готовить я тоже умею, — кисло согласился Феликс. — Нет. Я отвечаю за ресторан целиком. Интерьер, сотрудники, кухня...

— Интерьер, — задумчиво сказал Котя. — Ага.

— Мне тоже не нравится, — спокойно согласился Феликс. — Но нравится посетителям. К моему глубокому сожалению... Итак, господа, постараюсь ответить на вопросы. Наша уважаемая Роза всегда склонна приукрашать истину... Итак, Кирилл, ты — функционал.

— Это вроде бы математический термин, — сказал я.

— И что с того? Нашу суть слово «функционал» передает лучше всего. Мы — приложения к той или иной функции. Есть функционалы-продавцы. Есть функционалы-врачи. Есть функционалы — хозяева гостиниц или ресторанов.

— Прислуга, — вдруг произнес Котя.

— Именно. — Феликс кивнул. — Если тебя это оскорбляет, можешь называться мастером. Многие так и делают. Но в моем понимании мастер — человек, самостоятельно добившийся успеха. У нас ситуация несколько иная. Способности нам даны. Кем — не спрашивай, я не знаю. А история у всех одна и та же. Человека начинают забывать. У него исчезают документы. Его место — в семье и на службе — занимает кто-то другой. И вот когда человек опускается до самого дна и ему некуда деваться, к нему приходит посыльный или он получает телеграмму... в общем — его куда-то зовут. Место, куда он приходит, становится его новым местом работы. Мы называем это место функцией. Функция Розы — ее гостиница. Моя функция — этот ресторан. Твоя, как я понимаю, пропускной пункт между мирами.

Я кивнул.

— Что ты получаешь. — Феликс отхлебнул глинтвейна. — Ты получаешь очень долгую жизнь. Я не скажу «бессмертие» — ты хоть и не стареешь, но можешь погибнуть или покончить с собой. Ты получаешь полное здоровье и огромную способность к регенерации. Только учти, чем дальше ты находишься от своей функции, тем ниже твои способности! На своей территории тебя практически невозможно убить. Полагаю, даже если отрезать голову, она способна прирасти обратно. Здесь... ну, вероятно, тебя можно убить выстрелом в сердце. Или несколькими выстрелами.

Странное дело — я всю жизнь знал, что меня можно убить выстрелом в сердце, и это ничуть меня не обижало! А теперь стало очень досадно...

— Ты способен отличать функционалов от обычных людей... погоди, не спорь. Это придет не сразу. Ты понимаешь любые языки, но опять же — только в некоторой зоне от своей функции. Место, где ты живешь и работаешь, очень скоро будет обставлено по твоему вкусу. Учти, это самопроизвольно! Никаких предметов роскоши, увы, ты не получишь. Никаких денег и драгоценностей. Никаких продуктов. Никаких обольстительных гурий, к сожалению... Пожалуй, это все, что касается общих способностей. Теперь специальные. Я, к примеру, знаю, кого и чем кормить... не улыбайтесь, сейчас убедитесь сами. Роза поддерживает свою гостиницу в идеальном состоянии. Ты, вероятно, почувствуешь любую контрабанду, а при необходимости вступишь в драку и победишь. Конечно, до полицейского-функционала тебе далеко, но... А какие чудеса творит врач-функционал! Вот, пожалуй, все положительное, что могу тебе сказать... Нет, подожди! Ты еще, конечно же, можешь путешествовать из мира в мир. Сколько миров связывает твоя функция?

— Пока два. Но мне кажется, их будет пять.

— Прекрасно. Итак, у тебя на выбор пять миров, куда ты можешь отправиться. Только учитывай, что твои способности сойдут на нет, когда ты удалишься на десять—пятнадцать километров. Можешь воспользоваться и чужим переходом.

— Если есть плюсы, то должны быть и минусы, — сказал я.

— Верно. Минус один. Он таков: ты будешь всегда заниматься одним и тем же делом. Если ты удивительный лентяй, то можешь исхитриться и сделать свою работу необременительной — как Роза. Но полностью от нее избавиться ты не сумеешь. Если уйдешь от своей функции далеко и надолго, то станешь обычным человеком.

— Не такой уж и страшный минус, — буркнул Котя. — Мы и так все человеки. А побыть сотню лет неуязвимым суперменом, да еще и не заботиться о хлебе насущном... такое не каждому дано... Я мог бы стать функционалом?

— Это лотерея.

— Понял. Где можно билетики купить?

Феликс только усмехнулся.

В дверь коротко постучали, и вошел официант с подносом.

— Баранину ему. — Феликс кивнул на меня. — Перекусите, молодые люди...

Он прошел за свой стол и погрузился в чтение бумаг. Мы накинулись на еду.

Действительно было вкусно. Очень. Я никогда не ел луковый суп, я вообще вареный лук ненавидел! А сейчас я слопал полную чашку в один присест. Накинулся на бараньи ребрышки. Честно говоря, баранину я ел очень редко и был убежден, что это невкусное мясо. Оказывается, я ошибался еще сильнее, чем с луком.

Было и вино. И на этот раз этикетки на бутылках оказались чужие — буквы напоминали латиницу, но слегка искаженную в написании. Смысл слов я все-таки понял: вино произвели «в высокогорных областях Скани из уникального сорта винограда Руминера». А вот Котя поглядел на бутылку так, что сразу стало ясно: он ничего прочесть не может.

— Вы можете заходить ко мне в любое время, — произнес Феликс, не отрывая взгляд от бумаг. — Всегда буду рад принять коллегу. Приводите друзей, подруг. Мы должны помогать друг другу, верно?

— Феликс, вы из Москвы?

— Нет. Я местный.

— Но вы ведь говорите по-русски! — вскинулся Котя.

— Ну и что? Да, я русский... — Он открыл ящик стола, достал оттуда потрепанную книжку. — Возьмите. Будет проще, если вы это прочитаете на досуге.

Книжкой завладел Котя. По его радостному восклицанию я понял, что на этот раз он понимает текст.

— Учебник истории для пятого класса, русская версия! — радостно воскликнул Котя.

— Отобрал два года назад у сына, — сказал Феликс. — Решил, что рано или поздно пригодится. Новые функционалы появляются нечасто, но надо быть ко всему готовым... Так уж сложилось, что я здесь вроде как старший. Неофициально, разумеется. Но в последнюю пятницу месяца все наши собираются в ресторане... вы тоже подходите. Сосед как-никак.

— Феликс, кто напал на гостиницу? — спросил я.

Феликс вздохнул:

— Если есть люди, владеющие чем-то уникальным, у них обязательно попробуют это отобрать. Всегда ходят какие-то слухи, Кирилл. О враче, способном исцелить любые болезни. О лазейках между мирами. О неуязвимых бойцах. Об исполняющихся желаниях, в конце концов. Все наши связи обрываются, когда мы становимся функционалами. Но рано или поздно заводятся новые. Функционалы женятся или выходят замуж. У них появляются дети. Новые друзья. И вот — нужная информация попадает слишком честолюбивому человеку, и начинается... Тайные организации. Боевики. Нападения на функционалов — некоторых выявить очень трудно, других — почти элементарно. В большинстве случаев с ситуацией разбираются полицейские. Но иногда... иногда мы гибнем. Последний год неспокойно, на меня нападали дважды...

— А так люди о нас не знают?

— Кому надо — знают. Лучше оказывать небольшие услуги власти, чем ввязываться в глобальное противостояние, верно? Опять же — тебе нужно питаться, одеваться. Знаешь как?

— Ко мне приходил почтальон. Сегодня утром... то есть уже вчера. Он принес таможенные книги... — Я не закончил.

— Правильно все понял, — кивнул Феликс. — Ты собираешь налог с товаров. И можешь полностью тратить его на себя. Я содержу дорогой ресторан. Врач очень дорого лечит богатых и скрытных клиентов от всего... Поверь, когда слух о новом функционале распространится, у тебя не будет отбоя от клиентов. Заранее приготовь таблички с временем работы и повесь на дверях.

Непохоже было, что он шутил.

— В общем, — подвел я итог, — мне дали высокооплачиваемую работу, а вдобавок — здоровье, долголетие и неуязвимость. Надо радоваться.

— Начинай, — кивнул Феликс. — Я совершенно серьезен, начинай радоваться жизни. Лет через пятьдесят ты начнешь скучать, а пока — веселись. Предавайся всем возможным радостям и порокам. Нет, вначале радостям, пороки лучше оставь на потом... А через два дня жду тебя на нашу маленькую вечеринку функционалов Кимгима. — Он посмотрел на Котю и уточнил: — Одного, разумеется.

— Скажите, — воинственно произнес Котя, — а что будет, если я напишу про все это в газете?

— Вы журналист?

— Да!

— К вам заглянет функционал-полицейский. — Феликс покачал головой. — Воздержитесь от этой статьи, молодой человек.

— Ничего страшного не случится, даже если напишет, — быстро сказал я. — Он пишет сенсационные статейки о всякой небывальщине: тайные общества, экстрасенсы, морские чудовища...

Я замолчал, а Феликс кивнул:

— Вот-вот. Пусть воздержится. Пишите лучше что-нибудь другое, молодой человек. Что-нибудь романтическое. О любви. О животных.

— О любви к мальтийским овчаркам! — не выдержал я. И принялся хохотать. Я хохотал очень долго, взахлеб, поперхиваясь и сгибаясь в кресле, пока покрасневший Котя не принялся стучать меня по спине.

— Вам надо отдохнуть, — сказал Феликс, внимательно глядя на меня. — Останетесь здесь? Я могу выделить вам комнату. Или поедете к Розе? Или к себе?

— К себе, — сказал я. Истерический хохот прошел, но мне было неловко, как человеку, сморозившему глупость в большой компании.

— Разумно. Не стоит слишком нагружать вашу функцию отлучками. К тому же, как я понимаю, вы даже не познакомились с местными функционалами?

— Нет.

— Конечно, Москва город крупный, — рассудил Феликс. — У нас десять функционалов. В Москве, полагаю, больше сотни... Но не сегодня-завтра к вам придут.

— «Комиссия прибудет послезавтра», — вспомнил вдруг я. — Да... действительно.

— Вот видите. Волей случая в курс дела вас ввел я вместе с Розой. Но у вас свои законы, свои правила... Возможно, вам все объяснят точнее и лучше.

Феликс снова нажал кнопку звонка и сказал:

— Я попрошу Карла отвезти вас. При нем можете говорить свободно.

— А могу я вас сфотографировать? — спросил я.

— Ищете доказательств для самого себя? — Ресторатор улыбнулся. — Пожалуйста. Только тогда с вас карточка.

О том, что мы можем и не найти башню, я подумал только когда мы проехали мимо «Белой Розы». От камешка, оставленного на парапете, было не больше пользы, чем от хлебных крошек, что сыпали за собой в лесу Гензель и Грета, — слишком много снега навалило за эти часы. От Коти помощи ждать не приходилось: подсвечивая страницы экраном мобильника, он пытался читать учебник истории.

Но все разрешилось неожиданно просто. В какой-то момент, вглядываясь в проносящиеся мимо улочки, я почувствовал: нам сюда. Ощущение было сродни тому, с которым я толковал Коте незнакомые термины или дрался с налетчиками, — чистое знание, убежденность в том, что надо сделать именно так.

Нас довезли до башни, на которую молодой официант глянул с жадным любопытством. Интересно, каково это — знать о существовании иного мира и не иметь возможности туда заглянуть?

— Мы вам что-либо должны? — спросил я, повинуясь невольному порыву.

Хотя что я ему мог предложить? Местных денег у меня нет, рубли ему без надобности.

— Что вы, ничего. — Парень снова глянул на башню. — Мне пора ехать... боюсь замерзнуть.

— Может быть, чуть-чуть?.. — Я не закончил фразу.

И в следующее мгновение понял, что люди остаются людьми даже в параллельном мире.

— Если только совсем чуть-чуть. — Парень смущенно улыбнулся. — Нечасто мастер угощает простого человека.

Я подумал, что функционал Феликс слегка лукавил, издеваясь над Розой Белой. Нет, конечно, сам он не признавал такого высокопарного обращения. Но вот как звали его подчиненные — предпочитал не замечать.

— Мастер с удовольствием угостит вас, — сказал я. — Проходите.

И вот тут парня словно током ударило! Я уже открывал дверь, а он все растерянно смотрел на меня. Потом потряс головой. Спросил:

— Мастер приглашает?

— Заходи. — Я гостеприимно распахнул дверь.

Наверное, с таким чувством добрый католик вступает в папский дворец. Парень долго отряхивал с ног снег. Осторожно вошел — и уставился на электрические лампочки с тем же восторгом, как Котя, обнаруживший фонари на парапете.

— Принеси нам, — попросил я Котю. — Ага?

— Ага, — кивнул Котя.

Исчез на минуту и вернулся — с коньяком и тремя рюмками. Возница проглотил коньяк будто воду. Нет, спиртное его сейчас не интересовало...

— Мастер... могу ли я посмотреть на ваш мир?

Я посмотрел на Котю. Тот пожал плечами: «Сам решай».

— Ну, наверное, да... — Я прошел к двери, что вела в Москву. — Недолго!

Вам доводилось видеть, как человек любуется видом дождя над свалкой?

Была уже глубокая ночь.

Вид за дверью был не лучше, чем в Кимгиме. Темнота, грязь, смутные силуэты домов, в нескольких окнах — неяркий свет. Почему-то еще и фонари вдоль дороги не горели.

Но парень поглощал это нехитрое зрелище с энтузиазмом первого зрителя братьев Люмьер. Потом неохотно отвернулся от двери. Прижал руку к сердцу.

— Спасибо, мастер. Я... я всегда мечтал увидеть чужие миры.

И эта дурацкая напыщенная фраза нас с Котей проняла. Мы, фальшиво улыбаясь, проводили парня до его двери — в Кимгим. Даже помахали руками.

А когда я захлопнул дверь — будто из нас обоих вынули невидимые стержни.

Я оперся о стену.

Котя поступил проще — сел на пол. И принялся ненужно долго тереть очки о рукав.

— Как тебе... их мирок? — спросил я.

— Мирок? Масоны! — твердо сказал Котя. — Мировой заговор. Чудовища. Ёшкин свет, зачем я сюда приехал!

У него в голосе прозвучала подлинная мука.

— Ты чего? — не понял я.

— Чего, чего... Ты теперь — страж между мирами, так? На лету ножики ловишь, раны заживляешь, пошлину взимаешь... А я-то чего ввязался? Я никто, и звать меня никак! И рассказать не могу, ко мне функционал придет и башку оторвет!

— Котя...

Мне и впрямь было неудобно. На меня выпал непонятно кем брошенный жребий. Да и Котя забыл, что мы были дружны. Но все равно — я чувствовал себя виноватым.

— Все у них схвачено, все завязано, — продолжал тем временем накаляться Котя. — Повсюду все свои. И зубодеры свои, и парикмахеры. Простые люди бьются словно рыба об лед, а вы там с жиру беситесь!

Это было уже совсем странно. Я никогда раньше не встречался с классовой ненавистью. Да раньше и не было никакой разницы между мной и Котей. Но сейчас я вдруг понял, что ощущал мелкий лавочник, к которому в октябре семнадцатого года зашел революционно настроенный матрос.

— Котя...

— Иди ты на фиг! — выдал Котя, что для него равнялось отборному мату. — Хорошо вы устроились, мастера-функционалы!

Последние слова прозвучали с тем чувством, с которым оголтелый антисемит мог бы заорать: «Жиды пархатые!»

— Слушай, я не рвался... — начал было я.

Но Котю, как это порой бывает, пробило на обиду.

Он резко поднялся, достал из-за пазухи учебник истории, который мастер-функционал Феликс отобрал у своего ребенка, и бросил книгу на пол. После чего гордо вышел, хлопнув дверью.

Вышел в Москву.

— Я что, этого хотел? — спросил я башню. Потер плечо, в которое мне попали ножом. — Я что, рвался быть функционалом? Партизан мочить и таможенные сборы взимать?

В башне было тихо. Очень тихо. Отвечать мне было некому.

А устраивать истерику без зрителей — совсем уж глупо.

Я нагнулся, подобрал книжку. Она открылась на форзаце — и я увидел карту мира, в котором находился Кимгим.

Несколько секунд я глупо улыбался.

Может быть, Котя тоже видел эту карту? Оттого и завелся?

— Здесь вам не тут, — изрек я древнюю военную мудрость.

Так, с книгой в руках, я и отправился на второй этаж.

11

Д ля молодого и здорового мужчины есть много способов проснуться. Самый приятный — это когда тебя
целуют в ушко и нежно говорят: «Дорогой... спасибо, это
была незабываемая ночь...» Как ни странно, самый ужас-
ный — точно такой же. Только голос при этом мужской и
говорит с кавказским акцентом.

Но посередке между этими двумя крайностями лежит огромный выбор из различных пробуждений. Там
есть «вторая бутылка была лишняя, но посидели хорошо», «найти носки — и сваливать, пока не проснулась» и
даже довольно экзотичный вариант: «Я заснул за рулем,
доктор?»

Однако обычно пробуждение случается куда проза-
ичнее. Как правило, молодой мужчина просыпается с
мыслью «Как я ненавижу эту работу!». Распространены
также варианты «Этот ребенок когда-нибудь прекратит
орать?» и «Какой идиот звонит мне среди ночи?».

Я проснулся, щурясь от солнечного луча, бьющего в
окно. Свет был такой чистый, яркий, живой, что сразу
стало ясно: это не солнце слякотного московского неба.

Однако, открыв глаза, я убедился, что за ночь погода кардинально поменялась. В Кимгиме снег уже не
шел, зато небо осталось обложено тугими серыми ту-
чами. А в Москве развиднелось: небо голубое, слепя-

щее, будто убегающее в белизну, солнце словно с детского рисунка — лимонно-желтое, а воздух даже на глаз чистый и холодный.

Несколько секунд я лежал, глядя в открытые окна. В голове — ни одной мысли. Тело полно энергии — хочется бегать, прыгать... много чего хочется. Совершенно не хочется делать зарядку, но это потому, что она мне не нужна.

Я счастливчик! Мастер-функционал. Таможенник. Я могу в одиночку побить толпу бандитов, мне не страшны раны, а впереди — долгое и непременно счастливое будущее!

Рывком соскочив с кровати, я подпрыгнул — ладони шлепнули о потолок. Ого! Здесь же почти три метра.

— Утро красит нежным цветом стены древнего Кремля! — весело прогорланил я обрывок старой песни. И замолчал. Цветом или светом? А... какая разница! Главное, что веселое солнце и чистое небо — у нас, а не в уютном Кимгиме. Пусть они там себе не слишком! У нас тоже о-го-го порой!

Открыв окно, я перегнулся через подоконник. Смешно, наверное, это выглядит из Москвы: в грязной водонапорной башне на уровне второго этажа вдруг распахивается окошко и высовывается голый по пояс человек с довольной, выспавшейся физиономией...

Но на меня никто не смотрел. Мчались машины, гудела вдали удаляющаяся электричка (видимо, ее шум меня и разбудил). Тепло одетые люди торопились на станцию. Правильно, сегодня же суббота... Видимо, решили воспользоваться последним теплым осенним деньком... ну, не теплым, но хотя бы солнечным. Я и сам в такие дни хватал Кешью, звонил Аньке, и мы ехали к ней на дачу, старенькую и именно этим замечательную...

Вот тут мне стало пронзительно тоскливо. Не из-за Аньки. Было и прошло, расстались и попрощались, не очень-то сложилось и не очень-то хотелось... Расстались мы с ней как люди. По обоюдному решению. По стертым из моей жизни друзьям и даже родителям я тоже не особенно скучал. С друзьями, теперь я был уверен, смогу заново перезнакомиться — с Котей ведь получилось. Родители... главное, что они живы и здоровы, что они не переживают из-за меня — ведь меня словно бы и не было.

Я скучал по Кешью. Мне хотелось взять за уши его собачью морду и потрепать как следует. А потом ткнуться носом в нос, почесать за ухом, потом погладить животик...

Тьфу! Рассказать Коте — очередной шедевр родит. А то ведь сидит сейчас небось и мучается от нехватки новых идей.

А почему, собственно говоря, я не могу вернуть себе Кешью? Ну, забыл меня пес. Ничего! Заново привыкнет! Его соседи себе взяли? Спасибо им! Я даже готов заплатить за собаку. Но мне нужен мой пес!

И от этого решения у меня сразу улучшилось настроение. Захлопнув окно, я взбежал по лестнице на третий этаж, принял ледяной душ (не то чтобы мне очень этого хотелось, но вода в горячей трубе никак не хотела нагреваться), потом соорудил себе на кухне пару бутербродов и вскипятил чай. Хлопнулся на стул и стал жевать, размышляя — заводить или нет в башне телевизор? Сам по себе он явно не появится. Но ведь можно купить. Нужен мне в новой жизни ящик от мозгов или нет?

Наверное, нужен. Чтобы совсем уж не отрываться от страны. Все смотрят, а я чем лучше? Кто мне иначе посоветует: «Кушай йогурт», «Чисти зубы», «Иди в кино»?

Я отпилил себе еще кусок колбасы, налил чая, встал, прошелся по кухне. Потрогал ножи — острые, осмотрел кастрюли и тарелки. Надо будет научиться готовить. А то у меня в репертуаре всего два блюда: яйца жареные и курица вареная. Можно подумать, что я испытываю личную неприязнь к несчастной птице и стараюсь уничтожать ее вместе с потомством всеми возможными способами. Зайдет в гости функционал-ресторатор Феликс, стыдно будет...

И тут я понял, что уже несколько минут мне не дает покоя едва слышный звук. Откуда-то из-за стены. Тихий рокот, будто работает огромный могучий механизм.

Прислушавшись, я подошел к окну — закрытому ставнями, левому от окна в Москву. Приложил ухо к холодному металлическому листу.

За ставнями урчало, шипело, рокотало. Станки? Я открутил болт, мимолетно отметив, что пальцы держат гайку словно плоскогубцы. Рывком распахнул ставни.

Здесь тоже было солнце — только оно едва-едва вставало над морем, крошечным алым краешком обозначая восток. Почему никогда не спутаешь, встает солнце или садится, когда видишь его над морем?

Слева и справа тянулась линия пляжа — я распахнул окно, глотнул соленый и одновременно сладкий, не надышаться, морской ветер, высунулся по пояс и огляделся. Башня стояла на песчаном мысу, словно маяк или форпост от неведомых морских чудищ.

Но почему-то я чувствовал — здесь кракенов из Кимгима нет. А если и есть... у подножия своей функции я любого кракена порву голыми руками.

Сбежав вниз, я распахнул дверь. Выскочил — ноги увязли в песке. Обежал башенку. Песчаный мыс, метрах в трехстах за башней — зеленый берег. Никаких следов людей. Только рокочут, набегая на берег, волны.

Надо жить не в холодной Москве и выбираться к морю чаще чем раз в год, чтобы поступить иначе. Я разделся догола, добежал до берега и вошел в воду. Она была по-утреннему прохладной, но вполне сносной. Метров пять я брел по песку, погрузился по пояс, после чего поплыл. Через минуту осторожно пощупал ногой дно — дна уже не было. Я так и повис в соленой прохладной воде, слегка подгребая руками и глядя на встающее солнце. Потом развернулся и посмотрел на берег, на свою башню.

Нечего было и удивляться, что в этом мире башня выглядела как маяк. Стены из серого камня и розового ракушечника. На самом верху — зарешеченная площадка, слабо поблескивающие зеркала и стекла. Интересно, как зажигается свет? И должен ли я выполнять работу фонарщика?

Наверное, должен.

Окунувшись с головой, я поплыл в сторону берега.

Новый мир — хорошо. А старый друг — лучше. Я должен спасти Кешью.

Я снова принял душ — вода в море была соленой. Не удержался и еще раз постоял у окна, выходящего на море.

Солнце уже поднялось над горизонтом. От моря начинал дуть легкий теплый бриз.

Всегда завидовал тем, кто живет у моря.

А теперь оно у меня собственное — прямо за порогом. В пятнадцати минутах пешком от метро «Алексеевская».

Закрыть дверь снаружи было нечем. Да и не нужно. Если уж башня за ночь выращивала целый этаж с кухней и ванной комнатой, то не впустить внутрь бомжа она сумеет. Надвинув капюшон на мокрые волосы (солнце — это хорошо, но осень никто не отменял), я двинулся к метро. Денег оставалось немного, а я ведь собирался честно выкупить Кешью...

И тут мне пришла неожиданная идея.

Я остановился и начал голосовать. Уже через минуту притормозил «жигуленок» с мордастым лысым водителем, похожим на молодого актера Моргунова.

— До Студеного проезда, — сказал я дружелюбно.

— И скока?

— Полтинник. — Я улыбнулся еще шире, хотя меньше чем с сотни и разговор можно было не начинать. — Я думаю, этого достаточно.

— Да за глаза! — искренне воскликнул водитель. Перегнулся, открывая дверь. — Садись!

Способности таможенника явно не ограничивались знанием редких слов и умением ловить в воздухе ножики. Водитель что-то довольно мурлыкал себе под нос, а я расслабленно смотрел на проносящиеся мимо дома. Хорошо ехали, без пробок.

— Вот читал я тут недавно Генри Миллера... — неожиданно изрек водитель.

Вид водителя не внушал надежд даже на то, что он читал модных Мураками и Коэльо. Честно говоря, насчет Тургенева, Джека Лондона и Стругацких тоже существовали изрядные сомнения.

— Что именно? — спросил я. — «Тропик Рака»? Или «Тропик Козерога»?

Водитель уставился на меня в полном изумлении.

— Ну ничего себе! А ты-то откуда такие книги читал?

— Довелось... — Я и сам растерялся. — В юности, в родительской библиотеке...

— А, понятно. — Водитель успокоился. — Слушай, вот не понимаю я этой высокой литературы! Читаю, читаю... Что за беда такая? Если высокая литература — значит или говно едят, или в жопу трахаются! Вот как себя пересиливать — и читать такое?

— Вы не пересиливайте, — посоветовал я. — Читайте классику.

— Я Тютчева очень люблю, — неожиданно сказал водитель. И замолчал — как отрезало. Так мы и доехали до Студеного проезда — молча и в размышлениях о высокой литературе. Я попросил остановиться, чуть не доезжая до своего — бывшего — дома. Вручил водителю пятьдесят рублей, которые были безропотны приняты.

Странные встречи иногда происходят без всяких чудес.

Тому, кто дал имя Студеному проезду, не отказать ни в наблюдательности, ни в чувстве юмора. Летом Студеный — вполне милая улица, за которой кончается Москва и начинается Россия. Но осенью и зимой он вполне оправдывает свое название. Сразу вспоминаются святочные истории о девочках со спичками и куда более реальные, пусть и менее душещипательные, криминальные хроники об алкоголиках, прилегших отдохнуть в сугроб.

Я медленно обходил свой дом, пытаясь понять, как именно буду действовать. Воспользуюсь способностями функционала? Выбью пинком дверь, схвачу свою собаку и убегу? А хватит ли способностей? До башни — ровно десять километров.

Ровно?

Да, ровно. Плюс-минус пятьдесят метров. Я это знаю. Словно попискивает зуммер в телефонной трубке, которую слишком далеко отнесли от базы...

Что ж, значит, если мне захочется покуролесить где-нибудь на Пражской — у меня ничего не получится. Там я стану обычным человеком.

Но здесь, пожалуй, способностей у меня бы хватило. Я мог — точно мог — вскарабкаться по стене нашей девятиэтажки до соседских окон. И железную дверь мог выбить. Или, к примеру, открыть хорошие итальянские замки канцелярской скрепкой. Это все входило в положенный таможеннику набор способностей.

Вот только я не хотел — ни воровать, ни грабить. Оставшиеся у меня пять тысяч рублей — это та сумма, за которую могут продать случайно доставшуюся породистую собаку. А могут и не продать...

Но тут я вошел в свой старый двор, и вопрос отпал. На детской площадке, где дети отродясь не играли, среди унылых бетонных грибочков и гнутых железных качелей, соседская девочка выгуливала Кешью.

Очень удобная ситуация! Подойти, прикрикнуть на ребенка, забрать собаку... Родители и в милицию обращаться не станут. Порадуются, что с самой девочкой ничего не случилось.

А девочка сияла от счастья. Крепко сжимала поводок, оглядывалась по сторонам — ей хотелось зрителей. Она выгуливала собаку. Настоящую. Свою собственную! Я поймал ее радостный взгляд, меня она не узнала, конечно же. И понял, что отобрать собаку не смогу. Ну... если только Кешью сам не бросится мне навстречу.

Кешью не бросился. Деловито бегал по площадке, выбирая места посуше. Принюхивался к меткам соседских собак. Кое-где задирал лапу и оставлял ответное послание.

Я подошел поближе, достал сигареты и закурил. Кешью жизнерадостно тявкнул и подошел ко мне. Он никогда не был слишком агрессивным и, если, по его мнению, хозяину опасность не грозила, готов был поздороваться с прохожим.

Конечно, если прохожий ему самому нравился.

Опустив руку, я позволил ткнуться в ладонь холодному мокрому носу. Кончиками пальцев почесал Кешью горло. Пес благосклонно посмотрел на меня, привстал, оперся об меня, пачкая джинсы грязными лапами, и приветливо гавкнул.

Соседская девочка заулыбалась и сказала:

— Кешью только с хорошими людьми так здоровается!

— Кешью? Какое удивительное имя. — Я потрепал собаку по голове. — У меня тоже был... точно такой пес.

Я ожидал, что тут девочка насторожится. Все-таки собака у нее всего два дня...

— Ух ты, как здорово! — воскликнула девочка. — А у вас сука или кобель? У нас кобель. Мне его папа подарил, когда я в первый класс пошла. И сказал, что если буду плохо учиться — отберет!

Обещание вполне в духе Петра Алексеевича... Я посмотрел на девочку. Не врет. Точно не врет!

— Так сколько уже ему? — спросил я.

— Три с половиной года. Он еще молодой! И на двух выставках был чемпионом!

А я Кешью ни разу не водил на выставки. Времени не было. Заводчица говорила, что такую собаку стоит выставлять, но...

— Вижу, ты хорошо учишься, — сказал я. — Раз не отобрали.

Девочка звонко засмеялась.

— Конечно, на одни пятерки. Только это папа шутил! Вы не думайте, что он всерьез! Он Кешью никогда никому не отдаст!

Я затянулся посильнее и закашлялся. Блин. Что же происходит? Кешью не только мне не принадлежит! Он и у Натальи Ивановой никогда не был! Крепко выпивающий и грубоватый Петр Алексеевич подарил собаку своей дочке. И — что-то изменилось в их семье. Задерганная тихая троечница весело смеется, учится на отлично и когда говорит об отце — в голосе неподдельная любовь.

— Ах ты хулиган, — прошептал я, садясь на колени и позволяя Кешью лизнуть себя в нос. — Значит, не помнишь? Но тебе хорошо? Точно? И от тебя им стало лучше?

Кешью облизал мне лицо. Ему было хорошо. Он любил свою маленькую хозяйку и был абсолютно уверен, что большинство людей тоже достойны любви.

— Хорошая у тебя собака, — сказал я. — Ты ее береги. Я вот... потерял такую.

Лицо девочки тут же отразило весь ужас ситуации. Она кивнула. Сказала:

— У нас алиментный щенок скоро будет. Вы если хотите, приходите. Только они дорогие, извините.

— Подумаю, — пообещал я. — Я вообще-то тут знакомую ищу. Наталья Иванова зовут. Не знаешь такой?

Девочка подумала и покачала головой.

— Помню только, что в этом районе живет, — продолжал я. — И что на шестом этаже. Провожал однажды...

— Мы на шестом живем, — оживилась девочка. — Только у нас нет Натальи. У нас три квартиры на площадке. В одной живет тетя Галина... — Девочка понизила голос и повторила чужие слова: — Змеюка редкостная. В другой — мы с Кешью, папой и мамой. Между нами в однушке вообще никто не живет. Хозяевам, наверное, жилплощадь не нужна! Хоть бы сдавали, верно? Заработать можно хорошо. А то ни себе, ни людям! Папа говорит, надо посмотреть законы, может, можно эту квартиру отобрать. За неиспользование.

— Это вряд ли, — задумчиво сказал я. — Насчет щенка я подумаю, спасибо большое.

На прощание я снова погладил Кешью по загривку. И ушел не оборачиваясь.

Коте я позвонил, подходя к метро.

— Да? — очень подозрительно спросил Котя.

— Ага, — согласился я. — Именно. Это я.

Раздался тяжелый вздох.

— Котя, кончай дурить, — сказал я. — Мне посоветоваться надо.

— А мне — работать! — гордо ответил Котя.

— Что, на летний отдых зарабатываешь? — коварно спросил я.

— Почему бы и нет!

— Дай догадаюсь, как именно... «Когда-то я была веселой и общительной девочкой, а потом — увидела ее по телевизору...»

— «Раньше я была простым питерским пареньком по имени Лёха, — сказала Мэри с улыбкой. — Погаси сигарету, курение вредит здоровью!»

— У тебя появился социально позитивный подтекст! — удивился я.

— Это для газеты «Здравы будем», — виновато сказал Котя. — Они обязательно просят, чтобы помимо клубнички было о вреде пьянства, курения... Чего звонишь?

— Возьми десяток пива и приезжай, — попросил я. — Только пиво пусть будет холодное. И чипсов каких-нибудь, орешков...

Некоторое время Котя переваривал информацию. Потом сказал:

— Теплое пиво было бы проблемой, а вот... Что? Третья дверь открылась? Куда?

— В лето, — сказал я и выключил мобильник.

* * *

Здравые мысли подкрадываются неожиданно.

— Если бы ты, Кирилл, обладал системным мышлением, — переворачиваясь со спины на пузо, сказал Котя, — ты бы попросил меня взять крем от загара.

Солнце и впрямь начинало припекать.

— Если бы ты не был столь ленив — сгонял бы сейчас за кремом, — отрезал я. — Лето с меня, а вот все остальное — твое.

— И где я сейчас куплю крем от загара? — лениво спросил Котя. — Это либо дома искать, либо в парфюмерных супермаркетах вроде «Тверская-понты». Дай пивка...

Я протянул ему бутылку «Оболони». Не выдержал и спросил:

— Слушай, что ты все время берешь это пиво?

— Мне у них рекламная стратегия нравится, — усмехнулся Котя. — Представляешь, они писателям-фантастам предлагают упоминать в книжках пиво «Оболонь».

— И что?

— Ну, если в книжке десять раз будет упомянуто слово «Оболонь», то автору выплачивают премию. Прикинь?

— Так просто? — восхитился я. — «Оболонь», «Оболонь», «Оболонь» — и все?

— Десять раз подряд «Оболонь», — подчеркнул Котя. — Не меньше.

— А что такое вообще «Оболонь»? — спросил я.

— Болотистый берег реки.

— Серьезно? То есть «Оболонь» — это пиво из болотной воды?

— Но ведь вкусно же!

Спорить я не стал.

У такого моря и под таким солнцем, да еще и в ноябре месяце — любое пиво годилось.

— Странно все, — сказал я. — Понимаешь... я-то ждал, что Кешью страдает по Наталье... я его заберу. Заплачу, конечно! А оказалось — он у девочки три года. Неправильно это.

— Все правильно, — фыркнул Котя. — Ты еще не понял?

— Что?

— Ни Роза, ни Феликс не вспоминали про каких-то странных личностей, занявших их место. Вроде как ты должен был из жизни выпасть...

— Угу...

— А тебя — выпали. Заменили.

Я все-таки не мог понять.

— Как заменили?

— Она в себя нож воткнула? — спокойно спросил Котя. — Грудью на нож — и оп-ля? Словно в масло? И вот труп истекает кровью, сирены воют, ты в бегах...

— Блин...

До меня наконец-то все дошло.

Я вскочил. В бешенстве ударил ногой по песку.

— Блин! Блин! Блин!

— Понял? — Котя повернул голову и подслеповато посмотрел на меня. — Твоя Наталья Иванова, мышь белая, моль бледная — такой же функционал, как и ты. Почему-то ты не действовал так, как они от тебя ожидали. Они это предвидели. И у тебя заранее был раздражитель — наглая противная девица. Ты скажи — она ведь как раз того типа, что тебе наиболее противен, верно? Не просто чужая женщина, а мерзкая чужая женщина? Так?

Я пожал плечами.

— С тобой сложнее, чем с горничной и ресторатором, — невозмутимо продолжал Котя. — Я вчера вспылил, ты уж извини. Очень меня карта завела... Но у тебя не так просто все, Кирилл. Ты не обычный таможенник, которых здесь — как грязи. Что-то в тебе есть особое. Я, правда, еще не понял, что именно.

— А пытался? — мрачно спросил я.

— Да. Полночи думал. — Котя сел на песке, надел очки. Строго посмотрел на меня. — Слушай, Кирилл. Мы, наверное, и впрямь были хорошие друзья...

Я смутился — как всегда бывает, если начинаешь говорить с друзьями о дружбе. Это с приятелями хорошо получается.

— Море в центре Москвы, Кымгым твой гребаный...

— Кимгим!

— Кимгим, без разницы! Все это хорошо. С тобой дружить и приятно, и выгодно. — Котя ухмыльнулся. А потом очень серьезно продолжил: — Только ты не из рядовых масонов... функционалов. С тобой какая-то беда связана. И однажды, Кирилл, ты не успеешь перехватить все ножики. Так что я чувствую, для меня это все плохо закончится. Я сегодня утром сел писать очередную халтурку, а сам думаю — если Кирилл не позвонит до обеда, то я все телефоны отключу и постараюсь себя убедить, что мне все пригрезилось. Но ты успел. Урод.

Я смущенно посмотрел на Котю. Он был прав. Я его втягивал в какие-то приключения, вроде бы и интересные — и в то же время смертельно опасные. Но при этом у меня были тузы в рукаве: способности функционала.

— Котя...

— Ладно, проехали, это все лирика поганая. — Котя махнул рукой. — Море офигенное. Пиво холодное. Экология — убиться бумерангом! За это и помереть можно... Ты учебник кымгымский прочитал?

— Пролистал, — признался я.

— Ну и что тебя особенно удивило?

— Отсутствие государств.

— Во! — Котя погрозил мне пальцем. — Городок Кимгим на месте Калининграда — легко. Городок Зархтан на месте Питера — да запросто! С фонетикой им не повезло... Но если на весь земной шар ни одного государства — а только города и ничейные территории... это у нас что?

— Феодализм? — предположил я.

— Какой еще феодализм... — Котя сморщился. — Феодализм — это войны, это борьба за власть, это интриги... Нет, я не против, что никто в мире не воюет! Двумя руками за! Вот только это все само по себе невозможно. Искусственный мирок-то!

— Котя, у нас нет данных...

— У нас их вполне достаточно! — Котя встал с песка и потряс тощим кулаком. — Все там четко видно! Я даже точку бифуркации более-менее четко рассчитал...

И в этот момент со стороны башни донесся монотонный стук. Мы синхронно повернулись к ней.

— Пусть стучат, — решил я. — Таможенник имеет право отдохнуть?

— А ты не забыл, что у тебя сегодня комиссия намечалась? — спросил Котя.

Я стал торопливо одеваться.

Котя — тоже. И по ходу размышлял:

— Имею я право находиться у тебя? Может быть, мне спрятаться здесь?

— В Кимгиме в сугроб закопаешься! — огрызнулся я. — Ничего. Я имею право позвать в гости друзей. Наверное...

— Кирилл, ты сейчас тупи изо всех сил, — вдруг сказал Котя. — У тебя это здорово получается. Те, кто придет, — они не дураки будут.

12

Как-то уж так сложилось, что мне никогда не приходилось отчитываться перед комиссиями. В школе я был, с одной стороны, слишком способным, а с другой — слишком разболтанным, чтобы испугаться какой-нибудь «комиссии из гороно». В институте я учился в те годы, когда никаких комиссий попросту не было, в стране царила полнейшая анархия. Ну а работа менеджером в «Бите и Байте»... чего тут проверять? Не стырил ли я новую видеокарту для домашнего компьютера?

Нет, не стырил, взял протестировать, через месяц верну, она как раз устареть успеет, а если вам не нравится — увольняюсь, вон в «Макросхеме» на полторы штуки больше платят!

И все-таки поневоле унаследованный страх холодком елозил между лопатками.

Что поделать — непоротое поколение до сих пор лежит поперек лавки.

Ждет, пока для него розгу срежут.

Отряхивая песок с рубашки, я зашел в башню. Мельком подумал, что у дверей надо положить тряпочки... или специальные коврики, зелененькие такие, вроде травки из пластика.

В московскую дверь снова постучали.

Котя, стараясь придать себе максимально сосредоточенный вид (чему немного мешали две выпитые бутылки украинского пива), встал возле лестницы.

Я открыл дверь.

И уткнулся в три дружелюбные, хорошо знакомые физиономии.

Первым стоял известный юморист, звезда телеэкрана, щекастенький и морщинистый. Улыбка на лице была приклеена так крепко, что ему, наверное, приходилось напрягать мышцы, чтобы перестать улыбаться.

Рядом — известный депутат патриотически-оппозиционных убеждений. Он тоже улыбался, но у него это получалось лучше. Доверительнее. Даже хотелось вступить в одну с ним партию и начать радеть о народе.

Эти двое — ладно. Чего-то подобного я и ожидал.

А третьей была Наталья Иванова.

Живая и здоровая, приветливо кивнувшая мне. Только взгляд не вязался с приветливой улыбкой. Настороженный был взгляд.

Спасибо Коте, что так вовремя высказал свою догадку!

— Привет, Наташа, — сказал я, потянулся к девушке и чмокнул ее в щеку. — Рад видеть в добром здравии.

Политику я протянул руку и обменялся с ним крепким рукопожатием. Юмориста, если честно, хотелось огреть надувным молотом или запустить ему в лицо кремовый торт. Но я ограничился кивком и максимально дружелюбной улыбкой.

Наталья пристально смотрела на меня. В глазах ее что-то плавилось, перекладывалось, переключалось. Вперед выплывало сплошное дружелюбие и одобрение. Даже веселые морщинки побежали от уголков глаз, хотя обычно такие появляются у очень умелых стерв годам к тридцати — тридцати пяти.

А настороженность пряталась, уходила из глаз — куда-то поближе к душе.

Идиот.

Ведь только что мне советовали — тупи! А я проявил себя догадливым, не удивился тому, что Наталья жива.

— Ты не в обиде на меня, Кирилл? — Наталья тоже потянулась навстречу и коснулась меня сухими, горячими губами. От ее приветливости веяло холодом.

— Да что ты! — Я заставил себя засмеяться и кивнул юмористу, словно призывая его разделить мое веселье. — Что ж я, идиот? От такого — кто откажется? Объяснила бы сразу, разве я...

— Объяснить никогда и ничего нельзя. — Наталья слегка убавила свою фальшивую приязнь. — Мы пройдем?

— Конечно! — Я отступил с дороги, мимолетно замечая и стоящие в сторонке дорогие машины, и нескольких крепких людей, окруживших башню. Троица вошла — и остановилась при виде Коти. — У меня тут друг... мы пивка попить решили, ничего?

Наталья внимательно посмотрела на Котю. Котя едва ли не по струнке вытянулся. И выпалил:

— Чагин Константин Игоревич! Двадцать пять лет! Невоеннообязанный по здоровью. Журналист!

— Какой еще журналист? — брезгливо спросила Наталья.

— Сенсационник! — выпалил Котя.

— Это у тебя Кирилл ночевал?

— Было дело, — с готовностью согласился Котя. — Только я не помню, я все забыл, мы потом заново познакомились... Вы не подумайте, я здесь не в профессиональном качестве! Чисто по-дружески. Я Кирюхе не враг!

— Главное — себе врагом не будь. — Наталья явно приняла какое-то решение относительно Коти. — Дружи, конечно. Друзья — это очень важно.

— Старый друг борозды не испортит! — скрипуче произнес юморист. С надеждой посмотрел на Наталью. Потом на политика.

Наталья его проигнорировала, политик поморщился и сказал:

— Женя, ты не на работе...

— Показалось, что смешно! — с вызовом сказал юморист и пожал плечами. — Со всяким бывает!

— Давай лучше познакомимся с молодым человеком, — миролюбиво сказал политик. — А то я догадываюсь, как нас представили... комиссия, инспекция... ненавижу бюрократию!

— Ну, я вас знаю... заочно, — пробормотал я. — Вы...

— Просто Дима. — Политик развел руками. — Никаких церемоний, здесь все свои! Кирилл, Женя, Дима... э... Костя, Наташа. Как обустроились, Кирилл?

— Помаленьку... — Стараясь не смотреть на Наталью, я принял смущенный вид и промямлил: — С деньгами плоховато... жить-то есть где, но надо же питаться... телевизор, опять же, чтобы от родной страны не отстать...

Политик кивнул. Посмотрел на Наталью — та стояла на лестнице, внимательно оглядывая второй этаж башни. Сказал:

— Наташа... разве у вас не положено выдать какие-то подъемные? Пока человек к работе приступит...

Странные отношения были внутри этой троицы. Я четко определил юмориста как самого безобидного и взятого «для массовости», а вот кто главный — Наталья или Дима, — понять не мог.

— Сейчас выдам, — согласилась Наталья. — Кирилл, третий этаж открылся?

— Кухня и ванная.

— Замечательно. — Наталья спустилась с лестницы и подошла ко мне. Глядя мне в глаза, на ощупь достала из сумочки толстую пачку сине-голубых банкнот. — Сотни тебе хватит на обустройство?

Котя прищелкнул языком и явственно прошептал:

— Помещение большое...

— Не наглейте, ребята. — Наталья усмехнулась и вложила пачку мне в руку. — Какие двери открыты?

— В Кимгим, — сказал я. — Она первая. А сегодня утром... вот эта.

Конечно же, двери интересовали их куда больше моей персоны. Через несколько мгновений вся троица топталась по песку. На лицах было явное удовольствие. Юморист даже сбегал к воде, намочил ладони и вернулся — довольный и громко, с противной театральной интонацией декламирующий:

> Зима! Крестьянин, торжествуя...
> А я на Мальте, мне по...

Наталья вздохнула, но смолчала. Политик ослабил узел галстука. Снял белый пиджак и перекинул через руку. Сказал:

— Люблю море... Как замечательно, Кирилл. В Москве был всего один выход к морю. Из района Капотни, представляешь?

— А сколько всего башен в Москве?

— Не обязательно башен, в Капотне — подвал... Семнадцать таможен.

Я покосился на юмориста — теперь тот обходил башню, трогая стены, а временами даже пиная их, будто проверяя на прочность. Спросил:

— Это действительно Мальта?

— Это очень далеко от нашей Земли, — беззаботно ответил политик. — Не по расстоянию, конечно, *по вееру*. Это не Кимгим. Тут материки совсем другие. Людей нет.

— Курорт.

— Именно. Будешь пользоваться популярностью.

— Мы в тебе не ошиблись, — согласилась Наталья. — Что ж, Кирилл. Поздравляю. Это хорошая дверь. Впрочем... ты и сам это понял.

Я проследил ее взгляд — и обнаружил оставленные на песке пивные бутылки и пакетики с орешками. И не только я. Политик неожиданно направился к месту пикника, поднял две бутылки и открыл одна о другую. Сделал большой глоток.

Подкупило их море. Расслабило. Видимо, им очень хотелось иметь сюда еще одну дверку.

— От чего зависит, куда откроются двери? — спросил я.

— От таможенника, — секунду поколебавшись, объяснила Наталья. — Ты открываешь двери в те миры, которые тебе наиболее близки.

— А сколько всего миров? — спросил из-за спины Котя.

На этот раз Наталья колебалась дольше. Но ответила:

— Нам известно двадцать три. Это те, куда проходы открываются стабильно... хотя почти половина этих миров никому не нужна. Ходят истории про миры, куда проходы открывались нерегулярно... возможно, просто слухи. Некоторые миры встречаются часто, другие — реже.

— Кимгим часто, — предположил я.

— Кимгим — популярный мир, — согласилась Наталья. — Его даже используют в качестве промежуточного, если надо попасть в какой-то более редкий... Ладно, раз уж начали вопросы-ответы, то спрашивай дальше. Отвечу.

— Наталья, кто ты?

— Функционал.

— Я догадался. А точнее?

— Акушерка. — Ответ явно был заготовленный. И я послушно сделал удивленные глаза, после чего дождался пояснений: — Акушер-гинеколог. Ищу будущих функционалов и помогаю им проявить себя.

— Вчера вечером гулял по Кимгиму, познакомился с парочкой функционалов... — небрежно сказал я. И отметил, что информация для них внове. Наталья сохранила каменное лицо, политик чуть-чуть прищурил левый глаз, а вот юморист откровенно удивился. — Они меня ввели в курс дела. Но никто про акушерок не говорил.

— Это потому, что роды бывают нормальные, а бывают — осложненные, — мягко сказала Наталья. — В твоем случае все было... очень плохо. Пойдем, Кирилл. Этот разговор... для функционалов.

Она мягко взяла меня за руку и повела от башни к морю. Котя остался. И не только Котя. Политик и юморист тоже за нами не последовали. Так они, выходит, обычные люди?

— Они всего лишь люди, — негромко сказала Наталья. — Ни к чему им слышать... детали. Ты меня второй раз удивляешь, Кирилл.

— Первый раз — когда пришел с ножом?

— Да. Совершенно не соответствовало твоему характеру. А сейчас ты удивительно быстро освоился. Хорошо, я тебя недооценила. Давай определимся раз и навсегда, Кирилл. Между нами — мир?

— А если нет? — спросил я.

Наталья дернула плечиками.

— Тут твоя территория. Ты меня можешь в бараний рог согнуть. Но потом...

Я кивнул:

— Понятно. Придет функционал-полицейский. Наталья, один вопрос. Почему именно я стал таможенником? Эта какая-то врожденная особенность?

— Нет, — неохотно сказала Наталья. — Кажется, нет. Механизмов я не знаю, да и знать не хочу.

— Ты же акушерка.

— И что? Мне сообщают, что кто-то станет функционалом. Я наблюдаю за ним. Обычно человек стирается из реальности легко и быстро. В его квартире появляется кто-то другой, его рабочее место тоже занимают. Но иногда все сложнее. Твоя квартира изменилась, но вместо тебя никто не возник. На твоей работе образовалась вакансия.

Я вспомнил, с какой готовностью шеф предложил мне устроиться на работу в «Бит и Байт», и неохотно кивнул.

— Забывали тебя медленно, — продолжала Наталья. — Пришлось подменить тебя. Занять твое место и надавить как следует. А что делать? Ты как-то ухитрялся цепляться за окружающий мир...

— Или мир за меня? — пробормотал я. — Понятно.

— Вся моя вина в том, — сказала Наталья, — что я тебя немного подтолкнула. Ускорила твое превращение в функционала. Этой симуляцией... чтобы ты сам расхотел быть собой. Любой другой функционал на моем месте поступил бы так же. Ну?

Она склонила голову набок, заглянула мне в лицо. В уголках глаз опять возникли лучистые морщинки.

А ведь она вовсе не молода, понял я. Функционалы, наверное, вообще не стареют, консервируются в своем человеческом возрасте. Но Наталья стала функционалом вовсе не в двадцать с небольшим...

— Ты добрая женщина, — сказал я.

— Что поделать. Ты меня немного достал, Кирилл. Целые сутки держался. — Фальшивая благожелательность стала понемногу исчезать из ее глаз. Но ее место, слава Богу, занимало равнодушие. Наталья все-таки пришла к выводу, что я не опасен.

— Ну зачем было меня так пугать? Рассказала бы сразу...

— И этим бы все испортила. — Наталья фыркнула. — Не учи функционала исполнять его функцию.

— Поговорка?

— Вроде того. Мир?

— Мир. — Я ухмыльнулся и пожал ей руку. — А все-таки ты из меня жилы потянула...

— Зато какая плата. — Наталья кивнула на шипящую полоску прибоя, подкатившуюся к самым ногам. — Слушай дальше. Эти, — она глянула на политика с юмористом, — не функционалы. Они могут пользоваться нашими способностями. Ходить из мира в мир. Красиво стричься и вкусно кушать. Лечиться и учиться. Но особо с ними не откровенничай. Ты — функционал при своей функции. Они — производные. Дери с них пошлину, когда они идут через таможню. Будь вежлив, но строг. А вот функционалов у таможенников принято пропускать без лишних церемоний... если не совершается что-то совсем противозаконное.

— Вроде провоза запретных товаров?

Наталья кивнула:

— Именно. Ну все, идем...

— Подожди! Еще пара вопросов.

— Да? — Наталья выжидающе посмотрела на меня.

— Откуда люди узнают про функционалов? Кто получает право пользоваться нашими... функциями?

— Кирилл, тебе деньги нужны? — Наталья прищурилась. — Вещи... посложнее табуретки и кастрюли? Безопасность?

— Нужны, — признал я и покосился на двух членов инспекции. — А еще юмор, да?

— Не все в мире меряется деньгами! Ты же открылся своему другу?

Отповедь была столь сурова и неожиданна, что я не нашелся, что ответить. Наталья победно улыбнулась.

— Тогда последний вопрос. Кто у нас главный?

— Ты все еще живешь в каком-то уродливом мире. — Наталья покачала головой. — Мире, где важны деньги, власть, положение в обществе; в мире жадных детей... Расслабься! Ты вышел за эти рамки. Главных нет. Мы все равны. Честно исполняй свою функцию — и у тебя все будет хорошо.

Развернувшись, Наталья двинулась к башне. Остановилась. Обернулась, посмотрела на меня:

— Пойдем. Я за то, чтобы признать твое вступление в функцию состоявшимся. А твой друг... что ж, нам могут пригодиться сметливые журналисты.

Они провели в башне еще с полчаса. После того как Наталья объявила, что довольна мной, обстановка стремительно потеплела. Мы все-таки ушли с пляжа, поднялись на кухню. Но перед этим политик выглянул из дверей, подозвал кого-то из охраны, и ему принесли бутылку шампанского. Настоящего, французского, конечно же, брют, в меру охлажденного, но не ледяного «из морозильничка... гляди, гляди, льдинки плавают, хорошо у нас морозит, правда?». Впрочем, сладкое «Советское шампанское», надутое углекислым газом купажное вино, иначе чем ледяным раз в год «под куранты» и невозможно пить.

Я нашел более-менее приличные фужеры из того набора посуды, что возник вместе с третьим этажом. Юморист сообщил, что «бытие на Руси есть питие», и мы выпили по глотку шампанского.

Потом я получил визитки от Димы и Жени. Наталья, конечно же, никаких координат мне не оставила. Но пообещала, что мы периодически будем видеться. И посоветовала купить десяток-другой визитниц, поскольку за ближайший месяц у меня перебывает несколько сотен известных людей.

Уже когда я провожал «комиссию», юморист окончательно меня добил — картинно хлопнул себя по залысине, закричал: «Голова моя седая, голова моя седовая!», бросился к машине, долго рылся в багажнике, вернулся со слегка помятой книжкой своей юмористической прозы — и очень долго писал автограф. Наталья даже не стала дожидаться — помахала мне рукой и двинулась пешочком в сторону метро. Небось торопилась на Черкизовский, китайскими штиблетами торговать... Зато политик вежливо дождался окончания эпистолярного действа, красноречивой гримасой дав мне понять, что это неизбежно.

Только когда разъехались последние машины, в которые втянулись скучавшие вокруг башни охранники (интересно, что они думали о причудах начальства?), я закрыл дверь и вопросительно посмотрел на Котю.

— Ничего так, — сказал Котя. Он был очень серьезен. — Ты молодец. Хорошо тупил. Особенно вначале: «Рад видеть в добром здравии».

— Это же я прокололся... — начал я. Осекся.

— Наоборот! — возмутился Котя. — Неужели ты и впрямь мог думать, что Наталья мертва? Если бы ты при ее виде испугался или растерялся — вот это было бы подозрительно... Нет, все хорошо. Ты себя вел как надо.

— А ты хорош! — не выдержал я. — Журналист-сенсационник!

— Хорошо звучит. — Котя гордо выпятил грудь. — Я не собираюсь всю жизнь писать истории «Как нелюбимая теща стала любимой женой». Вот напорюсь на сенсацию...

Он осекся, а я кивнул:

— Именно. Ты уже наткнулся. Где же твои сенсационные статьи? У меня фотки есть, можешь использовать.

Котя вздохнул, потер лоб. Сказал:

— И пива больше не хочется... Ты мне скажи, у нас что, вся власть — функционалы?

Я покачал головой:

— Он не функционал. Думаешь, почему меня Наталья увела в сторону? Некоторые люди в курсе и пользуются нашими услугами. Не обязательно политики...

Котю передернуло:

— Да уж! Еще юмористы.

— Он старается... — дипломатично сказал я, пряча за спину руку с книжкой. Ругать человека, только что получив от него автограф, было неудобно.

— Знаешь, какое у меня сложилось ощущение? — оживился Котя. — Эта твоя Наталья — она тоже мелкая сошка.

— Тоже?

— Слишком уж важничает, — не обращая внимания на вопрос, продолжал Котя. — Щеки надувает...

Его размышления прервал стук в дверь — со стороны Кимгима.

— Ты начинаешь пользоваться популярностью, — оживился Котя. — Серьезно подумай над табличкой на дверь с часами работы...

Я прошел к двери. Котя уже привычно встал в центре у лестницы (у меня закралось неприятное подозрение, что эта точка привлекает его возможностью быстрого отхода по маршруту «второй этаж — окно — Москва»). Хотя... если честно, на его месте, не обладая моими способностями, я бы тоже подстраховался.

Дверь открылась, впуская клубы холодного воздуха.

А вместе с ними — молоденькую черноволосую девчонку с раскосыми глазами.

— Прошу прохода! — выкрикнула девушка за мгновение до того, как мой кулак ударил ее в висок.

Я успел. Остановил руку.

Со стороны это выглядело так, будто я быстрым движением погладил девчонку по голове.

Сейчас на ней не было черного комбинезона. Юбка — чуть длинновата, но такие и у нас носят. Сапожки. Что-то вроде короткой дубленки. Коричневая меховая беретка.

Девушка как девушка. В метро никто бы и внимания не обратил. Ни на одежду, ни на тип внешности.

— Куда ты идешь? — спросил я.

— Куда... куда есть проход? — Она посмотрела через плечо назад. То ли со мной не хотела встречаться глазами... то ли ожидала, что кто-то появится следом.

— В Москву. И куда-то на берег моря, там нет людей.

— Море. — Девушка вошла, отстранив меня. Захлопнула дверь и закрыла ее на засов. Посмотрела на Котю, гордо вскинула голову. И наконец встретилась со мной глазами.

Она была напугана до полусмерти. До трех четвертей смерти, до девяти десятых. До того момента, когда даже паника исчезает, а остается обреченное спокойствие.

— Пошлина! — сказал я. — У тебя на поясе — метательные ножи. Холодное оружие длиной менее локтя оплачивается из расчета...

Одним движением девушка вывернула карман дубленки. Бросила на пол горсть монет, похоже — серебряных.

Это не было попыткой оскорбить. Она просто спешила.

— Хватит, — кивнул я. Деньги не надо было считать. Я знал, что заплачено с избытком, что более ничего облагаемого пошлинами у нее с собой нет. — Иди. Вон та дверь.

— Ты должен открыть, — сказала девушка. Облизнула губы. — Я спешу.

Я открыл дверь — интересно, у нее бы это не получилось? Картинным жестом указал на пляж. Девушка скользнула мимо меня. И тут же стянула дубленку, оставшись в черном свитерке.

— Подожди! — позвал я. — Скажи, зачем вы напали на гостиницу?

Прыгая на одной ноге, девушка стягивала сапог.

— Нам был нужен мастер.

— Какой?

— Любой. — Вслед за сапогами на песок полетели шерстяные носки. Это уже слегка напоминало стриптиз.

— Зачем? — не унимался я.

Девушка вынула из ножен метательный кинжал. Подтянула вверх юбку и стала быстрыми движениями подрезать ее на уровне колен.

— Была одна идейка... — туманно ответила она. И вдруг, повернувшись ко мне, с искренней ненавистью воскликнула: — Как же я вас всех ненавижу!

— И просишь у меня помощи?

— Не помощи! Прохода.

Секунду она держала нож в руке, будто размышляла, не метнуть ли в меня. Но разум одержал верх. Нож вернулся в ножны, девушка отвернулась, сделала шаг-другой босыми ногами, словно разминаясь. И побежала — легко и красиво — по направлению к берегу, к зеленым кущам вдалеке. Хорошо побежала, я бы не догнал... во всяком случае, в бытность свою менеджером.

— Куда она так спешит? — задумчиво произнес Котя.

— Не куда, а откуда, — поправил я. — Мне кажется...

Мне не казалось. В дверь из Кимгима постучали. Деликатно, но настойчиво.

— Может, не стоит? — Котя кивнул на дверь. — Ты мог отойти... в магазин, телевизор купить...

Я покачал головой. Котя не понимал — я не мог не открыть. Если я действительно находился в башне, то притвориться отсутствующим было выше моих сил. Все равно что пытаться сдержать чих.

Все, что я смог себе позволить, — это подойти к двери очень неспешно, открыть ее неторопливо и не сразу впустить человека, который стоял на пороге.

Мужчина лет тридцати. Высокий. Обычного телосложения. Разве что физиономия нестандартная — бывают такие люди, у которых форма лица не овальная, не круглая, а какая-то ромбовидная, словно из конструктора «Лего» человека строили. Очень легко одет, словно прохладным летним вечером вышел погулять, — курточка-ветровочка, какая-то легкомысленная беретка на голове.

— Привет! — Мужчина крепко пожал мне руку. — Ты Кирилл, знаю. Феликс о тебе много хорошего рассказывал. Я — Цайес.

Я еще раз подумал, что жителям Кимгима не везет с фонетикой. А судя по грустному вздоху Коти — мы с Цайесом говорили вовсе не на русском языке.

— Но ты меня зови просто — Цай, — доброжелательно продолжил он. — Я знаю, наши имена для вас странно звучат.

— Кирилл, — ненужно представился я. И, невольно заражаясь его манерой, добавил: — Можно Кир.

— Твой друг? — Цайес кивнул на Котю, приветливо махнул рукой. — Замечательно... Куда убежала девушка?

— Туда.

— Пошел я... — Цайес вздохнул и уверенно двинулся к нужной двери. Рубчатые подошвы ботинок оставляли на полу комья талого снега. — Если не затруднит, брат, не уходи никуда с полчаса. Я быстро.

Он открыл дверь без всяких проблем. Вышел, огляделся. Пнул ногой сброшенную девушкой куртку. И побежал по ее следам — вначале неторопливо, но с каждой секундой все более и более ускоряясь. При этом в его движениях не было той мрачной механической монотонности, с которой устремляются в погоню терминаторы или вампиры в голливудских фильмах. Нет, он бежал раскованно, свободно, временами без всякой причины подпрыгивая — не то стараясь высмотреть жертву, не то просто радуясь бегу, песку, морю, солнцу.

И вот это было куда страшнее киношных монстров.

— Это функционал-полицейский, — сказал я.

— Я понял, — тихо ответил Котя. — Может, зря ты его пропустил?

— Она ведь пыталась тебя убить.

— Все равно. У нее ни одного шанса нет...

— У меня тоже. Если бы я его не пропустил, он бы сам прошел.

— Ты же на своей территории! — напомнил Котя. — При функции, так сказать!

Может быть, он и был прав. Может быть, я смог бы выстоять против дружелюбного полицейского. Под ним ломался бы паркет... пардон — «массивная доска», на голову падали бы всякие стропила и балясины. Функционалу дома воистину стены помогают. Оторванные руки-ноги немедленно прирастали бы ко мне обратно. Я был бы быстр, неутомим и дьявольски силен. И в итоге победил бы полицейского.

Зачем?

— Зачем? — спросил я. — Зачем мне его останавливать? Он преследует бандита!

— Даму!

— Бандитку!

Я посмотрел на друга и честно сказал:

— Котя, мне он не понравился. Если честно — я испугался.

И Котя сразу поник и перестал наседать. Снял очки, стал протирать уголком несвежего носового платка. Неохотно сказал:

— Я тоже. И подруга эта мне несимпатична. Только напускать на нее полицейского — все равно что овчарку на болонку натравить.

Я развел руками:

— Котя, а чем эта болонка думала, когда начинала гавкать? Пошли допивать пиво.

— Ты способен пить пиво, когда где-то убивают женщину? — ахнул Котя.

— А ты способен?

Котя подумал и грустно признал:

— Способен. В мире все время кого-нибудь где-нибудь убивают. Не умирать же от жажды.

13

Есть вещи, которыми совершенно невозможно заниматься, если напряженно чего-то ждешь. Нет-нет, секс к их числу вовсе не относится!

Но представьте себе, что ваша любимая девушка задержалась допоздна. У нее нет с собой телефона. Ваш район пользуется заслуженной дурной славой, но вы не знаете, откуда приедет любимая, и не можете даже встретить ее у остановки. Вам остается только сидеть дома и ждать...

Можно снизить драматизм ситуации. Представьте, что прохудившаяся батарея медленно, но верно затапливает вашу квартиру кипятком. А вызванная аварийная бригада все никак не доедет к вам...

Так вот скажите, вы сможете в такой ситуации читать увлекательный детектив, пить пиво или смотреть веселую комедию? Нет, конечно же. Есть масса других способов, которыми вы сможете убить время, — клеить пластиковую модель танка Т-34, общаться на форуме в интернете, вышивать крестиком. В общем, все то, что занимает пальцы рук, но не требует даже минимальной работы мозга.

— Не пьется, — мрачно сказал Котя, отставляя бутылку.

Мне тоже не пилось. К тому же пиво нагрелось, орешки и чипсы набили оскомину, чудесный морской пейзаж больше не радовал. Организм явно был не в восторге от таких прыжков из зимы в лето.

— Ай-цвай-полицай. — Котя все поглядывал вслед ушедшему Цайесу. — Кирилл, а я ведь начал отличать функционалов от обычных людей.

— Как? — заинтересовался я. — Ауру видишь?

— Какую еще ауру? Чушь это, сказки... Смотрю на человека — и знаю, что он функционал. Кстати, баба мне тоже показалась... подозрительной на этот счет.

Я не стал спорить. Ну как спорить с человеком, который не может ничего объяснить, а говорит «знаю»?

Некоторое время мы валялись на песке, загорая и отогреваясь. Московская осенняя сырость, успевшая уже оккупировать организм, неохотно испарялась. Я вспомнил чьи-то рассуждения, что если бы Петр Первый перенес столицу России не к Балтийскому морю, а к Черному — жизнь в России потекла бы совершенно другим путем. Вздохнул и мысленно согласился. Ну чем Петра привлек холодный и сырой балтийский берег? Впрочем... Может быть, в его время на месте Питера стояла какая-нибудь башенка... и самодержец мог преспокойно отправиться к теплым морям?

Да нет, чушь какая... Как тайну ни храни, а должны быть какие-то предельные сроки на секретность. Со времен Петра информация бы расползлась...

— Полицай бежит, — сказал Котя.

Я сел, приставил к глазам ладонь козырьком, закрываясь от солнца. Почувствовал, что уже слегка перегрелся. Пора в Москву... Полицай действительно бежал обратно, все тем же свободным, красивым бегом — в человеческом мире так умеют разве что какие-нибудь масаи и эфиопы.

Он был один.

— Убил, — тихо и с нескрываемой неприязнью сказал Котя. — Свернул девчонке шею и бросил в джунглях умирать.

Почему «свернул шею и бросил в джунглях умирать»? Вряд ли и сам Котя это знал. Но благодаря своей нелепости образ сразу ожил. Я представил, как Цай догоняет девчонку — та старается бежать быстрее, вязнет в песке, цепляется за лианы, в ужасе оглядывается, кричит, наконец спотыкается — и падает лицом в грязную лужу... Цай прижимает ей коленом спину, резко дергает за волосы, ломая шейные позвонки, вытаскивает из грязи и бросает умирать — еще живую, но парализованную, не способную ни пошевелить руками-ногами, ни даже закричать. Глупая девчонка, посягнувшая на власть злых функционалов, лежит под пальмами и смотрит в высокое небо. По ее лицу бежит маленький крабик, подбирается к глазам, поводит ниточками-усиками и поднимает маленькую, острую, похожую на маникюрные ножницы клешню...

— Тьфу, дурак, — прошептал я. — Тебе надо криминальную хронику писать, а не порно!

— Я пишу иногда, — грустно ответил Котя.

Цай был уже рядом. Помахал рукой, перешел на шаг. Он не запыхался, не вспотел и никак не выглядел человеком, только что преодолевшим десяток километров. Но вот лицо у него было... раздосадованное.

— Сорок пять минут ждем, — поглядев на часы, сказал я.

— Думал, быстрее обернусь, — без смущения признал Цай. Сел рядом с нами, взял бутылку пива, прижал к губам. Заходил под кожей кадык. Он высосал бутылку в один прием, шумно вытер пену со рта, улыбнулся. — Провела меня, зараза!

— Что вы говорите? — радостно воскликнул Котя. По лицу его расплылась улыбка: полицейский заговорил по-русски.

— Бегает хорошо, — объяснил Цай. — Я ее увидел. Но понял, что догоню слишком поздно.

У меня будто что-то щелкнуло в башке.

— Там, где лишитесь способностей?

— Ну да, — горько признал Цай. — До твоей башни от моего участка — пять с половиной километров. Девчонку я догнал бы в десяти километрах отсюда. Там я превратился бы в обычного человека. А она — тренировалась, училась убивать. Ее навыки не пропадут.

— То, что миры разные, — не важно? — спросил я.

— Не важно. Расстояния до точки перехода складываются.

— Как же она тебя обогнала? — с наигранным сочувствием спросил Котя. Так фальшиво, что я испугался, не получил бы он затрещину от полицая. — Ай-ай-ай... простая девушка...

— Простая? — Цай засмеялся. — Она такой же функционал, как я или твой друг. Вот только она предала свою функцию.

Видя наше непонимание, Цай пояснил:

— Бросила свою функцию и ушла! Ладно, никто ее не неволит. Но теперь мутит воду. Организует группы сопротивления. Подымает людей на борьбу против нас. Ну не глупо ли?

— А кто она была? И откуда? — заинтересовался Котя.

Ох, чует мое сердце, слишком уж заинтересовался! Видимо, вчерашняя девица потеряла в его глазах всякую привлекательность, едва выяснилось, что она завела нас в ловушку. А свято место пусто не бывает...

— Не наша и не ваша, — туманно ответил Цай. — Была врачом, дуреха... Мне пора, друзья. Встретимся завтра у Феликса!

Он хлопнул меня по плечу, Коте неопределенно махнул рукой и двинулся в башню. Я растерянно окликнул его:

— Цай! Она вернется к башне?

Цай остановился и пожал плечами:

— Возможно. А что?

— Мне ее задержать?

Невинный вопрос явно озадачил полицейского.

— Можешь, да. Зачем?

— Она ведь наш враг.

— Да... — Казалось, Цай вот-вот впадет в ступор. Будто английский джентльмен, чей верный старый дворецкий вдруг уселся за обеденный стол, взгромоздил на него ноги и закурил вонючую сигару... — Но ты же не полицейский! Зачем тебе ее задерживать?

— Она напала на меня, — напомнил я.

Цай просиял.

— Тогда — задержи. Если хочешь. Или убей.

Когда он скрылся в башне, Котя задумчиво произнес:

— Нет, ну ты погляди, как у них все просто... Задержи или убей!

— У нас, — мрачно сказал я.

— У вас, — согласился Котя. — Ага. Слушай, Кирилл, ты можешь мне денег одолжить? Тысяч пять?

Я чуть было не спросил, откуда у меня деньги. Но вовремя вспомнил про «подъемные». Достал пачку, отсчитал пять бумажек. Поинтересовался:

— Хватит?

— Ага. — Котя как-то очень напряженно и неловко взял деньги. — Я через полчаса вернусь. Подожди.

— Вы с Цаем сговорились? — спросил я, ничего не понимая. Но Котя уже решительно шагал к башне.

Интересно, зачем ему так спешно понадобилось без малого двести баксов? Купить бутыль какого-нибудь навороченного французского коньяка? Не в Котиных привычках. Еще десять ящиков пива? Тоже сомнительно.

Перебравшись в тень от башни (песок был прохладный и чуточку влажный, но это оказалось даже приятно), я улегся поудобнее. Имеет право бедный задерганный функционал, которому предстоит невесть сколько лет работать на таможне, отдохнуть на пляже? Имеет. И даже чуточку вздремнуть...

— Вставай, таможня!

Я открыл глаза. Посмотрел на Котю. Рывком сел. И спросил:

— Ты чего? В Паганэля решил поиграть?

Выглядел Котя убийственно! На нем были коричневые дырчатые сандалеты на босу ногу, зеленые мешковатые шорты, уже сейчас тянущаяся по вороту оранжевая футболка. На голове — что-то вроде лимонно-желтой панамки для детсадовца-переростка. Через плечо — спортивная сумка из кожзаменителя, белая с синим.

— А что? — воинственно спросил Котя.

— Ты выглядишь как пачка с фломастерами, — пробормотал я. — Китайскими фломастерами. Ты чего? Ты куда?

Котя вздохнул. Вложил мне в руку какие-то бумажки.

— Возьми... сдача... Остальное отдам... потом.

Я посмотрел — там было несколько мятых десяток.

— Не могу я дома сидеть, Кирилл, — сказал Котя. — Ну как дома сидеть, когда такое творится? И здесь не могу. Кто я по сравнению с вами? Ну кто?

— Кто? — пробормотал я.

— Да никто! — горько ответил Котя. — Что я буду при тебе сидеть, будто домашний зверек? Лучше пойду я... посмотрю, что это за мир.

— Ага, — сообразил я, едва взгляд Коти обратился к лесу. — Ну... иди. Что ж плохого. Не заблудишься?

— Я купил компас. — Котя продемонстрировал мне настоящий туристический компас. — Тут спортивный магазин, я как от метро шел — приметил. Еще топорик, спички туристические, тушенку, сахар... Лопатку туристическую.

— Зачем?

— Говорят, полезная вещь в походе.

Я посмотрел в его храбрые глаза, стеснительно спрятавшиеся за линзами очков, и вздохнул:

— Почему рюкзак не взял?

— Дорого, — неубедительно соврал Котя.

— Да не ври! Рублей триста-четыреста, если плохой. Не дороже этой сумки.

— Не умею я рюкзаки носить...

— Рюкзак — не акваланг, Котя.

— У меня с рюкзаком вид как у идиота.

— Это ты с сумкой будешь идиотом, — продолжал я битву. Честно говоря, турист из меня был немногим лучше Коти, но все-таки...

— Никаких рюкзаков, — уперся Котя. — Я плечи натру, буду за каждую ветку цепляться...

— Хрен с тобой, — сдался я. — Лекарства?

— Бинты, йод, анальгин. И левомицетин. Лучшая вещь от поноса.

— Котелок взял? Крупу?

— Да зачем мне котелок, что я, буду кашу варить? Я ее ненавижу. Тушенка, сгущенка, сахар.

Я молча потянул к себе его сумку. Котя не дал, отдернул.

Но оказалось, что мне и не нужно заглядывать в сумку. Все-таки я был таможенник.

— Еще сухарики ржаные, диетические, «Елизавета», — сказал я с сарказмом. — Через полчаса их консервными банками в труху сотрет. И свежий номер «Спорт-экспресса». Ты бы лучше рулон туалетной бумаги взял! Детский крем от опрелостей... да, полагаю, ноги ты себе быстро собьешь. А зачем тебе в джунглях упаковка презервативов?

Котя покраснел как рак. Но ответил твердо:

— Я читал, что их выдают всем американским коммандос. Потому что очень полезная вещь в любых жизненных обстоятельствах.

— Тьфу на тебя, — только и сказал я. — Подожди тут!

Конечно, у меня не было рюкзака и котелка. Но я нашел туалетную бумагу, приличную кастрюльку и немного продуктов взамен обреченных сухариков. Еще в пользу влюбленного туриста был пожертвован хороший нож (я понимаю, топорик в походе — это хорошо, но как без ножа?) и мое собственное одеяло. Я туго свернул его в рулон и перевязал найденной на кухне веревкой так, чтобы одеяло можно было нести за спиной вместо рюкзака.

— Спасибо, — слегка виновато сказал Котя, принимая снаряжение.

— Ты бы хоть сказал мне, что собираешься делать!

Котя пожал плечами:

— Пойду к лесу. Прогуляюсь вдоль берега.

— Ну слава Богу, ты хоть в джунгли не собираешься...

— Это посмотрим, — храбро сказал Котя. — Да с чего мы взяли, что это джунгли? Может, березовый лесок? Из зверей — только зайцы?

— Ага. — Я посмотрел на густую темную зелень на горизонте. — Березки... зайцы... Да-да. Слушай, Костя... ты поаккуратнее.

— Хорошо.

Мы неловко пожали друг другу руки, Котя перехватил поудобнее свою идиотскую сумку и пошел к лесу.

А я постоял несколько минут, глядя, как он уходит. Медленно, увязая в песке. Совсем не так, как унеслась бывшая докторица, подавшаяся в террористки, совсем не так, как Цай-полицай. Обычный городской житель, попавший на природу и даже не пытающийся изображать матерого путешественника.

Я подумал, что у меня с самого начала переделок было ощущение, будто я — герой приключенческого романа. То сплошной детектив вокруг, то мистика, то фантастика... На самом деле так бывает у каждого человека и всегда, только жанры обычно не такие увлекательные. Обычно мы — герои сопливых мелодрам, где нет ни прекрасных принцесс, ни отважных рыцарей; нудных производственных романов, в которых никому не нужен твой трудовой подвиг; буффонад, где в роли паяца — ты и никто другой.

Сейчас, глядя вслед Коте, отважно шагающему в чужой мир в одеяниях дачника, вышедшего прополоть морковь, я вдруг подумал — вдруг это его роман? И это Коте суждено идти по чужим мирам, от таможни к таможне, постепенно обрастая мускулами, овладевая искусством боя на туристическом топорике (и лопатке!), расправляя чахлую грудь и расширяя тощие плечи. Где-то на пути офтальмолог-функционал исцелит его близорукость. Потом Котя найдет свою смуглую принцессу, они возглавят народное восстание против функционалов и первым делом набьют физиономию Цаю... А я все буду сидеть в башне и орать на проходящих: «Куда прешься, там средневековье, а у тебя в кармане — пистолет Макарова!» Ведь кроме героев и злодеев, в приключенческих романах есть еще и те, кто растит хлеб, строит дома, ловит рыбу...

Тьфу!

Ну что за патетика!

Я повернулся и пошел в башню. Скорее всего Котя вернется завтра. Или послезавтра. Помятый и хватающийся за поясницу после ночевок на голой земле, разбивший очки и искусанный комарами...

Решив не уподобляться героям приключенческих романов, я набрал в ванной ведро воды, нашел швабру и тряпку. Скажите, ну каким идиотским должен быть механизм материализации предметов, чтобы создать половую тряпку заранее рваной и грязной?

Засучив рукава, я принялся мыть пол, начав с первого этажа. Не помню ни одного романа, где герой моет пол. Не геройское это дело. А что поделать, если наследили?

Швабра помогала плохо, пришлось согнуться и начать оттирать пол, как в детстве. После школы я все както пылесосом обходился... или мамиными визитами... или теми подругами, что хотели показать себя хозяйственными и домовитыми...

В дверь со стороны Москвы постучали.

— Входите, не заперто! — ехидно крикнул я, выпрямляясь. Поясница слегка ныла.

В башню вошел политик Дима.

Выглядел он очень странно. Как обычный человек. В джинсах, грязноватых туфлях и куртке «отечественного производителя», как это принято говорить у них, в парламенте. В политике так одеваются либо маргиналы, либо перед встречей с народом.

— Милости просим, — сказал я. — А я тут порядок навожу.

— Порядок — это хорошо, — кивнул Дима. — Давно пора навести. Кирилл, ты брось-ка свою тряпку. Нам с тобой надо поговорить, а времени у меня немного.

Я кивнул, бросил тряпку. Спросил:

— Если хотите, можно туда... на берег. Для полной приватности.

Дима покачал головой:

— В твоей башне нас никто не подслушает. Не бойся. Кофе напоишь?

— Растворимый. Ничего?

— Да ничего, — демократично махнул рукой политик. И ввернул редкий неологизм: — Растворяшку так растворяшку!

В некоторой растерянности я повел политика наверх. Вымыл руки, поставил кипятиться чайник. Турка на кухне имелась, но вот кофе молотого не было...

— Просто живешь, — сказал тем временем политик, оглядываясь. — Холодильник тебе надо. Я распоряжусь, чтобы тебе привезли... и продуктов. Последнее дело — голодать... Да. Я тут немного про тебя разузнал. Ты уж извини.

— Да ничего, ничего! — Я с удивлением понял, что властный голос депутата вызывает невольное желание с ним согласиться. Не знал бы, что обычный человек, — заподозрил бы политика-функционала. — Понимаю.

— Ты хороший, правильный парень, — продолжал политик. — Ну, политические твои взгляды мало меня интересуют, за кого хотел, за того и голосовал... Политика — она дрянь по определению, мы же понимаем. А все остальное мне в тебе нравится. Ты никуда не собираешься сваливать из нашей страны. Душой за нее болеешь. Вёл... ну, почти здоровый образ жизни.

— Подождите! — Я почти закричал. — Как разузнали? Я же... исчез из вашей реальности?

— Наталья дала твое досье, — пояснил политик. — Ты уж извини, мне пришлось выразить сомнения в твоем моральном облике, и она...

— У нее на меня досье? И что там написано?

— Там все написано.

Я замолчал. Очень неприятно узнать, что существует досье, где про тебя написано все. А еще неприятнее смотреть на человека, который это досье читал.

— Она же акушерка. Это ее работа — все знать о человеке, который станет функционалом. — Политик посмотрел на меня с явным сочувствием. — Ты не напрягайся так. Меня интересовало только одно: являешься ли ты патриотом своей родины. Выяснилось, что являешься.

— Родине требуется моя помощь? — Против воли прозвучало это не иронично, а скорее патетично.

— Да, Кирилл. Судя по тому, что ты подряд пробил двери и в Кимгим, и на море, в два самых популярных мира, у тебя хороший потенциал. А еще прекрасная смесь деловой хватки и романтизма. Я не припомню, чтобы на какой-то точке перехода совмещались два эти мира...

— И что от меня нужно? — наливая кипяток в чашки, спросил я. — Передавать диппочту? Доставить секретный пакет из Кимгима?

— От тебя потребуется открыть дверь в новый мир, — твердо сказал политик. — Я знаю, что этот мир существует. Но в него не открывали дверей больше пятидесяти лет. А у тебя, я уверен, получится.

— Зачем мне открывать эту дверь? — спросил я насмешливо. — Господам функционалам скучно в имеющихся мирах?

— Я не функционал! — вдруг рявкнул политик. Встал, гневно посмотрел на меня. — И не надо смотреть на меня будто я враг! Эта дверь нужна нашей родине. Твоей родине!

Мне захотелось прикрикнуть на него в ответ. Пусть в парламенте своем орет, у них там вечно потасовки, недавно на комиссии по нравственному воспитанию молодежи один депутат другому скулу кастетом сломал...

И вдруг, глядя на политика, я с удивлением понял, что он говорит вполне серьезно. Он не себе ищет каких-то хитрых удовольствий и не интригу против Натальи Ивановой и компании затеял. У него и впрямь мечта сделать жизнь в нашей стране лучше!

— Как я могу куда-то открыть дверь? — спросил я уже беззлобно. — Они сами открываются. Поутру.

Весь запал политика тоже куда-то делся. Он сел, взял чашку с кипятком, щедро сыпанул туда кофе. Честно сказал:

— Не знаю. Но ты же функционал. У вас должны быть... э... какие-то хитрости?

Прозвучало это почти жалко.

— Я в этом бизнесе недавно, — неуклюже пошутил я. Уселся напротив политика и спросил: — Так что именно надо? Куда идти?

Говоря это, я твердо понял — ответ мне не понравится. Вот даже несмотря на неожиданную симпатию к политику — не понравится! Он сейчас такое завернет...

Так и случилось.

14

В любой хорошей сказке есть момент, когда героя посылают на поиски. Иван-Царевич отправляется в поход за молодильными яблоками. Бильбо в компании шайки гномов плетется за сокровищами дракона. Гарри Поттер ищет тайную комнату. Атрейо устремляется на поиски границ Фантазии.

Все эти действия, очень развлекающие праздных зрителей, самому посыльному совершенно не нужны! Иван провел бы время на сеновале с румяной дворовой девкой; Бильбо выкурил трубочку душистого хоббитского табачка; Гарри Поттер, сублимируя подростковые комплексы, полетал на метле; Атрейо отправился на охоту за пурпурными бизонами. Но команда отдана: царь-батюшка гонит со двора, суровые гномы хватают за волосатые ноги, злой василиск ускользает в свое логово, Ничто методично уничтожает Фантазию. У героя нет выбора, и он отправляется в путь.

Надо заметить, что все эти поиски направлены на нахождение чего-то материального. Молодильное яблоко, мешок золота, мрачное подземелье под школой (кстати, любой ребенок знает, что мрачные подземелья есть под *каждой* школой), пограничный столб с надписью «Здесь у автора кончилась фантазия»...

Очень, очень редко герой отправляется за чем-то нематериальным. Нет, не за «тем, чего на белом свете вообще не может быть» — за этой фразой явно скрывается невидимый прислужник, сбежавший из «Аленького Цветочка». Только и вспоминаются, что спутники девочки Элли, которые в Изумрудном городе искали ум, храбрость и любовь... да и то — получили они в итоге отруби, опилки и касторку.

Вот я и ожидал, что политик Дима поведает мне об острой потребности нашей родины в золоте и бриллиантах, на худой конец — в древних секретах или новейших технологиях.

Я ошибался. Я его недооценивал.

Дима, не поморщившись, отхлебнул остывший кислый кофе и сказал:

— Я бы попросил тебя найти для родины национальную идею. Новую национальную идею.

Некоторое время мы смотрели друг на друга.

— А что еще найти? — спросил я. — Альтруизм? Ум, честь и совесть? Прибавочную стоимость?

— В альтруизм не верю; ум, честь и совесть у нас уже были. Прибавочную стоимость тоже не надо, обойдемся без революций. Нужна идеология.

— Дима, — сказал я твердо. — Со мной бы попроще, а? Я же готов помочь. Пусть всем будет хорошо — и Родине, и Москве-столице, и всему прогрессивному человечеству. Только я тупой от рождения. Пока мне не объяснят, в чем дело, — не понимаю.

— Существует мир под названием Аркан. Выходы туда открываются редко. Последний был на Урале, в Оренбургской области... разрушен в пятьдесят четвертом по решению ЦК КПСС... решение принимал еще Сталин, но при его жизни не успели... — Дима замолчал. Покачал головой: — Нет, не с того начал. Функционалы про Аркан говорить не любят, однако главное я выяснил. Он идентичен Земле. Это единственный мир, который в точности соответствует нашему. Разница лишь в том, что время Аркана опережает земное примерно на тридцать пять лет.

— Ага, — сказал я. — Это что — наше будущее?

— Не знаю, — ответил политик. — Если и будущее, то оно не предопределено. Но если удастся туда попасть... почитать газеты, порыться в учебниках и энциклопедиях... Станет ясно, какие опасности могут ждать страну. И что должны делать настоящие патриоты, чтобы помочь своей родине.

Я спросил:

— Вы просили открыть туда дорогу? Ту же Наталью?

Политик поморщился:

— Ты не совсем понимаешь наши отношения... Я просил. Она ответила, что двери по заказу не открываются. И перестала общаться на эту тему. Рычагов давления на нее у меня нет. Что я могу противопоставить функционалу?

— Силу.

— Очень трудно. Ты догадываешься, как полвека назад уничтожили твоего коллегу-таможенника, державшего проход в Аркан?

— Нет.

— Ну и не знай. — Политик улыбнулся. — Он отказался закрыть проход в Аркан. Да и не мог этого сделать. По сути, ему требовалось бросить свою функцию... а он не хотел этого. Больше года власти торговались с функционалами. Все усложняется тем, что у вас нет явной верховной власти, только невнятная система старейшин и силовых лидеров. В конце концов функционалы согласились, что власти СССР имеют право выяснять отношение с непокорным таможенником один на один. Огромная страна против одиночки-функционала... мне кажется, ваши просто решили посмотреть, что произойдет. Кто кого пересилит...

— Ну и?

— Прохода в Аркан с тех пор нет, — туманно ответил Дима. — Насколько я знаю, в других странах тоже. А он нужен... так нужен!

— Хорошо, — сдался я. — Это интересно. Да и полезно, наверное. Я согласен.

Политик крепко похлопал меня по плечу:

— Молодец. Да ты представь — если мы будем знать, грозит ли стране внешняя опасность, какие действия власти народу понравятся, а какие — нет, какой должна быть правильная власть... это же огромная польза!

— Еще землетрясения, пожары, теракты, катастрофы, эпидемии... — добавил я.

— Цунами, извержения вулканов, — согласился политик.

Я подозрительно посмотрел ему в глаза. Издевается?

— Глобально надо мыслить, Кирилл, — укоризненно сказал политик. — Представь, что накануне тихоокеанского цунами Россия предупредила бы народы региона об опасности! Мол, наши новейшие спутники сообщили... Насколько вырос бы авторитет России на мировой арене!

— А... ну да, — признал я. — Как-то не подумал. Так что мне делать? Как туда открыть дверь?

Дмитрий встал, прошелся по кухне. Посмотрел в окошко на Кимгим. Сказал:

— Этот мир очень популярен. Каждый третий таможенник открывает сюда проход. Даже чаще... А знаешь почему? Это жюль-верновщина. Мир, где техника застыла на границе девятнадцатого и двадцатого века. Где создали огромные паровые машины и построили сети железных дорог вместо автострад. Где в океанах водятся чудовища, а земной шар еще не исследован до конца... к примеру, Австралия почти не заселена. Тут просто жить, Кирилл. Уютно. Многие тут любят проводить отпуск.

— Кто — многие?

— Политики. Там ведь и подурачиться можно. Поинтриговать. Он же лоскутный, этот мир. Города-государства, конфедерации из независимых княжеств и свободных территорий. Тут идут игрушечные войны — пятьсот человек против семисот, к примеру. С четкими правилами ведения войны. Даже злодеи все как один опереточные... Многие наши покупают себе домик в каком-нибудь городе, представляются путешественниками... и проводят там все отпуска. Народу говорят, что едут на Канары, а сами — сюда, на Землю-три.

— Земля-три?

— Ну да. Ты же не думаешь, что весь мир называется как один город? Кимгим популярен, но не более того... Твои вторые двери выходят на Землю-семнадцать. Там нет людей. Вначале думали, что это двери в далекое прошлое, но там совершенно обычные растения и животные. Все точь-в-точь как на Земле. Только нет людей. Популярное местечко для отдыха... Как полезут туристы, ты их начинай гонять, чтобы не устраивали шашлыки у самой башни. А то быстро все засрут!

— Как мне их гонять? Там же наверняка сплошь политики и олигархи. Да? И всякие деятели культуры.

Дима с иронией посмотрел на меня:

— Кирилл, очнись. Что тебе политики и олигархи? Подходишь, строго сдвигаешь брови, грозишь пальчиком — и безобразия прекращаются. Ты контролируешь переход между мирами в удобной точке Москвы. Это повнушительнее сотни нефтяных вышек, поверь...

— И все-таки я не понимаю, почему открылись именно эти двери.

— Открываются двери в те миры, куда ты хочешь попасть. Почему я и думаю, что у тебя может получиться: обычно Земля-три и Земля-семнадцать привлекательны для разных людей. Ты, похоже, достаточно разносторонний, раз открыл туда двери. Может, и с Арканом получится?

— Какой у него номер? — зачем-то спросил я.

— Это эпизодически открытый мир. Они не нумеруются. Просто Аркан. — Политик подошел к лестнице, задумчиво посмотрел на меня. — Пора мне. А ты попробуй, Кирилл. Я в тебя верю. Еще неделю-другую ты можешь помочь своей стране.

— А потом?

— Потом тебе станет на нее наплевать. — Дима огорченно развел руками. — Я потому и спешил с тобой поговорить. У тебя еще две двери, Кирилл. Два мира. Не прогадай, прошу тебя.

Он начал спускаться. Я — следом. Проводил политика и убедился, что либо его и впрямь никто не сопровождал, либо охрана ждала в отдалении от башни. Подняв воротник куртки и ссутулившись, будто сыщик в классическом детективе, Дима двинулся прочь.

— Национальную идею, — с легким восхищением сказал я, закрывая дверь. — Ну да! Лихо!

Конечно, в просьбе политика что-то было. Если и впрямь существует мир, где календарь давно ушел вперед, — почему бы не воспользоваться? Подложить соломки на те места, где предстоит падать?

С другой стороны — возможно ли это на практике? Из слов политика можно было понять, что Сталин приказал уничтожить переход в Аркан, когда узнал о развале

Советского Союза. Допустим. А Хрущева и Горбачева не тронул?

Ох темнит политик! Все-таки насколько проще, когда тебя просят о чем-то материальном. «*Бац...* Вот голова дракона, король! Я выполнил свое обещание!» А в ответ: «И я выполню свое, принц! Вот тебе рука принцессы! *Шмяк...*»

Но все-таки я решил честно исполнить данное ему обещание.

Отчасти — чтобы помочь своей стране. Отчасти — из любопытства. Гигантские спруты на набережных и ласковые тропические моря — это интересно, конечно. Но долетят ли люди до Марса, построят ли город на Луне? Будет ли мировая война? Вылечат ли рак, СПИД и насморк? Снимет ли Питер Джексон «Хоббита»?

Я вдруг представил себе все те маленькие эгоистические радости, которые можно получить от двери в будущее. Пускай я могу лечить болезни у функционалов, а радостям гастрономии предаваться в ресторане Феликса. Но никто из них не напишет романа за Умберто Эко, не снимет фильм за Спилберга, не сочинит песню за Арбенина, не выпустит третий «Фоллаут».

Попробую. Лягу спать с мечтой о будущем.

Но отойти ко сну удалось не скоро.

Вначале я домыл пол на первом этаже. Потом убрал весь мусор с пляжа. Недопитое пиво вернул на кухню, пожалел об отсутствии холодильника — и сунул пару бутылок под холодную воду. Вернулся на берег, сел и стал смотреть на океан. За спиной садилось солнце, моя тень дотянулась до самой воды. Тень от башни, казалось, тянулась к самому горизонту.

Долго любоваться закатом мне не дали — постучали в дверь из Кимгима. Я почему-то решил, что это вернулся Цай.

Но это оказались два хорошо одетых джентльмена (язык не поворачивался назвать их иначе), похожих будто отец и сын или дядя и племянник, которые поинтересовались, куда можно пройти из моей башни.

Москва их не заинтересовала. У меня сложилось ощущение, что их вообще не интересовала наша Земля, — стало даже немного обидно. На морской мир они посмотрели с явным интересом, но он их тоже не устроил.

Мы очень вежливо раскланялись. На прощание старший из мужчин, которого я мысленно назвал дядюшкой, предложил мне сигару. Я подумал и принял подарок. Никаких тревожных ощущений в душе не возникло. Видимо, таможенник был вправе принимать мелкие подношения.

Вскоре после этого постучали в московскую дверь.

Эту компанию опознали бы завсегдатаи модных тусовок и ночных клубов. Даже я, хоть и не вспомнил имен, узнал популярного молодого рэпера (наяву он выглядел совсем мальчишкой — самоуверенным, пыжащимся мальчишкой) и блондиночку лет семнадцати из какой-то девичьей группы: то ли «Ириски», то ли «Тянучки», то ли «Сосалки». Никогда не мог запомнить названия этих странных коллективов, где главное не голос или текст, а несколько штук длинноногих миловидных исполнительниц, отличающихся только цветом волос.

С рэпером и певичкой была свита: два парня и две девчонки. Видимо, поклонники. Всем не больше двадцати. Судя по наглым глазам, дорогой одежде и припаркованным в сторонке машинам — тоже золотая молодежь. Только в отличие от рэпера и певички — веселящаяся на чужие деньги. Их папы-мамы когда-то удачно украли кусочек страны. Страна была большая, кусочек жирный, и теперь отпрыски могут проводить время, дрейфуя между парижскими бутиками (экстравагантные особы предпочтут лондонские) и модными европейскими дискотеками (продвинутая молодежь выбирает японские).

Из шестерых только один знал о функционалах — парнишка-рэпер. Певичка, похоже, путешествовала между мирами и не особо удивлялась. А вот золотая молодежь (мой папа почему-то называет таких мажорами) отчаянно трусила и от этого становилась все наглее и неприятнее. Рэпер сразу же выбрал Землю-семнадцать. Едва увидев океан, золотящийся под последними лучами солнца, молодежь принялась восторженно и обильно материться. Только крашеная медноволосая девчонка, виснущая на чахлом плече кавалера, пискнула, что «на Фарерах круче». Почему она вспомнила холодные Фареры — не знаю. Может быть, это единственное туристическое место, где ее приятели не бывали и не могли ничего возразить?

Мне очень хотелось отобрать у туристов алкоголь и рассованные по карманам галлюциногены. Но в мир-заповедник можно было ввозить любую дрянь.

Так что я обошелся тем, что содрал с них пошлину по полной. Даже за презервативы, которые были и у парней, и у девушек.

Они не спорили. И без малого две штуки рублей пошлины их ничуть не смутили. Я в прежней жизни с такой легкостью расстался бы с двадцатью рублями.

Закрыв за ними дверь, я поднялся в кухню. Пиво остыло. Я открыл бутылку, разорвал пакетик с фисташками. Выпил бокал, налил второй. Подошел к окну в Заповедник.

Молодежь купалась в море. Шумно и весело. Совсем как нормальные люди. Рэпер и еще один парень заплыли далеко от берега, остальные плескались на мелководье. Я посмотрел в сторону леса — никого. Где-то там беглая террористка. По ее следам упорно идет Котя — натерев мозоли, несколько раз споткнувшись, разбив очки... Ну не верю я в его способность передвигаться по пересеченной местности без травм!

Я вздохнул и подошел к окну в Кимгим. Там совсем уже стемнело, шел мелкий, святочный снежок. Только глухие кирпичные стены вокруг портили впечатление.

Эх, не повезло мне! Угораздило башню вырасти на заводских задворках! Стояла бы она где-нибудь на холме, недалеко от ресторана Феликса. Смотрел бы я сейчас на уютные домики с черепичными крышами, из печных труб струился бы в небо вкусный дымок, скользили бы по снегу сани, дети во дворах кидались снежками, вежливые джентльмены раскланивались друг с другом, дамы в пышных платьях выгуливали крошечных собачек... Потом пошел бы в ресторан, съел каких-нибудь соленых морских гадов с гарниром из моченых артишоков, выпил вина и поговорил с умным человеком...

Или пусть бы башня возникла на берегу, рядом с «Белой Розой»! Я стоял бы сейчас у окна и смотрел на седое, хмурое море, на злобные щупальца кракенов, ползущие к башне. Холодный ветер трепал бы мне волосы, а я, со снисходительной улыбкой разочаровавшегося в жизни человека, смотрел бы даль. Может быть, даже раскурил бы подаренную сигару...

Потихоньку допивая пиво, я все больше и больше впадал в меланхолию. Все-таки присутствие Коти позволяло мне верить, будто я не до конца распрощался с прежней жизнью. А сейчас, наблюдая за дурачащейся молодежью, я вдруг почувствовал себя очень, очень одиноким. И еще — старым. Но не умудренным опытом, а усталым и измотанным...

На берегу пустили по рукам бутылку с шампанским. Потом девицы стали петь какую-то дурацкую песенку. Наверное, из репертуара своих кумиров.

— Будете горланить — идите подальше! — крикнул я из окна.

— Да пошел ты... — откликнулся было с берега один из фанатов. Рэпер кинулся к нему как ошпаренный, закрыл рот ладонью, начал что-то втолковывать вполголоса. До парня дошло быстро. Ничуть не с меньшим чувством, чем раньше, он завопил: — Извините, извините, пожалуйста, все, больше не шумим!

Я закрыл окно и поморщился. Тоже мне — победа... приструнил пьяного пацана... для функционала — прямо-таки немыслимый подвиг...

Пора было идти спать.

Но и спать мне дали не сразу. Рэпер все-таки оказался пареньком не глупым, устроил приятелю головомойку по полной. И через полчаса притихшая компания постучала в дверь, очень вежливо попрощалась и вернулась в Москву. Рэперу я на прощание посоветовал:

— Таких — больше не води.

Парень энергично закивал. Уж не знаю, давно ли он был вхож в мир функционалов, но явно понимал, что ссориться с нами не стоит.

Заперев за ними, я отправился спать, для себя твердо решив — кто бы ночью ни стучал в двери, не открою! Пусть рвутся в московскую дверь депутаты и музыканты, пусть колотят со стороны Кимгима Феликс с Цаем, а на берегу океана взывает к моей совести Котя. Ничего, потерпят до утра.

А я буду спать и выдумывать дверь в будущее. В мир под названием Аркан, где можно поучиться на чужих ошибках...

Я честно заснул с мыслью об Аркане. Но под самое утро в полусне перед пробуждением мне пригрезилось, что новая дверь открылась опять в Кимгим — к самому ресторану Феликса. И у башни собралась толпа функционалов — мужчин и женщин, молодых и старых, на разные лады упрекающих меня в разбазаривании проходов между мирами, непонимании их ценности и прочем асоциальном поведении. Все это накручивалось и накручивалось, пока не переросло в какое-то подобие профсоюзного собрания — с упреками, завуалированными гадостями и общественным осуждением. Потом появилась Наталья, предложила забрать у меня как не оправдавшего доверия башню и вернуть в ряды обычных людей. Из толпы тут же вышел политик Дима и принялся аплодировать этому предложению. За ним выступили юморист Женя и молодой рэпер, которого я даже не знал по имени. И вот уже вся толпа функционалов надвигается на меня, потрясая руками, выкрикивая что-то оскорбительное...

Так что пробуждение вышло тревожным. Я секунду лежал, вслушиваясь, как бухает сердце. Во сне я испугался. Не на шутку испугался того, что снова стану обычным человеком.

А как метался! Как паниковал! Родители-собака-друзья-подруги... всех у меня отобрали. Но стоило дать взамен просторную тюрьму, пообещать хороший паек и развлечения — сразу передумал возмущаться. И ведь никуда не деться, башня — это тюрьма. Колышек, к которому привязана десятикилометровая цепь. И все, что я имею, — это круглый двор для прогулок на цепи. Ладно, пять дворов. Возможно, не десять, а пятнадцать километров.

Все равно негусто.

Никогда мне не побывать на Кубе. А я хотел. И в Новой Зеландии тоже — если верить Феликсу, то моя функция при этом разрушится. Да что там заморские страны! Я не съезжу с друзьями весной в Прагу, а ведь собирались... Я и на дачу не рискну выбраться, как-никак почти сто километров...

— И что дальше? — спросил я, глядя в потолок. — Ну не бывает так, чтобы все даром и одному! Я теперь почти неуязвим. Крут до невероятности. Под боком собственный пляж, уютный городок и большой кусок Москвы. Некоторые всю жизнь в одном городе живут... Что мне, Капотни не хватает?

Мысль о Капотне меня успокоила. Все-таки мне повезло куда больше, чем коллеге с юго-востока.

А еще мне было безумно интересно, куда открылась за ночь четвертая дверь. Повезло ли честолюбивому политику (ну а заодно — потенциальным жертвам цунами и землетрясений)?

Я быстро оделся. Посмотрел на три открытых окна.

Мне вдруг вспомнилась песенка, которую любил слушать отец, про человека, который живет в старом доме. Там еще одно окно выходит в поле, другое в лес, а третье — на океан. Наверняка песенка про функционала-таможенника вроде меня. Вот только не помню, кто ее пел. Кто-то из непрофессионалов, кажется, — то ли известный путешественник, то ли кулинар... Но пел на удивление хорошо, душевно, видимо, хобби у человека давнее. Надо будет найти и послушать.

В моих трех окнах наблюдались: грязное серое небо над Москвой, чистая зимняя голубизна над Кимгимом и совершенно изумительный розовый восход солнца над океаном. Сказка!

Я бегло изучил обстановку за окнами. Выяснил, что очередей у дверей нет, везде все спокойно, даже в Москве (но с утренним тропическим морем при хорошей погоде ничто не может соперничать по части спокойствия).

А дальше я совершил героический поступок. Вначале поднялся наверх, привел себя в порядок, принял душ. Поставил греться чайник. И лишь после этого стал выбирать из двух закрытых окон.

За ставнями одного царила тишина. Время этого окна еще не пришло.

За ставнями другого слышался ровный шорох. Не такой громкий, как морской прибой, но явственный.

Я стал откручивать гайки — они вращались легко, будто исчерпали свою функцию и им не терпелось сорваться с резьбы.

Наконец ставни распахнулись. Я посмотрел в окно и присвистнул.

Однако!

По телевизору в такие моменты ставят рекламную паузу. Как говорится — «на самом интересном месте». Если бы я снимал кино про свои приключения, я бы тут ее и поставил.

Впрочем, вид за окном сам по себе напоминал рекламу — из тех приторно-слащавых, в которых рекламируют йогурты или фруктовые и овощные соки. Ну, те, где птички собирают ягодки, зайки — корнеплоды, червячки — яблочки, мишки — мед, а потом все это вываливается прямо в ведро с молоком от чистенькой коровки и превращается в аппетитную цветную жижу. В общем, когда вас тошнит от благообразия рекламных деток и энтузиазма, с которым дедок в собственном саду поит родню соком из пакета, тогда вы видите именно то, что увидел в окне я.

Трава — зеленая! Нет, вы не поняли. Всерьез зеленая, как в рекламных клипах, где ее иногда подкрашивают. В настоящей жизни такой зеленью обладают только китайские фломастеры.

И на этом зеленом лугу, простирающемся до горизонта, в живописном беспорядке стояли столь же яркие, усыпанные то ли цветами, то ли плодами деревья...

Стоит ли уточнять, что небо было голубым, солнце желтым, воздух — чистым и благоухающим?

Очень хотелось нащупать ручку цветности и немножко убавить красок. А заодно — и яркость поменьше сделать.

По сравнению с этим миром тропическая живописность Заповедника казалась блеклой, затертой. Словно какого-нибудь Гогена вначале вывезли на Таити и заставили рисовать пастелью, а потом вручили яркие акриловые краски — и, пользуясь растерянностью, убедили изобразить пейзаж средней полосы, но в кислотных тонах.

На будущее это никак не походило. Скажу честно, что при виде выжженной равнины я бы насторожился и заподозрил, что у меня «получилось». Но тот вид, который открывался за окном, никак не вписывался даже в мои довольно оптимистические представления о будущем.

Жаль, что я не какой-нибудь безумный сектант. Решил бы, что открыл ворота в рай. Скинул бы с себя одежду и побежал радостно по травке...

Скидывать одежду я не стал, конечно же. Но спустился вниз и открыл дверь. Сорвал и подозрительно понюхал травинку, по неискоренимой привычке русского человека подозревая в каждом подарке судьбы двойное дно.

Травинка пахла вкусно и не кусалась.

— Ну извини, мужик, — сказал я отсутствующему политику тоном лошади из анекдота. — Я старалась как могла...

Башня из этого мира тоже выглядела забавно. Гораздо тоньше, чем должна была быть, и облицована белым камнем. Наверное, это мрамор — полированный и с прожилками... Ну а из чего еще строить башни в таком сказочном мире? Мрамор, яшма, малахит и прочие ценные камни.

Я закусил травинку и пошел прочь от башни. Попробую разобраться с этим миром самостоятельно, без подсказок.

Конечно, не удаляясь дальше, чем на десять километров.

15

У детей существуют два способа передвижения, один из которых утрачен большинством взрослых. Первый — это плестись и волочиться. Второй — это бежать вприпрыжку. Как правило, нормальный ребенок первым способом движется в школу, а вторым — обратно.

У взрослых, как вы понимаете, утрачен второй способ.

Можно гадать, почему так получается. Можно сказать правильные и умные слова о подвижности суставов и соотношении массы тела с мышечной силой. Можно вздохнуть о грузе прожитых лет. Можно изречь что-нибудь заумное о чистоте души, которая тянет к небу, и совершенных грехах, которые прижимают к земле. И все это будет правильно.

Только результат все равно один, романтик ты или прагматик. Никогда не побежать вприпрыжку по зеленому лугу, если вышел из детского возраста, а в старческий маразм еще не впал.

А мне хотелось бежать вприпрыжку. Еще хотелось смеяться, прыгать, валяться на зеленой траве, подставлять лицо солнцу, раскинув руки лежать и смотреть в голубое небо — пока мир не перевернется и ты не ощутишь себя атлантом, держащим на спине мягкий, упругий шарик Земли, держащим и падающим сквозь бесконечную чистую синь. Но бежать все-таки хотелось больше всего.

И я побежал. Со спортом у меня отношения были хоть и приятельские, но не близкие. Раньше мне и в голову бы не пришло так бегать — не за уходящим автобусом, не в закрывающийся магазин, не за кем-то и не от кого-то, а просто так. Да и не получилось бы. Я пробежал километр или два, прежде чем понял, что организм никак не реагирует на бег. Я даже дышать чаще не стал. И наверняка, если смерить пульс, он останется прежним. Движения мои были четкими и слаженными, я ощущал сокращение каждой мышцы, бег крови по венам, нервные импульсы, заставляющие ноги двигаться. Все тело превратилось в одну великолепную, восхитительную машину.

С сожалением я заставил себя замедлить бег. Подошел к дереву, поразившему меня еще из башни яркими красками.

Дерево как дерево. Яблоня. И цветет вполне обыденно. Но сколько красоты в этой обыденности, как тонки белые и розовые оттенки лепестков, как удивительно махрятся их края! Какой нежный, пьянящий аромат идет от каждого цветочка!

Я даже всхлипнул от умиления, поглаживая цветущую веточку. И дрогнувшим от волнения голосом напел:

— Яблоня в цвету — какое чудо...

Дальше слова не вспоминались. А жалко. Хотелось петь. Смеяться. Бегать, разбрасывая цветы. Смотреть, как ползет по листочку гусеница — пушистая, словно головка новорожденного ребенка; зеленоватая в белую точку, словно свежий огурчик; смешно выгибающая спинку при каждом движении. Чудесная гусеница! Я улыбнулся ей — и она смешно изогнулась в ответ, так что превратилась в смайлик — компьютерный значок улыбки. Наверное, с ней даже можно общаться!

И тут я сделал странную вещь. Ни с того ни с сего поднял руку и залепил себе пощечину. Как впавшей в истерику девице — один раз я такое видел и поразился целительной силе обыкновенной оплеухи.

Никаких половых предпочтений у этого лекарства не нашлось — на меня пощечина подействовала не менее отрезвляюще, чем на ту расстроенную ссорой с парнем девицу. Я глубоко втянул воздух, выругался сквозь зубы и огляделся еще раз.

То, что со мной только что происходило, было неправильно. Ненормально. Да — прекрасный пейзаж. Да — чистое небо. Да — деревья, цветы, трава...

Но это все-таки не повод умиляться каждой букашке!

Эйфория проходила стремительно. Даже не знал, с чем это сравнить. С ощущением пьяного, которого засунули головой под холодную воду? Ну, если бы холодная вода оказывала такой эффект... В фантастических книжках встречалось неоднократно — герой гуляет вовсю, пьет всю ночь, потом глотает таблеточку и прекрасно себя чувствует. Видимо, это мечта всех писателей — пьянство без похмелья. Но я же никаких таблеток не пил...

А зачем мне таблетки? Если на мне мгновенно зарастают раны? Я же функционал с полным набором чудесных способностей. Главное — попасть в ситуацию, где они требуются, — и сразу все заработает!

Похоже, так оно и произошло.

Я посмотрел вокруг уже другими глазами. Идиллический пейзаж перестал радовать. Поздняя весна или раннее лето, обычный яблоневый сад. Только очень запущенный.

Что же со мной было?

Вспомнилась сказка про волшебника Изумрудного города — тот момент, когда девочка Элли со своей разношерстной командой забралась на маковое поле и надышалась испарений, наркоманка малолетняя. Впрочем, у меня были сильные сомнения и насчет воздушного действия маков, а уж невинные яблони в наркотическом действии еще никто не подозревал. Японцы, правда, впадают в восторг от вида цветущей сакуры, но тут причины не фармакологические, а эстетические. А от этого сада даже Мичурин бы в экстаз не пришел — схватил бы садовый нож и принялся окультуривать деревья...

Ладно, яблони оставим в покое. Что остается? Воздух. А вот это уже ближе к делу... Повышенное содержание кислорода может вызывать такой эффект? Кажется, да. Еще есть закись азота, она же «веселящий газ». Впрочем, закись азота естественным путем вряд ли может образовываться. Зато повышенное содержание кислорода в атмосфере — запросто. В мире Кимгима нет нефти — это ведь тоже очень значительное, планетарных масштабов, отличие от Земли.

Я снова пожалел, что со мной нет Коти. Он бы немедленно начал строить гипотезы, проводить эксперименты... пускай бы ничего не узнал, но сам факт кипучей деятельности внушал бы оптимизм. Есть такой тип людей — в сложной ситуации они начинают совершать множество мелких телодвижений. Меряют пульс пострадавшим, пристально вглядываются в надвигающиеся тучи, придирчиво проверяют документы у милиционеров, звонят по каким-то номерам и задают странные вопросы... Как правило, никакой реальной пользы их действия не оказывают. Но зато окружающие как-то успокаиваются, собираются и начинают предпринимать другие действия — не столь многочисленные и эффектные, но куда более полезные.

Впрочем, один эксперимент я могу провести и сам...

Достав из кармана сигареты и зажигалку, я щелкнул кнопкой, предусмотрительно отведя зажигалку на вытянутую руку от себя.

Ну, назвать это снопом огня было бы чересчур. Но все-таки огонек выглядел как-то иначе. Ярче горел, пламя было ровное и чистое.

Все-таки кислород?

Возможно, как один из факторов...

Я вздохнул, спрятал сигареты, так и не закурив. Конечно, можно вернуться сюда с герметичным сосудом, взять пробу воздуха... Потом, в Москве, провести где-нибудь анализ. И мне все разложат по полочкам, нарисуют таблицы, графики, диаграммы...

Оно мне надо?

Все равно итог один. Этот мир пригоден либо для функционалов, либо для граждан, склонных к наркомании. Возможно, сюда будет с удовольствием выбираться рэпер с компанией. Или солидные дяденьки с депутатскими значками на пиджаках. Будут песни петь и голыми при луне танцевать...

У меня крепло ощущение, что я вытянул мир-пустышку, никому толком не нужный. Неприятное ощущение, если честно. За Кимгим и Землю-семнадцать меня так искренне хвалили... И я вдруг понял, что, как только откроется четвертая и последняя дверь, все мое будущее предопределится. Вот у меня уже есть четыре (включая нашу Землю) мира, в каждом из которых мне доступен круг десятикилометрового радиуса. Сколько ж это будет площади? Пи-эр квадрат... Вроде бы так. У меня всегда было сложно с геометрией. Ну, значит, километров триста квадратных я имею в каждом мире. Всего — полторы тысячи квадратных километров.

По сравнению с тюремной камерой — очень много.

По сравнению хотя бы с Москвой — уже соизмеримо. Москва, это я со школы твердо помнил, занимает площадь в тысячу квадратных километров.

Ладно, по крайней мере надо до конца исследовать это яблочное царство...

Минут двадцать я бодрым шагом удалялся от башни — временами оглядываясь назад. Впрочем, потеряться мне вряд ли грозило. Я понял, что башню ощущаю очень четко — как часть собственного тела.

Сад вокруг оставался все таким же запущенным и неухоженным. Но все-таки это походило на сад. Расстояние между деревьями было примерно одинаковое. Четко выделялись яблони разных сортов, у них даже цветы были разные, причем деревья росли не группами, что еще можно объяснить старой формулой «яблочко от яблони недалеко катится». Нет, разные сорта были посажены линиями — очень небрежно, но все-таки... У меня появилась слабая надежда, что в этом мире все-таки живут люди.

И буквально через пару минут я в этом убедился. В воздухе запахло дымком. Я побежал — не тем веселым, беспечным бегом, которым ворвался в этот мир, а чем-то вроде целеустремленного движения Цая. За яблонями мелькнула гладь воды — неширокая спокойная речка Я выбежал на берег и остановился.

За рекой был поселок.

Хоть ножом режьте — это был наш, земной, российский поселок. В худшем своем варианте, том самом, что заставляет патриотов кричать о вражеских происках, а людей более здравомыслящих строить прожекты вроде поиска русской национальной идеи.

Каркасно-щитовые домики, грязноватые стекла в окнах, покосившиеся серые заборчики — все было той унылой серости, что царит в российских селах по весне. Чахлые огородики — казалось, даже морковка в них должна вырастать бурой или белесой, развешенное на веревках белье — той же пыльной окраски. Между домиками бродят, выискивая что-то в пыли, тощие пестрые куры.

Я-то сам городской житель. Я такие поселки обычно вижу из окна поезда, транспортирующего благополучных москвичей куда-нибудь в Питер или Екатеринбург. И всегда утешаю себя тем, что такие села возможны только вдоль железных дорог, вблизи крупных городов, куда вся молодежь из села уезжает, едва получив паспорт. А где-то, конечно же, есть настоящие, как в учебниках «Родной край». С аккуратными домами, кирпичными или бревенчатыми, чистыми палисадниками, резными наличниками на окнах... Где-нибудь есть. На Кубани. Или в Сибири.

А здесь прописалась унылая серость, особенно поразительная на фоне яркой, цветущей природы.

Были здесь и люди. На берегу речки сидела с удочками группа мужчин и мальчишек. Дети были совсем мелкие, дошкольного возраста. Почему-то я сразу это отметил — какой-то провал в возрастах, хотя, казалось бы, на рыбалку должны были собраться взрослые и подростки, а не мальцы, не способные даже толком удочку в руках удержать.

И они все улыбались. О чем-то негромко разговаривали, перебрасываясь почти односложными фразами. До меня доносилось: «Клюет!», «Ага!», «Твоя!», «Да!» Как будто тратить лишние усилия на сложные слова эти люди не хотели... или уже не умели...

Я сел напротив, на другом берегу. Мое появление не вызвало среди рыболовов ни удивления, ни оживления. Несколько улыбок, бодрых взмахов рук. И все.

Снова достав сигареты, я закурил, пристально разглядывая людей. А ведь они наши. Все наши, с Земли. Не отсюда и даже не из Кимгима.

— Нет, Дима, — пробормотал я. — Мне кажется, это не годится на роль новой национальной идеи. И я очень, очень надеюсь, что это не Аркан. Что это не Россия в две тысячи сороковом году...

Один из рыбаков встал. Посмотрел на меня. Отложил удочку. И вошел в воду — не раздеваясь и не разуваясь, даже не засучивая брюки. Почти до середины речушки он дошел вброд, потом метров пять проплыл — и снова побрел по мелководью, приближаясь ко мне.

Ну хоть какая-то реакция!

Не обращая внимания на текущую с него воду, мужчина подошел ко мне и уселся на траву. Дружелюбно улыбнулся. Было ему хорошо за сорок, но выглядел он крепким, здоровым и вполне довольным.

— Здравствуй, хлопец!

— Здравствуй, дядько, — ответил я.

Ну что за «дядько»? С какой стати? Из-за «хлопца», что ли? Но мужчина на такое обращение не обиделся, а спросил:

— А покурить у тебя не найдется?

— Отчего же, найдется, — ответил я в тон. Протянул ему сигареты. Одну мужчина закурил, еще две, взглядом спросив разрешения, спрятал в карман рубашки. В мокрый карман. Я лишь пожал плечами.

— У... — блаженно выпустив дымок, сказал мужчина. — Меня Сашей зовут. Дядя Сашко.

— А меня — Кирилл. — Я не стал иронизировать. Дядя так дядя.

— Издалека пришел, Кирилл?

— Нет. — Я неопределенно ткнул рукой в сторону башни. — Не очень.

— Неужто новый проход открылся? — обрадовался мужчина. — Ну, заживем! Ты откуда будешь?

— Из Москвы.

— А я с Полтавы.

Видимо, исчерпав этим сообщением все темы для разговора, дядя Сашко растянулся на траве, не выпуская из зубов сигаретку.

— И давно вы тут, дядя Сашко? — спросил я.

— Ну... — Он ответил не сразу, покатал во рту сигарету. — Года два. Или три. Горбача когда скинули?

— Горбачева, что ли? — удивился я. — Президента СССР?

— Во-во!

— Да уж лет десять... нет, что я говорю, лет пятнадцать. Я и не помню-то его толком, — зачем-то признался я.

— Пятнадцать? Ого! — восхитился Сашко. На этом его интерес к прожитому вне Земли сроку и закончился. Он засунул руки под голову, с удовольствием дососал сигаретку и мастерским плевком отправил окурок в сторону реки.

— Много народа здесь живет? — спросил я.

— Теперь немало, — охотно ответил Сашко. — Вначале-то я один жил... ну, не один, с друганами... Потом народец прибывать стал.

— А как вы сюда попали?

— Ну, как попадают... — Сашко вздохнул, но не огорченно, а словно бы по обязанности. — С типчиком одним повздорил... тоже мне умник нашелся! Дал ему в глаз, получил в ответ. Нет бы успокоиться... а я его выследить решил. Ну, выследил... домик у него странный, сто раз мимо ходил, не замечал. Пришел ночью с двумя друганами. Ты не думай, мы только морду ему хотели начистить! А что с железками... так он же драться умел будь здоров! Ну и...

Сашко замолчал. Я кивнул и уточнять не стал. Разумеется, три дурня, даже вооружившись арматурой, ничего не смогут сделать функционалу, у которого в способностях есть «рукопашный бой». Это не полоумную старушку вязать.

А потом их выкинули сюда...

— Как называется этот мир? — спросил я.

— Нирвана, — охотно сказал Сашко.

Поднявшись, я еще раз оглядел убогий поселок и его довольных обитателей. Из одного домика вышла толстая рыжая баба, гортанно и будто бы даже нечленораздельно выкрикнула что-то. Я не сразу сообразил, что она звала не по-русски, то ли на норвежском, то ли на шведском языке. А вот один из рыбаков поднялся, подхватил сидящего рядом ребенка лет трех-четырех, усадил себе на шею — и двинулся к домику.

Что примечательно, судьбой удочки он не озаботился. Так и оставил ее лежать на берегу с полощущейся по течению леской.

Удобно, спору нет! Не совсем тюрьма. Не совсем психушка. Яркий, уютный, безопасный мир, где по какому-то капризу природы человек пребывает в легкой эйфории. Кто-то чем-то помешал функционалу — не надо его убивать, не надо запугивать. Схватил и доставил в Нирвану — он сам оттуда не уйдет. Для полной гуманности здесь даже поставили сборные домики (я был уверен, что дядя Сашко со товарищи этим бы не озаботился), посадили яблони... по другую сторону реки, похоже, картофельные поля. В реке есть рыба. Куры несутся. Что еще надо для жизни?

Если что-то надо, то им доставляют, не сомневаюсь. И какие-нибудь аспирины с тетрациклинами, и одежонку. Наверное, даже молочную смесь для детишек...

Я понял еще и почему в поселке живут либо взрослые, либо маленькие дети. Массовое заселение Нирваны началось лет семь-восемь назад. Дети родятся (видимо, эйфория не отбивает все желания до конца), но пока еще не успели вырасти.

Пожалуй, ругать меня не будут. Этот мир вполне востребован функционалами.

Но почему, почему я открыл проход именно сюда?

И вдруг я совершенно отчетливо понял почему. Я ведь хотел увидеть Россию будущего. Кто виноват, что в моем сознании это будущее вот такое: вялые наркотизированные жители, лениво ковыряющиеся в земле, не менее лениво плодящиеся и ничем толком не интересующиеся?

Политик убеждал меня открыть дверь в Аркан. Но так много говорил про будущее России, что во сне я «нашел» мир, максимально отвечающий моим представлениям об этом будущем. Верил бы я в хрустальные города и мраморные дворцы — может, отыскался бы и такой мир.

Слова — это капкан. Если ты неверно понял собеседника, то как ни дергайся, как ни рвись, все равно первый, неправильный смысл болтается в подсознании.

— Дядя Сашко, а откуда сюда люди приходят? — спросил я.

— С верховья реки, — охотно сообщил бывший полтавчанин. — Там проход. Близенько, полчаса идти.

— Ага. — Подумав секунду, я достал пачку и выдал ему еще несколько сигарет. — Спасибо. Скажи, дядя Сашко, а ты в свою Полтаву вернуться не хочешь?

— Чего я там забыл? — Мужчина искренне удивился. — Колбаса по талонам, курочка по праздникам?

Объяснять, что талоны на колбасу не в ходу так же давно, как и бывший генсек Горбачев, я не стал. Кто его знает, как сейчас живут в Полтаве? И уж тем более как там сумеет устроиться дядя Сашко, проживший пятнадцать лет в растаманском раю.

— А то оставайся, — предложил Сашко. — Покушаешь с нами, жена с утра борщечок с курочкой готовила.

Ну да, разумеется. Если тут и мужчины, и женщины, то странно было бы ожидать от них монашеского поведения. Появились семьи, народились дети. Или наоборот. Не важно.

— Спасибо. Пойду я.

— Как знаешь. — Дядя Сашко привстал, отряхнул с рубашки налипший песок. — А то возвращайся. Тут знаешь как хорошо? Даже пить не хочется!

Но и этот аргумент меня не убедил. А вот повидаться с соседом-функционалом мне очень хотелось.

Учитывая ту путаницу со временем, что царила у дяди Сашко в голове, я ожидал, что идти придется несколько часов. Но расстояние не превысило три километра — действительно полчаса небыстрого туристического шага. По левому берегу реки тянулись сочные зеленые луга, по правому, где я и шел, все тот же заброшенный яблоневый сад.

Коллега-таможенник жил на реке. Именно «на реке» — ее перегораживала невысокая плотина, в центре которой стояло высокое, в два человеческих роста, водяное колесо. Над плотиной и колесом на толстых деревянных сваях стояла... наверное, это надо называть мельницей? Во всяком случае, туда уходила с колеса ременная передача, а внутри сооружения что-то крутилось и бухало. На оба берега реки спускались щелястые дощатые мостки. Дверь — во всяком случае, со стороны правого берега, — была открыта. За ней плясали красные блики, будто огонь горел.

Впрочем, огонь там действительно горел — в небо струился легкий дымок.

— Эй, сосед! — крикнул я, останавливаясь у мостков. Почему-то я почувствовал, что шагнуть на них без разрешения будет неправильно. Невежливо. — Как мука? Мелется?

Раздался беззлобный смех. И в дверях появился мой сосед-таможенник. Рослая, плечистая женщина в кожаных штанах и грубом кожаном фартуке на голое тело — я невольно отвел глаза и стал смотреть только на лицо. Русые волосы были собраны в тугой пучок и перевязаны... ну, я бы сказал, ленточкой, только не из ткани, а из крошечных серебряных звеньев. В руках женщина держала массивные металлические клещи, в которых был зажат раскаленный докрасна кусок металла.

— Привет, сосед! — поздоровалась она. — Я с самого утра почувствовала, как новая дверь появилась, все тебя ждала. Вот только нет у меня муки, извини. Это не мельница. Это кузня.

— Извини... — Я даже не знал, от чего смутился больше — от своей глупой ошибки или от вида этой... как бы назвать... кузнечихи?

— Кузнец я, — сказала женщина, улыбаясь. — Не мучайся, нет у слова «кузнец» женского рода. Я — кузнец Василиса.

— А я добрый молодец Иванушка, ищу суженую, что Кащей похитил, — сказал я.

Анька мне часто говорила, что шутки у меня дурацкие. И я не спорю. Но иногда они удаются.

Вот и сейчас кузнец Василиса опустила руку с клещами и с чистым, искренним любопытством спросила:

— Серьезно?

— Нет, конечно. Музыкой навеяло. — Я развел руками. — Кузница... Василиса...

— Между прочим, красивое, исконно русское имя, — с легкой обидой сказала женщина. — Да, назовешь Васей — получишь затрещину. У меня рука тяжелая, сам понимаешь... Заходи, Кирилл, гостем будешь.

Если вначале мне показалось, что она меня старше, то сейчас возникло ощущение, что мы почти ровесники. Какая-то была в ней добродушная простота... действительно из разряда тех, которые встречаются в народных сказках.

Первый этаж здания занимала кузня. Я не знаю, как выглядят обычные кузницы. В этой было пять или шесть наковален, стоявших в ряд — начиная с большой, со стол размером, и кончая крошечной, на которой разве что блох подковывать. Было три горна — тоже разных размеров. Разожжен был средний. Еще были огромные меха, будто сошедшие с чертежей да Винчи, — их и качало водяное колесо. Меха крепились на поворотном колесе, и их можно было подводить к любому горну. Были горы железок на полу — удивительное ассорти из ржавых рессор и сверкающих мечей.

— Нравится? — с любопытством спросила Василиса. — Вижу, нравится. Давай подарю чего-нибудь...

В металлоломе она рыться не стала. Открыла шкаф у стены — самый обыкновенный шкаф, только вместо рубашек и простыней в нем хранилось оружие.

— Держи!

Я получил длинный кинжал в кожаных ножнах. Рукоять была крепко и аккуратно, петля к петле, обмотана сыромятным ремнем. Выглядело оружие красиво — и в отличие от сувенирных железяк, продающихся в магазинах, грозно.

— Спасибо. — Я понял, что отказываться нельзя. — Слушай, нельзя же ножи дарить...

— Я не суеверна.

— Зато я суеверен. — Я нашел в кармане рубль и вручил Василисе. — Ну... спасибо, соседка. Ты мастери... мастер!

Да уж, слово «мастерица» вполне бы пошло к вышивке или вязанью, но вот к кованому кинжалу — совершенно не шло.

— Дура я, — вздохнула Василиса. — Кому все это надо... а... — Она махнула рукой. — Пошли наверх, буду тебя чаем угощать... Ты откуда, Кирилл?

— Из Москвы.

— А я из Харькова.

Ей было сорок два года. Выглядела она на тридцать с хвостиком, но это у функционалов обычное дело. Когда-то она работала на тракторном заводе, и не в бухгалтерии или профкоме, а в кузнечном цеху. Разумеется, молотом не махала, управляла кузнечным прессом.

Потом — обычная история. Про нее забыли на работе. Она была упрямой и дважды устраивалась заново, но на следующий день ее снова забывали. Муж закрыл перед ней дверь, несмотря на рев детей: «С ума посходили? Умерла ваша мамка три года назад!» Видимо, подсознание окружающих искало какое-то объяснение происходящему. А через день ее забыли и дети. Зато прямо на улице почтальон вручил телеграмму, предписывающую прибыть на окраину города. Там она и увидела — нет, не башню, заброшенный кирпичный домишко.

Дверей у нее было всего три. Одна, разумеется, вела в Харьков. Другая в пустынный каменистый мир с ледяными зимами и удушливо жарким летом — функционалы сказали, что это мир номер четырнадцать и он никому толком не нужен. Третья — сюда, в Нирвану. И вот к этому миру интерес у функционалов был.

— Ссылка, — сказал я, отхлебывая чай. Василиса накрыла стол на втором этаже — типично женский стол с чаем, вареньем нескольких сортов, фруктами и конфетами. Впрочем, был предложен и коньяк, но я отказался. Василиса переоделась в светлое платье, распустила волосы и выглядела уже не столь экстравагантно, просто очень крупной женщиной, которой впору заниматься метанием молота или ядра. При этом она оказалась не мужикоподобная, а даже симпатичная — ну, если вам нравятся очень крупные женщины, конечно.

— Нет, не только ссылка, — запротестовала Василиса. — Есть такое дело, конечно. Если кто-то вдруг... Но на самом деле это перспективный мир.

Она явно комплексовала по поводу ссылки, куда открыла проход.

— Перспективный?

— Да, конечно. Он для жизни очень комфортный. Но обычные люди тут пьянеют.

— Я тоже, вначале. Все такое яркое... хорошо все так... Василиса понимающе кивнула, и я рискнул выдвинуть предположение:

— Кислород?

— Что? — Василиса очень удивилась. — При чем тут кислород... Психоделики.

Я только и мог, что хлопнуть себя по лбу. Идиот! Пускай я никогда никакой наркотической дряни не пробовал, но симптомы-то классические...

— Тут очень мягкий климат, — продолжала Василиса. — Снега даже зимой не бывает. А в почве живут какие-то крошечные грибки, которые со спорами выделяют психотомиметик ЛСД-подобного действия. Хотя по действию ближайший аналог не ЛСД, а ЭСТЕТ... Не удивляйся, я вопрос досконально изучала. Делать-то все равно нечего, у меня клиентов немного...

Идея колонизировать Нирвану (она же — двадцать второй мир) возникла у функционалов почти сразу. Василису и назначили ответственной за проект. Помимо людей, так или иначе вступивших в конфликт с функционалами, сюда отправляли алкоголиков и наркоманов, как правило, приходящих в восторг от бесплатного постоянного кайфа, не омраченного ни ломкой, ни похмельем. По сути, это действительно был наркоманский рай. Уйти из Нирваны никто не порывался.

Яблоневый сад был идеей Василисы и, как я понимаю, ею одной и посажен за несколько первых лет. То ли ею руководила какая-то ирония, заставляющая делать Нирвану пародией на райский сад, то ли трезвый расчет — яблоня оказалась самым неприхотливым из плодовых деревьев. Впрочем, после нескольких недель полной дезадаптации жители Нирваны становились способны к минимальному самообслуживанию: ловили рыбу, выращивали какие-то овощи в огороде, ухаживали за курами.

— У нас большие надежды на детей, — объясняла Василиса. — Взрослые со временем становятся адекватнее, но вряд ли протрезвеют до конца. А вот родившиеся здесь детишки уже почти приспособились. Они ласковые, веселые. Немножко неусидчивые, но способны обучаться.

— Ты учишь? — спросил я.

— Да. — Почему-то она покраснела, будто я уличил ее в каком-то нехорошем поступке. — Читать, писать, считать. Кто постарше, те даже читают самостоятельно, просят принести еще книжек. Фантастику очень любят, особенно наши книжки про детей, поступивших учиться в волшебную школу. Ой, сколько я им этих книжек переносила! Хорошо хоть, их много выпускают, каждый месяц новая. Только про Гарри Поттера плохо читают, там уже думать надо, не могут сосредоточиться, капризничают. Я к ним часто хожу, смотрю, что и как. У меня дел-то немного. Как не помочь, и детишкам, и взрослым...

— А если их в наш мир отправить? — спросил я. — Хотя бы детей? Ну зачем им тут страдать?

— Почему страдать? — возмутилась Василиса. — Тут родители, они их любят. Тут никаких войн, никаких бандитов, никто никого не убивает. Все сыты, одеты. Да и нельзя им уже к нам.

— Почему?

— Ломка начинается, — разъяснила Василиса.

— Слушай, соседка, — спросил я, помолчав. — Ты к нам не занесешь эти грибки?

— Не беспокойся, они в нашем мире не выживают, — невозмутимо ответила Василиса. — Проверено.

— А если окультурить?

Она непонимающе посмотрела на меня. Потом засмеялась. Резко оборвала смех.

— Нет, сосед. Не стоит. Знаешь, что это такое, когда человек рубил дрова, попал себе по руке, рассмеялся и сел смотреть, как кровь вытекает?

— Не знаю.

— А я — знаю.

— Извини. — Мне стало немного стыдно. — Шутки у меня бывают дурацкие.

— Да я заметила. Варенья?

Я отказался. Встал, прошелся по комнате, посмотрел в окна. Со стороны Харькова это был второй этаж здания, стоящего где-то на тихой и, несмотря на позднюю осень, все еще зеленой и солнечной улочке.

Мимо шли легко одетые люди. В километре, на крыше высокого, сталинской архитектуры здания, торчали антенны — чуть ли не телевизионный ретранслятор. Симпатичный город... я подумал, что однажды стоит сюда прийти, поесть пельменей, выпить горилки. Конечно, если найдется кафе или ресторан поблизости — моя связь с башней была напряжена. Я, наверное, мог отойти еще на километр. Или на два... три... И не более того.

В другом окне пейзаж был совсем не столь идиллический. Низкие серые тучи, сквозь которые едва проглядывает солнце, заснеженная равнина, по которой ветер гнал колючую ледяную пыль.

— Там у дверей — центнера два фруктов намороженных лежит. Я заместо морозилки этот мир использую, — сказала Василиса. — Зимой, конечно. Но тут зима — девять месяцев.

— Север?

— Нет, не север. Говорят, что экватор. Это по вееру очень далекий мир. Мне кажется, тут дело даже не в Земле. Тут само солнце плохо греет. — Она помолчала и добавила: — Да, еще тут нет Луны.

— Как тебя сюда занесло? — неосторожно брякнул я.

— Жить мне не хотелось, Кирилл, — сказала Василиса, подходя ко мне. Не пытаясь разжалобить, всего лишь информируя. — Я мужа любила. А уж когда дети забыли...

Она замолчала.

— Прости. — Я неловко пожал плечами. — Не подумал. Мне очень жаль. Я неженатый, да и с девушкой своей недавно поссорился... мне было легче. Родители только... но они у меня люди вполне самодостаточные. Очень тяжело было?

— По первости — да, — ответила она, не рисуясь. — Но время лечит. Опять же — дети живы-здоровы, выросли уже...

Я повернулся, посмотрел на нее — и был немедленно заключен в крепкие объятия. Поцелуй кузнечихи (в данной ситуации лучше неправильное слово, чем поцелуй кузнеца!) оказался на удивление мягким, страстным и приятным.

Но уже через секунду Василиса оторвалась от меня. Вздохнула:

— Извини, Кирилл. Молодой ты... не хочу тебе голову морочить. Будем друзьями, сосед?

Ситуация, честно говоря, была идиотская. Я прекрасно видел, что скучающей Василисе банально хочется секса. И не с улыбчивым идиотом из поселка в Нирване, а с кем-нибудь из функционалов.

Честно говоря, мне хотелось того же. Секса. Без обязательств. С красивой, пускай и необычной женщиной. Никогда раньше мне не приходилось заниматься любовью с женщиной крупнее и сильнее себя, но это только возбуждало.

И в то же время я чувствовал: в чем-то она права. Не стоит. Сейчас — когда я только-только нахожу себя в новой роли, — не стоит. Из наших отношений не получится легкой интрижки, мы попытаемся придать им серьезность. Василиса неизбежно начнет главенствовать. Меня это не устроит. Мы расстанемся — но вовсе не друзьями.

А вот если сейчас избежать этого случайного и ненужного романа...

— Ты права, — сказал я. — Будем друзьями. Слушай, а ты море любишь?

Василиса только усмехнулась.

— У меня выход на Землю-семнадцать, — пояснил я. — Приходи, когда захочешь искупаться и позагорать.

— Это спасибо, Кирилл, — серьезно сказала она. — Это хорошо. Ах, какой ты молодец!

Я был удостоен еще одного поцелуя, но на этот раз не страстного, а благодарного.

— Приходи, — повторил я смущенно. — А сейчас пойду, ладно? Меня звали на вечеринку в Кимгим.

— Ух ты! — Василиса задумалась. — От твоей функции до места вечеринки далеко?

— Километров пять.

— Отпадает. От меня до тебя по прямой семь километров. Я могу удаляться от кузни на девять. Но к тебе я загляну.

— Обязательно!

Между нами повисла та неловкая пауза, которая неизбежно возникает между мужчиной и женщиной, собравшимися было заняться сексом — и передумавшими. У меня такая беда случалась лишь раз в жизни, но я прекрасно понимал, что тянуть в таком случае не следует. Надо быстренько расстаться — тогда есть шанс сохранить хорошие отношения.

— У меня дела, — неискренне сказала Василиса. — Да и ты спешишь, наверное. Назад пойдешь через поселок?

Я пожал плечами.

— Если не сложно... подсобишь немного? Давно собиралась убогим одежонки подбросить.

— Какой разговор! Конечно, помогу.

16

Не знаю, как для кого, а для меня в любой благотворительной акции есть момент личной неловкости. Бросаешь ли ты мелочь в чехол из-под гитары, на которой в подземном переходе молодой парень наигрывает чужие мелодии; кладешь ли мелкую купюру в дрожащую руку бабуси-нищенки или относишь в церковь свои старые шмотки «для бедных» — всегда чувствуешь себя виноватым.

Тем, что богаче? Не всегда нищий, скорбно стоящий у магазина, зарабатывает меньше тебя. Тем, что удачливее? Но удача такая непостоянная дама, а твоя благотворительность ничуть не гарантирует ответной — если беда придет к тебе.

Тут, наверное, принципиален сам момент попрошайничества — и его одобрения. Недаром Киса Воробьянинов до последнего отказывался нищенствовать, кричал, что не протянет руки, а сломленный напором Остапа Бендера в конце концов дошел до убийства. Принуждение к нищенству не менее отвратительно, чем принуждение к проституции. А каждая брошенная в кружку монета — это отчасти поощрение нищенства.

Недаром известная мудрость призывает давать человеку не рыбу, а сети для ловли этой рыбы.

Двигаясь по речному берегу обратно к поселку, я чувствовал себя ответственным за это странное поселение. Пусть не я придумал такую экстравагантную ссылку и планы по заселению Нирваны. Но я — функционал. Один из тех, кто запихивает сюда людей. Сажает на иглу. Делает беспомощным человеческим материалом, вся функция которого — плодиться и размножаться.

По большому-то счету, это и есть единственная функция каждого человека. Но у нас есть хотя бы иллюзия, что мы рождаемся не только для того, чтобы стать звеном в цепочке поколений и лечь в землю. У кого-то иллюзия денег, у кого-то иллюзия власти, у кого-то иллюзия творчества.

Отсюда, наверное, и смущение при встрече с людьми, уже утратившими свои иллюзии, чья жизнь свелась к простейшим функциям: есть и пить, спать и совокупляться, затуманивать разум алкоголем или наркотиками.

Прогулка по берегу реки с тяжелым узлом за плечами как нельзя лучше располагала к подобным философствованиям. Это самое выраженное свойство русского характера: призывать милость к павшим, сочувствовать каликам и юродивым, чувствовать личную вину за несовершенство мира. Наверное, это то самое свойство, которое мешает стране найти свою «национальную идею» и благоденствовать. Но почему-то мне не хотелось предлагать Диме в качестве национальной идеи лозунг «горе слабым». Может, стране это и пойдет на пользу, только это будет уже другая страна.

В поселке все было по-прежнему. Только рыбаков поубавилось — сидели человек пять, встретивших мое появление дружелюбными улыбками даунов. Я поискал глазами своего знакомого, но дядя Сашко, видать, после борщечка с курятиной лег поспать. Василиса советовала отдать вещи либо ему, либо неведомому мне Мареку, либо женщине по имени Анна. Как я понял, это были самые давние и самые адаптировавшиеся обитатели Нирваны.

— Марек! — позвал я. — Анна!

Никакого ответа. Только таращатся через реку дружелюбные торчки. Вздохнув, я двинулся вброд. Надо было перейти на другой берег через кузню, что ж я сразу-то не подумал... Ну ничего. Высушат тряпки.

Мокрый и оттого злой, с набившимся в кроссовки илом, я вышел на левый берег. Узел с одеждой весь намок и катастрофически отяжелел. Пожалуй, не будь я функционалом, не удержал бы. Подаренный Василисой кинжал в кожаных ножнах мягко шлепал по бедру. Не очень-то нужный подарок, но отказаться или выбросить было неудобно.

— Где мне найти Анну? — резко спросил я ближайшего рыбака, молодого худющего парня с нездоровым, желтоватым цветом лица. При ближайшем рассмотрении выяснилось, что рыбу парень удит очень своеобразно — леска болталась в воде без крючка.

— Анна, — кивнул парень. — Анна...

Глаза у него были пусты и безмысленны. Пожалуй, толку от него не добьешься...

— Анна там, — сообщил сидящий рядом с парнем мужчина постарше и поздоровее на вид. — Там.

Я проследил за неуверенным движением его руки, поморщился при виде грязных длинных ногтей и кивнул:

— Спасибо.

Анна и впрямь нашлась в указанном домишке. Дверь была распахнута, в единственной комнате, довольно чистой и с влажным от недавнего мытья полом, находились две женщины. Одна спиной ко мне неподвижно лежала на грубом, сколоченном из досок топчане. Похоже, сон на голых досках не доставлял ей дискомфорта, хотя из одежды на ней были только трусики и лифчик. Вторая, одетая в ситцевое платье в горошек и босиком, стирала в красном пластиковом тазике, водруженном посередине комнаты на шаткий стул того же цвета и материала. Выглядела женщина потрепанной, поизносившейся, но обладавшей упрямством и выносливостью. На бултыхающуюся в тазике рубашку она смотрела ласково, будто на щенка или котенка, взятого в дом и теперь отмываемого от уличной грязи.

— Анна?

— Да? — Мое появление любопытства не вызвало. Наверное, это их главная беда — отсутствие любопытства.

— Василиса передала... — Я бросил мокро хлюпнувший узел на пол. Это была то ли штора, то ли покрывало, в которое была завернута одежда, явный сэконд-хенд. Сквозь мокрую ткань четко виднелась и подошва маленького детского ботинка.

— Хорошо, — сказала женщина. — Спасибо.

Отрываться от стирки она явно не собиралась. Судя по выражению лица, процесс ей даже нравился. И она что-то едва слышно шептала рубашке, которую стирала, — мне показалось, что я прочитал по губам: «Ты моя хорошая...»

Ужас какой-то. Я представил себе домохозяек, нежничающих с пылесосом, играющих с кастрюлями и обожающих стиральные машины. Домашний труд перестал быть рабством и стал развлечением — всего-то чуток психоделиков в воздухе...

— А что с ней? — уже собираясь уходить, спросил я.

Анна покосилась на лежащую на топчане женщину. Та пошевелилась, будто поймала взгляд.

— Новенькая она, — сообщила Анна. — Спит. Все поначалу много спят, много думают.

Что-то меня тревожило в этой женщине, дремлющей на топчане. Словно... словно я ее уже где-то встречал... не так легко одетую, конечно... точнее — тепло одетую...

Я подошел к топчану, взял женщину за плечо, осторожно повернул.

Девушка, два дня назад бросившая на пол башни записку, улыбнулась мне и сказала:

— Таможня...

Изо рта у нее стекала тонкая ниточка слюны. Правая щека была вся красная, отлежанная на досках.

Возможно, если бы она меня не узнала, я бы колебался. А так — нет.

— Она пойдет со мной, — сказал я.

— Тяжело ей сейчас ходить, — не протестуя, а лишь доводя до моего сведения, сказала Анна. Видимо, это был самый сильный протест, на который способны жители Нирваны.

— Ничего, я помогу, — поднимая девушку и укладывая себе на плечо, сказал я. В бытности функционалом все-таки немало плюсов! — Как она у вас оказалась?

— Мастер ее привел. Вчера.

— Какой мастер?

— Мастер. — Видимо, имени она не знала. — Мастер будет сердиться, что увели.

— Ничего, — сказал я. — Главное, чтобы я не рассердился. Ага? Кто ближе, тот и главный мастер.

Кажется, она еще что-то сказала вслед. Но я уже вышел из домика. Огляделся, чувствуя себя то ли перевоспитавшимся Терминатором, спасающим Сару Коннор, то ли средневековым солдатом, прихватившим из завоеванного города девушку на три дня.

Никто не пытался отбить симпатичную пленницу. Во взглядах нескольких мужчин мелькнул естественный интерес — и только.

— Совсем вы тут закисли, горемыки, — пробормотал я и пошел вброд. Маленькая холодная ванна девушке не помешает.

Один привал я все-таки устроил. Недалеко от башни, можно было и дойти, но я решил передохнуть и проверить, как там моя поклажа.

Девушка блаженно улыбалась, глядя куда-то внутрь себя. Я похлопал ее по щеке, услышал в ответ тихое хныканье и решил пока с расспросами повременить. Закурил сигарету, радуясь тому, что могу испытать кратковременное удовольствие от привычной отравы, а не постоянный и бессмысленный кайф.

— Таможня... — снова сказала девушка. Нахмурилась. Казалось, она пытается сфокусировать на мне взгляд. — Не... не бросай...

Я понял и похлопал ее по ладони.

— Не бойся. Не брошу.

Она расслабилась, и взгляд сразу поплыл, оглупел. Я курил, смотрел на девушку и с удивлением думал, что она не вызывает у меня никаких сексуальных эмоций. Ну совершенно никаких — хотя куда красивее той же Василисы... да и моей Аньки, если честно. Ни загорелое юное тело, ни дорогущее кружевное белье не возбуждали. Наверное — из-за бессмысленных, осоловелых глаз.

А может быть, она не вызывает у меня эмоций, потому что я никогда и не заглядывался на таких девушек? Это все равно что иметь виды на кинозвезду или фотомодель. Пацану в пятнадцать лет — очень полезно для эротических фантазий. Взрослому человеку как-то несерьезно. Такие девушки — для тех, кто ездит в «бентли» и «ягуарах».

Ну или для функционалов.

Я со вздохом забычковал сигарету в мягкую землю, поднял девушку на руки — совершенно рефлекторным движением она обняла меня за шею — и двинулся к башне. Так идти было тяжелее. Но после того, как она попросила о помощи, я уже не мог нести ее на плече, будто свернутый в рулон ковер.

Через пятнадцать минут я внес блаженно улыбающуюся девушку в башню. Кстати, выглядела башня вовсе не так чарующе, как мне показалось вначале, — грубый белый камень, никакой не мрамор, хорошо, если не известняк... Пинком ноги я захлопнул дверь, локтем задвинул засов. Так, что теперь? В Москву, там куда-нибудь в Склиф, в токсикологическое отделение? Нет, не стоит.

Поднявшись на третий этаж, я решительно направился в ванную комнату. Усадил девушку в ванну — она заторможенно пошевелилась, присела на корточки, обхватила руками плечи. Вздохнул и сказал:

— Извини, это... без всяких там намерений...

Она по-прежнему улыбалась. Сколько еще будут действовать психотомиметики? Надо было узнать у Василисы...

— Без всяких намерений! — непонятно кого убеждая, повторил я, снял с нее бюстгальтер, помог стянуть трусики. В конце концов, что это, первая женщина, которую я раздеваю? Нет, не первая... шестая. Нет, пятая.

А если совсем честно, чтобы засчитывать только доведенный до конца процесс, — третья.

Нельзя сказать, чтобы она так уж сильно нуждалась в гигиенических процедурах. Нирвана была очень чистеньким миром, там даже грязь была немаркой. Но мне требовалось как можно быстрее привести девушку в чувство.

Минуты три она просидела под струями горячей воды. Потом я, искренне сожалея, что у меня обычная ванна, а не какая-нибудь навороченная «джакузи», устроил ей шотландский душ: включал секунд на десять ледяную воду, потом снова добавлял горячей. Когда увидел, что это не действует, стал пускать ледяную воду по двадцать секунд. Изумительное развлечение, можете мне поверить. Особенно когда на улице холодно и вода из крана льется действительно ледяная...

Минут через пять контрастный душ возымел свой эффект.

— П-п-перестань... — пробормотала девушка. — Х-хватит...

— Ага! — обрадовался я. — Как тебя зовут?

Она подняла мокрое и уже не такое умиротворенное лицо.

— На... на...

— Наташа?

— Настя... хва... хват...

— Настя Хват?

— Хватит!

Я решил, что для начала это уже неплохо. Выключил воду, снял с вешалки халат. Настя послушно встала, я набросил на нее халат и помог выйти из ванны.

— Говорить сможешь? Не отключишься?

— Не знаю...

— Идем.

— По... погоди. — Она оттолкнула меня, покосилась на унитаз. — Выйди... мне надо.

Я вышел, сильно подозревая, что минут через пять придется войти и обнаружить блаженно улыбающуюся Настю на полпути к заветной цели. Но она оказалась крепче, чем я думал. Вышла сама, правда, тут же повисла у меня на руках и честно сказала:

— Все плывет...

На кухне я усадил ее на пол — со стула она бы упала. Сделал чашку крепкого сладкого кофе — три ложки порошка, три сахара, заварено кипятком, не до вкуса, лишь бы кофеина побольше. Заставил выпить. Посмотрел в окно, ведущее в Кимгим, — и только покачал головой. Уже вечер. Нехорошо будет не прийти к Феликсу в ресторан. Вызывающе. Будто я не хочу общаться с соседями.

— Как ты?

— Сейчас отрублюсь, — почти четко ответила Настя. — Сил нет...

— Что с тобой случилось? Почему тебя бросили в Нирване?

Но, похоже, я требовал от нее слишком многого. Глаза у девушки закрывались, она все время порывалась лечь на пол. Смирившись, я отвел ее в спальню, уложил на свою кровать — и она тут же впала в беспробудный сон. Даже начала едва слышно похрапывать.

— Угу, — сказал я, укрывая девушку одеялом. — Спокойной ночи.

Пожалуй, это естественно. Лишение психоделика должно было вызвать либо возбуждение, либо торможение. Второе мне предпочтительнее.

Твердым шагом я обошел комнату, заглядывая в окна.

Москва. Хмуро, но дождя нет. Вечереет, в окнах домов зажигается свет, но фонари еще не включили.

Кимгим. Ввиду отсутствия фонарей и глухого переулка — темнее. Зато все припорошено снегом. Небо тяжелое, снежное, но пока осадков не наблюдается.

Земля-семнадцать. Красочный закат над морем. Голубизна неба переходит в синь, потом в фиолетовое, потом в чистую тропическую тьму. Все это приправлено закатным розовым. Такие картинки любят вешать фоном на монитор пожилые бухгалтерши и молоденькие секретарши.

Нирвана. Яблоневая идиллия. Трава зеленая, небо синее... Но здесь солнце еще высоко.

Каким будет мое пятое и последнее окно?

Я пожал плечами. Ничем помочь не могу, что выпадет, то и будет.

Пора было собираться к Феликсу. Хорошо бы костюм надеть, но вот не обзавелся... Пришлось ограничиться чистой рубашкой и носками. Кинжал я тоже выложил и даже протер все еще влажное лезвие насухо. Вот сооружу себе камин, буду вешать над ним фамильное оружие...

На столе я оставил записку для Насти: «Никуда не уходи, это может быть опасно. Дождись меня. Вернусь под утро». Подписался я, после короткого колебания, просто: «Таможня».

Уходя, я выключил свет. Дверь в Кимгим открыл с мрачной решимостью преодолеть многокилометровый путь до ресторана как можно быстрее — в стиле Цая.

Но я недооценил Феликса. Рядом с башней стояли знакомые сани, в которых скучал, покуривая — не банальную сигарету, а затейливой формы трубку, — Карл — давешний официант. При моем появлении он соскочил на снег и отрапортовал:

— Экипаж готов, мастер!

Видно было, что Карл не просто выполняет распоряжение хозяина, а делает это с удовольствием.

— Давно ждешь?

— Ничего, — ответил парень, и я понял, что сани здесь действительно застоялись. Впрочем, и по следам на снегу это было видно — он периодически прогуливал лошадь взад-вперед, чтобы не мерзла. — Вашего друга будем ждать?

— Он отправился в путешествие, — мрачно сказал я. Забрался в сани, набросил полог, и мы тронулись.

Ничто не ново под луной. Даже под чужой луной.

На двери ресторана висела табличка: «ЗАКРЫТО НА СПЕЦОБСЛУЖИВАНИЕ». У входа стоял тепло одетый, очень представительный метрдотель и объяснял возмущенной молодой парочке, что «Никак нельзя, все занято, корпоративная вечеринка, порекомендую посетить ресторан «Король-рыбак», в качестве извинения от нашего ресторана вам сейчас вынесут по бокалу нашего особого глинтвейна...»

Парочка скандалила, ссылалась на предварительный заказ и на меня посмотрела крайне неодобрительно. Видимо, ресторан Феликса в Кимгиме славился.

— Прошу вас, мастер, — с низким поклоном приветствовал меня метрдотель и снова переключился на местных жителей. Тон его менялся с такой легкостью, будто где-то в спине, как в детской игрушке, был установлен переключатель: «подобострастно-любезный — непреклонно-вежливый».

Я прошел в главный зал, сбросив куртку на руки гардеробщику.

Веселье как раз начиналось.

Здесь собралось десятка два гостей. За стол — большой круглый стол, который одобрил бы король Артур, — пока никто не садился. Феликс говорил, что в Кимгиме десять функционалов... значит, половина пришла из других миров. Я сразу увидел Розу Белую — в длинном черном платье с декольте не по возрасту. В одной руке у Розы был бокал с шампанским, в другой — толстая дымящаяся сигара. Старушка благосклонно мне кивнула и что-то сообщила полной немолодой женщине, стоящей рядом. Женщина окинула меня внимательным взглядом и одарила томной улыбкой. Декольте у нее было столь же вызывающее, но хоть чем-то оправданное. А вот светло-бирюзовый цвет платья ей явно посоветовал враг.

Был здесь и Цайес, в смокинге и галстуке-бабочке. Он что-то нудно втолковывал внимательно внимающему официанту. Тот кивал, но Цайес все уточнял и уточнял детали своего заказа. Выглядел Цайес внушительно, будто достойный отпрыск вырождающегося аристократического рода. Даже его угловатая физиономия казалась уместной.

Строгой одежды придерживались почти все гости, будто их пригласили с дресс-кодом «черный галстук». Мужчины в черных смокингах и черных бабочках, женщины в коктейльных платьях. В полуформальном стиле были лишь двое или трое мужчин... впрочем, нет. У окна непринужденно общался с девушкой в розовом платье мужчина, одетый в светлые брюки и льняную рубашку. Я мельком посмотрел на его толстый загривок и вдруг четко осознал: «функционал-дизайнер». Как именно я это понял? Не знаю. А откуда влезли в голову «черные галстуки», «белые галстуки», «непринужденный», «формальный» — все эти выдуманные меланхоличными англичанами дресс-коды...

Ничего, потерпят... Заложив пальцы за ремень джинсов, я двинулся к столу. У левой руки возник официант с подносом. Я взял бокал с шампанским.

— Кирилл! — Навстречу вышел Феликс. Тоже безукоризненно одетый, с кожаной папочкой в руке — меню, что ли? — Как я рад, что ты нашел время для визита!

Друзья, внимание! Это Кирилл из таможни в заводском районе.

Радость его была непритворной. Впрочем, как и интерес остальных функционалов. Кто-то негромко, интеллигентно захлопал в ладоши, аплодисменты подхватили остальные. Несколько секунд все аплодировали, будто нервные пассажиры после долгожданной мягкой посадки самолета.

— Четвертая таможня в нашем городе, — продолжал Феликс. — Мне кажется, это достойный повод для банкета. У нас появились новые двери на Землю-семнадцать, Землю-два и... что сегодня, Кирилл?

— Нирвана, — сказал я.

— Какой район?

— Я не знаю. Там есть поселок ссыльных, — глядя в лицо Феликсу, сказал я. — И еще одна таможня. Функционала зовут Василиса.

— Василиса... — Феликс задумался. — Я посмотрю в... посмотрю. Там десятка три поселков, так что надо разбираться... Что ж, хорошо, Кирилл! Нирвана тоже бывает полезна. У нас есть один выход туда, но он в совершенно безлюдной местности, это негуманно, а создавать новый лагерь трудно и нецелесообразно.

— Феликс. — Я вдруг понял, что меня смутило в его словах. — Ты сказал, что у вас появились двери на Землю-два?

— Ну да. В твой мир.

— А Земля-один?

Феликс засмеялся и замахал рукой, будто отгоняя назойливую муху:

— Ерунда, не забивай голову. Это резервный номер. Ну, чтобы не возникало ненужных споров о первенстве... Господа, предлагаю тост!

Засуетились официанты. Кому-то подливали шампанское, кому-то меняли бокалы. Роза Белая перешла на коньяк, ее примеру последовали несколько мужчин.

— За нового члена нашей маленькой, но дружной семьи! — произнес Феликс. — Все мы разные, но делаем единое дело!

Гости сдвинули бокалы. Несколько функционалов ободряюще похлопали меня по плечам. Я выслушал ничего не значащие, но вроде бы искренние комплименты. Цайес, видимо, на правах старого знакомого потыкал меня кулаком в бок и дружелюбно осклабился.

Допив шампанское, Феликс ловко подхватил меня под руку и заявил:

— На несколько минут похищаю нашего гостя!.. Кирилл, ты не очень голоден?

— Не очень, — соврал я.

— Я тебя долго не задержу. Вот, прихвати бутербродов. — Он взял со стола и вручил мне тарелку, уставленную крошечными канапе с самой разнообразной начинкой. — Эти попробуй, очень вкусно...

Я с сомнением посмотрел на выпеченную из хлеба корзинку, заполненную желто-зелеными полупрозрачными бусинками.

— Икра спрута, — пояснил Феликс. — Слабосоленая.

— Того самого? — спросил я.

— Что? Да, именно. Во всем есть свои плюсы, всегда... Как ты, обживаешься?

Вслед за Феликсом я прошел в маленький кабинет, отделенный от большого зала тяжелыми парчовыми портьерами. Здесь стояло несколько кресел, столик с выпивкой и мелкой закуской. Я поставил свою тарелку рядом.

— Ничего, Феликс. Обживаюсь.

Что-то в нем изменилось с нашей первой встречи. Какая-то суетливость появилась, какая-то смущенная неловкость.

Будто... будто он чего-то боится.

— Тебя ввели в курс дела?

— Да. Приходили двое людей и функционал-акушерка.

— Ну да, да... У вас там довольно сильная смычка с властью. Ничего. Главное — не забывай, что никто не вправе на тебя давить. Даже политики.

Я не говорил, кто именно из людей ко мне приходил. Но сделал вид, что не заметил промаха Феликса.

— Меня политик уговаривает открыть дверь в Аркан.

— Зачем? А ты можешь?

— Не знаю, могу ли. Я пробовал, но открылась дверь в Нирвану. А вот зачем... — Подумав, я налил себе немного коньяка. Точнее, не коньяка, а какого-то местного бренди, но судя по запаху — очень недурного. — Там же будущее, верно?

— Нет, не будущее. — Феликс поморщился. — Это вульгарное толкование. Считается, что мир Аркана почти идентичен миру Земли-два, но опережает его в развитии. Ну... словно бы вся история его началась лет на тридцать раньше.

— Все равно. В общем, у политика честолюбивые планы. Он хочет знать будущее, чтобы успешно работать в нашем мире.

— Чтобы властвовать. — Феликс кивнул. — А почему бы и нет? Попробуй, конечно. Но туда очень трудно открыть проход, очень... Была одна таможня...

— Феликс, значит, в Аркане нет функционалов?

— Значит, нет. — Феликс развел руками.

— Откуда они пришли?

— Кто? — Феликс улыбнулся. Но мне показалось, что уголки губ у него задрожали.

— Функционалы.

— Что за чушь? — Феликс повысил голос, но совсем слегка. — Мы — функционалы! Я с Земли-три. Ты — с Земли-два. Человеческая цивилизация существует в мирах со второго по шестой. Плюс два эпизодически доступных мира, Аркан и Каньон. В остальных мирах людей нет, а в некоторых вообще не существует жизни... Да вот, собственно говоря, я тебя зачем и позвал!

Он протянул мне папочку.

Внутри оказалось две стопки сколотых скрепками листков. Первая была озаглавлена «Достоверно известные миры веера». Вторая, потоньше, «Земля-три, расширенное описание».

— Вечно об этом забывают, — сказал Феликс. — Отсутствие централизованного управления — наш плюс, но и минус... всегда есть минусы. Тут масса полезной для тебя информации.

Я быстро проглядел первую страницу «Достоверно известных миров».

«Земля-два. Мир полностью заселен и изучен. Политическое устройство многополярное. Важнейшие государства — Соединенные Штаты Америки, Китай. Важнейшие языки — американский английский, китайский. Уровень технического развития — 1».

— Что значит «уровень технического развития — один»? — спросил я.

— Твой мир наиболее развит технически и принят за эталон, — пояснил Феликс. — А вот уровень экологического благополучия меряется по нашей Земле.

— Чтобы никому не было обидно.

— Именно.

— Спасибо, Феликс. — Я закрыл папку. — Но мне все-таки кажется...

— Я к тебе хорошо отношусь, Кирилл. — Феликс укоризненно посмотрел на меня. — Я всегда рад, когда человеку выпадает шанс вступить в наши ряды. И я прекрасно знаю, что у новичков возникает желание докопаться до каких-то тайных пружин, основ нашего общества. Так вот, Кирилл, их нет! Есть лишь функционалы-акушеры, которые чувствуют появление новичков и помогают им влиться в общество. Есть друзья, которые всегда помогут, всегда скрасят твою жизнь. Есть разные миры, от ужасных и до прекрасных... твоя Земля прекрасна, между прочим, только ты этого не замечаешь. Есть и определенные проблемы... иногда люди, узнавшие о нашем существовании, начинают плести какие-то заговоры...

— И тогда их ссылают в Нирвану.

— Да. Их ссылают на Землю-22. Не очень-то и суровое наказание, если учитывать, что подполье не брезгует никакими средствами. Верно?

Я пожал плечами.

— Романтические позывы возникают у каждого, — пробормотал Феликс. — Особенно у молодого человека в отношении симпатичной девушки...

Наши взгляды встретились. Я кивнул и спросил:

— И что бывает с молодым функционалом, который поддался романтическому позыву?

— Ну, если это не приносит вреда — ничего. — Феликс вздохнул. — Возможно, молодому человеку даже удастся перевоспитать наивную девушку, ввязавшуюся в чужую опасную игру. И тогда никто ничего не будет иметь против!

— Ага. — Несмотря на всю серьезность разговора, у меня в голове вдруг пронеслось «мы все под колпаком у Мюллера!», и я едва не прыснул от смеха.

— Но бывают гораздо более неприятные ситуации. — Феликс с мрачным видом крутил в руках бокал, все никак не решаясь глотнуть коньяка. — К примеру — появилась функционал-врач. Славная девушка. Могла бы и нам помогать, и людям. Разве кто-то против? Мы все по мере сил и способностей помогаем простым людям! Но нет, связалась с бандитами, стала интриговать... закономерно была поставлена перед выбором — и разорвала связи со своей функцией. Превратилась из функционала в человека. Что ж, ее выбор! Но после этого началась какая-то глупая партизанщина, робингудовщина... вплоть до пыток бедной полоумной старушки... И, между прочим, тебе пришлось пролить кровь, убить глупых, наслушавшихся романтических бредней мальчишек!

Вот тут я не нашелся, что ответить. Феликс был прав, на моих руках кровь. Но что еще я мог сделать в той ситуации?

— Ты ничего не мог поделать, — продолжал Феликс. — Ты не виноват. Всему виной изначальная глупость и предательство функционала!

Несколько секунд мы просидели молча. Потом Феликс встал. Лицо его расслабилось, будто он с честью выполнил неприятную, но необходимую миссию.

— Я верю, что ты никогда не столкнешься с предательством! — торжественно сказал он. — Это бывает нечасто, но всегда так тяжело... А теперь пойдем! Гости ждут. Да и первое блюдо должны уже подавать.

Мы вышли из кабинета как раз вовремя — официанты разносили тарелки с горячим. Я обратил внимание, что всем подано одно и то же блюдо, но у всех при этом разный набор соусов. У кого-то одна-две маленькие чашечки, а у некоторых целая батарея соусников, пиал, баночек, бутылочек.

— Коньяк, — попросил я официанта, глядя на тарелку с чем-то вроде телячьих медальонов. — Хотя... нет, принесите водки.

— Какую именно водку изволите? «Русский стандарт», «Столичную», «Абсолют», «Кзарп», «Эсгир», «Лимонный эсгир»?

— «Эсгир», — решил я.

Впрочем, местная водка оказалась обычной водкой. Такую я мог попробовать и в Тамбове, и в Стокгольме, и во Франции — везде, где додумались перегонять пшеничное зерно в спирт. Я ничего против не имел. Я был зол — и на Феликса, и на подпольщиков всех мастей, и на себя лично. Мне хотелось напиться.

И я это с успехом проделал.

Помню еще, как, уединившись с Феликсом, пил какой-то очень старый и редкий коньяк — уже после водки, не чувствуя вкуса, но с энтузиазмом нахваливая букет. Память таможенника услужливо подкидывала какие-то специфические словечки из жаргона дегустаторов, и Феликс одобрительно кивал головой.

Потом Феликс куда-то исчез, а я долго целовался в кабинете с девицей, функционалом-художником. Девица уговаривала меня поехать к ней в мастерскую, где она немедленно начнет рисовать мой портрет в обнаженном виде. Я отказывался, упирая на то, что сегодня явно не мой день, что третьего облома я не переживу, а судя по количеству выпитого — он неизбежен. Мы договорились, что портрет будем рисовать на неделе, после чего девушка легко и непринужденно переключилась на Феликса.

В самом конце вечера я братался с немцем, чей таможенный пост вел в Кимгим из маленького курортного городка Вейсбадена. Немец долго сверялся с какими-то картами, после чего торжественно заявил, что я сумею через Кимгим попасть в его Вейсбаден, а там — в какие-то замечательные бани. По этому поводу мы еще выпили и стали убеждать друг друга в близости русского и немецкого национальных характеров, трагичности русско-немецких войн и той великой роли, которую Россия и Германия должны сыграть в Европе. Причем немец все время политкорректно подчеркивал «В Объединенной Европе!», а я со смехом заявлял: «Да хоть бы и в Разъединенной!» Почему-то мне это казалось очень смешным.

Затем, как-то сразу, без всякого перехода, я оказался у своей башни. Было очень холодно. Официант Карл уговаривал меня войти в башню и лечь спать. Я объяснял ему, что будучи функционалом способен с комфортом спать на снегу. Но Карл так расстроился, что я все-таки согласился пойти домой.

Там я и уснул, уютно устроившись под лестницей. Про девушку в своей постели я начисто забыл, но подъем по лестнице показался мне слишком трудной, не стоящей усилий затеей.

17

Мне однажды рассказывали, что больше половины молодых авторов, присылающих свои гениальные творения в издательства, начинают роман сценой похмелья. Герой разлепляет глаза, мужественно хватается за раскалывающуюся голову, вспоминает количество выпитого, грызет аспирин и жадно пьет воду. Затем, героически справившись с последствиями собственной дурости, он надевает кольчугу или скафандр, берет портфель или клавиатуру, выходит в поход или в интернет. Но отважный поединок героя с ацидозом, спазмом сосудов и обезвоживанием практически неизменен. Наверное, таким образом молодые авторы заставляют читателя влезть в шкуру своего героя — ведь немногим выпадает спасти Галактику или победить Черного Властелина, зато сражение с Зеленым Змием знакомо почти всем.

На самом деле я сомневаюсь, что напившийся накануне герой, будь он хоть жилистым гномом, хоть молодым джедаем, многое навоюет. С похмелья хорошо страдать, мечтать о здоровом образе жизни, тупо смотреть телевизор. Но никак не геройствовать.

Я открыл глаза и сразу же понял, что должен страдать. Раз уж напился до такой степени, что не смог дойти до кровати...

Но голова не болела, я чувствовал себя свежим, бодрым, полным сил. Выспался тоже замечательно. Пожалуй, действительно мог прилечь в снегу у башни, ничего бы со мной не сделалось.

Еще я обнаружил, что укрыт одеялом, а под голову мне подсунута подушка.

Так...

Поднявшись на второй этаж, я в своей кровати никого не обнаружил. Зато с третьего этажа доносился негромкий шум — звякала посуда. Ну, прямо семейная идиллия. «Дорогая, что у нас сегодня на завтрак?»

— Дорогая, что у нас сегодня на завтрак? — бодро выкрикнул я.

Звяканье на мгновение прекратилось, сменившись невразумительным мычанием. После короткой паузы — будто кто-то торопливо дожевывал и проглатывал — я услышал:

— Подозрительно пахнущая колбаса и черствый хлеб. Будешь?

— Буду, — ответил я, поднимаясь.

Да, выглядела Настя не очень. Лицо бледное, под глазами темные круги. Она стояла у стола, нарезая колбасу для бутербродов. Из одежды на ней была только моя белая футболка, достаточно длинная, чтобы фотография Насти не попала в категорию «ню», но вполне годилась под определение «мягкая эротика» — попа прикрыта, но до колен еще далеко.

— Как ты себя чувствуешь? — спросил я.

— Ужасно, — откровенно ответила Настя. — Хочу жрать. Не есть, а именно жрать. И еще злюсь. И хочу кого-нибудь убить.

— Ужасно — это хорошо, — сказал я. — А вот убивать — плохо.

— Неужели есть опыт? — насмешливо спросила Настя.

— Твоими стараниями. «Отправляйтесь за мной, найдите белую розу, человек ответит на все вопросы».

— И... что? — Настя изменилась в лице. Теперь она смотрела на меня с растерянностью и опаской.

— Я отправился. В гостинице «Белая Роза» нас ждала засада. Ну и...

Девушка энергично замотала головой:

— Нет! Нет, это не то, что вы думаете! Совсем не то!

Я сел за стол. Взгляд все пытался съехать чуть ниже футболки, но я с некоторым усилием посмотрел Насте в глаза. Все равно она то ли заметила, то ли почувствовала взгляд. Села. Теперь нас разделял стол.

— Рассказывай, — велел я. — Кто ты вообще такая?

— Настя Тарасова... — То ли известие о засаде ее шокировало, то ли я взял удачный тон. В любом случае теперь она отчитывалась передо мной, будто примерная школьница, застуканная родителями с сигаретой и бутылкой пива за просмотром лесбийского порнофильма.

— Прекрасно. Сколько тебе лет?

— Девятнадцать.

— Замечательно, — с чувством произнес я. — Школу-то хоть кончила?

— Что? Я... я в университете учусь!

— На физмате, — хмыкнул я.

— Нет, на историко-архивном...

Я решил было, что она иронизирует. Но нет, чутье таможенника подсказывало, что Настя говорит чистую правду.

— Учишься — это хорошо... — протянул я. — Что за мужик, с которым ты прошла через башню?

— Вас не касается!

— Меня все касается! — Я не удержался и взял со стола готовый бутерброд. — Наворотила дел? Теперь рассказывай! Кто он такой?

— Ну... друг.

— Друг, — с иронией повторил я.

— Это не то, что вы думаете!

— Да я все время, похоже, не то думаю! Меня не интересует, трахаешься ты с ним или нет! Кто он такой?

— Врете, — внезапно сказала Настя. — Интересует... Да, он мой любовник! Я взрослый человек!

— Кто он?

— Бизнесмен. Он инвестированием занимается... и консалтингом.

— Понятно. Достойнейшее занятие. Откуда он знает про функционалов?

И чего я так завелся? Неужели и впрямь приревновал?

— А то у вас занятие лучше, двери открывать-закрывать, — пробормотала Настя. — Он хороший человек. Между прочим, налоги честно платит, он мне сам говорил...

— Сейчас все так говорят. Так откуда знает?

Настя пожала плечами:

— Я не спрашивала. Он мне полгода назад рассказал... я вначале думала, что это шутка... потом мы стали в Кигим ходить, в другие города...

— В Кигим.

— Да какая разница... Я с ним часто ходила, только через другие таможни. А тут он позвонил, говорит, в четверочке концерт будет замечательный...

— В четверочке?

— Ну, Земля-четыре, Антик... Из Москвы туда дорога неудобная, проще через башню у Семеновской в девятый, там километр пешком и другая башня, а там уже удобно в Антик...

Я вдруг подумал, что таможни, похоже, тяготели друг к другу. Если бы их разбрасывало по мирам хаотично, ситуации «километр пешком» вряд ли бы встречались. А тут — и у меня в пределах досягаемости башня в Кимгиме, башня в Нирване... наверняка и московские башни есть.

— Хорошо, двинулись вы в Антик на концерт, — сказал я. — Дальше.

— Я к Мише приехала, а он говорит, тут новая таможня появилась, можно через Кимгим, быстрее будет. Там, правда, снова на Землю, через Вейсбаден, зато потом во Франкфурт — и оттуда очень удобный путь в Антик...

Я посмотрел на девушку с каким-то новым чувством. Конечно, в наше время не редкость услышать фразу: «Слетали на выходные в Крым» или «Смотались на уик-энд в Турцию». Да и туристы, выбирающие затейливые маршруты «Прилетаем во Францию, потому что визу получить нетрудно, арендуем машину, едем в Италию и там оттягиваемся», — вполне обычный средний класс. Об автостопщиках, с сотней евро в кармане путешествующих в Португалию и обратно, вообще говорить нечего.

Но вот так... в один мир на концерт через два других, чтобы время сэкономить, — это сильно.

— Концерт-то хороший был? — спросил я.

— Мы не добрались. Жаль. Это группа «Край», барабаны и флейты, очень красиво... — Настя вдруг смутилась. — Вы ведь не слышали?

— Ладно, не будем отвлекаться, — сказал я. А сам подумал о всех тех бесчисленных группах, которые иногда слышишь в гостях или находишь в интернете. Группах со странной этнической музыкой, о которых нет никакой информации — только записи или файлы да свой узкий круг поклонников, живущий сплетнями и мифами. Сколько таких групп на самом деле не принадлежит нашему миру? Сколько записей пришло из Кимгима, Антика или другого обитаемого мира, чтобы раствориться в океане земной музыки? — Вы решили идти через мою таможню. Что означала твоя записка?

— Она не моя.

— Настя, я видел, как ты ее бросила.

— Да, бросила. Миша меня попросил.

— Что?

Настя вздохнула:

— Миша. Меня. Попросил. Говорит — давай пошутим над таможенником. Он совсем еще мальчик, ничего толком не понимает. Подбросим ему записку, таможенник отправится за нами, найдет гостиницу, старуха ему все расскажет. Мы там однажды ночевали...

Она замолчала, глядя на меня честными-пречестными голубыми глазищами. Я покачал головой и сказал:

— Да, у тебя было время подготовиться... Настя, я таможенник.

Настя развела руками:

— И что?

— Я ложь чувствую. Давай без глупых выдумок. Зачем ты заманивала меня в гостиницу?

— Мы ничего плохого не хотели...

— Ну да. Поэтому толпа молодых идиотов пытала старуху и гостиничную прислугу. Даже ребенка. А потом напали на меня... — Я сделал паузу, и Настя не преминула ее заполнить:

— Иллан жива?

— Девушка? Бывший доктор-функционал? — Иногда я соображаю довольно быстро. — Вопросы задавать будешь потом. Сейчас твоя очередь отвечать.

— Почему это? — вдруг заупрямилась Настя.

— Может быть, потому, что я функционал? — Я взял
со стола ложку и аккуратно завязал ее в узел. Пальцы за-
болели, но узелок получился неплохой.

— Тоже мне Шерлок Холмс, — фыркнула Настя.

— Тогда, может быть, ты ответишь из благодарнос-
ти? — спросил я. — За то, что сидишь здесь и пьешь
чай, а не пускаешь слюни в восхитительной компании
торчков.

Она покраснела.

— Спасибо... я действительно...

— Рассказывай, — велел я.

Настя колебалась. Потом тряхнула головой — «была
не была». И выпалила:

— Я подпольщица.

— И давно?

— Пять лет.

— Ого! — Я удивился. Похоже, она говорила правду. —
Ходила в кружок «Юный подпольщик»?

— Я спасла Иллан. Она рассорилась со своими... в
общем, ушла в наш мир. За ней гнались. Я ей помогла
спрятаться... и она мне все рассказала.

— А ты ведь не случайно познакомилась с хорошим
человеком Мишей, — медленно сказал я. — По заданию
подполья.

— Вас не касается! — опять вскинулась Настя.

— Хорошо, хорошо... — успокоительно сказал я. —
Как скажешь. Расскажи тогда мне, злому функционалу,
против чего вы, отважные и добрые девочки, сражаетесь?

— Зря иронизируете, — сказала Настя. — У нас и пар-
ни, и девушки. И я... я вас не считаю злым. Мне очень
жаль, что на вас напали... что все так повернулось. — Она
вдруг улыбнулась и неожиданно добавила: — Вы очень
симпатичный.

Я растерялся. И буркнул:

— Куда мне до Миши... Слушай, давай на «ты». Я тебя не намного старше.

— Тем более после того, что вчера было... — Настя улыбнулась. Ее растерянность прошла. Наверное, после того, как она заметила, что нравится мне.

Вот так всегда! Стоит только девушке понять, что она симпатична парню, и сразу начинается кокетство и самомнение.

— К моему большому сожалению, — вздохнул я, — ничего не было. Кроме холодного душа. Ну что, мы на «ты»?

— Как хочешь.

— Настя, я функционал всего три дня. Я, конечно, многого не понимаю. И меня никто не спрашивал, хочу я им стать или нет. Но я пока не вижу ни одной причины, из-за которой симпатичной молодой девушке надо с функционалами воевать.

— Мы воюем против власти функционалов.

— Тум-тум! — Я перегнулся через стол и постучал Насте по голове. Она так растерялась, что даже не отпрянула. — Есть кто дома? Нет никого... Какая еще власть?

— Во всех мирах вы поддерживаете контакты с местной элитой и работаете на нее! — выпалила Настя. — Пользуетесь благами, недоступными обычным людям. Имеете тайную полицию. Скрываете правду о возможности путешествий между мирами.

Я пожал плечами:

— Чудовищные преступления, что и говорить. И в чем преступность общения с местной элитой? Разве функционалы принимают законы? Давят на правительства?

— Не знаю, — честно сказала Настя. — Но вы срослись с властью...

— Все в мире срослись с властью. Поэты восхваляют правителей, бизнесмены лоббируют удобные законы. Мы-то здесь при чем? У нас своя жизнь. Мы вынуждены подчиняться местным властям, а не они — нам. Прислуживаем, да.

— Вот именно! Служите власти, а не народу!

— А как ты себе представляешь прислуживание функционалов народу? Один функционал приходится на сотню тысяч человек. Может доктор-функционал принять в день... ну, хотя бы тысячу больных? Или я — пропустить сквозь башню на пляж десять тысяч желающих позагорать?

— Почему бы и нет? — с вызовом сказала Настя. — Открыл двери — и пусть идут...

Я секунду подумал. И покачал головой:

— Нет, не выйдет. Я обязан лично поговорить с каждым. Проверить, нет ли у него контрабанды. В любом случае на каждого человека уйдет не меньше минуты.

— С чего ты взял?

— Чувствую, — ответил я. — Ну... это просто знание в чистом виде. Настя, я не могу открыть все двери в башне нараспашку. Так не бывает. Не сработает. Человек должен войти. Я закрываю за ним дверь. Общаюсь. Выпускаю в другой мир. Никакой функционал не сможет прислуживать всем желающим. Вот как не могут все сесть в самолет и слетать на выходные к морю — не хватит самолетов, топлива, аэропортов. Так и у меня есть свои возможности. А мастер-парикмахер, к примеру? Говорят, такие восхитительные прически делает... люди глаз не могут оторвать. Но тоже — двоим, троим, пятерым в день...

Кажется, я Настю убедил.

— Хочешь сказать, что вы — вроде предметов роскоши? — ехидно спросила она.

— Ну, не предметов... Представь себе певца. У него чудесный голос. Все хотят его услышать. Но он может дать один концерт в день. Что же, певец виноват, что не угодит всем? Или врач, который делает уникальные операции, и тысячи больных...

— Ладно. — Настя поморщилась. — Но почему вы прислуживаете только власти?

— Почему же власти? — ответил я вопросом. — Тут ко мне сатирик заходил. Певец один... с друзьями. Твой приятель — бизнесмен. Все, кто добивается успеха, рано или поздно о нас узнают и становятся нашими клиентами. Так, поехали дальше. Ты говоришь, что мы пользуемся своими способностями для себя?

Настя молчала.

— Ты такую поговорку слышала: «сапожник без сапог»? Странно было бы, если бы друг друга не лечили, не кормили, не помогали отдыхать, не защищали, в конце концов! Не бывает такого, Настя! Не бывает на свете голодных поваров и бездомных хозяев гостиниц! Что еще? Тайная полиция?

Настя кивнула.

— А кто нас защитит? Что же мне, в милицию бежать, если что-то случилось? Когда твои друзья напали на старушку и невинных людей, ей помогающих в гостинице? Вы нас обвиняете в чем-то, а сами-то какие методы используете?

— Я не знала, что так произойдет! — воскликнула Настя. — Мы хотели захватить несколько функционалов. Тебя, поскольку ты совсем неопытный и еще не все двери открыл, и Феликса, потому что он в Кимгиме за главного!

Она осеклась, сообразив, что сболтнула лишнего. Но я не стал пока привязываться к словам. Спросил:

— Последний пункт. Ты говоришь, мы скрываем правду о существовании параллельных миров. Допустим.

А что произойдет, если мы эту правду откроем? Представь, сколько авантюристов кинется захватывать новые миры... и не только те, где нет людей, в первую очередь им захочется захватить миры населенные... Если мы расскажем про другие миры, но не откроем прохода, — нас начнут ненавидеть. Мы, конечно, покрепче людей, но против армии вряд ли выстоим. У нас-то никаких армий нет. Подгонят танки и...

— Башню вроде твоей можно уничтожить только ядерным взрывом.

— Не думаю, что это кого-то остановит, — сказал я мрачно. — Настя, пойми, наша малочисленность вынуждает нас скрываться. Мы не в силах облагодетельствовать весь мир... все миры. Но по мере возможностей мы помогаем людям, способствуем прогрессу...

— Ты заговорил как функционал.

— Я и есть функционал. Хорошо, если я не прав, то скажи — в чем?

— Иллан бы все объяснила.

— Ты сама даже не знаешь, зачем против нас борешься, — укоризненно сказал я.

— Потому что ты... ты как-то все совсем иначе объясняешь! — Настя явно была расстроена. — Те же самые вещи, только когда ты про них говоришь — все вроде бы и нормально.

— А ты сама думай, своей головой, — с удовольствием сказал я. — Тоже мне... герой подполья, радистка Кэт... Зачем я вам понадобился?

— Ты новичок... и у тебя не все двери были открыты. Иллан говорила, что нам нужна Земля-один. Это ключевой мир.

— А она существует?

— Конечно! — Настя глянула на меня с укоризной. — Наша Земля — вторая. Иллан считает, что функционалы пришли с Земли-один.

— Я наш, местный.

— Ну да. Но первые функционалы пришли с Земли-один. И они держат свой мир закрытым от всех.

— Кто — они?

— Мы не знаем. Их, наверное, не очень много.

— Теория заговора, — сказал я с чувством. — Понимаешь? Когда все на свете объясняют чьими-то интригами. Масоны, инопланетяне, тайное мировое правительство.

— Последнее подходит.

— Да нет ничего подобного! — Я махнул рукой и встал. — Всем нужна моя несчастная башня. Политик мечтает заглянуть в будущее. Вы ищете Землю-один, которой не существует.

— Кто тебе сказал?

— Феликс.

Настя надулась и промолчала. Но я уже завелся:

— Вот что я тебе скажу, дорогая гостья, — иди-ка ты домой. Учи уроки. Порадуй маму и папу хорошим поведением. В парикмахерскую сходи, прихорошись для дяди Миши, он любит симпатичных девочек... Кстати, а где он?

Я вдруг сообразил, что до сих пор не выяснил, как Настя оказалась в Нирване.

— Не знаю. Мы вышли в Антике, и тут к нам подошли... двое местных. Полицейский и кто-то еще.

— Функционалы?

— Да. Они узнали откуда-то, что я связана с подпольем. Стали меня расспрашивать. Я молчала. Потом сказала, что мне надо в туалет, и попыталась убежать. Ну... меня догнали. Не знаю, что сделали, только я очнулась уже там, в деревне. Я знала, что это такое. Нам рассказывали про Нирвану. Только... я все знала, а встать и уйти не могла.

— А твой друг?

Она промолчала.

— Понятно. — Я кивнул. — Впрочем, не стоит его винить.

— Он бы меня обязательно спас! Что ж ему было, кидаться на полицейского? Он бы добрался до Нирваны, только позже!

Настя вся напряглась, глаза у нее заблестели — она явно приготовилась к спору. И я не стал перечить.

— Да, пожалуй, это разумно, — согласился я. — Ладно. Очень приятно было познакомиться, Настя. Рад, что ты себя хорошо чувствуешь. Пиши письма, шли телеграммы. Будешь проходить мимо — проходи.

Настя резко встала:

— И тебе спасибо, таможня. Прислужничай дальше, у тебя здорово получается! Хозяева будут довольны!

Она встала и гордо двинулась к лестнице.

— Меня Кирилл зовут, — сказал я вслед. — Ты так и поедешь — в футболке на голое тело?

Настя остановилась как вкопанная. Красиво уити не получилось.

— Пошли...

Я отдал ей свои старые джинсы. Сидели они на ней мешком, но, проколов в ремне новую дырку, их удалось закрепить на поясе. А вот кроссовки пришлись почти впору, всего на размер или два больше — у Насти оказались крупные ступни.

— Ты живешь где?

— На Преображенской.

— Держи.

Я протянул ей две сотни — на такси хватит. Настя без ложной скромности спрятала их в карман. Потом на ее лице отразилось недоумение — она порылась в кармане и достала мой не слишком свежий носовой платок. С отвращением бросила на пол и вытерла руку о штанину.

Я сделал вид, что не заметил этого. Глянул в окно — дождя в Москве не было. Холодно, но солнечно. Что ж, помёрзнет чуток. **Куртку я отдавать не собирался.**

— Таможня, а куда...

— Кирилл.

— Кирилл, а куда ты открыл новое окно?

Действительно. А ведь проход должен был открыться!

— Тебя это уже не касается, — сказал я. — Извини, но твои прогулки по измерениям закончились. Всего доброго.

Настя молча спустилась вниз. Я отпер дверь, выпуская ее в Москву. Вопросительно посмотрел в глаза. Интересно, молча уйдет, пытаясь держать марку?

— Спасибо, — с явной неохотой сказала Настя. — За одежду... ну и... вообще. Несмотря на наши идеологические разногласия, ты ведешь себя очень достойно. Как мужчина.

А вот теперь она развернулась и, надменно вскинув голову, двинулась к дороге. Удивительно, но даже в моих старых тряпках она выглядела симпатично.

Вздохнув, я закрыл дверь. Откуда она таких выражений поднабралась? «Несмотря на идеологические разногласия...» Может, ходит в кружок «Юный либерал»?

— Девушка красивая в кустах лежит нагой, — печально сказал я. — Другой бы изнасиловал. А я лишь пнул ногой...

Интересно, у всех функционалов так плохо с личной жизнью? Потому и флиртуют друг с другом? Хотя нет, Феликс говорил, что у него семья, дети...

Ладно. Не хватало мне еще заводить романчик с юной · авантюристкой. Вон вся Москва вокруг!

А также еще четыре мира... один из которых я еще не видел.

Но как ни сильно было искушение, первым делом я поднялся по лестнице, проверить, не открылся ли мне новый этаж.

Этаж открылся. Не очень большая круглая комната с одним-единственным окошком — в Москву. По стенам, от пола до потолка, книжные шкафы из темного полированного дерева. Пустые. Еще был столик, перед ним уютное глубокое кресло. И камин, конечно же, не разожженный, но вроде как настоящий.

Странное ощущение вызывают пустые книжные шкафы. Тягостно-печальное. Словно входишь куда-то и обнаруживаешь горки снятой одежды, обувь, мелкие вещи — а людей нет, куда-то исчезли.

Ну ничего. Заполнить библиотеку я сумею.

Несколько минут я постоял, глядя на шкафы. Представил, как уютно тут будет сесть однажды холодным зимним вечером, разжечь огонь в камине, открыть книжку и, поглядывая на гнусную слякотную Москву, что-нибудь неторопливо читать. И еще — курить трубку. Обязательно трубку. А на столике пусть стоит стакан горячего чая с лимоном. Может быть, еще бокал с капелькой хорошего старого коньяка, чтобы даже не пить, а вдыхать аромат между глотками чая и снова углубляться в книгу...

Я вздохнул — и не с сожалением о недосягаемой мечте, а с предвкушением того момента, когда мечта станет явью. Так будет. Обязательно. Я же функционал. Я прирожденный таможенник...

Но все-таки почему я стал именно таможенником? Почему я не мастер торговли, у которого есть магазин, забитый компьютерами, телевизорами и прочей техникой? В этом была бы какая-то последовательность...

Пожав плечами, я спустился на второй этаж. Если начинать до всего докапываться, то и впрямь можно напридумывать мировых заговоров. А я не хочу! Ну их всех к черту! Политиков, подпольщиков, полицаев. Вот откроется последняя дверь в безжизненный мир — буду только рад. Пусть там, к примеру, Луна когда-то упала на Землю и вокруг башни кипят лавовые озера и извергаются вулканы. Или какая-нибудь страшная вспышка на Солнце уничтожила всю жизнь — и башня стоит в барханах скрипучего песка, над которыми дует азотный ветер. А еще неплохо, если там Земля не вращается. Да мало ли какие катаклизмы могли сделать целую планету невозможной для жизни и никому не нужной! Разведу руками перед политиком Димой, пошлю подальше Иллан с Настей и заживу в свое удовольствие.

С этой мыслью я и снял болты с последнего окна.

В первую секунду мне показалось, что башня стоит в лесу. Ветви деревьев качались перед самым окном. Какая-то нахальная мелкая пичуга уставилась на меня сквозь стекло — надо же, значит, животные башню видят. Здесь было зелено, солнечно, здесь царило лето — обычное живое лето, не яркая будто книжка-раскраска Нирвана, не тропическое великолепие — заурядное московское лето, спокойное и сдержанное.

А потом сквозь деревья я увидел шпиль Останкинской башни.

Все-таки обитаемый мир. Один из «пятерки»? Земля-четыре, пять или шесть? Или все-таки вожделенный Аркан, мир, где все как у нас, только чуть позже?

Или все-таки мифическая Земля-один? Да, загляни Настя в окно, ее пришлось бы насильно из башни выталкивать...

Придется проверять.

Словно пытаясь оттянуть этот момент, я обошел все остальные окна. Больше всего меня интересовала Земля-семнадцать — вдруг Котя одумался и вернулся? Сам или с беглянкой, не важно.

Но берег был пустынен, только поблескивала в лучах солнца пустая пивная бутылка. Неудобно. Надо там все убрать.

Только займусь я этим позже. Как я себя ни уговаривал, но мне было безумно интересно, какой выигрыш выпал на последний лотерейный билет.

18

Есть свое очарование в безрассудности. Выйти из дома за хлебом и уехать в другой город; утром познакомиться с девушкой, а вечером расписаться; обязательно открыть дверь в темную комнату, откуда слышны подозрительные звуки; забраться в вольер к бегемоту и похлопать его по толстой попе; поехать в Таиланд и заняться сексом без презерватива; принять предложение таинственного незнакомца и расписаться кровью на чистом листе бумаги, в общем и целом — кинуться очертя голову навстречу приключениям очень заманчиво.

Особенно если тебе лет двадцать и ты еще ни разу в настоящее приключение не попадал.

Настоящее приключение требует безрассудства. О, скольких увлекательных приключений недосчиталось бы человечество, задайся люди целью вначале немного подумать и подготовиться! Полярные экспедиции не хранили бы керосин в запаянных оловом канистрах и не полагались на пони в качестве транспорта, изобретатели крыльев прыгали вначале с сарая, а уж потом с Эйфелевой башни, абоненты электронной почты не открывали файлы с надписью «nice game!» и не помогали нигерийским принцам получить наследство в два миллиарда долларов. В общем, не случилось бы множества событий: забавных, печальных, но чаще — трагических.

Потому что настоящее приключение требует жертв.

Еще месяц назад я бы немедленно вышел из башни в новый мир. И меня не смутили бы погода, аборигены и абсолютное незнание местных реалий.

Но я изменился. С тех пор, как остался один на один с целым миром, я стал вначале думать. Не очень долго, но все-таки думать.

Я вышел из башни в «свою» Москву, поймал машину и поехал в супермаркет. Толстая пачка денег требовала шиковать. Очень удачно попал на распродажу летних вещей и купил в магазине «Кэмел трофи» то ли длинные шорты, то ли короткие брюки, рубашку-поло, ветровку с капюшоном и отстегивающимися рукавами («одним движением превращается...»), кепку и удобные сандалии. Пояснил, что отправляюсь на юг, после чего в любопытных взглядах продавцов появилась печаль людей, только что отгулявших отпуск.

Вернувшись к себе, я пристроил на поясе подаренный Василисой кинжал. Вряд ли мне потребуется оружие. Да я и сам теперь пострашнее пистолета! Но безлюдная зелень за окном, сквозь которую нахально торчал шпиль телебашни, в сочетании с тропическим облачением взывала к соответствующему антуражу: мачете, пробковый шлем, ружье для слонов. Кинжал стал доступным и достойным компромиссом. В качестве запаса пищи я прихватил плитку шоколада и фляжку коньяка. С водой проблемы тут вряд ли могли возникнуть. Лекарства мне, похоже, стали не нужны в принципе. Уж если мой организм за ночь сращивает ребра, мгновенно нейтрализует психоделики и не страдает похмельем, то понос или насморк мне не страшны.

Потом я взял подаренную Феликсом распечатку и пролистал ее, особо внимательно изучая миры, где существует человеческая цивилизация.

И только после этого спустился вниз и вышел... ну, наверное, учитывая Останкинскую башню, можно было пока называть этот мир Москва-2.

Почему-то первым моим впечатлением стала росистая трава. Ноги сразу промокли, но это было приятное, откуда-то из детства, из беготни босиком на даче пришедшее ощущение. Было тепло, но не жарко. Воздух чистый, сладкий, совсем не городской. Птичий щебет звенел в ушах — не вороний грай, не воробьиный галдеж, а пение каких-то пичуг, которым я и названия-то не знал.

Но все-таки местность была не такой безжизненной, как мне вначале показалось. Среди деревьев вилась тропинка — очень аккуратная, обозначенная на поворотах приметными камнями. Она поднималась на холмик, огибала мою башню и снова исчезала в лесу. Все-таки это не лес, скорее — большой лесопарк. Вот и снялся вопрос, куда идти. Двинусь по тропинке... в направлении телебашни.

Моя собственная башня, кстати, в этом мире тоже преобразилась. Стала кирпичной, от земли метра на полтора облицованной коричневой плиткой. Где-то на уровне третьего этажа шла еще одна полоска плиток, на этот раз с барельефами. Я немного отошел от башни, чтобы рассмотреть их получше, и двинулся по кругу.

Больше всего барельефы напоминали советскую пропагандистскую скульптуру сталинских времен. На каждом был изображен человек, со счастливым выражением лица занятый каким-то общественно полезным делом. Рабочий что-то точил на станке, крестьянин держал на вытянутых руках сноп колосьев, женщина-врач выслушивала фонендоскопом больного, футболист пинал мяч, старичок писал на доске формулы (присмотревшись, я даже разглядел сакраментальное $E=Mc^2$). Даже дети на одном из барельефов были заняты не пусканием самолетиков, а чисткой клеток с кроликами.

Если исходить из того, что в каждом мире внешний вид башни как-то соотносится с окружающей обстановкой, то картина складывалась любопытная. Может, это не Аркан с его «плюс тридцать пять лет»? Может, это неведомый раньше мир, где время отстает лет на пятьдесят?

Поживем — увидим.

Я двинулся по тропинке. Путь шел слегка под уклон, идти по мягкой земле было приятно и удобно. А еще радовало, что никаких неуместных восторгов я на этот раз не испытывал. Обычное удовольствие от прогулки по лесу в хорошую погоду.

Эх, если бы в моей Москве было такое лето и такие живые, незамусоренные парки!

Я прошагал, наверное, с четверть часа и полтора километра, когда услышал впереди веселые голоса. Вот и долгожданный контакт с аборигенами.

Чуть замедлив шаг и придав лицу как можно более невинное и расслабленное выражение, я вслушался. Сквозь деревья пока никого не было видно — то ли звук так хорошо разносился в воздухе, то ли я и слышать стал лучше.

Это была песня. Нет, точнее будет сказать — песенка. Славная песенка, которую не слишком ладно, но от души напевали звонкие детские голоса:

> Я хотел бы полететь на самолете
> И увидеть прекрасный город Москву
> Ведь только так я смогу помахать рукой
> Сразу всем своим друзьям
> Всем своим друзьям
> Всем своим друзьям

Я хотел бы поплыть на пароходе
И увидеть прекрасный город Москву
Ведь только так я смогу разглядеть лица
Сразу всех своих друзей
Всех своих друзей
Всех своих друзей
Я хотел бы пойти пешком
И увидеть прекрасный город Москву
Ведь только так я смогу пожать руки
Сразу всем своим друзьям
Всем своим друзьям
Всем своим друзьям!

Конечно, песни бывают разные, а уж песенки — тем более. К очередному юбилею столицы поэты-песенники на деньги мэрии и не такого насочиняют. Но тут было сразу две странности.

Во-первых, пели совершенно искренне. От души. С чувством. Так, пожалуй, распевали пионеры в старых детских фильмах, собираясь на сбор металлолома.

Во-вторых, и это уже ни в какие ворота не лезло, пес-ня-то была складная! Рифмованная! Я это четко слышал, хотя слова никак не укладывались в размер и никакой рифмы не имели.

Только увидев певунов (песня как раз закончилась и начался бодрый разноголосый галдеж, очень органично сплетающийся с птичьим щебетом), я понял, в чем тут фокус.

Пели не по-русски. Способности функционала по-зволяли мне понимать чужой язык как родной, но вот поэтического перевода не обеспечивали.

А что пели не на русском... так трудно было бы ожи-дать иного от десятка чернокожих мальчишек и девчо-нок. Им было, пожалуй, от семи до двенадцати лет, маль-чишки — в шортах, девочки в шортах и маечках, все босиком — у нас так беззаботно без обуви даже в деревне не походишь, быстро найдешь ржавые гвозди и битые бутылки. Кое-кто чуть светлее, кое-кто черный до фиолетовости, но все дети, бесспорно, были чистокровными неграми.

Детей сопровождала молодая девушка, тоже чернокожая, с пухлыми, навыкат, губами, но одетая в легкое ситцевое платье в цветочек, которое ожидаешь увидеть на девушке из глухого русского села. В руках у девушки был букет цветов — очень официальный, четыре алые розы в целлофане.

Я так и встал как вкопанный.

Это что еще за мир? Заселенная неграми Россия? О, какая неожиданная и радикальная национальная идея!

Девушка увидела меня и дружелюбно помахала рукой. После чего воскликнула:

— Дети! Раз-два-три!

Дети перестали галдеть и носиться кругами. Это был какой-то очень хитрый способ передвижения, девушка шла по тропинке, а дети носились вокруг, будто обезумевшие планеты, норовящие сойти с орбиты, но при этом все-таки продвигались примерно в одном направлении. Но теперь они сбились в более-менее неподвижную кучку и, белозубо улыбаясь, разноголосо завопили:

— Травствуйте!

— Здравствуйте!

— Здрасте!

— Срацтвуйте!

И даже:

— Расте!

Самая маленькая девочка не в лад, но зато более чисто пискнула:

— Привет!

Я выдавил немного натужную улыбку и воскликнул:

— Привет! Здравствуйте!

Видимо, ритуал знакомства был исполнен, и дети тут же разлетелись в разные стороны. Девушка осталась стоять, видимо, дожидаясь меня. Я подошел ближе.

— Здравствуйте! — на чистом русском, хотя и с акцентом, произнесла негритянка. — Мы вам не мешаем? Своим гвалтом?

— Нет, нет, ничего, — запротестовал я. — Дети! Как могут дети мешать, очень люблю детей!

— Ох, это не дети, это ироды. — Девушка картинно утерла со лба несуществующий пот и засмеялась. — Маша. Марианна Сейласи.

— Кирилл.

— Они с Берега Слоновой Кости, — чуть приглушив голос, сказала Марианна. — Неделя как приехали.

— А! — Я сообразил, что, по мнению девушки, должен был что-то понять. — Ясно. Ну как им Москва?

— В восторге, конечно. Мы сейчас с ними пели песенку про Москву. Вы знаете французский?

— Так это французский был? — удивился я. — Ну... чуть-чуть понимаю, да. «Всем своим друзьям, всем своим друзьям!» Хорошая песня.

Марианна кивнула. Покосилась на подопечных.

— Нам пора. До свидания, Кирилл! Дети, раз-два-три!

— Тосвидань!

— Досведанья!

— До свидания!

— Дозьвидьянья!

И только самая маленькая девочка опять выделилась, четко сказала:

— Пока!

Я решил, что эта девочка если и не самая способная к языкам, то явно самая сообразительная. Процессия удалилась в сторону моей башни, а я все еще стоял, с любопытством глядя вслед.

Туристы? С Берега Слоновой Кости? Да уж...

Беженцы? Вот это более вероятно.

Только что это за Россия и Москва, где принимают беженцев из самых задрипанных африканских стран?

Все интереснее и интереснее.

В задумчивости я двинулся дальше. Попадись мне теперь навстречу компания из старых японцев или беременных полинезиек, я бы уже не удивился. Но больше встреч не было. Зато тропинка из натоптанной превратилась в утрамбованную, потом — в вымощенную камнем, а еще метров через сто — в асфальтированную дорожку. Вдоль нее то тут, то там стояли фонари на невысоких столбиках. Грубоватые, чугунные, но с чистыми и целыми стеклами.

Да уж. Это не моя Москва.

А потом я вышел к дороге — ровной, двурядной, бетонной полосе. От парка ее отгораживала невысокая, по пояс, изгородь из металлической сетки, похоже, чтобы зверюшки не попадали под машины. С другой стороны шли рядком бетонные столбики вроде тех, что устраивают на горных дорогах. Для людей в изгороди была калитка на щеколде, за которой пешеходная «зебра» вела через дорогу к маленькой, чистенькой асфальтированной площадке: зеленые деревянные скамеечки, массивные каменные урны, парапет с вертящейся на подставке смотровой трубой. Нормальная обзорная площадка. Я такие видел. Только не в России.

Как завороженный я открыл калитку, вышел, аккуратно закрыл дверцу за собой, перешел через дорогу (машин не было, хотя откуда-то издалека доносился удаляющийся гул).

Сразу за площадкой был обрыв. И — Москва.

Что это за место? Воробьевы горы? Да нет, не похоже... скорее... я сориентировался по шпилю Останкинской башни и четкому силуэту Кремля. Провалиться мне на этом самом месте, сверзиться с холма (а ничего так себе холмик!) в текущую метрах в двадцати внизу речушку — я стою ровно там, где стоял бы, проделав этот путь в нашем мире! То есть в районе станции метро «Алексеевская».

Несуразица!

Ну, что разброса между географическим положением моей башни в двух мирах нет, так это ничего. Видимо, случается.

Страннее другое. Москва здесь местами все-таки похожа на мою Москву. Но при этом рельеф местности кардинально отличается. Скажете, чему удивляться, если кое-где и воздух для дыхания негоден, и луны на небе нет? А вот тому и удивляться! Как мог на совершенно другой местности вырости почти такой же город? Воткнуть в центр Москвы здоровенные холмы — и при этом получить Кремль и Останкинскую башню, такие же и н тех же местах?

Не могло такого быть! С какого перепугу Дмитрий Донской велел бы строить Кремль, главную крепость княжества, под такими холмами, фактически — под горой? Вот тут бы, где я стою, и возвел, на страх всему татаро-монгольскому игу.

Да и Хрущев не только на кукурузу и совмещенные санузлы за рубежом польстился. Во всем мире помпезные телевышки ставят на холмах, если уж те случились в столице.

Нет, странно это...

Бросив гадать, я подошел к смотровой трубе. Интересно, это какой тип? Бывают такие, где блокируется движение, пока не бросишь монетку. Смотри себе в одну точку, пока не надоест... А есть и более суровые, там сама подзорная труба перекрывается изнутри заслонкой.

Эта труба оказалась совершенно бесплатной. В ней даже щели для монетки не было предусмотрено. Я приник к окуляру и стал жадно обозревать город.

Кремль. Вроде бы совершенно обычный. Так... что там у нас на башнях... ну-ка, ну-ка... Звезды. Красные, рубиновые. Что ж, начинает вырисовываться рабочая гипотеза... Я поискал государственный флаг — и гипотеза была стерта.

Бело-сине-красный. «БеСиК», как запоминают цвета полос ленивые школьники. Никаких красных полотнищ с серпами и молотами.

Даже жаль! Я уж было решил, что оказался в какой-то коммунистической утопии, выжившей вопреки всей исторической логике.

Так, смотрим дальше. Манежная площадь... это что же, она у нас вся зелененькая, с цветниками и зонтиками летних кафе, и это в самом центре города? Так-так... Где у нас... ну, допустим, памятник Петру Первому, бывший при рождении памятником Колумбу? Я поводил трубой по Москва-реке и ничего ужасного не обнаружил. А где «Шашлык»? Я нашел Тишинскую площадь. И даже на мгновение оторвался от окуляра, чтобы посмотреть в небо и с чувством сказать:

— Спасибо тебе, Господи!

Эта Москва явно начинала мне нравиться!

Мой взгляд жадно бегал по знакомым с детства московским улицам. Вот Большой театр. Все в порядке. Вот ЦУМ, тоже... Нет, не тоже! Верхний этаж — все сплошное стекло, что-то вроде ресторана с обзорной площадкой. Василий Блаженный на месте. А это что за церковь? Явно старая. Но в моем мире на месте этой церкви какое-то уродливое министерство...

Нет, так я далеко не уйду. Я перестал искать какие-то знаковые здания, а стал разглядывать центральные улицы.

Вскоре выявились основные отличия. Больше старых зданий: и церквей, и дворцов, и просто старинных домов в центре. Но немало и того, что принято называть сталинской архитектурой. Новостройки если и есть, то вписаны в общий ансамбль. При этом окраины в общем-то не сильно изменились. Полным-полно спальных районов с простенькими панельными домами... разве что зелени побольше и с дорогами получше, всюду какие-то крошечные парки и неожиданные развязки, не то чтобы нью-йоркского размаха, но солидные. Машин много, пробок меньше. Очень часто попадаются бульвары и пешеходные улочки. В общем, на воплощение коммунистической мечты не тянет, но в целом очень симпатично.

Вздохнув, я отпустил трубу. Достал сигареты, закурил.

Как-то нескладно. Что мы все-таки будем делать с холмом? Город, который я видел, словно бы игнорировал вздыбившийся почти в центре холм... вздыбившийся?

Я снова приник к окуляру. И стал изучать окрестности холма.

Да, так оно и было. Холм, на котором я стоял, был словно выдвинут из земли чудовищной силой. Выдвинут, вырван, выброшен вверх. И относительно недавно — город залечил раны, оборванные улицы либо изогнулись, обходя преграду, либо закончились в явно непредусмотренных архитектором местах. Даже было заметно, что какие-то здания вблизи холма отреставрированы, а другие слишком новые, построенные уже после катаклизма. На месте руин? Вероятно, да.

А речушка, протекающая под холмом? Яуза? Нет, расстояние не то. Видимо, в моем мире этой реки нет совсем.

— Землетрясение, — сказал я. — Наверное.

В том-то и дело, что «наверное». Не слыхал я про землетрясения такой силы, чтобы поднять из земли такой огромный участок, опоясать его оврагом, пустить новую реку по периметру.

Может быть, градостроители тренировались? Готовились к переносу сибирских рек на юг, вот и соорудили в центре Москвы парк. Тоже гипотеза ничуть не хуже других.

Все, дальше гадать непродуктивно. Надо спускаться с холма, очевидно — по дороге. Идти в город и там уже выяснять, куда я попал и что здесь происходит.

Но топать с холма пешком мне не пришлось. С шоссе донеслось натужное гудение мотора. Через минуту к площадке из-за деревьев, скрывающих поворот, выкатил автобус. Короткий, двухдверный, при этом с высоким салоном и огромным, на всю кабину водителя, так что было видно даже его ноги на педалях, лобовым стеклом! Модель совершенно незнакомая, но в целом дизайн автобуса «зализанный», старомодный... и какой-то русский. Не знаю, почему я так решил. Но как отличаешь обычно стиль французских автомобилей от немецких, японских от американских — так и здесь было что-то, беззвучно сигналящее: «Я свой, местный, здесь сделан». Кстати, из всех наших машин такое ощущение «своего» у меня вызывали разве что «Нива» и «Победа».

Автобус плавно остановился напротив площадки. Открылись двери, вышли с десяток человек. На этот раз негров не было, все русские или по крайней мере европейцы. Каждый словно считал своим долгом вежливо мне улыбнуться, а старичок с тростью и в костюме слегка прикоснулся к светлой соломенной шляпе.

Шляпа меня доконала. Не принято в Москве носить соломенные шляпы. Даже в жару. Даже старичкам, если они еще не впали в маразм.

Еще у всех были в руках букетики. У некоторых розы, у других гвоздики и тюльпаны. И все букетики — из четного количества цветов. Куда же они направляются? Что там, на вершине холма, куда я не удосужился подняться? Кладбище? Мемориал? Усыпальница местного вождя?

Автобус очень негромко, вежливо прогудел. Водитель из-за своего стекла помахал мне рукой: «Едешь?»

Оставив сомнения, я быстро поднялся в автобус. Салон был абсолютно пуст. Видимо, все ехали до этой площадки... чтобы потом, через лес, пойти куда-то с цветами.

Я прошел по салону. Опять же все как-то немного старомодно, не характерно для мира, который на тридцать пять лет нас опережает, но при этом все уютно и хорошо — потертая, но чистая и нигде не прорванная или порезанная обивка кресел из коричневого кожзаменителя, пузатые плафоны на потолке, ярко сверкающие медные таблички: «Места для детей», «Места для инвалидов», «Места для дам в положении», «Места для уставших». Табличка про дам в положении окончательно убедила меня, что дело не в победе коммунизма на одной шестой части света. А вот табличка про места для уставших — снова заставила сомневаться.

Черт возьми, что это за мир? В тетрадке, которую я бегло пролистал перед выходом, среди пяти обитаемых миров ничего подобного не было. Земля-два — моя Земля, Земля-три — там расположен Кимгим и тысячи других городов-государств, там нет нефти и развитие техники заторможено. Земля-четыре — Антик, очень странный мир (как будто есть не странные), вот уже тысячи лет застывший на античном уровне развития — зато выработавший уровень античности до предела, до блистательного уровня, до гениальных в своей простоте механизмов, странных общественных взаимоотношений (рабство разрешено, но у рабов есть законное право на восстание, которое можно реализовать два раза в году — бунтовщикам будет выдано оружие и дана возможность начать бунт, у власти — останется возможность защищаться). Земля-восемь — жесткая теократия, какая-то извращенная, слегка болезненная версия христианства, развитые биотехнологии при подчеркнутом игнорировании электричества, власти знают про функционалов и пытаются их выслеживать. Земля-пять — мир в целом дружелюбный и симпатичный, по развитию даже опережающий Кимгим и близкий к выходу в космос, но с одной-единственной особенностью, превратившей социальный строй в хитрый ребус — сексуальное влечение у местных возникает лишь раз в году, весной, как у животных.

Так на что же я напоролся? На Аркан? Или на Землю-первую?

Я остановился у кабины водителя — со стороны пассажиров ее отделяла невысокая стеклянная перегородочка, над которой виднелась коротко стриженная голова. Водитель на меня не оглядывался, внимательно следил за дорогой. Кстати, ехали мы не вниз. Ехали мы спирально вверх по холму, медленно его огибая, — сейчас мы были где-то в районе Садового... проехали бы мимо Склифа...

На стекле, отгораживающем кабину, как я и рассчитывал, оказалось несколько табличек. Одна — медная, завода-изготовителя. Из нее следовало, что я еду в автобусе марки «ЩАЗ», выпущенном на Щукинском автомобильном заводе в 1968 году. Ничего себе, такая древность — а поддерживают в хорошем состоянии! Еще из двух листков, закрепленных в пластиковых держателях, я прочитал правила пользования автобусом (почти ничего необычного, кроме немного витиеватого тона и первой фразы: «Дорогие пассажиры! В автобусах Москвы считается хорошим тоном по возможности оплачивать свой проезд...», и рассмотрел карту-схему движения «Маршрут Памятный». Москва на ней, к сожалению, была представлена лишь фрагментом. Но теперь я знал, что нахожусь на холме подозрительно ровных очертаний — словно воткнули в землю гигантский циркуль и прочертили, пробороздили в земле половинку круга диаметром в четыре километра. Моя башня стояла совсем рядом с той точкой, где крепился бы этот циркуль. Привычные в целом московские улицы изгибались вокруг холма — будто в сетку из мягкой проволоки уронили тяжелое ядро, порвавшее и искривившее все вокруг себя. Холм был весь заштрихован зеленым и подписан «Холм Памяти».

Тут что-то произошло. Совсем недавно... я повнимательнее глянул на проносящиеся слева от автобуса деревья. Максимум полвека назад произошел катаклизм, после которого этот холм засадили деревьями и создали парк. В память жертв? Похоже.

Автобус тем временем миновал еще две обзорные площадки, на которых никого не оказалось. Водитель каждый раз поглядывал на меня, но я качал головой. Дорога, судя по карте, должна была свернуть в лес — и привести меня обратно, почти к самой башне. Там, на основании полукруга, находилась конечная точка маршрута. И, видимо, еще одна обзорная площадка, ориентированная куда-то в сторону Преображенской площади.

Все так и получилось. Автобус свернул, некоторое время мчался по дороге через парк (ветви деревьев почти смыкались над головой). Навстречу нам проехал еще один точно такой же автобус, набитый битком. Водители просигналили друг другу.

А потом автобус выскочил на обзорную площадку — большую, не чета первой, выложенную каменными плитами. Тут были и навесы от солнца, и автостоянка (два автобуса, десяток легковушек), и ресторанчик со столиками внутри и на улице, и небольшая деревянная часовенка — легкая, светлая, с сияющим позолотой крестом. И высокая стела красного гранита на самом краю обрыва рядом с кирпичными руинами какого-то маленького здания. На черной плите перед стелой пестрым красочным ворохом лежали цветы.

— Приехали, — глуша мотор, сказал водитель. — Стоянка полчаса. Если спешите — вон тот, синенький, скоро поедет.

Он улыбнулся белозубой улыбкой здорового, никогда не курившего, регулярно чистящего зубы и посещающего стоматолога человека. Мой ровесник, кажется чуть простоватым, но симпатичным человеком. На руке обручальное кольцо, за круглый циферблат спидометра заткнуто маленькое цветное фото женщины с ребенком на руках.

— Спасибо, — от души поблагодарил я. — Я тут... побуду некоторое время.

Выйдя из автобуса, я тут же двинулся к монументу... а точнее — к кирпичным руинам. Что-то они мне напоминали.

Что-то до боли знакомое.

19

Страх бывает разный. Не верьте тем, кто говорит, что страшнее всего — неведомая, непонятная, таящаяся невесть где опасность. Страшнее всего вещи зримые и грубые — холодная сталь клинка у горла, бесконечная тьма внутри пистолетного ствола, тяжелый запах навалившегося зверя, врывающаяся в горло соленая вода, отозвавшийся хрустом на шаг дощатый мостик через пропасть.

И только потом будет место для слов «я не люблю тебя» и «надо оперировать», для чего-то сопящего и ворочающегося в темноте, для кладбища в грозовую ночь, для первого прыжка с парашютом, для угроз «мы тебя еще найдем, да?».

Настоящий страх рельефен, четок и задействует тебя полностью. Ты его видишь, слышишь, обоняешь и осязаешь. Ты можешь его попробовать на вкус.

Пистолетный ствол пахнет порохом и имеет вкус железа. Треснувшая доска воняет гнилью. Натянувшаяся от страха кожа на горле шуршит, когда ее касается лезвие. Страху нужны все твои органы чувств до единого. Если у тебя есть шестое чувство — страх и его возьмет в оборот.

Так что мне еще повезло. Я стоял у монумента и смотрел на руины — до боли знакомые руины башенки. Точно такой же, как моя, прячущаяся среди деревьев метрах в ста. Даже кусочек барельефа сохранился — кролик в клетке и тянущаяся к нему детская рука. Кирпичные стены обуглены и будто оплавлены, ни одного острого угла словно кусочек рафинада, на мгновение опущенный в кипяток.

Это была уничтоженная функция.

Я медленно перевел взгляд на стелу, на гору цветов, на черный мрамор плиты и бронзовую доску с надписью:

«Памяти Московского метеорита, упавшего на Землю 17 мая 1919 года. Вечная благодарность москвичей ученым-астрономам и лично тов. Кулику, заметившим приближение небесного тела и вовремя предупредившим горожан об опасности! Вечная память товарищам, погибшим при катаклизме!»

Чуть ниже, почему-то уже не на доске, а просто на мраморе, была еще одна надпись: отдельными бронзовыми буквами:

«ПРИ ПАДЕНИИ МОСКОВСКОГО МЕТЕОРИТА ПОГИБЛО ТРИСТА ЧЕТЫРНАДЦАТЬ МОСКВИЧЕЙ».

Нет, конечно, число немаленькое. Но по всем понятиям она должна была быть в десятки, если не в сотни раз выше. Даже учитывая, что в девятнадцатом году это место и Москвой-то считалось весьма условно... так, дальняя окраина города. Молодец товарищ Кулик и его коллеги. Надо же, в девятнадцатом году заметить приближение метеора, вычислить точку падения, предупредить людей и уговорить их эвакуироваться... Неужели этого события было достаточно, чтобы история пошла другим путем? Чтобы Советская Россия развилась во что-то вполне цивилизованное, дружелюбное, человеческое? Почему же тогда наш метеор мимо пролетел?

— Да, — задумчиво сказали за спиной. — Пятьдесят два года прошло... не шутка.

Я кивнул, предпочитая не вступать в разговор. Но через мгновение до меня дошло.

— Сколько вы сказали? — спросил я, оборачиваясь.

За мной стоял дедок — тот самый, из автобуса, с тростью и в соломенной шляпе.

— Пятьдесят два года назад, — повторил он.

Так, понятно. Это не Аркан, увы... Это его антипод. Мир, где время отстает от нашего. Я открыл новый населенный мир.

Ура? Ура! И тут меня скрутил приступ подозрительности:

— Вы дошли сюда раньше меня? Через лес, пешком?

— Так мы же напрямки. — Старичок улыбнулся. — Пока вы кругаля в автобусе-то давали... а мы напрямки, через лес, тропочками... Я каждый месяц сюда езжу, все пути знаю. Двадцать минут — и тут.

— Каждый месяц? У вас кто-то погиб здесь?

— Господь миловал. — Старик перекрестился. — Но как все это было — помню прекрасно. Да... помню. Присядем, может быть?

Он вытянул руку с тростью, указывая на столики кафе. Странное дело, пальцем ткнуть — было бы невежливо. А тростью указать — чуть ли не изысканный жест. Может, это еще с обезьян пошло? «Не тычь пальцем, ты же предок человека и освоил орудия труда! Возьми палку!»

— Да... Но... — Я заколебался. В транспорте-то у них проезд условно бесплатный...

— Не при деньгах, молодой человек? — Старик улыбнулся. — Позвольте угостить вас кружкой пива.

Пить после прогулки и впрямь хотелось.

— Мне не совсем удобно, — промямлил я.

— Пойдемте, юноша, пойдемте. — Старик пристукнул тростью по камням. — Я вовсе не старый извраще-

нец, норовящий познакомиться с мальчиком. И не алкоголик, травящий байки за выпивку. Ну!

Я смирился. В стариковской настойчивости было
что-то одновременно комичное и трогательное. Конечно, за извращенца или алкоголика я его не принимал. А
вот за любителя поговорить, рассказать о самом главном
приключении в жизни...

Мы уселись под бежевым зонтиком, на ткани которого был напечатан странно знакомый очертаниями ло-
готип: «Квас-Спас». Столик был основательный, алюминиевый, а вот стулья легкие, пластиковые, но с заботли-
во постеленными подушечками из яркой синтетической
ткани. Подошел официант — совсем молодой парнишка.
Чернокожий.

— Здравствуйте, Кир Саныч, — сказал он старику,
улыбаясь. Не менее широко и дружелюбно он улыбнулся
мне: — Здравствуйте.

— Добрый день, — сказал я. Парень вызывал не-
вольную симпатию, сразу хотелось что-нибудь у него
заказать.

— Здравствуй, Роман. — Старик снял шляпу, аккуратно пристроил ее на свободном стуле. Трость почему-
то прислонил к столу, хотя естественно было бы пове-
сить ее на спинку стула. — Нам, пожалуйста, по кружке
пива. «Московского черного». Нет, пожалуй, юноше —
«Яузского золотого», ему жарко. И к пиву как положено.
Да, твоя матушка пирожки пекла?

— Уже ставит в духовку. — Негр Роман прямо-таки
расцвел в улыбке.

— Матушке от меня привет, а нам — пирожки, — решил старик. Когда официант отошел, повернулся ко мне
и заговорщицки произнес: — В это трудно поверить, но
лучшие в Москве пирожки с капустой печет его мать.
Которая капусту увидела, только в Союз приехав!

Значит, все-таки Союз...

— Удивительно, — сказал я, имея в виду вовсе не кулинарные таланты чернокожей иммигрантки.

— Давайте знакомиться, — продолжал старик. — Кирилл Александрович.

— Кирилл. Кирилл Данилович.

— Тезка! Очень приятно.

Летняя стойка с пивными кранами и высокими разноцветными стеклянными конусами — неужели сироп для газировки? — стояла перед входом в ресторанчик. Официант быстро вернулся с двумя кружками пива. Неуловимым движением обронил перед нами на столик картонные кружочки, следом опустил запотевшие кружки с пивом. Старику — чернейший портер с густой шапкой пены. Мне — золотистое, светлое, но без той нездоровой бледности, что отмечает всякие мексиканские и южноамериканские сорта.

Пиво оказалось хорошим. Прохладным, легким, без кислого привкуса.

Следом за пивом были принесены орешки нескольких сортов, тарелка с сырной нарезкой, мелкая копченая рыбешка.

— Пирожки скоро будут. — Роман приложил палец к белому берету, будто шутливо отдал честь, и удалился.

— Так вот, — отхлебывая пиво, сказал старик. — Было это в мае... слухи-то по Москве с первого числа ходили, но мало кто им верил. Сами знаете, какое это время было. Тревожно, голодно... Но восьмого мая все-таки стали людей эвакуировать. Объясняли, что упадет огромный метеорит. Народ, конечно, не шел. Не верили. За дома боялись, за скарб... — Он задумчиво посмотрел на памятник. — Там написано, что триста четырнадцать человек погибли. Врут! Это только те, кто отказные листы подписал: мол, предупреждены, эвакуироваться отказываемся. Их и засчитали. Еще, полагаю, столько же не нашли, не предупредили. Кто двери не открывал, кто прятался, ничего хорошего от властей не ждал. Да и ворья с дураками набежало... сквозь оцепление всегда просочиться можно. Квартиры грабили, веселились. Всю ночь тут костры горели, пьяные вопли были слышны, визги женские... Я в оцеплении стоял. Ох, ругались красноармейцы... мат стеной стоял. А утром ударило.

— Вы видели, как упал метеорит? — спросил я.

— Нет, конечно. Что вы, Кирилл! Был удар. Страшный удар, Спасская башня у Кремля накренилась... Земля будто море волнами ходила. Свет — ослепительный, ярче тысяч солнц. Грохот — кто от страха вопить не начал, тому барабанные перепонки порвало. Потом говорили, будто видели кто огненный шар, с неба валящийся, кто дымный след... Нет, ерунда все это. Удар, свет, грохот. Все отсюда, вот именно с этой точки, и шло. Телеграфные аппараты на пятьдесят верст вокруг погорели...

Я кивнул. Покосился на руины башни.

— Да, тут мемориал и построили, — кивнул старик. — Все было выжжено, в прах превратилось. А она — устояла. Чудеса, правда?

— Угу... — Я поднес кружку с пивом к губам, но так и замер.

Страшный удар. Земля ходит волнами. Ослепительный свет. Грохот. Электромагнитный импульс.

— Телеграфные аппараты сгорели?

— Ну да. Говорят, будто и на кораблях в Балтике радио отказало. Может, и брешут, конечно.

Я отставил кружку. Покачал головой.

— Кирилл Александрович, это не метеорит был.

— Конечно, — легко согласился старик. — Какой, к чертям собачьим, метеорит? Какой еще расчет траектории в девятнадцатом году? Термоядерный взрыв!

— Но в девятнадцатом году...

— Это здесь был девятнадцатый. А на нашей с вами Земле — пятьдесят четвертый. Тоцкие учения. С самолета сбросили сорокакилотонный ядерный заряд, но это было лишь прикрытием. Термоядерный заряд был нетранспортабельным, его собрали прямо у стен башни. — Старик кивнул в сторону обгорелых руин. — Здоровенная бандура. Тут я и понял, что пора делать ноги... А башня не выдержала. Стену смело, на миллисекунду между мирами открылся прямой проход. Весь удар туда... то есть сюда, всосало. Земля дыбом встала. Уникальный эксперимент по изменению рельефа вышел. Еще, наверное, Земле-двенадцать досталось. Но ее не жалко. Что этих пауков-то жалеть? — Старик захихикал. — Мне пауки никогда не нравились, а волосатые и здоровенные — тем более.

— Вы — тот самый таможенник, что открыл дверь в Аркан? — воскликнул я.

— Совершенно верно, молодой человек. Егоров Кирилл Александрович, бывший мастер-таможенник, бывший сотрудник госбезопасности СССР, бывший майор, бывший Герой Советского Союза. Приговорен к смертной казни за отказ провести в Аркан отряд специального назначения для ликвидации антисоветского мятежа.

— Но в Аркане время опережает наше на тридцать пять лет! Я думал... проход уничтожили, потому что узнали про развал Советского Союза, а тамо... а вы отказались закрыть сюда проход...

— Это так всем мозги запудрили? Чушь, коллега! На Земле-один время отстает. Проход уничтожили, когда

Каплан пристрелила товарища Ульянова, коммунисты запаниковали, и к власти в Советской России пришло коалиционное правительство. Сталин требовал ввести в Аркан войска и ликвидировать «мятеж». Я отказался пропустить отряд. Усатого то ли кондрашка хватила, то ли кто-то из наших ликвидировал... но власть так и не успокоилась. В итоге меня сдали. Друзья-функционалы и сдали. Но я долго держался, башня практически неуничтожима. — Старик гордо улыбнулся.

— Дмитрий... один политик... он хотел узнать, как здесь живут люди... понимаете, воспользоваться Арканом как образцом для сравнения, как полигоном! Выяснить, что правильно, а что нет, принимать правильные решения...

— Кирилл, мальчик... — Старик посмотрел на меня с жалостью. — Твой политик опоздал. Полигон — наша с тобой Земля.

Меня словно током пробило. Одна за другой кусочки головоломки стали складываться в картину.

И она мне не понравилась.

Аркан. Земля-один.

Аркан и есть Земля-один.

— Все остальные обитаемые миры... тоже?

Кирилл Александрович кивнул. Глотнул пива. Сказал:

— Конечно. Моделирование работоспособных социальных моделей здесь на уровне. Тот же Антик, к примеру. Бывали?

Я покачал головой. Уточнять, что функционал я без году неделя, не хотелось.

— Ну так вот, он развивался нормально. Там эпоха Ренессанса началась, когда возникла свежая мысль: счастье человеческое — в простоте общественных отношений и технических устройств. И мир был аккуратненько опущен — назад, в античность. Довольно любопытный итог. Но все-таки не образец для подражания. Оставили для контроля. — Он вздохнул, посмотрел на часы. — Еще пива?

— Нет, спасибо.

— А я повторю с вашего позволения. — Старик махнул рукой официанту.

— Как вы меня узнали? — спросил я. — Вы же... или вы все еще функционал? Я не почувствовал.

— Самую чуточку, — просто ответил старик. — Я ведь связь с башней до конца не разорвал. Если бы ее разрушило полностью — умер бы, наверное. А уж способностей бы точно лишился! Но вот кусочек стены устоял, повезло. Так что я своих чую. Еще кое-что по малости осталось... языки чужие худо-бедно понимаю, с долголетием швах, зато никаких болезней.

Я посмотрел на тросточку.

— Это для понта. — Кирилл Александрович улыбнулся. — Да и нехорошо старичку слишком бойко прыгать. Трость — она сразу уважение вызывает, солидности придает... Так вот башню твою я почувствовал. Как только ты проход к нам открыл — сразу. Я всегда знал, что если кто-то вновь в Аркан пробьется, то снова на этом же месте. Здесь до сих пор барьер между мирами слабый. Термоядерный заряд — это не шутка, Кирилл. Ох не шутка.

— Здесь же радиация, наверное... — пробормотал я. — А все сидят спокойно...

— Нет радиации. Не бойся. Почему так случилось, я не знаю, но радиация не прошла.

Роман принес пиво. Сказал:

— Все, Кир Саныч, пирожки уже достали. Только остынут чуток.

Кирилл Александрович кивнул. Сказал мне:

— Ты задавай вопросы. Не стесняйся.

— Кирилл Александрович, функционалы вышли отсюда?

— Почему вышли? Они здесь живут. В других мирах бывают наскоками. Ну, местных привести к функции. — Он улыбнулся. — Поглядеть, как дела идут. Наблюдатели, разведчики... как хочешь, так и называй. Меня сразу вычислили, кстати. Но долгое время не контактировали, наблюдали, как я себя поведу. А мне тут понравилось. Тут ведь даже революция иначе произошла, Кирилл! Почти бескровно. Гражданской войны не было. Наша-то Земля давно использовалась для сравнения, поэтому местную революцию контролировали. Долгое время пытались Ульянова цивилизовать, даже рассказали ему кое-что, фильмы показали — что на нашей Земле творилось. Но у вождя от таких откровений совсем крышу снесло. Решил рассказать рабочим про функционалов, начать красный террор против угнетателей. Тогда его и устранили. Привязали к неудачному покушению в нашем мире, чтобы уж как-то сохранить историческую преемственность. Шлепнули. И стали переводить страну на другие рельсы... нет, от удачных идей не отказывались, отнюдь... Когда я не согласился провести сюда бойцов — это уж я потом понял, конечно, как бы их тут радушно приняли... В общем, этим я себя зарекомендовал. А когда кинулся про бомбу рассказывать... была у меня опаска, что заряд вдует в этот мир... Тут уж на меня и вышли.

— Перевербовали, — уточнил я.

— Ну... как сказать. — Кирилл Александрович поморщился. — Все мы функционалы, верно? И в гэбэ кто я был? Функционал. Человек при корочке и пистолете, с особыми возможностями и положенными по статусу благами. И таможенником стал — ничего не изменилось. Все, все мы функционалы, Кирилл. Если этот мир — лучше? Если он избавлен от прорвы ошибок и крови, если здесь Второй мировой войны не было совсем, если люди сыты и не озлоблены, если на Луне три поселка человеческих — так что же, я должен был за кремлевских вождей голову класть? Или за функционалов из вторичных миров, которые в своих болотцах плещутся?

— Но ведь та Земля — она наша родина!

— Кирилл... — Бывший таможенник с Тоцкого полигона вздохнул. — Здесь та же самая родина. Только правильная. Избавленная от ошибок. Набело написанная.

— Ну да, после таких тренировок... Революция без крови, коллективизация без голода, никаких репрессий... верно? И войны не было, и города на Луне? — Я невольно повысил голос. — А у нас Великая Отечественная столько народа сожрала, до сих пор спорят — двадцать миллионов или сорок! Черновик, да?

— Я сам воевал, Кирилл, — строго сказал старик. — Всю войну прошел.

— В СМЕРШе? — с неожиданной для самого себя досадой спросил я.

Некоторое время мы раздраженно смотрели друг на друга. Потом старик вздохнул:

— Брось ты кипятиться, мальчик. Так уж случилось, что этот мир — первичный. Потому и наблюдают за другими мирами отсюда. Кстати, человеческих миров знают не пять, а более двадцати! Не валяй дурака, тезка. Раз уж случилось чудо, раз ты сумел сюда проход открыть — значит есть в тебе хорошие задатки. И твое место тоже здесь!

— Это бесчестно, — сказал я.

— По отношению к кому? Обычный человек с Земли-два назвал бы твои возможности бесчестными! Тебя же это не смущало? Тебе ведь понравилось быть функционалом, верно? Нет, ты мне в глаза посмотри, тезка!

Понравилось? — с какими-то блудливыми интонациями воскликнул старик.

Я смолчал. И в глаза смотреть не стал.

— Не думай, кстати, что у нас повсюду молочные реки с кисельными берегами, — сбавляя тон, сказал Кирилл Александрович. — Думаешь, почему так много негров вокруг? Это из наших африканских протекторатов беженцы. Всем миром помогаем. Рабства в Америке не было, предоставили Африке самой развиваться. Тоже ничего хорошего не вышло — войны, свары, расизм. Теперь отрабатываем модель постепенного вывоза и ассимиляции части африканского населения. Вывозим детей, полностью разрываем связи с социокультурной средой, воспитываем в нашем духе. Детские дома не годятся, только русские приемные семьи. Вот официант наш с семи лет в Москве. Помню, как он тут пацаненком бегал, тарелки собирал... все никак не могли отучить остатки подъедать. Родители от голода померли в Эфиопии, сам был скелетик ходячий...

Чувство опасности — резкое и тревожное — пронзило меня. Я поднял взгляд на старика. Глаза Кирилла Александровича сузились — он тоже понял свой прокол.

— Как же мама, которая капусты никогда не видела? — спросил я. — А, товарищ майор? Как там пирожки, уже позиции заняли?

— Заняли, — сухо сказал бывший майор и бывший таможенник. — Кирилл, не валяй дурака. Мне позволили держать проход открытым в качестве эксперимента. Больше этого не повторится.

— Неужели взорвете посреди Москвы термоядерный заряд?

— Изолировать твою башню можно и более простыми методами. Ну а с тобой... с тобой разберутся.

— А если я откажусь? Встану и уйду?

— Тебе не позволят, — просто ответил старик. Потянул руку к шляпе, будто собрался надеть ее.

— Не советую, мастер. Настоятельно не советую, — сказал я. — Ничего не трогайте, не вставайте, не машите руками. Не подзывайте Романа. Улыбайтесь.

— Пиво можно пить? — спросил старик, помедлив.

— Пить — можно.

Он медленно выпил пива. Уверен, мозги у него сейчас работали на полную катушку. У меня — тоже.

Если я прав... а я чувствую, что прав, то вокруг меня уже собралось и смыкается кольцо облавы. Вряд ли это те, кто был здесь до меня. А вот недавно подъехал автобус с туристами... я скосил глаза. Да, что-то среди них явный избыток молодых коротко стриженных ребят, беленьких и черненьких вперемежку. И несколько девиц тоже страдают излишней рельефностью бицепсов и плавностью движений. Еще — странновато они одеты для лета. У всех либо пиджаки через руку переброшены, либо плащи. У некоторых спортивные сумки свисают с плеч...

— Тут нет функционалов, — сказал я с облегчением. — Только спецназ. Не успели, да?

— Опомнись, мальчик, — раздраженно сказал старик. — Когда пулеметные очереди превратят тебя в фарш, никакие способности функционала не спасут!

Помедлив, я сказал:

— Счастливо оставаться, Кир Саныч.

— Ну, как знаешь, — также не сразу ответил старик.

Я встал с кружкой в руках. Разумнее всего пойти к стойке, будто мне так захотелось пива, что невмочь дожидаться официанта. А уже оттуда, от дверей ресторана, броситься за угол, перебежать дорогу, нырнуть в лес — и к башне...

Кирилл Александрович одним быстрым движением схватил свою трость. И, не вставая, крутанул ее в руке, обрушивая на меня.

Первым моим желанием было поймать, перехватить палку — и стукнуть вздорного старика в ответ! Но я уклонился. Роняя стул, нелепо взмахнув рукой с тяжелой стеклянной кружкой, успел сдвинуться на те сантиметры, что уберегли мой висок от близкого знакомства с тростью.

Трость ударила в столик — и промяла алюминиевую столешницу, будто пластилиновую.

Во мне что-то плеснуло. Прошло по венам горячей волной. Сердце тяжело ударило — и все длило, длило, длило сокращение. Наступила тишина. Воздух стал упругим и шершавым.

Я вырвал трость из рук старика. Она оказалась не просто увесистой — тяжелой. Стальная, залитая свинцом, не иначе. Привет от Ивана Поддубного.

Мир вокруг застыл. Что-то подобное было и в гостинице «Белая Роза», но не в такой, совсем не в такой степени. Официант Рома, глядя на нас, наливал красный сироп в стакан с газировкой, маленькая девочка, ожидавшая лимонад, подпрыгнула от нетерпения и желания заглянуть за прилавок — да так и повисла в воздухе, медленно парашютируя вниз. Двигался только я.

И Кирилл Александрович.

Я попытался огреть его тростью — безжалостно, с той же невозмутимой четкостью, как бил он. Не получилось — старик уклонился и сам перехватил трость у набалдашника. С неожиданным любопытством я заметил, что наши стремительные, вряд ли фиксируемые со стороны движения никак не отражаются на лицах. Мимическая мускулатура оказалась совершенно не затронутой ускорением, охватившим все тело. И лица наши, несмотря на ярость схватки, оставались доброжелательными и спокойными. Так, наверное, должны драться друг с другом роботы...

Несколько мгновений мы боролись, дергая трость через стол, но силы были равны. Его функция, пусть и полуразрушенная, была слишком близко.

Я понял это первым. И отпустил трость за мгновение до того, как и Кир Санычу пришла в голову та же мысль.

Он удержал равновесие, все-таки его реакции намного превосходили человеческие. Но погасить инерцию не смог и смешно побежал назад, держа перед собой на вытянутых руках трость. Очень удачно ему под ноги подвернулся стул, и Кирилл Александрович упал навзничь.

Продолжать драку я не собирался. Развернулся и кинулся к дороге. Пока время еще ускорено, надо этим пользоваться. Я чувствовал, что долго мое фантастическое состояние не продлится.

Спецназовцы начали реагировать. Один за другим летели на землю пиджаки и плащи, обнаруживая маленькие короткоствольные автоматы. Все это происходило очень быстро по человеческим меркам, хотя и до смешного медленно для меня.

Но гораздо больше меня насторожили несколько человек, за оружием не потянувшиеся. Они поднимали руки, прижимали их к шее, морщились будто от короткой, ожидаемой боли. Я как раз пробегал мимо, когда их ладони разжимались, роняя маленькие пластиковые шприцы. И почти тут же уколовшиеся спецназовцы начинали двигаться быстрее.

Это походило не то на кошмарный сон, не то на фильм про нашествие зомби — неповоротливых, неуклюжих, но внезапно почуявших живого человека и начавших ускоряться. Застрочил первый автомат — неспешно, с короткими паузами между выстрелами, «так-так-так». Над левым плечом прошла в небо очередь.

Плохо. Очень плохо. От пуль я не увернусь. Чудеса бывают только в кино, человеческое тело не способно двигаться с такой скоростью, чтобы соперничать с пулями.

Я метнулся в сторону кафе, решив укрыться за зданием и уходить к башне кружным путем.

Но навстречу мне выбежал чернокожий официант Роман. Именно выбежал. В одной руке он держал поднос, на котором стояли две кружки пива, в другой — длинное, расшитое на манер рушника, с цветным кантом по краям, полотенце.

— Ты не оплатил счет! — задорно выкрикнул он.

Он двигался с моей скоростью! Он тоже был функционалом!

Функционал-официант! Что такой должен уметь?

Ну, утихомиривать перебравших гостей, к примеру...

— Прочь! — Я попытался обойти его, но Роман сместился навстречу. Взмахнул рукой, жестом фокусника протянул полотенце в ручки пивных кружек. Поддернул полотенце за середину и закрутил — невиданное оружие, скрученный из полотенца жгут с двумя пивными кружками на концах. В кантик полотенца, видимо, были вшиты какие-то стержни — они встали в ручках враспорку и держали кружки. Хлопья пены и брызги окутали Романа мутной пивной радугой. Раскручивая импровизированное боло, он надвигался на меня.

Твою мать... сзади целятся два десятка автоматных стволов, а впереди переселенец из Эфиопии, готовый орудиями своего труда постоять за новую родину!

Решение было таким неожиданным и нехарактерным, что я сам не сразу осознал, что именно я выкрикнул:

— На кого руку поднял? На белого господина?

Эффект был потрясающий! Никогда, похоже, не сталкивавшийся с расизмом чернокожий паренек Рома остолбенел. Рука у него разжалась, и пивные кружки, вращаясь на полотенце, сорванным вертолетным винтом взмыли вверх. У спецназовцев, работавших сейчас на инстинктах и стимуляторах, реакция была однозначная — они принялись палить по возникшему в небе сверкающему кругу. На нас стала медленно оседать стеклянная пыль, перемешанная с пивными брызгами и рваными тряпочками. Роман так и стоял столбом, ошеломленный моими словами, когда я пробежал мимо и нырнул за угол. Вовремя — автоматы застрочили вновь, зазвенели стекла кафе, зашлепали о штукатурку пули. Идиоты — там же полно людей!

Я бросился к дороге. И обнаружил идущих навстречу детей во главе с Марианной.

Если бы я только что не обложил Романа — я бы не свернул. Продолжил бы бежать, прикрываясь зданием и чернокожими детишками. Станут стрелять вслед — не моя вина.

И если бы эти дети были белыми или хотя бы вперемежку черными, желтыми и белыми, тоже бы не свернул.

Но после выкрикнутого в адрес Романа оскорбления прикрываться толпой негритят я уже не мог. Словно это превращало послужившую оружием брань в жизненную позицию.

Я снова стал забирать влево. Выходя под удар автоматчиков, обрекая себя на лишний крюк по лесу, но оставляя бывших жителей Берега Слоновой Кости вне сектора обстрела.

Зато в этот сектор влез я.

В меня попали, когда я уже нырял под спасительное прикрытие деревьев. Пули щелкали по веткам, сыпались листья и древесная щепа, накатывал какой-то подозрительный и неприятный рев — и в этот миг что-то толкнуло меня в плечо, отозвалось — не болью, а дружеским тычком: «Давай, давай, быстрее беги!»

Я и бежал. В плече начало пульсировать, но я бежал, я все еще был ускорен, расстояние до мемориала все увеличивалось, и пули автоматчиков меня уже не доставали.

Зато в небе над лесом появились два вертолета. У меня не было времени их разглядывать, я заметил лишь серо-зеленую негражданскую расцветку — и по два огненных цветка, распускающихся на подвесках каждого вертолета.

Только бы не ракеты!

Это были скорострельные пулеметы. Не коротко-ствольные дуры, с которыми поперли на меня спецназовцы, а настоящие военные машинки. Где-то передо мной рухнуло деревце, чей ствол перерубили пули. За спиной кто-то стал кричать — то ли со страха, то ли раненный шальной пулей.

Я попытался бежать быстрее, но это уже было не в моих силах. Наверное, мышцы оторвались бы от костей, попытайся организм выполнить приказ.

Вторая пуля перебила мне ногу, когда башня была метрах в десяти. Голень хрустнула и словно взорвалась фонтаном крови. Я взвыл от боли, упал, покатился вниз по склону. Башня рядом. Башня спасет. Ее можно уничтожить только термоядерным взрывом.

Еще две очереди прошли мимо. Вертолеты зависли, молотя в мою сторону нескончаемо длинными очередями. К ним спешил третий, так спешил, что начал стрелять с расстояния километра в два и на удивление удачно — несколько пуль ударили в кирпич над моей головой. Я услышал мягкое шлепанье, с которым плоские свинцовые лепешки отскакивали от кирпичной стены.

Я уже открывал дверь, привстав на коленях и волоча перебитую ногу, когда в меня вошла третья пуля. Куда-то в поясницу, аккуратно посередине спины, дробя позвонки, разрывая кишечник и мочевой пузырь, перемешивая все содержимое малого таза в кисель из крови и дерьма. Боль плеснула по позвоночнику огненной рекой и исчезла, будто где-то внутри меня перегорели, не выдерживая нагрузки, предохранители. И сразу же пропало ускорение — размеренных такт пулеметных очередей слился в стрекот взбесившейся швейной машинки. Ноги онемели. Я ничего не чувствовал — только руки еще едва-едва шевелились.

На руках я и вполз в башню, оставляя за собой кровавый след и куски собственной плоти. Последним усилием толкнул дверь, она мягко закрылась. Надо ли закрывать засов? Или он только для видимости. а башня охраняет проход сама?

Не знаю. И знать не хочу. Мне все равно его не закрыть.

Потому что я умираю.

20

Каждый нормальный человек знает, что болеть — это плохо. Даже банальный грипп — это дурманящая температура, головная боль, резь в глазах, ноющие мышцы, противный кашель.

Но, впрочем, можно посмотреть и с другой стороны. Давайте возьмем для примера именно грипп.

Холодный, противный день между осенью и зимой. На дорогах — каша из грязи, снега и воды. В небе — серая дрянь. На работе — аврал (как вариант: в школе контрольная, а в институте — сопромат). Вы просыпаетесь, с омерзением понимая, что вам предстоит долгий, гадкий, тяжелый день. Встаете, но чувствуете, что вас знобит, нос не дышит, а голова тяжелая. После короткого разговора с женой или мамой вы решаете измерить температуру.

Тридцать семь и пять. Ого! Выше возможных погрешностей. Но по здравому размышлению вы решаете измерить температуру повторно. Тридцать семь и семь!

Все понятно, у вас грипп. Конечно, врачи назовут его ОРВИ, поскольку эпидемия гриппа не объявлена, а не объявлена она по причине финансовой невыгодности для государства. Не важно, лечение все равно одно. Вы с некоторым трудом дозваниваетесь до поликлиники, потом до работы (если ходить на работу вам еще рано, то мама звонит в школу) и сообщаете, невольно приглушая голос и делая его максимально скорбным, что вас свалил грипп. Потом приходит задерганная докторша, не снимая сапог, проходит к вашей разобранной постели, невнимательно выслушивает, смотрит на термометр и задает риторические вопросы. Через час вы, закутавшись в теплый халат и сочувствие домашних, сидите в кресле перед телевизором и смотрите какой-нибудь старый боевик или мультик. Вам регулярно приносят горячий чай с медом, лимоном и вареньем. Спрашивают, какое блюдо соизволит пропихнуть в себя ваш страдающий организм. Нежно трогают лоб холодной ладонью. Бегают в аптеку и приносят аспирин (шипучий или в таблетках?), витамины в радостных цветных коробочках, а заодно еще тягучий, неспешный детектив Рекса Стаута. Вы досматриваете мультики, принимаете лекарства, улыбаетесь жене (или маме) улыбкой умирающего на амбразуре вражеского дота бойца и идете в кровать — читать о ленивом толстом сыщике и его бойком подтянутом помощнике. А за окном мерзость, гадость, сырость, Бог репетирует следующий потоп, мокрые люди гавкают друг на друга и занимаются всякой ерундой.

Какая это хорошая вещь — грипп, если его правильно пережить!

Конечно, если вы уже не на попечении мамы, а женой или подругой не обзавелись, то все не так безоблачно. Но тут уж вы сами виноваты, и нечего ругать несчастные вирусы!

Совсем другое дело, когда вы умираете.

Страшна не боль. Рано или поздно она уходит — либо ее убивают лекарства, либо для нее не остается больше места. Страшно остаться один на один с вечностью, с падением в темную пустоту. Мир то сжимается в точку, имя которой — ты, то взрывается бесконечным пространством, не безжалостным и не злым, но абсолютно равнодушным. Ты никто, и место твое — нигде. Ты можешь верить в Бога, можешь не бояться смерти, смеяться над ней и паясничать. Но когда дыхание вечного ничто касается твоих губ, ты замолкаешь. Смерть тоже не жестока и не страшна. Она лишь открывает двери, за которыми ничего нет.

И ты делаешь этот шаг.

В одиночестве. Всегда в одиночестве.

Я то уплывал в черный океан, то выплывал к берегам реальности. В реальности было хуже. Боль держалась где-то рядом, она не ощущалась, как не ощущается скорость реактивного самолета при взгляде на далекую землю, но подобно далекой земле — тянула к себе. Пол плясал и кружился подо мной, винтовая лестница штопором вкручивалась в начинку башни.

Меня нельзя убить. Никак нельзя. Феликс говорил, что в своей функции я неуязвим. А я уже дома, я уже в башне, я таможенник...

Почему именно таможенник?

Дурацкая мысль перед смертью. Но она стала тем кусочком жизни, за который я судорожно уцепился. Почему именно таможенник? Кто выбрал мне эту судьбу — и зачем?

Я не хочу умирать, не зная ответ. Я не собираюсь никому мстить. Я не могу все исправить и всех победить. Но я хотя бы хочу знать свою судьбу. Я должен выжить.

«Не получится», — шепнула темнота. «Не страдай. Закрой глаза. Скажи себе — «я умираю». Скажи и закрой глаза. Все это не важно. Все это осталось в прошлой жизни. Все это осталось в жизни. Усни».

— Хрен там... — просипел я, глядя на вращающуюся винтом, расплывающуюся лестницу. — Хренушки.

Сердце стучит. Легкие дышат. Мозг не умер.

Я в своей функции. Я при исполнении. Меня так просто не убьешь. Не знаю, как все это работает, но если раны заживают бесследно, то заживет и эта рана.

Кровотечение должно прекратиться. Первое — перестать терять кровь. Все, что уже выплеснулось в брюшную полость... все надо очистить. Кровь и лимфу всосать через слизистые, очистить и запустить в большой круг кровообращения. Ошметки тканей, содержимое кишечника... все это удалить. Позвонки должны восстановиться. Спинной мозг — срастись. Кишечник — восстановить целостность. Мочевой пузырь — вырасти заново. Почки — регенерировать.

Где-то во мне мерзким хихикающим смехом зашелся в истерике умный мальчик Кирилл, папа которого работал врачом. Темнота ему одобрительно кивнула.

Да, я все понимаю. Ткани человеческого тела плохо регенерируют. А с такой скоростью, чтобы опередить разгорающийся во мне сепсис, не регенерирует вообще ничто.

Но я же функционал. Я почти военный. Таможенник должен быть готов вступить в схватку, получить очередь в упор и вернуться на рабочее место.

Значит, я должен справиться.

Потолок закрутился быстрее, в животе нарастал жар — и я позволил себе нырнуть в спасительные темные воды забвения.

В следующий раз я очнулся от жажды.

Бешено колотилось сердце. Тело пылало. В животе пульсировала боль. Отвратительная вонь забивала дыхание.

Но по сравнению с жаждой все это было мелочью.

Пить. Шипящую минералку. Горячий чай с лимоном. Холодный кисленький квас. Нет, это все полумеры... Ртом припасть к трубе, отвернуть холодный кран и глотать прохладную, железом и затхлостью пахнущую воду. Опустить лицо в лужу, глотать стоялую теплую грязную жижу, ногами отпихивая всех конкурирующих братцев Иванушек...

Вода есть на втором этаже. На столе. И на третьем — много воды на кухне, в ванной...

Только жажда могла заставить меня сдвинуться с места. Я лежал ничком, это было уже хорошо Выбросив вперед руки, я попытался подтянуть тело. Не получалось. Запекшаяся кровь присохла к полу. Я снова попробовал потащить себя вперед и непроизвольно попробовал упереться ногами.

Ноги шевельнулись. Даже перебитая нога... я скосил глаза — ниже грязной, перепачканной штанины шорт виднелась розовая кожа, окаймленная корочкой запекшейся крови:

У меня получается!

Вот только мне нужна вода. Я не просто умираю от жажды — вдруг совершенно отчетливо мне стало ясно, что организм нуждается в воде, чтобы восстановиться и вывести из тела продукты распада тканей. Еще час-два без воды — и я умру. Наполовину исцеленный, с закрывшимися ранами и восстановившимися органами. Умру от жажды.

До лестницы я дополз минут за десять. Царапая ногтями пол, упираясь подбородком, слегка отталкиваясь ногами — дополз. Уткнулся макушкой в ступеньку.

И понял, что по лестнице взобраться не смогу. Никак.

Меня охватило отчаяние, подобное отчаянию пловца, тонущему в метре от спасительного пирса. Я несколько раз пытался забросить голову на ступеньку. Бесполезно. Тело сделало все, что могло.

Вода. Она совсем рядом. Два этажа — и полным-полно воды. Но я до нее добраться не могу.

Как известно, если Магомет не в силах дойти до горы, то гора должна прийти к Магомету. В случае с водой это куда проще.

Я посмотрел вверх. Что бы ни представляла собой башня, но внутри нее есть провода, трубы, лестницы. Труба может лопнуть — и вода потечет вниз.

Труба должна лопнуть.

Я не пытался сделать это усилием воли, словно полоумный экстрасенс, демонстрирующий свои несуществующие способности. Я не отдавал мысленных команд — это было бы глупо. Я лежал под лестницей и ждал, когда на третьем этаже лопнут трубы и потоки воды хлынут вниз, радостно стекая по ступенькам. Несколько раз я терял сознание, видимо, на какие-то секунды или минуты.

А потом раздался шум, и по ступенькам заструилась вода.

Конечно же, я не ждал, пока пройдет первая, смывающая грязь с пола вода. Меня бы не смутил даже грязный дворовый пес, задравший лапу на пролет выше, меня бы не смутила подтекающая канистра бензина или плывущие в воде отбросы.

Я прижался щекой к ступеньке и глотал, глотал текущие прямо в рот тонкие струйки. Я пил, пил и пил. Вода омывала мое тело, растекалась по полу. Я глотал воду, впадал в забытье, снова пил. Меня трясло от озноба, внутри меня будто печь пылала — и я пил, заливая этот адский огонь. Один раз меня вырвало, и я сделал перерыв на несколько минут. Несколько раз я обмочился и обделался прямо в одежде и в воде.

Плевать. Организм вышвыривал из себя уничтоженные ткани, и я не собирался ему мешать. Дерьмо лучше бесконечной тишины, что ждала за порогом. А вода все текла и текла, обмывая мое измученное тело и загаженный пол. Жар внутри медленно спадал.

Я разделся прямо так, лежа на полу. Ногой отпихнул от себя грязную одежду. Медленно пополз на четвереньках вверх по лестнице. Меня шатало даже при таком передвижении, но я уже был способен двигаться.

На втором этаже я сделал перерыв и сожрал все, что нашел на столе, — оплывшие кусочки шоколада, засохшую колбасу и сыр. После этого мне уже хватило сил для рывка на третий этаж, в кухню.

Сахар, шоколад, колбаса. Сгущенное молоко! Я вспорол банку подаренным Василисой кинжалом. Надо будет сказать ей спасибо...

Потом я лег прямо у стола на пол и проспал еще несколько часов. В моем организме что-то продолжало срастаться и восстанавливаться, но это уже могло произойти без моего участия.

Это и впрямь трудно — убить функционала.

Я решил, что отныне буду держать на первом этаже, у каждой двери, по большой бутылке с минеральной водой.

Из окна Аркан выглядел как раньше. Только проплешины в листве деревьев, посеченных пулеметными очередями, только свежие белые раны на стволах. Я поморщился, потер живот. Там тоже виднелась белая отметина — пятно незагорелой кожи с раскрытую ладонь размером. Тут была дырка...

Как я ни всматривался, но так и не смог заметить ничего подозрительного. Даже птицы снова пели.

Я поднял руки, положил их на окно. А потом резко развел, будто открывал створки.

У кого-то из таившихся в лесу снайперов нервы не выдержали. Раздался тихий «чмок», будто робкий юноша первый раз в жизни поцеловал девочку. По стеклу медленно сползла свинцовая блямба, из которой торчал стальной стержень. С каким-то отстраненным любопытством я посмотрел на пулю, потом показал невидимому стрелку средний палец. Интересно, тут этот жест в ходу?

В стекло шлепнула еще одна пуля. В ходу.

Я пожал плечами и закрыл ставни. Что ж, в Аркан мне путь заказан. Разве что с боем пробиваться? Под покровом ночи, с прибором ночного видения, обвешавшись оружием... Ерунда. На месте жителей Земли-один я бы первым делом установил у дверей башни мины, желательно — с дистанционным управлением, и посадил несколько человек дежурить у кнопки взрывателя. Впрочем, несколько крупнокалиберных пулеметов, пристрелянных к двери, тоже вполне справятся.

Самое странное, что обо всех этих минах-пулеметах я думал совершенно спокойно. И никаких мыслей о мести тоже не возникало. Что-то во мне изменилось. Я больше не собирался геройствовать и бороться. Единственное, чего мне хотелось, — это держаться от Аркана подальше.

Пуля производит удивительные изменения в голове, даже если она попадает в задницу.

Отправившись в ванную комнату, я набрал полное ведро воды. Отстиранная одежда уже сохла. К счастью, не пришлось чинить трубу — спасительная течь закрылась сама собой. Вооружившись тряпкой, совсем недавно бывшей новенькой рубашкой, я принялся мыть пол на первом этаже. Грязную воду, недолго думая, я выплескивал в Нирвану — слишком уж чистенький мир.

Больше всего на свете я не люблю два вида домашней работы — это мыть полы и гладить одежду. Но если вопрос глажки можно окончательно решить, перейдя на

джинсы и свитера, то от мытья полов избавит лишь дом-
работница. Или жена.

Я как раз вымыл пол в первый раз и стоял с тряпкой в
руках, размышляя, не пройтись ли еще разок, начисто,
когда постучали в дверь. Со стороны Земли-семнадцать,
Заповедника.

С одной стороны, я знал, что там только Котя и Иллан. А вот с другой... что, если функционалы с Земли-
один забросили группу убийц в Заповедник через другую
таможню?

Подойдя к двери, я прислушался. Тихо. Жалко, глазка нет... может, подняться на второй этаж?

— Кто там? — спросил я.

— Враги! — раздраженно отозвался Котя. — Кирилл,
ты чего?

Подумав секунду, я спросил:

— Про что был твой рассказец? Ну, в который ты
вставил записку для памяти?

Некоторое время Котя молчал. Потом грустно
спросил:

— Ну... ты чего... я ж не один.

— Про что был рассказ?

— Про обучение спорту! — гаркнул Котя. — Про уп-
ражнения на гибкость!

Я открыл дверь.

За спиной Коти стояла Иллан. Оба выглядели так,
как и должны выглядеть два горожанина после прове-
денных на дикой природе суток: мятые, грязноватые и
усталые.

Котя сделал мне страшные глаза, словно юноша, чьи
родители предались сентиментальным воспоминаниям
«как же ты вырос, а ведь совсем недавно писался в постель» при впервые приведенной в дом девушке.

— Точно! — сказал я. — Ты для «Спорт-экспресса» статью писал... Ну, проходите.

Котя юркнул в башню. Подозрительно и напряженно глядящая на меня Иллан прошла следом.

— Чистоту наводишь? — спросил Котя, окидывая взглядом свежевымытый пол и тряпку в моей руке. — Ну надо же!

Иллан, как мне показалось, тоже глянула с уважением. Ничто так не радует женщин, как мужчина, занятый уборкой в доме.

— Пришлось, — коротко сказал я. Поддернул трусы — уборкой я занимался полуголым. — Сейчас приду...

— Подожди, — неожиданно сказала Иллан. — Постой...

Она смотрела мне на живот. Потом обошла кругом, словно вокруг новогодней елки. Присела и потрогала голень.

Я терпеливо ждал.

— Из автомата? — спросила Иллан, глядя на меня снизу вверх.

— Пулемет.

— Ты... — Она встала, с подозрением посмотрела мне в глаза. — Это ведь не у нас, да?.. Ты открыл еще одну дверь? Куда?

— Туда.

— Дурак! Дурак, дурак, дурак! — Ее лицо исказилось от обиды. — Мы же все проработали... у нас был план... нам нужен был только выход на Землю-один! А ты поперся... все? Выход под наблюдением?

Я кивнул.

— Скорее всего зальют башню бетоном, — горько сказала Иллан. — Ну и датчики, мины... все по полной программе. Говорят, однажды такое уже делали... Ну почему ты поперся в этот мир? Почему не дождался нас? Считал себя самым крутым?

— Почему ты не подошла к нам, когда мы вышли в Кимгиме? — спросил я. — Почему не рассказала все, что знаешь, — про функционалов, про Землю-один? Зачем этот налет с дубьем и ножами? Считала себя самой крутой?

Котя тревожно переводил взгляд с Иллан на меня и обратно.

— Ты прав. — Иллан вздохнула. — Извини. Претензии... не по адресу. Могу я привести себя в порядок?

— А?

— Ванной комнатой воспользоваться.

— Да, конечно. Наверх.

Иллан на мгновение коснулась руки Коти и двинулась вверх по лестнице. Я посмотрел на блаженное выражение Котиного лица и спросил вполголоса:

— Ну что? Баба или дама?

— Ее зовут Иллан, — коротко ответил Котя.

Я посмотрел на него — и не нашелся, что сказать.

— Вначале у меня тоже был щенячий восторг, — сказала Иллан.

Мы ужинали. Во всяком случае, и в Москве, и в Кимгиме день клонился к закату, так что нашу трапезу стоило назвать ужином. К моему удивлению, Иллан ухитрилась сделать из моих холостяцких запасов почти домашнюю еду — только сгоняла Котю в Москву за картошкой и мороженой курицей. На первое была лапша, на второе — жареная картошка с луком и тушенкой. Конечно, это не могло сравниться с яствами в ресторане у Феликса. Но честное слово, я бы не променял этот ужин на самую роскошную обжираловку.

— Я хотела стать врачом, — рассказывала Иллан. — Ну... мечта была. Я работала сиделкой, зубрила учебники... хотела поступить в медицинскую академию Ангвара... это примерно где ваш Стокгольм, очень престижное место. Там дорого очень, у меня не было таких денег, надо было хорошо сдать экзамены, тогда я получала стипендию и право на бесплатное обучение... — Она помолчала. — Думаю, я бы поступила. Но однажды пришла на работу — а там другая девушка сидит. Меня клиенты не узнают... я решила, что хотят выгнать, не заплатив, оскорбилась... скандал устроила. Потом меня забыли друзья.

— Потом родные, — кивнул я.

— Я сирота, — коротко ответила Иллан. — Отец был биолог, мать он привез с Востока, совсем еще девчонкой... говорил, что пришлось жениться, чтобы не посадили на бамбуковый кол... Он смеялся, на самом деле он очень любил мать. Потом они вместе ездили... в Африку, в Азию... не вернулись из Индии... есть у вас такой остров, да? Нет, Индонезия! Не вернулись. Я росла с бабушкой, но она уже умерла. Никаких родных не осталось.

— Извини, — пробормотал я.

— Мне вначале очень понравилось, — продолжала Иллан. — Нет, я не дурочка, я понимала, что функционалов слишком мало, чтобы открываться людям и жить как хочется. Я решила, что у меня будет своя клиника. Она даже появилась, правда. Не очень большая, но хорошая. Я думала, что стану лечить — и функционалов, хотя это редко требуется, и обычных людей. Ко мне будут приезжать со всего мира. Я, конечно, не смогу всем помочь. Но буду стараться... Потом я задумалась. Знаете, Кирилл, так не бывает... функционалы-акушеры утверждают, что лишь помогают нам родиться... но так не бывает в природе. — Она улыбнулась. — Родам все-таки предшествует зачатие. Должна быть какая-то сила, превращающая нас в функционалов. Должна быть логика — почему именно мы. Должна быть цель...

— Масса вещей совершается без всякой цели, — сказал я. — Вирус гриппа тоже людей случайно поражает.

— Отнюдь. — Иллан усмехнулась. — Вирус выбирает людей со слабым иммунитетом... Я вначале тоже так думала — что у нас предрасположенность. Это как в бульварных книжках — жил себе обычный человек, ничего толком не умел, вдруг бац — и превратился в супергероя. У вас таких книжек много. У нас тоже есть.

— Потому что всем хочется «бац — и супергерой», — сказал я.

— Но так не бывает. — Иллан развела руками. — На самом-то деле ничего даром не дается. Ты накачал мышцы, но перегрузил организм, посадил сердце, потерял то время, которое мог потратить на образование, на чтение книг, на посещение музеев и путешествия. Ты стал великим ученым — но отъел пузо, заработал одышку, геморрой и близорукость. А у нас — все радости сразу. Сильные, умные, почти бессмертные, раны зарастают... Кроме поводка — никаких ограничений.

— Поводок? А... ну да.

— Мне все это не понравилось, — продолжала Иллан. — Я стала спрашивать. Феликса. Цая. Кариту. Они самые авторитетные у нас, в Кимгиме. Ходила в ваш мир, в Антик. Все сравнивала, пыталась найти закономерность. Мне стали намекать, что я занимаюсь глупостями. Что раз я доктор, то должна сидеть в больнице и ждать пациентов. То Цай скандал устроит — его, дескать, в схватке покалечили, а меня на месте не было... Словно его можно покалечить, полицейского...

— И ты что-то поняла? — спросил я. — Нашла закономерность? Кто мы и почему мы такие?

Иллан покачала головой.

— Нет. Не вышло. Ко мне попал... бывший функционал. Часть способностей остается, самая капелька... он меня почувствовал. Он умирал. Цай пытался убить его, но он как-то исхитрился и ушел, он сам был бывшим полицейским. Его звали Петрид, он был из Антика...

Его звали Петрид, и он родился в мире, который функционалы называли Антик. Это был мир застывшей Утопии — утопии Мора и Кампанеллы, той самой, где самый бедный крестьянин имеет не менее трех рабов. И этот мир, способный вызвать истерику у социолога, существовал, развивался — но очень своеобразно, колонизировал Америку и Африку, хотя так и не дотянулся до Австралии, спокойно дремлющей в своем вечном каменном веке.

Он был рабом, позже, приняв участие в удачном восстании, получил права свободного гражданина и стал преуспевающим землевладельцем. В сорок лет он превратился в функционала.

А через пять лет убил таможенника и ушел в Кимгим, разорвав связь со своей функцией. Его преследовали, он был уже изувечен, когда наткнулся на Иллан. И та попыталась его спасти. Иллан умела многое, хотя техника в ее операционной и заставила бы усмехнуться земного хирурга. Она сшила порванную печень, удалила поврежденную селезенку — у бывших функционалов способности к регенерации исчезали начисто. Порой Петрид приходил в сознание и говорил с ней. Он понимал, что умирает, не верил, что его спасут, но все время хихикал и нес какую-то чушь. Про функционалов, которые таскают каштаны из огня, про самый первый мир, про то, что их всех обманули, что он должен был быть императором или поэтом, про несовершенство мира, всех миров, которые изувечены, словно доброе дерево рукой неумелого садовника. Иллан не могла понять, бредит он или действительно что-то знает. Она работала, пытаясь спасти ускользающую жизнь, — и говорила с ним, одновременно и пытаясь что-то выяснить, и удерживая Петрида в сознании.

Потом пришел Цай.

Иллан крикнула ему, чтобы он не мешал. Цай пожал плечами, отшвырнул ее в сторону, принадлежащим Иллан скальпелем перерезал Петриду горло и спокойно удалился. Иллан пыталась помешать, но даже в своей функции она была бессильна против полицейского. Убивать и драться — это было совсем не ее работой.

С этого дня она стала тренироваться. Вопреки вложенным в нее умениям Иллан училась сражаться. Она брала уроки рукопашного боя и каратэ, посещала фехтовальные секции и тиры. Это заметили. Вначале смеялись. Потом стали журить. А в конце потребовали прекратить неподобающее поведение. Подвергли остракизму в воспитательно-познавательных целях, как выразился Феликс.

Кончилось тем, что Цай пришел к ней и стал избивать. Нет, скорее всего он не собирался убивать — всего лишь проводил воспитательную беседу. Но его ждал сюрприз. Иллан была готова к такому повороту событий и заманила полицейского в ловушку. Два выстрела из дробовика в лицо его остановили.

— Я его застала врасплох, — сказала Иллан. — И, наверное, могла убить. Он был ослеплен, глаза вытекли, все лицо превратилось в кровавое месиво. Только перезарядить дробовик и... Но я не смогла. Тогда я была жалостливой дурой. Выстрелила еще по коленям, чтобы не смог догнать. И ушла. Прервала связь со своей функцией. Уехала в город, где — знала совершенно точно — нет функционалов. Стала жить и работать там. Сто километров от Кимгима... мне это казалось надежной защитой. Но я все-таки не собиралась вечно прятаться. Мне повезло, я спасла от смерти парнишку, предводителя местной молодежной банды. Ничего серьезного, хулиганы малолетние. Конечно, рано или поздно они могли бы превратиться в настоящих бандитов. Но я им этого не дала. Рассказала про функционалов. Убедила, что все это правда. Они решили, что бороться с неуязвимыми функционалами — куда веселее, чем бить друг другу физиономии и подворовывать грузы в порту...

— Мне очень жаль, — сказал я. — Но вы мне выбора не оставили.

— Я виновата, — признала Иллан. — Я... я заразилась их методом решения проблем. Мы стали нападать на функционалов. Пытались захватить тех, кто знал правду о первой Земле, о тех, кто управляет функционалами и создает их из обычных людей.

— Как говорил товарищ Ленин товарищу Сталину — экспроприации и бандитизм без знания классовой борьбы нам не помогут, — сказал я.

— А он так говорил? — удивился Котя.

— Ну... что-то подобное, наверное, говорил. Согласно коммунистической мифологии.

Иллан кашлянула. Видимо, ее не интересовали мифы прошлого.

— Расскажи про Землю-один, — попросила она. — На тебя напали? Как это случилось? Почему?

— Земля-один — это Аркан, — сказал я. — Мир, в котором, как считалось, время опережает наше на тридцать пять лет. Только это все неправда...

21

Враги становятся друзьями куда реже, чем друзья — врагами.

Это закон природы. Все на свете стремится от сложного к простому. Живое умирает, скалы рассыпаются в песок, узорчатые снежинки тают и превращаются в капли воды. Огонь за минуты пожирает дерево, которое росло десятки лет. Флакон с кислотой в руках маньяка за три секунды растворяет краски на картине, которой художник отдал половину жизни. Пуля в одну секунду обрывает жизнь мальчишки, которого мать растила девять месяцев и еще восемнадцать лет. Одно-единственное слово не успевает еще отзвучать, превращает старых друзей в заклятых врагов. Астероид, чей путь пересекается с орбитой планеты, губит все живое; вспыхнувшая сверхновой звезда сжигает свои планеты; материя и энергия неумолимо разбегаются в пространстве, превращая живую и цветущую Вселенную в неподвижное ничто.

Распад, разрушение, смерть — это очень простые действия. Только жизнь противится простоте, восстает вопреки законам природы. Не замечая смерти и тлена, растут травы и звери. Забывая о смерти и тлене, живут люди. И вопреки простым и удобным законам природы люди создают свои отношения — куда более сложные, чем все придуманные человеком машины и механизмы. Что такое двигатель внутреннего сгорания по сравнению с огнем человеческой страсти? Какой фотоаппарат запечатлеет восход солнца лучше кисти художника и слов поэта? Разве взрыв ядерной бомбы разрушительнее ярости Чингисхана или безумия Гитлера?

Человеку свойственно противостоять разрушению. Сам смысл человеческого существования состоит в этой вечной, яростной борьбе, которую невозможно выиграть — но в которой нельзя и уступить.

И все-таки это очень трудно — стать другом для бывшего врага. Еще труднее самому считать его другом.

Я рассказал Иллан все, что узнал сам. Начал с политика и его просьбы найти Аркан. Коротко рассказал про выход в Нирвану — вначале Иллан слушала без интереса, заволновалась лишь когда речь зашла о Насте. Но все-таки Земля-один интересовала ее куда больше.

— Как мы и думали, — сказала она, выслушав до конца. — Должны были быть те, кому это выгодно. Всегда есть те, кому выгодно!

У меня было несколько другое мнение: всегда есть только дураки. Но я не стал спорить.

— И что ты собираешься делать, таможенник? — спросила Иллан. — Ты уже думал об этом?

Да, конечно же, я думал...

— Только не открытая война! И не партизанщина... Иллан, мы должны все рассказать другим функционалам. Объяснить, что наши миры — площадка чужих экспериментов.

Иллан поморщилась.

— Да? Чем это поможет?

— Вместе мы способны противостоять функционалам с Земли-один. У нас те же самые возможности.

— Нет, не те же. Они умеют превращать людей в функционалов.

— Разве что это. Но наши миры для них любопытны только как экспериментальные объекты. Тот же Антик, к примеру. Там они экспериментируют с общественным строем, включающим в себя рабство. Верно? Если эта возможность исчезнет, мир будет для них неинтересен. У вас их интересует отсутствие крупных государств...

— Еще им интересен технический прогресс. В Антике он остановлен на уровне механизмов. В Тверди — это где церковь правит — весь упор на биологические исследования.

— Вот! — Я кивнул. — Для этого, по сути, таможня и нужна. Чтобы из мира в мир не перемещали запрещенные технические устройства. Если дать Антику паровые машины и железную дорогу, вашему миру — электронику и двигатели внутреннего сгорания...

— Не дашь, у нас нет нефти.

— Хорошо, пускай только электронику и электродвигатели. Все равно, если нарушить чистоту эксперимента, если миры начнут меняться — они перестанут приносить пользу Земле-один. Им придется оставить нас в покое. Искать другие объекты для изучения.

— Ты уверен, что они их именно ищут? — спросила Иллан. — А вдруг они нас создают?

Я поежился. Помотал головой:

— Уверен. Как можно создать мир без нефти? Вмешаться в геологические процессы миллион лет назад? Не умеют они во времени путешествовать. Да если бы даже и умели — горы им не сдвинуть, атмосферу не изменить. Они ищут, Иллан. Наверное, их таможенники лучше себя контролируют, находят миры по заказу. Или их очень много, потому попадается гораздо больше миров.

Кирилл Александрович проговорился, они знают гораздо больше обитаемых миров, чем мы.

— То есть ты предлагаешь смешать технологии разных миров?

— Нарушить чистоту эксперимента. — Я ухмыльнулся. — Представь, что ты занята химическими опытами. У тебя на спиртовках тихонечко греются и кипят чистые растворы. И вдруг кто-то подходит и понемногу смешивает жидкости из пяти пробирок. А?

— Во-первых, какая-нибудь пробирка может и взорваться, — сказала Иллан. — А во-вторых, химик после этого выльет испорченные растворы и вымоет пробирки.

Наступила тишина.

— Откуда у них такие возможности? — тихо спросил Котя. Он был совершенно подавлен. — Что ж они... ядерную войну у нас развяжут?

Я пожал плечами.

— Почему бы и нет? Откуда мы знаем, насколько они контролируют политиков? Кто-то может и согласиться — развязать войну и получить за это убежище в другом мире, на Земле-один.

Иллан вздохнула. Сказала:

— Ты не думай, Кирилл, что я против твоего плана. В нем что-то есть. Но в одиночку ты ничего не сделаешь. Надо, чтобы большинство функционалов тебя поддержали. Начали войну против Земли-один.

— Думаешь, не начнут?

— А зачем им это, Кирилл? Это ведь в первую очередь потрясение — для всех миров. Кому хочется, чтобы налаженная жизнь рухнула и вокруг все забурлило? Только тем, кому нечего терять. А функционалам есть, что терять. Еще как есть.

— Но это же обидно — быть подопытным кроликом!

Первый раз Иллан взглянула на меня с симпатией:

— Верно. Я тоже так считаю. Но большинство, боюсь, догадываются. И ничего, терпят.

— Хорошо, — кивнул я. — А ты что предлагаешь? У тебя есть план?

Секунду мне казалось, что она что-то скажет. Но Иллан только покачала головой.

— Я пойду к Феликсу, — сказал я.

— Это не поможет. Я же рассказывала...

— Он не знал про Землю-один.

— Уверен?

Я подумал и вынужден был признать, что уверенности у меня нет.

— Вначале я поговорю со всеми другими функционалами, — неуверенно предложил я. — Они меня поддержат, тогда мы пойдем к Феликсу...

— С чего ты взял, что тебя, новичка, поддержат? Феликс — человек авторитетный, уважаемый...

— Ну да, кормит всех вкусно.

— И это тоже. Но если ты начнешь будоражить народ, тебе точно не поверят. А Феликс обидится.

— Тогда я иду к нему.

— Ну и дурак! Что, если он сам с Земли-один? Если он контролирует все в Кимгиме?

Тревожно глядящий на нас Котя встал:

— Стоп! Стоп, стоп! Только не ссорьтесь! У вас же одна цель, помните? Прекратить вмешательство в нашу жизнь...

— Мы не ссоримся. — Иллан сразу сбавила тон. К своему глубочайшему удивлению я понял, что Котино обаяние действует на нее так же хорошо, как на приехавшую из провинции семнадцатилетнюю студентку. — Но ты пойми, Котя...

— Ничего не хочу понимать! Если мы переругаемся, то ничего хорошего от этого не будет! — Котя гордо вскинул голову, блеснув очками. Голос его приобрел прямо-таки менторские интонации: — Прежде всего надо подумать. Взвесить все «за» и «против» каждого решения. Поговорить с функционалами неформально! А уж потом идти на разговоры с Феликсом и устраивать партизанские игрища!

— Согласен, — сказал я с облегчением. Больше всего мне не хотелось, чтобы кто-то обосновал необходимость немедленно начинать военные действия. Мне очень не понравилось умирать.

Иллан неохотно кивнула.

— Кирилл, ты бы отдохнул, — продолжал Котя. — Пришел в себя. Поработай таможенником, в конце-то концов! К тебе небось постоянно в дверь ломятся, а ты по чужим мирам шастаешь!

— Мне надо изучить свое окружение, — парировал я. — Так что это профессиональная необходимость.

— И все равно нам нужно взять какой-то тайм-аут, — сказал Котя. — Прийти в себя. Мы с Иллан собираемся пойти ко мне и несколько дней передохнуть. Обещаешь, что ничего пока не будешь предпринимать?

Я посмотрел на них и сдержал ехидную реплику.

— Обещаю.

К вечеру пошли посетители.

Трое мужчин из Москвы поочередно отправились в Кимгим. Двоих я не знал, один был популярным тележурналистом. Еще одна девица из Москвы отправилась в Заповедник. Разделась догола, искупалась в море, выдула из горла бутылку марочного шампанского и ушла обратно.

Из Кимгима тоже потянулся ручеек посетителей. Пожилая семейная пара прошла в Москву, вежливо поинтересовавшись у меня, какой кинотеатр поблизости я порекомендую. Я порекомендовал «Космос» на ВДНХ. Застенчивый юноша интеллигентного (впрочем, применительно к Кимгиму хотелось сказать «аристократического») вида отправился в Шереметьево-два. Я подумал, что выражение «встретил человека, ну совсем не от мира сего» куда точнее, чем думают произносящие его люди.

Из Нирваны и Аркана, конечно же, никто не шел. Я, впрочем, некоторое время ждал Василису. У меня даже появилось четкое ощущение, что она размышляет: идти или нет. А потом предчувствие ее визита исчезло.

Передумала.

В Москве пошел дождь. В Кимгиме началась метель. Мне представилась моя квартира — пустая и грустная. Московские улицы, по которым спешат домой припоздавшие граждане. Уютные дворики Кимгима и плеск холодных волн, в которых таятся гигантские спруты.

Пойти, что ли, к Феликсу? Нет, ни о чем не говорить, просто покушать и выпить... Нет, нельзя. Не удержусь. Начну разговор.

Впрочем, у меня есть еще один вариант поесть в хорошем месте и в интересной компании... С легким злорадством я достал визитку политика Димы и набрал номер.

— Да! — Как ни странно, он сам взял трубку, и я понял, что удостоился чести узнать номер его личного телефона.

— Это Кирилл, — сказал я. — С таможни.

Пауза. И осторожный вопрос:

— Груз... уже поступил?

— Да, все растаможено, — с удовольствием сказал я, включаясь в игру «товарищ майор, вы слушаете?». — Но там возникли определенные сложности. Хорошо бы встретиться. Если можно, в каком-нибудь ресторане.

— Я пришлю за вами машину, — сказал Дима. — Перезвоню, когда надо будет выходить.

Поднявшись наверх, я выпил рюмку коньяка. Посмотрел на Останкинскую башню, подсвеченную прожекторами в Аркане — совсем как у нас. Постоял у окна в Заповедник, подышал свежим морским воздухом. Надо открывать на ночь именно это окно.

Политик перезвонил даже быстрее, чем я думал.

— Машина у дверей, — сказал он. — Водитель покажет вам мою визитку.

Игры в подпольщиков продолжались. Бедные работники ГБ, не посвященные в тайны функционалов. Будут докапываться, с кем говорил Дима, куда посылал машину. И ничего не смогут выяснить...

Я спустился и вышел из башни. С серьезным лицом проверил визитку, которую мне показал водитель. С легкой завистью посмотрел на компанию молодежи, весело, не обращая внимания на холод и дождь, шедшую куда-то по улице. Пусть даже они сейчас станут пить кислое пиво в дешевом кафе — все равно им веселее, чем мне. Они не знают, что наш мир — всего лишь испытательный полигон.

Куда приятнее играть в шпионов, чем в подпольщиков. Шпион работает в чужой стране, подпольщик в своей, но оккупированной.

Впрочем, у меня не было вариантов.

Для встречи политик выбрал ресторан с кухней несуществующей страны — Тибета. Впрочем, владельцы ресторана явно не были согласны с мнением китайского правителя — в интерьере присутствовали тибетские флаги и прочие атрибуты государственности. Я невольно подумал, что в этом есть некий символический смысл.

Охранник провел меня в маленький кабинет и вышел, плотно притворив двери. Дима уже сидел за столиком.

— Садитесь. — Улыбка у него была напряженной, но дружелюбной. — Угощайтесь. Тут замечательная тибетская кухня. Рекомендую тигровые креветки в кляре. Очень своеобразное вино.

— Тигровые креветки? — Несколько секунд я вспоминал учебник географии. — Оригинально. И виноград тоже на Тибете растят?

Дима пожал плечами:

— Не бывал. Но это смесь виноградного вина и саке. Так что если и растет, то его мало. Кушайте, Кирилл.

Я не стал спорить. Мне хотелось не столько еды, сколько общения, но креветки оказались вкусными — пожалуй, даже Феликс бы их одобрил, а вино... ну, по меньшей мере — оригинальным. Политик тоже принялся за еду, ухитряясь одновременно рассказывать о сегодняшнем заседании Думы, где его фракция боролась против принятия антинародного закона, но так и не смогла его заблокировать. С каким-то непривычным цинизмом и усталостью я подумал, что находящаяся в меньшинстве фракция и впрямь может себе позволить бороться против антинародных законов. В общем-то все фракции, которые в меньшинстве, этим пробавляются. Но стоит им прийти к власти — и что-то меняется...

— Я открыл дверь в Аркан, — беря креветку за оставленный свободным от кляра хвостик, сказал я. — А тут и впрямь вкусно! Так вот дверь я открыл. Скажите, кто вам наврал, что Аркан опережает наш мир на тридцать пять лет?

— Не тридцать пять. Плюс-минус...

— Он отстает.

— Что? — Дима осекся. Отпил глоток вина. Посмотрел куда-то сквозь меня.

Я понимал, с какой скоростью сейчас работают его мозги. Тугодумы в политике плохо приживаются, особенно в нашей. А еще в ней не место альтруистам. Сейчас Дима пытался решить, в чем может состоять польза от Аркана.

— Бесполезно, — сказал я. — Об Аркане можно забыть. Вы что-нибудь слышали о Земле-один?

— Гипотетический мир, откуда появились первые функционалы, — не раздумывая ответил Дима. — Его существование опровергают...

Он посмотрел мне в глаза.

— Верно, — сказал я. — Это и есть Аркан. Вы его не сможете использовать в качестве полигона, потому что мы сами полигон. Земля-один экспериментирует на тех мирах, которые находит. Каким-то образом им удается направлять их развитие в ту или иную сторону. Вот у нас, как я понимаю, отрабатывается существование сверхдержав.

В принципе эта мысль только что пришла мне в голову. Но увидев заинтересованность политика, я тут же принялся ее развивать:

— Вначале смотрели, что получится при балансе сил между двумя сверхдержавами-антагонистами. Видимо, все что можно из этого варианта извлекли. Советский Союз развалили и теперь экспериментируют с Америкой — единственной сверхдержавой. А еще, пожалуй, у нас развивают технику

— Не так уж и развивают, — попытался возразить политик. — Космонавтику практически свернули.

— Она им не нужна. Если бы на самом деле появились внеземные поселения, они могли бы выйти из-под контроля Земли-один. А вот всякая электроника...

— Ты это точно знаешь? — спросил Дима.

— Нет, предполагаю. Может, и ошибаюсь в чем-то.

— А как... твои? Как относятся к тому, что на них опыты ставят?

— Функционалы? — Я развел руками. — Не знаю. Но боюсь, что возмущаться не станут. Кто их сделал мастерами? Те, с Земли-один. Значит, во-первых, они им признательны. А во-вторых — побаиваются. Кто функционалом сделал, тот свой дар и назад отобрать может.

— Черт побери, все как у нас, в политике! — Дима картинно всплеснул рукой и несколько вымученно рассмеялся. — Так. Что ж нам делать, а? Такие силы — и бесцельно пропадают. Меня, сам понимаешь, интересует одно — как бы на пользу стране использовать ваши возможности.

Я пробормотал что-то неопределенное.

— Не веришь? — Политик откинулся в кресле. Внимательно посмотрел на меня. — Зря. Власть, конечно, это игра азартная и без правил. Но власть в отличие от денег интересна не сама по себе, а только вместе с реакцией окружающих. Власть — это тщеславие. Политика должны либо любить, либо бояться. Но в любом случае — уважать и боготворить! Зачем добиваться власти, если точно знаешь, что в истории останешься трусливым приспособленцем, капитулянтом, рохлей, слабаком. Если тебя вспомнят не за то, что ты сотворил, а за то, что натворил. Неинтересно! Вкусно есть и долго спать проще без всякой политики. Тысячи людей это вовремя понимают и в политику не лезут. Но вот у нас, увы, некоторые выбирают себе политику в качестве бизнеса. Мне это не надо. У меня тщеславие сильнее жадности.

— Вы знаете, вам никто не поверит, — сказал я честно. — Никому из тех, кто во власти, — не поверят. У нас ведь как все устроено — люди отдельно, власть отдельно. Мне знакомая заводчица рассказывала, что, когда покупать щенка к ней приезжают с Рублевки, у нее душа за собаку болит. Потому что простой человек априори считает тех, с Рублевки, ни на что хорошее не способными. Даже собаку любить.

— Знаю, Кирилл. Хоть я и не на Рублевке живу. Поэтому мне и нужно чудо. Нужно что-то от вас, функционалов.

— Сила?

— А в чем сила? — Дима улыбнулся. — В мускулах? Деньгах? Информации? Обаянии? Сила бывает разной. И надо уметь пользоваться ею во всех видах... Я могу обогатиться за счет иных миров?

— Товары таская через башню, как челнок? Вряд ли. С вас будут снимать пошлины за товар.

— Знаю. А информации из Аркана я не получу. Возможно... — он помедлил, — ты мог бы помочь мне кое-чем другим?

— Кому морду набить? — спросил я. — Больше ничего не остается.

Политик засмеялся.

— Нет остается. Технология.

— Земля самая развитая.

— Не совсем. Есть, к примеру, Твердь.

— Запрещено перемещать из мира в мир неизвестные технологии.

— И чей это запрет? — Дима посмотрел на бутылку с вином, но налил себе минеральной воды. — Тех, кто ставит на нас эксперименты? Как ты думаешь, Кирилл, разумно ли одной морской свинке говорить другой: «Нельзя убегать из клетки, экспериментатор это запретил!»

— Неразумно. Но я боюсь, тут меня не поймут другие функционалы.

Политик хмыкнул. Поиграл бокалом, сделал глоток. Сказал:

— Все то же самое... Когда я начинал заниматься политикой, я думал, что могу чего-то добиться. И для себя, конечно же, и для всей страны. И для всего мира в общем-то. А потом я узнал правду. Узнал, что и наши вожди, и американские президенты — все они в мире не главные. Что есть мастера. Что вроде как они не правят... но к их мнению прислушиваются. Знаешь, воплощенный кошмар русофила о масонах... Теперь стало понятно, зачем мастерам все это... Как ты считаешь, могу я пойти к президенту и рассказать ему правду?

— Ну откуда мне знать, можете или нет, — сказал я. — Меня бы не пустили, вас — не знаю.

— А если серьезно?

— Я не знаю. Быть может, на самом верху и так все и всё знают. И никаких тайн вы не откроете. А если даже и откроете, то что? Устроят всемирную облаву на функционалов? Будут термоядерными бомбами садить по башням и подвалам? Что это даст-то? Кто успеет, уйдут в другие миры. Остальные затаятся. Вы же их от обычных людей не отличите.

— Вот что мне в тебе нравится, — с чувством сказал политик, — что ты до сих пор говоришь «их», а не «нас». Значит, воевать бессмысленно?

— Обычными методами — да. Все равно что кисель топором рубить. Вот вы знаете, каковы возможности функционала-акушера? Натальи Ивановой, к примеру?

— Нет.

— А ведь она скорее всего с Земли-один. Придете ее брать — и что произойдет? Вдруг она зачарует самых суровых спецназовцев и прикажет атаковать вас? Вдруг ее даже атомный взрыв не берет? Обычные функционалы прикованы к какому-то зданию, к своей функции, а вот насчет нее я не уверен. Вы сил этого врага не знаете и узнать не можете. Вы даже не знаете, где они могут сидеть во власти. Придете к президенту с докладом — а он сам с Земли-один! — Я помедлил и добавил: — И откуда мне знать, кто вы такой? Политик Дима? А может быть, вы тоже функционал с Аркана? Проверяете меня на благонадежность, уговариваете нарушить таможенные правила?

Дима допил воду. Вздохнул и сказал:

— Вот теперь, Кирилл, ты понимаешь, что такое политика... Мне пора. О счете не беспокойся, все оплачено.

Уже в дверях он обернулся и сказал:

— Я не с Аркана. Я наш, земной. Но ты мне не верь, потому что верить нельзя никому.

— Как говорил старина Мюллер в «Семнадцати мгновениях весны», — не удержался я, — «верить нельзя никому, мне — можно».

— Мюллеру, если хочешь, можешь верить. — Дима кивнул. — Мертвым можно верить.

Я посмотрел на закрывшуюся дверь, словно на ней должны были проступить какие-то мудрые слова. Выпил еще вина.

Мне было жалко политика. Ни с какого он не с Аркана, конечно. Молодой, амбициозный, пытающийся найти волшебную палочку и, опираясь на нее, доковылять до самого верха власти. Национальная идея... ха. Какая национальная идея у белых мышей в клетке? Кого пустят на опыты, кого на корм удаву, а кого оставят на размножение...

Волшебных палочек нет. Кончились.

В детстве я очень любил читать. Сейчас как-то меньше... ну, детектив иногда, фантастику, что-нибудь модное... А в детстве любил. Родители приучили. Сказки, фантастику... Так что в волшебные палочки я тоже верю. И с удовольствием бы вручил такую Диме — пусть попробует. Хуже не будет.

Или надо быть оптимистом? В том смысле, что может быть и хуже?

Допив вино, я отставил бокал в сторону. Да, странный напиток. Экзотический...

Я вдруг подумал, что сегодня утром родители должны были вернуться из Турции.

Три с лишним года я жил самостоятельно от родителей. В общем-то заслуга в этом только их. Сам я на квартиру копил бы еще лет десять. Они мне квартиру подарили и прямо-таки выставили из дома. Я вначале даже слегка обижался — при всех бесспорных преимуществах отдельного житья. Потом посмотрел на друзей-приятелей, живущих с родителями, и понял, как были правы мои предки. Все-таки жизнь с мамой и папой, если ты из школьного возраста вышел, человека портит. Ты можешь при этом зарабатывать неплохие деньги, можешь содержать родителей, но если ты остался жить в родительском доме — ты прекращаешь взрослеть. Принимаешь манеру поведения и жизни родителей. Консервируешься, становишься молодой копией отца. А это только в крестьянской семье хорошо — и то лишь в отношении старшего сына. Недаром во всех сказках больших успехов добивается младший сын, отправляющийся куда глаза глядят счастья искать. Тысячи таких младших сыновей в пути исчезают, но кто-то все-таки ловит свою синюю птицу. На крестьянскую пашню, к трудолюбивому и обстоятельному старшему сыну, синие птицы не залетают...

Я стоял у подъезда родительского дома, где прошло все мое детство, и смотрел на окна. Темнело. На кухне уже горел свет.

Они меня не узнают при встрече, как не узнали по телефону. Это я понимал.

Но все-таки должен был подняться и позвонить в дверь. Зачем?

Что-то меняется. Что-то должно случиться. Это я чувствовал. И было у меня нехорошее ощущение, будто я не скоро еще смогу увидеть своих родителей. А может быть, и никогда.

Код на двери остался прежним. Я вошел в подъезд, вызвал лифт. Совершенно спокойно посмотрел на спускающуюся по лестнице Галку со второго этажа. Когда-то, классе в восьмом, мы с ней целовались — вот именно здесь, у лифта... Галка скользнула по мне осторожным взглядом и вышла.

Все в порядке, Галя, я не маньяк и не вор...

Подъехал лифт. Я поднялся. Секунду постоял у дверей и нажал на кнопку звонка. Шаги послышались почти сразу — и на мгновение мне показалось, что родители меня помнят. Что они волнуются. Ждут. И обязательно меня узнают.

Открыл дверь отец. Открыл сразу, даже не глядя в глазок — есть у него такая дурацкая манера, за которую его и мама ругает, и я.

— Да, молодой человек? — добродушно спросил отец.

Я смотрел на него и думал, что отец постарел. Несмотря на свежий загар и отдохнувший в общем-то вид. Сильно постарел за последние год-два, хоть и следит за собой, и спортом занимается, и алкоголем не злоупотребляет, и курит раз в месяц «за компанию». Словно у меня сняли какую-то пелену с глаз и я увидел — родители постарели. Им уже хорошо за пятьдесят...

— Здравствуйте, — сказал я. — Мне... мне Кирилла.

— Какого Кирилла?

— Кирилл Максимов здесь живет?

— Хм... — Отец кивнул. — Максимов — это я. Но меня зовут Данила.

— Вы? — Все еще не отрывая от него глаз, я почесал бровь жестом смущенного и ищущего слова человека. — Нет, Кирилл мой ровесник... в армии мы вместе служили, но адрес я потерял. Где-то в вашем районе живет. Мне в справочном дали адрес... у вас нет сына Кирилла?

Что-то едва уловимое, вроде привычной, но не изжитой печали, промелькнуло на лице отца.

— Нет, молодой человек.

— Может быть, племянник? — Я продолжал играть. — Нет? Простите, видимо, недоразумение...

В коридоре показалась мать. Надо же... а она выглядела моложе, чем я помнил! Вот так-то. Все-таки роды и забота о ребенке — они не идут на пользу женской красоте...

— Данила? — вопросительно сказала она.

— Ошиблись, — сказал отец, не оборачиваясь. — Юноша ищет Кирилла Максимова, адрес в справочной дали...

— Извините, что побеспокоил, — пробормотал я.

Отец все-таки смотрел на меня... с сомнением каким-то. С задумчивостью. Я похож на него — наверное, он видел во мне свои черты, и это его смущало.

Да и мать смотрела с тем же сомнением. Конечно, ей это сходство видно сильнее...

— Извините. — Я отошел к лифту. Его уже угнали на другой этаж, пришлось ждать. Отец еще секунду посмотрел на меня и закрыл дверь.

Я вслушался. То ли помогли способности функционала, то ли мать очень громко это сказала, но до меня донеслось:

— Мальчик на тебя похож.

— Что ты хочешь сказать? — с легким раздражением отозвался отец.

— Так... ничего.

— А все-таки?

Ну вот! Теперь мать заподозрит, что у отца есть ребенок на стороне. Глупо вышло.

Как для них выглядело мое исчезновение? Мои вещи и документы рассыпались, на фотографиях растаяло мое лицо, в старых счетах за квартиру цифра «3» сменилась на «2»? А что стало с памятью? Мать забыла даже то, что была беременна? Или думает, что ребенок умер при родах? Что заменило в их памяти годы, проведенные со мной? Веселые поездки и встречи с друзьями? Или пустые, горькие, холодные вечера — вдвоем, всегда только вдвоем...

Я прислонился лбом к грязному зеркалу, висевшему в лифте.

Не только меня обворовали. У моих родителей тоже отняли — меня. Взамен дали ненужное «свободное время» и пустоту в душе.

Так же, наверное, бывает, когда функционалы воруют целые страны и миры. Вот она была — страна. В чемто несуразная, доставляющая хлопоты и проблемы, заслуживающая того, чтобы ее поругать. А потом раз — и ее не стало. Еще и объяснили, что никогда такой не был , что все это морок, обман, наваждение. Что ты должен быть благодарен за освобождение от проблем. За свободу ничего не делать и ни за что не быть ответственным. А пустота в душе — так это нормально, она дает тебе лег-кость.

— Как же я вас всех ненавижу, — прошептал я. И не сразу понял, что повторил слова Иллан.

Может быть, пойти к ним? Они у Коти. Вместе ста-нет легче... Впрочем, не думаю, что моему приходу будут рады. Третий тут уместен только в похабных расскази-ках, которыми Котя зарабатывает на жизнь.

Впрочем, у меня тоже найдется, к кому пойти.

22

Eсли у нас есть мужчина и женщина, едва знакомые, но чем-то привлекательные друг другу, то в их отношениях рано или поздно наступает странный момент: «Я вдруг...» Или не наступает — но тогда и отношения заканчиваются, не начавшись.

Момент этот состоит в том, что в квартире девушки (чаще) или мужчины (реже) раздается звонок в дверь. Или звонит телефон. И тот, кто пришел, произносит фразу: «Я вдруг решил к тебе зайти». Иногда добавляется «Мне показалось, что ты меня ждешь», но это уже зависит от наличия в душе романтической жилки. Главное тут — «вдруг».

Я вдруг решил к тебе зайти. Я вдруг решила тебе позвонить.

Извини, это не к месту, и я сам не понимаю, что мы будем делать... Ты прости, я шла мимо и вдруг подумала...

Случайность или даже абсурдность поступка в таких делах принципиально важна. Любовь принципиально нелогична, за что ее так не любят люди, по ошибке родившиеся человеком, а не вычислительной машиной.

Событие «Я вдруг...» еще ничего не гарантирует. Возможно, они выпьют чая и разойдутся. Возможно, лягут в постель, но все равно расстанутся.

Но если «Я вдруг...» вообще не случилось — то любви еще нет. Есть дружба, страсть, привязанность — множество хороших вещей и чувств. Но не любовь.

Героическая юная подпольщица Настя Тарасова жила на Преображенке. Не самый лучший район, конечно. Но зато в симпатичном новом доме с охраняемой территорией, в квартире-студии на последнем этаже, наверняка купленной хорошим бизнесменом Мишей. Я знал ее адрес, поскольку Настя проходила через мою таможню. Это было очередное свойство таможенника, прорастающее во мне.

Где живет Миша, я тоже знал. На Рублевке, как положено серьезному человеку.

Охрану у входа я миновал без проблем. Вежливо назвал адрес и фамилию, а когда охранник попросил предъявить документы — покачал головой. И сказал, чувствуя себя не то Вольфом Мессингом, покидающим Лубянку, не то Оби Ван Кеноби, охмуряющим имперских штурмовиков:

— Тебе не нужны мои документы.

— Не нужны, — согласился охранник и открыл внутреннюю дверь. — Всего доброго.

Несколько разочарованный отсутствием красочных визуальных эффектов, я прошел на ухоженную территорию, где вдоль вымощенных камнем дорожек горели фонари, а на собачьей площадке унылые жильцы выгуливали под дождиком своих высокопородистых собак.

Видеодомофон у подъезда тоже проблем не составил — я, не глядя, набрал код, и дверь открылась. Внутри была еще строгая консьержка в стеклянной будке-аквариуме, но она не стала меня допрашивать.

Хороший дом. В подъезде чистота, цветы в горшках и деревца в кадках, благоухает сложная смесь парфюмов —

видимо, совокупный запах всех дам и господ, входящих и выходящих из дома. Лифт разве что мрамором не выложен, движется мягко, зеркала сияют, играет тихая музыка.

А на площадке последнего этажа меня ждал сюрприз. Звали сюрприз Витей, был он ростом в метр девяносто и с широченными плечами. Я его знал по визиту Михаила и Насти, когда они отправились в Антик на концерт.

Телохранитель тоже меня узнал. Отлепился от стены, растерянно посмотрел на меня, потом на дверь квартиры, которую ему было поручено охранять.

— Добрый вечер, Витя, — сказал я.

— Нельзя туда, — убитым голосом сказал Витя.

— Мне можно.

Витя замотал головой.

То ли я не сосредоточился в достаточной мере, чтобы стать убедительным, то ли в простой душе телохранителя не помещалось больше одного хозяина.

— Нельзя, — с болью в голосе повторил он. — Точно вам говорю, нельзя.

— Ну и что ты будешь делать? — спросил я.

Витя помрачнел. Он явно знал, что все его тренированные мускулы и профессиональная подготовка спасуют перед функционалом совсем не устрашающего вида.

— Вы мне хоть в глаз дайте, что ли! — попросил он. — Синяк набейте...

— Сам справишься, — укоризненно сказал я. — Ты же мужчина!

Оставив Витю горестно смотреть на свой увесистый кулак, я прошел к двери. Хотел позвонить — и обнаружил, что дверь не заперта.

— Тук-тук, — сказал я, входя.

Меня не услышали — ссорились.

Квартира была не слишком большой по меркам этого дома — метров пятьдесят. Свободное пространство с двумя опорными колоннами, украшенными полочками и какой-то аляповатой живописью того уровня, что продается на измайловском вернисаже. У одной стены — изрядная круглая кровать, напротив — плазменная панель на стене, журнальный столик и кресла. В одном углу барной стойкой отгорожена кухонька. Даже ванная комната была отделена полупрозрачной стенкой из цветных стеклянных блоков. Нет, симпатично в целом. В девятнадцать лет такие квартиры очень нравятся, в двадцать пять — вызывают одновременно и умиление, и слабое подозрение, что молодость миновала.

Настя и Михаил стояли у барной стойки. В руках у них я заметил высокие стаканы с каким-то напитком. Но им было не до коктейля. Похоже, выдержки им хватило лишь на то, чтобы наполнить стаканы — и начать ругаться. Михаил был в расстегнутом плаще, Настя — в коротком халатике домашнего вида.

— Ты даже пальцем не пошевельнул! — кричала Настя. — Ты меня бросил умирать!

— Зачем ты связалась с ними? Мне все рассказали! — в том же тоне отвечал Михаил. — Дура!

— Ты меня бросил!

— Я бы договорился и забрал тебя, — резко ответил Михаил. Мне показалось, что он не врет. — А в тот момент ничего невозможно было сделать! Со временем — забрал бы.

— После того, как меня перетрахал бы весь поселок? — Настя, конечно, не успокоилась от такого обещания. И вот тут Михаил сглупил:

— Тебе не привыкать. С таможенником переспала?

Настя глотнула воздух и замолчала. Похоже, ее и впрямь оскорбило это предположение.

— Нет, — сказал я в ту самую секунду, когда Настя влепила Михаилу пощечину. — Она со мной не спала.

Михаил, потирая щеку, повернулся ко мне. Я поймал его взгляд и понял, что не войди я так вовремя — Настя получила бы в ответ хорошую затрещину...

— Что вы здесь делаете? — спросил Михаил холодно.

— Я должен перед вами отчитываться? — удивился я. Не разуваясь прошел по мягкому ковровому покрытию, сел в кресло. Принюхался — пахло чем-то съедобным и очень вкусным. И с чего на меня такой жор напал? Последствия ранения? — Настя, я так... вдруг зашел. Ты не против?

— Нет, конечно, — сказала она очень непринужденно. — Тебе что-нибудь смешать?

— Джин-тоник, — попросил я.

— «Сапфир», «Бифитер», «Гордонс»? — тоном опытного бармена спросила Настя.

— Даже не знаю, — заколебался я. — Все так соблазнительно звучит... Михаил, что вы посоветуете?

На лице бизнесмена заиграли желваки. Он вдруг стал удивительно похож на Ипполита из «Иронии судьбы», обнаружившего, что доктор Женя бреется его бритвой.

— «Сапфир», конечно, — сказал Михаил. — Всего доброго, господин таможенник. Всего доброго, Настя.

— Пока, — сказала Настя ледяным голосом. Открыла дверцу холодильника, загремела бутылками.

Михаил поставил бокал. Развернулся и двинулся к выходу. Уже у дверей приостановился и сухо сказал:

— Я попрошу тебя больше мне не звонить. Не хочу иметь ничего общего... с террористами. Теперь я понимаю, что ты меня использовала!

Дверь хлопнула. Я пожал плечами. Ну... ничего ушел. Более-менее достойно. Что-нибудь вроде «шлюха» или «истеричка» прозвучало бы глупо и неуместно. А так в его словах есть правда.

— Квартиру эту бросить придется, — задумчиво сказала Настя. — Она на Михаила записана... впрочем, здесь такая квартплата, что все равно не потяну. Использовала... надо же!

— Не обижайся, но он ведь прав, — сказал я. — Использовала?

Настя покосилась на меня. Насыпала в стакан лед. Спросила:

— Тебя-то с какой стати это интересует?

— Может, я хочу знать, любила ты его или нет.

— А он что, меня не использовал? — Настя протянула мне стакан. Сама села на высокую табуретку у барной стойки. — Зачем пришел?

— Я же говорю — вдруг захотелось заглянуть. Шел мимо...

— Ну-ну, — кивнула Настя.

— К родителям ходил, — неожиданно для самого себя признался я. — Они меня не узнали. Они теперь одни... я был единственным ребенком. Отец постарел.

Настя отставила бокал и посмотрела на меня с неожиданным пониманием.

— Не переживай, Кирилл.

— Пытаюсь.

— Они у тебя живы. А у меня мать умерла два года назад. Отец пьет. Не могу ничего поделать, не слушает меня... Миша все обещал, что договорится с врачом-функционалом... но что-то не получалось. Теперь и не получится.

— Он вернется, — с наигранной уверенностью сказал я. — Обязательно.

— Нет, Кирилл. Он перепугался. Ему объяснили, что я связана с подпольем, работающим против функционалов в разных мирах. — Настя фыркнула. — Лестно, конечно, что нас так серьезно оценили.

— Иллан в Москве, — вспомнил я. — У моего друга.

— Я знаю, она звонила... Кирилл, что с нами будет?

— В смысле?

— Они же нас выследят. Функционалы.

— Выследят. — Я не стал спорить. — Настя, я думаю, что если вы с Иллан откажетесь от своих идей...

— Ну?

— Вас оставят в покое. У меня был разговор... про тебя в общем-то. Но я думаю, что Иллан тоже никто не будет трогать.

Настя кивнула, но ничего не сказала.

— Вы с Иллан были правы насчет Земли-первой, — продолжал я. — Я там был.

— Пятая дверь? — Она оживилась.

— Да. Это мир, откуда пришли функционалы. А все остальные — их экспериментальные площадки. Что будет, если создать мир теократии, мир с рабовладением, мир с усиленным развитием техники, мир без государств... Их это интересует. Больше им ничего от нас не надо. Так что можно спокойно жить. Выбрать ту Землю, которая нравится, и поселиться там.

— Как-то стыдно. — Настя неловко улыбнулась.

— У тебя возрастной максимализм, — сказал я. — Ну подумаешь, экспериментальная площадка! Все равно свобода невозможна. Кто-то из великих сказал, что нельзя жить в обществе и быть свободным от него.

— Это Ленин сказал.

— И правильно сказал. Робинзон — и тот был свободен только до появления Пятницы. — Я глотнул джин-тоника. — Нет, ты права, мне самому чертовски обидно. И, между прочим, в меня на Земле-один стреляли! Я ранен был. Чуть не сдох.

— Да? — Настя подозрительно на меня посмотрела.

— У нас все быстро заживает. Так что к этим сволочам у меня свой счет... и заигрывать с ними я не стану. Но и воевать с ними мы не можем. Ваши глупые детские налеты... чем кончились? Тем, что я положил этих мальчишек. Ну, даже захватили бы вы меня, или Феликса, или Цая... еще кого? Что с того? Пришли бы функционалы с Земли-один, сделали бы новых полицейских. Надрали бы вам уши. Кого в Нирвану, а кого и в расход.

Настя каким-то детским жестом потерла коленку. Спросила:

— Так что, ты с ними не воюешь?

— Нет. — Я покачал головой. — Плетью, знаешь ли, обуха не перешибешь. Я — пас. Я буду работать на своей таможне. А в окно на Землю-один стану выливать помои и показывать оскорбительные жесты — пока им не надоест и они не закатают башню в бетон снизу доверху. И... если ты хочешь... можешь у меня поселиться.

— Очень деликатное предложение стать содержанкой, — фыркнула Настя. — Что, я выгляжу шлюхой, да?

— Нет. Ты мне нравишься.

— Спасибо на добром слове. Нет!

— Что нет?

— Мой ответ «нет»! Я не собираюсь сидеть словно мышь под веником! Получится у нас с Иллан, не получится — все равно мы будем бороться! Лучше умереть стоя, чем жить на коленях!

Прозвучало это смешно, наивно, но абсолютно искренне. Я вздохнул. Кажется, спорить тут было бесполезно... И в этот момент от двери донеслось:

— Зря вы так, девушка.

Я повторил ту же ошибку, что передо мной совершили Настя с Михаилом. Дверь оставалась открытой, чем и воспользовался незваный гость.

Было ему лет сорок, и выглядел он совершенно невинно. Грузный, в сильных очках, с ощутимой залысиной. В руках он неловко сжимал мокрую шляпу — вы часто видите на улицах людей, которые носят шляпы? Простенький серый костюм в брызгах дождя, заляпанные грязью ботинки и плохо завязанный галстук довершали картину. Такими бывают школьные учителя из числа старых холостяков, живущих с мамой и монотонно бубнящих детям о важности образов Базарова и Обломова.

Вот только он был функционалом.

— А вы еще кто? — воскликнула Настя, соскакивая с табуретки. — Что за день открытых дверей?

Я тоже встал, занимая позицию между девушкой и «учителем».

— Это функционал-полицейский, — сказал я. — Наш, московский.

Полицейский кивнул:

— Вы совершенно правы, Кирилл. Извините, что я так, без спроса... работа такая. Вы же понимаете. Меня зовут Андрей. Кстати, очень приятно познакомиться!

— Вот и заходили бы в гости, — сказал я. — Башня у «Алексеевской», прием круглосуточно.

— Не получится, увы. Далековато для меня, оторвусь от функции. Я по юго-западу работаю, но тут попросили помочь... — Андрей виновато улыбнулся. — Собственно говоря, сложившаяся ситуация мне крайне неприятна, в чем-то даже отвратительна...

Я посмотрел на Настю. Ага. Губы-то дрожат. Кажется, проняло!

— Что вы хотите сделать? — спросил я.

— Мне надо решить вопрос с девушкой. — Он виновато развел руками.

— Феликс обещал, что она может остаться у меня, — быстро сказал я. — Вы знаете Феликса?

— Нет, но это не важно. Ваш Феликс прав, конечно же. Поймите, я совершенно не против, если такая симпатичная молодая девушка будет жить... с вами. Меня послали поговорить с ней и попросить ее быть более благоразумной. Но я, к сожалению, слышал ее высказывание. Очень поэтичное — о мыши под веником, о жизни на коленях...

— Давайте попробуем исправить ситуацию? — Я доброжелательно улыбнулся. — Вы выйдете за дверь, снова зайдете, а я опять задам Насте вопрос?

Мужчина задумался. Потом пожал плечами и с энтузиазмом произнес:

— Почему бы и нет? Вы поймите, мне совсем не нравится эта работа! Я ведь историк по образованию, можно сказать, архивная крыса. Сижу в пыльной каморке, листаю старые документы, нахожу в этом огромное удовольствие. Массу любопытных открытий сделал, между прочим! Опубликовать ничего не могу, в журналах меня тут же забывают, письма не доходят, файлы стираются — ну, понимаете, обычные наши проблемы. Но ничего, для меня сам научный поиск — уже награда! А эта работа — она ведь для совсем другого склада характера людей... Я сейчас!

И он вышел.

Я посмотрел на Настю.

— Клоун какой-то, — тихо сказала Настя.

— Это функционал-полицейский, — сказал я. — Он нас обоих тонким слоем по потолку размажет. Поняла?

В дверь постучали — и полицейский вошел снова. Стал протирать очки рукавом пиджака.

— Настя! — громко сказал я. — Давай-ка плюнем на этих самодовольных снобов с Земли-один? Ты бросишь все эти детские игры в подполье и переедешь ко мне. У меня там есть море. И хороший ресторан поблизости.

Андрей просиял, подслеповато щурясь, кивнул. Нацепил очки и выжидающе посмотрел на Настю.

— Я тебе уже ответила, — тихо сказала она. — Нет. Я не собираюсь мириться с оккупацией.

— Ну вот, — горько сказал Андрей. Нахлобучил на голову мокрую шляпу. — Почему молодость всегда так глупа и необузданна? Почему мне достается вся эта грязь, вся эта мерзкая погода, все эти отвратительные действия...

Он пошел к Насте — неторопливо, вытирая на ходу руки о полы пиджака, будто у него внезапно вспотели ладони. Впрочем, он такой и был весь — мокрый, липкий, то ли от ливня, то ли от пота.

— Стойте, — сказал я. — Андрей, остановитесь! Вы же взрослый умный мужчина! Она глупости говорит! Я ее сейчас заберу, она поживет у меня и опомнится!

— Не могу, — грустно сказал он. — Такова моя функция. Не препятствуйте, Ки...

Я ударил его в живот. Ногой в прыжке — ударом, который используют только герои восточных боевиков.

Андрей отлетел назад, к двери. Зашатался, но удержал равновесие. Я уже стоял в стойке — не знаю, как она называется. Наверное, у мудрых японцев и китайцев как-нибудь да называется — «пьяный журавль», «гадящий медведь» или «глупый функционал».

— Ты не прав! — сказал Андрей с обидой. — Ты что делаешь? Мы же свои! Мы функционалы, мы должны помогать друг другу!

— Пошел отсюда, — сказал я. — Выметайся. Я ее не...

Теперь договорить не удалось мне. Следующие десять секунд мы кружились между колоннами, осыпая друг друга ударами. Я получил несколько очень болезненных ударов в грудь, причем у меня сложилось нехорошее ощущение, что полицейский пытается сломать мне ребра над сердцем. Зато у Андрея очки превратились в крошево торчащих из лица стекол, а на правой руке все пальцы торчали веером под неестественными углами.

Боли, похоже, мы не ощущали оба.

В какой-то момент я обнаружил, что мы стоим напротив большого французского окна, крепко держа друг друга за руки и пытаясь ударить противником о стекло.

Но у нас обоих это не получается.

— Дурацкая ситуация, коллега! — сказал Андрей, помаргивая. Из правого века у него торчал осколок очков, и я с содроганием понял, что при каждом движении века стекло скребет по глазному яблоку. — Я очень далеко от своей функции и поэтому значительно слабее, чем должен быть. У нас ничья, пат!

— Уходи, — ответил я. — Уходи и оставь нас.

— Но я не могу, ты должен меня понять!

— Я никому ничего не должен!

На лице Андрея отобразилось уныние.

— Тогда мы с тобой будем бороться, пока не появится кто-то третий. Верно?

— Верно, — сказала из-за его спины Настя и со всего размаха обрушила на его голову чугунный казанок.

Чугунный (да пусть и алюминиевый) казан — это вам не тефлоновая лохань с патентованным многослойным дном. Казан — это тайное оружие азиатов, надежный боевой друг татаро-монголов, незаменимый спутник и неприхотливого туриста, и городского любителя вкусно покушать. Он не нуждается в антипригарных покрытиях сомнительного происхождения и моющих средствах, которые растворяют жир даже в холодной воде, ёршиках и щетках. У бывалого казана нагар заполняет все его поры и образует гладкую, блестящую чёрную поверхность, хранящую в себе ароматы былых пловов, запечённого мяса, шурпы и всех тех яств, что тот казан видывал на своём веку. В хорошем старом казане самая простая еда превратится в блюдо из сказок «Тысячи и одной ночи». А сам казан со временем становится всё тяжелее, неся на своей поверхности антрацитовые следы истории.

Этот казан имел знатную историю и был полон плова. И судя по тому, как вольно-рассыпчато взлетел в воздух тёмно-красный от кунжутного масла рис, сверкающие золотом кусочки моркови, дразняще-ароматные головки чеснока, поджаристые кубики баранины, — плов очень неплохой. Да что там — плов самый настоящий.

У Андрея закатились глаза, он обмяк и осел на пол.

Я смотрел на Настю, она на меня.

— У меня есть знакомый негр, — сказал я. — Любит пивными кружками размахивать. Тебя бы с ним свести... на ринге.

— Я помогла? — спросила Настя.

— Еще как помогла, — согласился я. — Начиная с того момента, как сказала, что не смиришься с оккупацией.

— Не хочу я врать, — сказала Настя. Обернулась, поставила казан на барную стойку. Я легонько пнул Андрея — историк лежал тихо. Подойдя к стойке, я запустил в казан руку.

Смахнув со дна на один край остатки риса и моркови, придавил их всеми пятью пальцами, собрал в комок и, обжигая кончики пальцев ещё горячим маслом, отправил пригоршню плова в рот. Захлёбываясь от аромата и от слюны, невесть откуда заполнившей весь рот, едва смог выдохнуть из себя:

— Изумительно вкусно! — С сожалением оглядев разлетевшиеся по всему полу остатки плова, спросил: — Ты где так научилась плов готовить?

— У меня папа вырос в узбекском кишлаке. Его белобородые старики учили плов готовить.

— А казанами драться? Это национальное узбекское единоборство?

— Национальное женское.

Я посмотрел на часы.

— Даю тебе три минуты, чтобы собрать вещи. И сваливаем отсюда.

— Если я не захочу?

— Я уйду сам, — честно сказал я. — То, что мы победили полицейского, — чудо. Случайность.

Больше она не спорила. Открыла дверцу гардероба, вытащила маленькую холщовую сумку и принялась бросать туда какие-то шмотки. На секунду отвлеклась, чтобы кинуть мне моток нейлонового шнура.

— Бери!

— Зачем?

Настя помедлила. Спросила:

— А ты хочешь его добить?

Я посмотрел на злополучного историка. Честно говоря, никакой злобы к нему я не испытывал. Две минуты назад я бы без колебаний сломал ему шею, представься возможность. Но сейчас...

Присев на колени, я стянул руки Андрея шнуром за спиной. Потом тем же шнуром связал ноги. Нейлон — не лучший материал для таких целей, слишком скользок. Но я очень старался сделать узлы потуже.

— Готова, — сказала Настя. — Ой нет...

Без колебаний сбросив халатик, она принялась влезать в джинсы. Я хмыкнул, демонстративно посмотрел на часы:

— У тебя есть еще двадцать секунд.

— Нормальный мужик попросил бы не торопиться, — парировала Настя.

— Я нормальный. Но я жить хочу.

За то время, что я провел у Насти, погода испортилась невообразимо. Хлестал холодный дождь, да еще и с сильным ветром. При этом в облаках каким-то чудом появился просвет, и в него светила огромная, полная луна. Людей на улице почти не осталось, даже вдалеке, у входа в метро, никого не было. Водители по такому случаю окончательно забыли про вежливость и неслись по лужам, не снижая скорости.

— Лови тачку! — велел я Насте. — Говори — до «Алексеевской». Денег не жалей.

— Ты не с машиной? — удивилась она. Попыталась раскрыть зонтик — но его тут же стало выворачивать порывами ветра.

— Я и водить-то не умею! А у тебя что, тоже нет машины?

— Мне Миша с водителем присылал!

— Красиво жить не запретишь... — Я огляделся. Нет, пока тихо. Новых полицейских не видать.

Остановился старый «жигуленок». Водитель не стал даже допытываться, куда нам и сколько мы заплатим, буркнул: «Садитесь!» и сразу же рванул с места. Я сел на переднее сиденье, настороженно посмотрел на него. А вдруг...

Нет, вроде бы человек. Самый обычный, немолодой, задерганный и усталый.

— Как вас не смыло-то? — спросил водитель. — Хляби небесные разверзлись. К утру и вовсе снег пойдет, гляньте, какое небо красное... А вас, девушка, выжимать можно! Не по погоде оделись.

— Ага, — бодро ответила Настя. — Так получилось, пришлось из гостей убегать...

— Чего вдруг?

— Козел один напился и полез приставать, — сообщила Настя. — Петя его еле унял... но какое уж после этого веселье.

Опять игры в подпольщиков... Я промычал что-то в меру мужественное, как положено героическому Пете.

— То-то я вижу, у вас на скуле синяк намечается, — сказал водитель, мимолетно посмотрев на меня.

Я потер скулу.

— Нет, слева. Неужто не чувствуете? Хороший синяк будет. С боксером подрался, что ли?

— Будете смеяться — с историком.

Водитель действительно засмеялся:

— История — страшная сила. Но рукоприкладство — это редкость, они обычно росчерком пера работают... Приложите кусок сырого мяса, хорошо оттянет.

— Я его поцелую, еще лучше подействует, — сказала Настя.

Мы обменялись взглядами через зеркальце заднего вида. Настя улыбалась.

Нет, что-то первобытное в отношениях мужчины и женщины осталось до сих пор. Стоит только подраться из-за женщины...

— Куда ехать-то? — спросил водитель.

— Домой, — ответил я. — До «Алексеевской»...

23

Если верить Борхесу, то все сюжеты, а значит, и все события в мире легко свести к четырем: поход за сокровищем, осада или оборона крепости и возвращение домой и самоубийство Бога. Впрочем, про самоубийство Бога частенько забывают, да и оставшиеся три золотых сюжета ехидно сводят к историям про «любовь», «индейцев» и «Новый год». Вряд ли Борхес стал бы с ними спорить, ведь любовь — это и есть поход за сокровищем, воинственные «индейцы» и сражение за крепость связаны неразрывно, ну а что может сравниться с праздником Нового года? Только возвращение домой. Что до самоубийства Бога, то современные божки к таким жестам не склонны.

В хорошей истории все три сюжета следуют один за другим по порядку. Одиссей отправляется за сокровищами, осаждает Трою и плывет домой. Иван-Царевич едет за молодильными яблоками, обворовывает замок Кащея и возвращается к батюшке. Волк поочередно осаждает три поросячьих дома и с позором бежит восвояси.

Мои походы за сокровищами явно вели к обороне крепости. Вот только шансов вернуться домой у меня не было.

* * *

Возле башни нас никто не ждал. Я первым делом проверил все двери. Поднялся на второй этаж и посмотрел из окон.

Тишина. Безлюдье.

— Все в порядке? — спросила Настя.

— Твоими стараниями... — не удержался я. — И к чему мы пришли? Я же сразу предлагал — отправимся ко мне. Только теперь на мне висит драка с полицейским!

— На нас висит.

Я только рукой махнул. Достал телефон, набрал номер Коти. Ждать пришлось долго, и неудивительно — время близилось к полуночи.

— Да? — недовольно отозвался Котя.

— Это Кирилл. Настя у меня.

— Какая Настя? Которая записку...

— Да. За ней приходил полицейский-функционал. Я ее отбил и привез к себе.

— Ты побил полицейского? — восхитился Котя. — Круто!

— Круче некуда. В любой момент за мной могут прийти.

— Ну, вряд ли, — предположил Котя. — Вряд ли в такой ситуации они станут действовать, не подумав хорошенько.

— Могут прийти и к тебе.

— Я-то тут при чем?

— Ты предоставляешь убежище Иллан. Думаю, она их интересует не меньше Насти.

Котя засопел. Спросил:

— И что предлагаешь? Уехать?

— Может быть. Или приезжайте ко мне. В башне я, наверное, сумею вас защитить. Даже от полицейского. Спроси Иллан, она должна лучше в этом разбираться.

— Сейчас...

Некоторое время в трубке царила тишина. Я ждал, прижимая ее плечом к уху, и смотрел на Настю. Она стояла у окна, выходящего в Аркан. Словно почувствовав мой взгляд, повернулась:

— Это и есть Земля-один?

— Да.

— Красиво. Там телевышка вдалеке...

— Останкинская. Точно как наша. Видимо, сочли ее удачной постройкой.

— Зачем им все это? — неожиданно сказала Настя. — Если у них так все здорово, если они такие могущественные... Могли быть жить по-человечески. Дружить с нами, а не эксплуатировать.

Я вдруг понял, какая она все-таки еще девчонка...

— Настя, по-человечески — это и значит эксплуатировать. К сожалению.

— Так не должно быть.

— Но так есть.

— Мы обязательно должны их победить!

Я засмеялся:

— Победить? А для этого придется эксплуатировать других людей. Посылать на смерть. Нарушить все планы тех, с Земли-один. Если ты победишь, то и оглянуться не успеешь, как все поменяется местами. И уже другая девочка, с Земли-один, будет говорить: «Зачем они нам мешают жить, это неправильно!»

— А что тогда? — тихо спросила Настя. — Кто сильнее, тот и прав?

К счастью, Котя вновь возник в телефоне, избавив меня от необходимости отвечать.

— Кирилл? Иллан говорит, что нам к тебе соваться не стоит. Что лучше мы сейчас рванем из Москвы. Она знает несколько районов, где нет функционалов и куда полицейские не смогут дотянуться. Может, и вы с нами?

— Как? — раздраженно ответил я. — Ты забыл, что я-то тоже прикован к башне?

— Извини, — смутился Котя. — Ну... тогда мы поторопимся. Я постараюсь тебе звонить!

— Звони, — ответил я.

Ну вот.

Приплыли. Нет, Котя прав, конечно. Лучше им пока скрыться. А мне... нет, ну не сражаться, конечно. Попытаться урегулировать конфликт. В конце концов, мы никого не убили...

— Они не приедут? — спросила Настя.

— Нет, — признался я. — Иллан считает, что им лучше скрыться. В районе, где пока нет функционалов. Она знает такие места. Да... ты бы тоже могла с ними поехать!

— Заманчиво. — Она помолчала. — Не скажу, что твой друг — мой идеал мужчины, но что-то в нем есть, несомненно... А ты что будешь делать?

— Договариваться. Попробую пойти на мировую. Все-таки у меня тут хорошее место, я функционалам полезен.

— Тогда останусь с тобой, — твердо сказала Настя.

— И снова скажешь, что собираешься с ними воевать? Если ты заметила, они очень этого не любят.

— Я пообещаю, что не буду. Только ты не думай, это я совру!

Мне только и оставалось, что развести руками. Соврать? Ха! Трудное это дело — соврать полицейскому-функционалу...

Настя тем временем подошла к следующему окну. И неожиданно позвала меня:

— Кирилл... погляди, как красиво!

Это действительно было красиво. Полная луна — как и на нашей Земле, только она казалась еще крупнее. И сверкающая миллионами крошечных огоньков морская гладь. Ветра почти не было, море спокойно дышало, покачивая мерцающие огоньки на волнах.

— Планктон светится, — сказал я. Слова вырвались неожиданно и совершенно неуместно.

— Планктон? Как интересно! — Настя по-прежнему смотрела в окно. — Когда девушка говорит «красивая Луна!» ты с ней начинаешь беседовать про химический состав реголита и альбедо лунной поверхности?

— Первый раз вижу девушку, которая знает слово «реголит», — честно ответил я. — Так что нет, раньше не беседовал.

— Я знала одного парня, математика, — кивнула Настя. — Он ехал в поезде и влюбился в проводницу, потому что она поддержала беседу о функционалах. О математических, конечно. Они с поезда сошли вместе и чуть не поженились.

— А что помешало?

— Не помню. Кажется, она совершенно не разбиралась в тензорном исчислении...

Я осторожно взял Настю за плечи. Наклонился, уткнувшись лицом в ее волосы. Она медленно повернула голову — и мы поцеловались. Скользнула в моих руках, поворачиваясь, прижалась, посмотрела в глаза. Мы были с ней почти одного роста, и я невпопад подумал, что все мои прежние девчонки оказывались на полголовы ниже.

— Если мы сейчас выйдем... туда... — она кивнула на окно, — то все будет как в плохом голливудском фильме.

— Обожаю плохие голливудские фильмы, — ответил я. И даже сам себе поверил.

Но на пляж мы пошли не сразу. До кровати было гораздо ближе.

* * *

— Кирилл, ты сердишься на меня?

— Нет. — Я лежал на одеяле, брошенном на песок, смотрел в прозрачное ночное небо — воздух был такой чистый, словно с Заповедника всю атмосферу сдуло в космос, — и гладил Настю по лицу. Находил руками ее губы, запоминал черты лица, будто слепой. — За что, глупая?

— Я тебя поссорила... с твоими. Ты прости. Я завелась. Миша — он как трус последний себя повел, а ты тоже начал осторожничать.

Она вдруг приподнялась на локтях, посмотрела на меня — в лунном свете ее кожа стала серебряно-матовой. Шлепнула себя по губам.

— Ты чего?

— Дура я. Зачем я про него говорю? Я знаю, мужчины этого не любят...

— Ух ты, какая осведомленность... Говори, мне все равно.

— Нет, не буду больше. Я про него и слышать больше не хочу. А говорить тем более. Я правда тебе нравлюсь?

— Да.

— Иллан говорила, что у функционалов редко бывают отношения с людьми. Долгие отношения. Помнишь, как в «Обыкновенном чуде» Волшебник говорил? Про то, что его жена состарится и умрет, а он все будет жить...

— Откуда ты такая умная? Может, ты тоже функционал? Функционал-библиотекарь?

— Я бы не отказалась... — Настя провела рукой мне по животу. — Это, наверное, интересно.

— У меня наверху будет библиотека, — сказал я. — То есть она уже есть, но пустая. Если мы сейчас договоримся с функционалами... да что я говорю! Договоримся, конечно. Можно будет сделать вот такую библиотеку! А тебя попросим сделать функционалом.

— Разве это возможно?

— Как-то же они делают... — Я протянул руку, коснулся ее груди. — Нет, не хочу, чтобы ты была библиотекаршей. Ты испортишь зрение и станешь носить очки. И будешь все время ходить, уткнувшись в книжку.

— А я буду снимать очки. И ходить, уткнувшись в тебя. Вот так...

Она мягко опустилась на меня. Поцеловала в губы, в шею, в живот, стала спускаться ниже.

— Настя, даже функционалы устают... — трагическим шепотом сказал я.

— Сейчас посмотрим...

— Это... нечестно... — Впрочем, через секунду я воскликнул: — Нет, а это еще более нечестно!

Настя тихо засмеялась. С минуту я смотрел на ее силуэт на фоне неба, обласканный лунным светом и морским ветром, то приподнимающийся, то опускающийся надо мной. Потом почувствовал, как участилось ее дыхание, поймал ее ладони, сжал. Настя выдохнула, едва слышно застонала и прижалась ко мне, ее тело еще сотрясали мягкие волны, но она не останавливалась, и настала моя очередь застонать от древнейшего и сильнейшего из наслаждений.

— Ты подрываешь мой боевой дух... — сказал я чуть позже. — Мне предстоят сложные разговоры, а я буду блаженно улыбаться и отвечать невпопад...

— А ты соберись...

— Угу. — Я присел. На душе было тревожно. Пустынный пляж, луна в чистом небе, замирающие отсветы в волнах, красивая девушка рядом — чего еще желать человеку? Уверенности в завтрашнем дне, наверное... — Искупаемся?

— Пойдем.

Она легко поднялась. И мы рванулись по песку к воде — да, именно так, как в дешевых фильмах.

— Учти, я совсем не знаю, люблю тебя или нет! — крикнула Настя, бросаясь в воду. — Я! Не! Знаю!

— Я тоже! — крикнул я.

И это было правдой. Но именно потому, что мы не боялись об этом говорить, эта правда доживала последние дни.

К нам пришли утром.

Я проснулся от доносящегося снизу стука в дверь. Стучали не громко, не угрожающе, даже не настойчиво. Но неутомимо. Тук-тук. Долгая пауза. Тук. Опять пауза. Тук-тук.

Во все окна светило солнце.

Тук-тук.

Кто бы это ни был, но человек стоял у дверей и неторопливо в нее постукивал. У него было много времени — все время мира — и очень много терпения — больше, чем отпущено человеку.

Настя тоже проснулась и села в кровати. Тревожно посмотрела на меня.

— Оденься, — сказал я ей. — Котя был прав, наш тайм-аут кончился.

— Они нападут?

— Нет, что ты! Наверняка они выработали какое-то предложение. — Я успокаивающе погладил ее по плечу. — Какие-нибудь требования ко мне и к тебе... Разумеется, мы будем торговаться. Пообещаем не мешать им... только я тебя прошу, будь искренна! Они почувствуют ложь!

Тук. Тук-тук.

Стучали в московскую дверь — она давала самый «железный» отзвук. Жаль. Я бы предпочел стук из Кимгима и визит Цая.

— Я буду очень убедительна. — Настя встала и начала торопливо одеваться. Белые брюки, белая блузка с короткими рукавами — летняя, нелепая в осенней Москве одежда. — Знаешь, мне немножко страшно.

— Ничего. — Я подмигнул ей. — В плохом голливудском кино хорошие ребята всегда выигрывают.

— А мы хорошие?

— Лучше не бывает, — сказал я, влезая в джинсы.

— Кирилл...

— Да?

Настя покачала головой:

— Нет, ничего. Я потом тебе скажу.

Улица была еще пустынна, как бывают пустынны московские улицы в шесть утра, когда выпадает первый снег. В маленьких городах люди встают и ложатся рано. Только в Москве, засыпающей за полночь, живет пустота утренних зимних улиц.

Наталья Иванова стояла у двери. Легко одетая, в вытертых джинсах, аляпистой блузке — огромные красные розы на черном фоне, в облупленных кроссовках — она что, и в самом деле на Черкизовском рынке работает? Шел легкий снежок, волосы Натальи припорошило мимолетной зимней сединой.

— Можно войти? — спросила она.

— А если откажу?

— Это все еще более усложнит, — серьезно ответила Наталья.

— Ну... входи.

Вслед за мной (поворачиваться к ней спиной не хотелось, но выказывать страх — тем более) Наталья поднялась на второй этаж. Огляделась, спросила:

— А где твоя подруга?

— Завтрак готовит. — Я придвинул Наталье стул. — Садись, в ногах правды нет.

— Спасибо. — Она уселась, ссутулилась над столом, опустив подбородок в ладони. Некоторое время смотрела на меня. Потом едва заметно улыбнулась и подмигнула: — Ну что, подопечный, натворил ты дел?

— Натворил, — покорно сказал я.

— Ничего. Придумаем что-нибудь. — Она посерьезнела. И тут же укоризненно сказала: — Кирилл, ну что за бес в тебя вселился? Откуда эта гордыня? Ты открыл дверь в Аркан — второй раз за всю историю вашего мира. Молодец, не спорю! Это... ну, скажем так — энергетически сложный процесс. Все равно что плыть против течения. Хорошо, ты справился. Тебя встретили? Встретили. Тебе сделали великодушное, прекрасное предложение — стать равным. Стать одним из нас.

— Из вас?

— Кирилл, к чему мне теперь врать, ты же сам все понял. Да, я из Аркана. Моя работа — внедрять функционалов.

— Зачем вы это делаете? — спросил я. — Экспериментируете — понятно зачем. А мы-то вам к чему? Как компания? Прислуга из аборигенов? Почему именно я? А почему не честолюбивый политик Дима или бизнесмен Миша?

— Ты не понял? — с искренним удивлением спросила Наталья. — Ну, знаешь ли, Кирилл... Нет, объяснений я тебе сейчас давать не стану. Нам надо с тобой вначале разобраться.

— Ну разбирайся, — пробормотал я. — Что, опять бомбу взорвете?

— У нас и другие методы есть, — сказала Наталья. Без угрозы, просто информируя. — А с бомбой... надо было проверить, способна ли ваша технология причинить ущерб нашей... Кирилл, что мне с тобой делать?

— Предполагается, что ты со мной можешь сделать все что угодно?

— Да, — просто сказала она. — Так что оставь свои намерения торговаться. Как я решу, так и будет. Скажи еще спасибо, что тебе симпатизируют...

— Спасибо, — мрачно сказал я.

— В Аркан ты ходить не будешь. Во всяком случае — ближайшие лет десять. — Наталья усмехнулась. — Чтобы искуса не было — окна и дверь мы забетонируем.

Я сохранил горестное выражение лица, но внутри меня сразу растаял ледяной комок. Все-таки я был прав! Функционалы не собираются меня уничтожать. Я им нужен. Ну или симпатичен.

— И в качестве общественного порицания — ты под домашним арестом. Предположим... на год. Ага? Продукты тебе будут доставлять. А вот выходить из башни... — Наталья вдруг снова улыбнулась уголками губ, вроде как фальшивой, но почему-то располагающей улыбкой. — Эх! Где наша не пропадала? Оставлю тебе выход в Заповедник. Иначе совсем тут закиснешь. Согласен?

— Да, — быстро сказал я.

— Перед Андреем Петровичем извинишься. — Наталья укоризненно погрозила мне пальцем. — Ну как так можно? Воспользоваться его удаленностью от участка, подраться, нанести телесные повреждения. Нехорошо! К тому же подрывает авторитет полицейских в целом.

— Я извинюсь, — сказал я. — На самом деле мне очень неудобно. Он такой... интеллигентный человек. Я с удовольствием извинюсь.

Наверху загремела посуда. Я посмотрел на лестницу. Наталья тоже — после чего вздохнула.

— А теперь самое сложное...

— Она останется со мной, — быстро сказал я.

— Кирилл, всему есть предел. В том числе и нашей снисходительности. Зря ты забрал девочку из Нирваны, там ей было самое место. В конце концов, ее могли и вернуть через месяц-другой. Как раз образумилась бы.

— Так это моя вина, не ее.

— Она участвовала в этих нелепых террористических выступлениях — раз. — Наталья демонстративно загнула палец. — Укрывала беглую преступницу — два. Нарушила обещание не разглашать и не мешать, которое дает каждый человек, узнающий о функционалах, — три. В ответ на предложение покаяться заявила, что продолжит свою деятельность, — четыре. И, что самое неприятное, напала на функционала! На функционала-полицейского при исполнении! Пять!

Наталья звонко ударила пятерней о стол.

— Больше этого не повторится, — сказал я. — Никакого терроризма, никакого укрывательства. И она покается. А перед Андреем Петровичем извинится.

— Кирилл, мы не в детском саду. — Наталья покачала головой. — «Извините, я больше не буду» — и снова проказничать. Нет, Кирилл. С Настей вопрос уже решен.

Я почувствовал, что начинаю заводиться. И положил руку на ее ладонь, придавливая к столу.

— Настя никуда отсюда не уйдет, — сказал я. — Все. Точка. Баста. Конец.

Наталья нахмурилась. Ее лицо еще более подурнело.

— Так и предполагала, что с этим будут наибольшие сложности... Зачем тебе бывшая содержанка мелкого бизнесмена? Тебе что, баб мало? Выбирай любую! Опытные стервы, добропорядочные жены и матери, наивные малолетки — выгляни из окна, целые стада задницами вертят!

— Я выбрал.

— Вопрос *уже* решен, Кирилл, — сказала Наталья. И я вдруг понял, что она сделала упор на слово «уже».

— Настя! — крикнул я, вскакивая. — Настя!

Мне никто не ответил.

— Но я пойду тебе навстречу, — продолжала Наталья, будто и не замечая моего поведения. — Она никуда отсюда не уйдет.

Я кинулся к лестнице, выбежал на этаж выше. Дверь на кухню была открыта.

Настя лежала на полу возле плиты. На сковороде неспешно подгорала яичница — каким-то уголком сознания я отметил, что она сделана как для детей, в виде веселой рожицы с глазами-желтками и полоской бекона вместо улыбающегося рта. Металлическая лопатка, которой Настя собиралась перекладывать яичницу на тарелку, отлетела в угол кухни.

Когда я наклонился над Настей, в ее глазах еще оставалась жизнь. Жизнь и страх — они всегда неразрывно вместе. Мне показалось, что она узнала меня. Мне даже показалось, что она обрадовалась. Но в следующий миг в ее глаза пришла смерть и унесла страх.

Я замотал головой.

Нет!

Да как же так? Это мой дом. Это моя крепость. Даже у глупой бабки Белой туповатая прислуга исцелялась за считанные минуты. Я таможенник. Я почти военный. Я исцелился, когда мне весь живот в фарш размололо. А тут даже ран нет!

— Настя! — крикнул я. — Не умирай!

Я потряс ее за плечи, прекрасно понимая, что она уже умерла. Она держалась не меньше минуты после того, как ее сердце остановилось. Настя упала... обро-

ненная лопатка загремела над моей головой... Почему
она не закричала? Не могла? Или не захотела? Она не
закричала. Но жила еще не меньше минуты, дожидаясь, пока я приду.

— Живи! — приказал я. — Живи!

Я положил руки ей на грудь. Представил, как от моих
пальцев исходят невидимые токи, запуская сердце... как
синей молнией дефибриллятора бьет разряд...

Должно получиться.

Да?

Но ничего не происходило.

Сердце остановилось, и девочка умерла. Никакой ми-
стики.

— Она умерла, — сказала Наталья. Стоя в дверях, она
задумчиво смотрела на меня.

— Оживи ее! — крикнул я.

— Нет.

— Не можешь? Или не хочешь?

— Не хочу, — признала Наталья. — Я говорила: есть
вещи, которые мы не прощаем. Нападение на полицейского — одно из них. Успокойся. Все кончилось.

— Я спокоен, — сказал я, глядя на Настю.

— Вот и хорошо. У этой девки уже было три мужика —
в неполные девятнадцать. Зачем тебе такая? Ты же не дурак, ты не станешь говорить, что у вас была любовь? Не
было ее, только секс! Я специально не беспокоила вас ночью, дала тебе поразвлечься.

— Зачем ты так... грубо? — Я посмотрел на Наталью.

— Чтобы ты понял — мы можем быть грубыми. —
Она прищурилась. — Эта девочка нам не нужна. А тебя
хотелось бы сохранить. Если ты случившееся проглотишь —
значит останешься с нами. Если нет — присоединишься
к ней.

— Значит, так?

— Именно так.

Я провел ладонью по лицу Насти, закрывая ей глаза. Поправил выбившуюся из брюк блузку. Встал. Пожаловался Наталье:

— Не понимаю, зачем она это брякнула. Про то, что лучше умереть стоя. Ведь полицейский согласился дать нам шанс... Он не соврал?

— Нет. Ей бы позволили жить.

— Глупость несусветная, — сказал я. — Все эти громкие слова и красивые позы... «они не пройдут», «все-таки она вертится», «родина или смерть», «готов умереть за свои убеждения» — все это становится чушью, когда приходит настоящая смерть... Все это — для детей. И для взрослых, которые ими манипулируют...

Наталья одобрительно кивнула.

— Но она все-таки вертится, — сказал я. — Ведь так? Она вертится, а они не пройдут, родина остается родиной, даже если смерть становится смертью, и никто не готов умереть, но иногда проще умереть, чем предать... ты некрасивая злая баба, которую никто и никогда не любил просто так, ты даже в наш мир пришла не оттого, что свой любишь, тебе нужна только власть.

Наталья всплеснула руками, будто учительница, чей любимчик, блистательно решив интегральное уравнение, не сумел перемножить два на два. На ее лице отразилось явственное огорчение.

— Ты сволочь, — сказал я. — Все вы сволочи. И дело не в том, что управляете нами исподтишка, что крутите и вертите мирами как хотите. Все равно нами кто-то бы правил, кто-то бы манипулировал. И не в том беда, что вы отнимаете свободу, а взамен даете золоченую клетку. Свобода не измеряется в квадратных километрах. И даже не в том, что отнимаете у нас родных и друзей. Мы ведь их все равно помним, а это главное. Вы сволочи, потому что отнимаете нас от тех, кому мы дороги! Вы не оставляете им даже памяти о нас. Но тебе и этого оказалось мало, да? Люди для вас — фигуры, которые можно как угодно переставлять на доске, превращать одну пешку в ферзя, а другую сметать с доски, выстраивать свою партию...

Я замолчал.

Замолчал, потому что все понял. Все самое главное.

Я понял, зачем меня превратили в функционала.

И спросил:

— Кем я должен был стать?

24

Представьте себе, что у вас есть большая клетка, где живут маленькие подопытные человечки. Трудно представить? Хорошо, тогда — большая клетка, где живут маленькие подопытные мышки.

Вообще-то клеток вокруг много, и в каждую когда-то сажали парочку мышей. Правда, в одной клетке самец оказался стерильным, в другой сломалась автопоилка и утопила мышат, в третью забралась дикая крыса и закусила ее обитателями, на четвертую свалилась кварцевая лампа, из пятой мыши выбрались на волю и разбежались. Но все-таки изрядное количество клеток осталось заселенными. И когда вы хотите улучшить жизнь мышат в своей клетке, вы поглядываете на соседние — как там дела? Эти мышки живут одной большей семьей? Забавно. Посмотрим, может, стоит и своих приучать к коллективизму. А эти забились по углам? Что ж, понаблюдаем, вдруг им так будет лучше!

Вас не очень-то волнует судьба мышей в других клетках. Вы не садист, вы ничего не имеете против этих милых пушистых созданий, но важна для вас только одна клетка — та, которую вы завели самой последней. Вот к живущим там зверькам вы действительно привязались.

А на остальных можно ставить опыты.

В той клетке, где все мышки сидели по углам, несколько особей подружились и пытаются сбиться в крупную стайку? Непорядок! Эта контрольная группа должна быть обособленной! Вы способны, конечно, прихлопнуть осмелевших мышей или спустить их в унитаз. Но вы не жестоки. И тогда вы ставите в разных углах клетки уютные домики, кладете туда побольше сыра и рассаживаете мышек-нарушителей по одной в каждый домик — на коротенькую привязь. Можно даже повязать мышкам красивые цветные бантики и усиленно кормить витаминами в качестве компенсации за несвободу. Скорее всего они привыкнут и будут даже довольны.

В другой клетке можно добавить в воду какой-нибудь химический препарат. Вдруг мыши станут счастливы от доброй порции веселящего? Нет, не стали, вымерли. Жаль.

В третьей, где мышей приучили бегать в колесе по часовой стрелке, вы изолируете тех, кто упорно бежит против часовой. Опять же — маленькие домики, привязь и особо вкусный корм.

Со временем вы понимаете, что часть забот о контрольных клетках можно переложить на самих мышей. Причем как раз на тех, кто мог нарушить чистоту эксперимента и был посажен на привязь. Громким писком они привлекут ваше внимание, если что-то произойдет. Жестоко искусают своих же сородичей, которые попытаются пойти их путем. (Когда я стал бегать против часовой стрелки, то получил домик и порцию сыра! Вдруг, если кто-то еще сменит направление бега, ему отдадут мою пайку?)

И понемногу процесс налаживается! Зверьки в вашей любимой клетке чувствуют себя замечательно. Они избежали эпидемии чумы, как в клетке номер восемь, где вы перестали убирать мусор; не передохли от цинги, как обитатели клетки двадцать пять, в качестве эксперимента переведенной на новый корм; не уничтожили друг друга ядерным оружием... Нет-нет, простите, какое ядерное оружие, мы ведь говорим о мышах!

Процесс налаживается.

Теперь вы уверены, что рано или поздно выведете популяцию симпатичных и счастливых мышей.

Хотя бы в одной избранной клетке.

— Кем я должен был стать? — спросил я у Натальи.

— Ага, — сказала она. — Все-таки дошло... Не знаю, Кирилл. Не в моей компетенции. Я акушер-гинеколог, помнишь?

— Акушер-гинеколог не только принимает роды.

— Да, еще приходится делать аборты. Но почему кому-то надо помочь родиться, а кому-то наоборот — мне не сообщают. Сама жалею, знаешь ли... — Наталья огляделась, вздохнула. — У тебя тут было уютно. Сразу видно приличного человека... жаль. Жаль, Кирилл!

Она подняла руку — и провела ею вдоль стены.

Вначале по штукатурке зазмеилась тонкая трещина. Потом что-то хрустнуло в толще стены, из трещины посыпалась рыжая кирпичная труха — будто там заворочался зубастый стальной червяк.

У меня кольнуло справа под ребрами. Коротко и остро. Боль вспыхнула и тут же погасла.

Наталья прищурилась и взмахнула рукой, будто дирижируя невидимым оркестром.

Башню тряхнуло — словно сама земля под ней прогибалась, не выдержав гнета пяти миров. Казалось, каждый кирпичик в стенах подпрыгивает, пытаясь удержаться на своем месте.

Дыхание перехватило — и я рухнул на пол. С трудом устоял на коленях, опираясь руками о пол. Чистые желтые доски на глазах темнели, покрывались сетью царапин, корявились и вспучивались.

— Видишь, Кирилл, — наставительно произнесла Наталья, — не всегда удается умереть стоя.

Она разрушала башню! Надо мной она власти не имела, но это было не важно. Она могла уничтожить мою функцию.

А когда исчезнет моя функция — умру и я.

Я попытался встать. Мне это удалось — здание еще держалось, а значит, я все еще был функционалом. Я даже сделал несколько шагов к Наталье. Дотянуться... ударить... вцепиться в горло...

Женщина засмеялась и рубанула рукой воздух. За ее спиной будто взорвалась винтовая лестница — взмыли в воздух и вспыхнули деревянные перила, лопнули и с грохотом осыпались чугунные балясины, искривился, будто от жара оплыл, центральный столб.

Боль пронзила мне спину огненным стержнем, пылающими ручейками растеклась по ребрам. Я крутанулся, пытаясь убежать от терзающего спину огня, и упал навзничь, прямо к ногам Натальи.

Она наклонилась надо мной, заглянула в глаза. Спросила:

— Как ты, Кирилл? Держишься?

Самое страшное, что в ее голосе не было жестокости, злорадства, садистского возбуждения, презрения. Напротив — сочувствие и лишь немного любопытства. Вкалывая ничего не подозревающей мышке смертельный токсин, экспериментатор может искренне любить животных...

Главное — успокоиться. Прогнать из души липкий страх. Тот, кто паникует, уже проиграл.

Она сильнее. Она умеет и превращать людей в функционалов, и лишать их функции. Но не все определяется силой. Группа юнцов с Иллан во главе сумела пленить функционала Розу, поскольку та по природе своей — не боец. Я сумел победить полицейского, поскольку был ближе к своему центру силы — башне.

Сейчас я в самой башне. Разваливающейся, но еще стоящей. Здесь я исцелился после смертельного ранения. Это поможет? Нет... Что еще? Каждую ночь башня перестраивалась под мой вкус. Когда мне потребовалось, в башне лопнули трубы. Это поможет?

Да.

Если башня подчинится.

Я не знаю, какие силы заставляют башню преображаться. Кажется, она очень не любит делать это «при свидетелях». Но сейчас она гибнет.

— Ты напала... на таможенника, — выдавил я. — Ты тоже нарушаешь... законы функционалов. Я могу... защищаться.

Кажется, эти слова Наталью позабавили.

— Пожалуйста. Защищайся.

Она хлопнула в ладоши — и в окнах с печальным звоном лопнули стекла. Подняла руку — будто ухватывая что-то невидимое мне. Потянула.

С потолка посыпались белые чешуйки краски. Прямо надо мной в плитах перекрытия проступил шов.

У меня потемнело в глазах. Череп будто сдавили стальным обручем.

В тот же миг болтающаяся на проводе лампочка вспыхнула ослепительным светом, стеклянная колба разлетелась вдребезги — и провод заструился вниз. Я понял, что происходит, лишь когда тонкие усики, между которыми белым дымком догорала вольфрамовая спираль, змеиным жалом впились в шею Натальи Ивановой.

Акушерка закричала, выгибаясь дугой. Провод все опускался и опускался, кольцами захлестывая ее горло. Дернулся вверх — и ноги Натальи оторвались от пола.

Я встал. Меня шатало, но самая острая боль уже отпустила.

Лицо Натальи стремительно багровело. Отчаянным усилием ей удалось втиснуть ладони в петлю и чуть разжать смертельные тиски. Пронзающего ее тело тока она будто уже не замечала.

— Вот так аркан... — сказал я, глядя на нее. — Вот ведь как бывает!

— Прекрати! — выкрикнула Наталья.

Я засмеялся. Мне действительно было смешно. После того, как она убила Настю, после того, как хладнокровно убивала меня, — «отпусти»?

— Скажи «пожалуйста».

— Пожалуйста!

— Скажи «я больше не буду».

Глаза Натальи сверкнули. Провод все выше и выше подтягивал ее к потолку.

— Идиот! Если я погибну... все ваши функции — вторичны ко мне! Башня все равно рухнет! Сотни функционалов станут людьми!

— Замечательно, — сказал я, качая головой. — И ты решила, что меня это огорчит?

— Мы позволим тебе остаться функционалом! — выкрикнула она.

— Сдохни, тварь, — просто ответил я. — Сдохни, а мы станем людьми!

— Никто... вам... не позволит... — прохрипела Наталья. — Куратор... исправит...

И выдернула руки из петли.

Потолок над ней разошелся по шву, открылся жадным бетонным ртом — подрагивающим, ждущим. Прутья арматуры торчали кривыми ржавыми клыками. Провод втягивался в провал, втаскивая акушерку под удар готовых сойтись плит перекрытий.

Руки Натальи вскинулись — и рубанули воздух. Разошлись, разрывая что-то. Смяли невидимую мне цель.

Башня застонала. Из стен посыпались внутрь кирпичи. Пол вздыбился и пошел волнами. Сияющее солнце над Заповедником померкло, и окно в Землю-семнадцать закрыла глухая серая пелена.

В тот же миг я ощутил печаль и нежность, с которой что-то большое, могучее и умирающее смотрит на меня. Так разглядывает свои детские фотографии глубокий старик, в душе которого уже не осталось места сожалениям и горестям. По телу острым разрядом прошло щекочущее покалывание, что-то натянулось — и лопнуло, будто напряженная сверх меры струна.

Моя функция умирала — и разрывала со мной связь.

На несколько тянущихся бесконечностью секунд все мои чувства обострились до предела. Я услышал хруст шейных позвонков Натальи и гудок электрички, отходящей от платформы «Северянин». Увидел, как выступает пот на лбу умирающей акушерки и как блестит оптика телеобъективов, смотрящих на мою башню с Останкинской, стоящей в бесконечно далеком Аркане. Уловил горький запах подгорающей на плите яичницы и вонь несвежего мяса, из которого у метро «Алексеевская» жарили шаурму. Почувствовал соленый вкус крови на своих губам и кислый электрический разряд, пронзающий тело Натальи. Ощутил, как пыльными снежинками падают на волосы хлопья краски с потолка и как упруго толкают Землю сапоги солдат у Вечного огня.

И было что-то еще. Дурманящее, непривычное, не предназначенное обычному человеку. Что-то похожее на воспоминания, но только с другим знаком. Мешанина из красок, звуков, запахов, вкусов, ощущений.

...Скажите, Дмитрий, а как у вас принято... разгребаю руками серую пелену, шарю на ощупь — будто в студне плыву... тяжкая металлическая поступь, звенящие шаги... нестерпимая едкая горечь разъедает губы... груз почти невыносим, его не удержать...

Мир стал нестерпимо ярким и обидно крошечным. А потом сжался в точку — в меня. Тело отяжелело, я пошатнулся.

Трудно снова становиться человеком. Почти так же трудно, как в первый раз. Отрываясь от уюта и безопасности материнской утробы, от невесомого парения в темной теплой влаге — вдыхать первый раз горький воздух неумело расправленными легкими, в полной мере ощущать притяжение Земли — и горько кричать от обиды и удивления.

Все мои силы функционала, все мои заемные умения и способности исчезли.

Башня содрогнулась. Последним рывком электрический шнур втянул Наталью в провал посреди потолка — и бетонные плиты сошлись.

Хрустнуло — отвратительно и влажно.

Дернулись в последний раз ноги в дешевых турецких джинсах, стремительно пропитывающихся темным и красным.

Башня начала рушиться.

И я прыгнул в последнее окно, которое не было затянуто серой мутью междумирья. Не раздумывая, выставив руки вперед, будто в бассейн с вышки. А за моей спиной осыпались кирпичи и рушились плиты, шипела бьющая из труб вода и хрустели ломающиеся доски.

Заснеженная, твердая как камень земля метнулась мне навстречу — и я закрыл глаза.

* * *

Яма была глубиной метра полтора. Сверху припорошена снегом, до самого дна завалена — не обычным городским мусором, а прелыми листьями, жухлой мокрой травой, срезанными ветками. Это что, компостная куча местного дворника? Как я ее не заметил раньше? И каким чудом она так удачно оказалась под окном, в которое я прыгнул?

Чудес не бывает!

Я слегка ушибся, рука была оцарапана об острую ветку, за воротник набился мусор, я был одет в рубашку и летние брюки, к тому же еще и вымок, но я был жив. Жив вопреки всему.

Настя умерла.

А Наталья Иванова, акушер-функционал, — сдохла. Во второй раз у меня все-таки получилось ее убить.

Оскальзываясь в снегу, я выбрался из ямы. Подозрительно на нее оглянулся. И бросился к башне.

Она все так же стояла чуть в стороне от железной дороги, выглядела все той же заброшенной водонапорной башней. Только даты над дверью — «1978» — больше не было. А ведь это год моего рождения... как же я не подумал об этом сразу.

И никаких следов разрушения. Окошко в трех метрах от земли разбито... ну так что — в заброшенных зданиях всегда разбиты окна.

Я дернул ржавую дверь — та со скрипом поддалась. Внутри было темно, только узкий луч света из окна, к которому теперь присоединился свет из дверного проема. Никаких этажей и перекрытий, конечно же. Гулкое высокое пространство, придавленное проржавелым дном цистерны. На полу обломки кирпичей, стекла, бесхозные железки, мусор. Только самый захудалый бомж согласится здесь жить.

Настя лежала у самых дверей.

Я сел рядом, прижался ухом к груди. Пощупал пульс. Чудес не бывает.

Может, будь она функционалом... Если и впрямь после смерти Натальи все, кого она превратила в функционалов, снова стали людьми... Да нет, все равно. Жизнь — это жизнь, смерть — это смерть. Функционал способен поиграть с ней в прятки — если тьма будет особенно густа, а комната просторна. Но если тебя поймала и похлопала по плечу костлявая рука — дороги назад не будет.

— Прости, — сказал я. — Тебе надо было остаться в Нирване. Прости, Настя.

Конечно, она не ответила. И бесполезно утешать себя, что скорее всего бы простила.

Я и сам оказался дураком. Лишь чуть-чуть осторожнее и предусмотрительнее Насти. Я вел себя как... как? Как функционал. Действовал в тех рамках, что мне задали.

Не стоило опрометчиво бросаться из мира в мир. Не надо было гордо отвергать альянсы и самоуверенно кидаться в бой. До тех пор, пока не случилось непоправимого, пока не погибла Настя, пока меня не попытались поставить на колени — была возможность лавировать. Я ею не воспользовался.

Лучше бы на моем месте оказался политик. Уж он-то сумел бы повести долгую игру...

И под конец партии обнаружить, что давным-давно играет в поддавки.

Нет, сокрушаться глупо. Если ты принимаешь правила этой игры — ты уже проиграл. Это как в казино — ставь на цифру или на цвет, на зеро или чет-нечет. Все равно выиграет заведение. Если ты принимаешь правила их игры — ты становишься одним из них. Вот и вся хитрость. Как в старом романе, что я читал в детстве, — выучив секретный язык врага, ты начинаешь мыслить на нем. Мыслить как враг. Как в еще более старой легенде — убив дракона, ты сам становишься драконом. Любой, кому хватило бы хитрости переиграть функционалов с Земли-один, стал бы таким же, как они. Ведь мечтой политика Димы было ровно то же, что делают с нами жители Аркана, — получить испытательную площадку, тренировочный полигон. С самыми благими целями, конечно...

Нет никаких шансов победить, если ты выходишь в бой человеком. И нет никакой нужды в победе, если ты становишься функционалом.

Нужен третий путь — а третьего пути нет.

Я погладил Настю по холодной щеке. Надо вызвать сюда «скорую помощь». Но не сейчас. Вначале придется уйти. Не хочется попадать в милицию теперь, когда я снова обычный человек. Очень, очень долго придется доказывать, что я случайно попал в заброшенное строение и случайно обнаружил там труп девушки. К тому же — девушки, с которой прошлой ночью был близок.

Но мне не хотелось бросать ее так, на битых кирпичах и осколках бутылок. Я носком ботинка расчистил небольшую площадку, осторожно поднял Настю и переложил туда. Вытянул руки вдоль тела.

Правая ладонь у нее была открыта. Левая — сжималась в кулак. Поколебавшись секунду, я разжал пальцы.

Блестящее металлическое колечко. Не золотое или серебряное, конечно. Что-то вроде никелированной стали. Будь я таможенником — мгновенно бы назвал химический состав, стоимость и размер пошлины.

Колечко...

Я поднял его, повертел в руках. Почему-то мне казалось важным понять, откуда оно взялось. Настя стояла у плиты... она собиралась подцепить со сковородки глазунью... Ну да, конечно. Ободок с рукоятки металлической лопатки. Там на всех приборах — вилках, ножах, шумовках — были такие ободки.

Почему он уцелел?

Потому что его сжимала рука мертвой девушки? Человеческая рука, не принадлежащая миру функционалов?

Я примерил кольцо — оно пришлось к безымянному пальцу, словно я покупал его в ювелирном магазине.

Пускай так и будет.

Еще раз посмотрев в мертвое лицо, я встал.

И услышал шаги у двери.

— Кирилл? Что тут случилось? Ну и дела! — Котя стоял в проеме, в недоумении вглядываясь в темное, грязное помещение. — Как после набега махновцев... Ты сражался? На тебя напали из Аркана?

— Как ты здесь оказался? — спросил я. — Вы должны были уехать.

— Сердце подсказало. — Котя развел руками. — Чувствую, неладно дело... Оставил даму в Шереметьево, сам — к тебе...

Тут глаза у него привыкли к темноте, и он замолчал.

— Настя умерла, — сказал я. — Вот так...

— Почему?

— Ее убила Наталья. Акушер-функционал.

— Мне очень жаль, — пробормотал Котя. — Мне действительно очень жаль... Где Наталья?

Я пожал плечами:

— Последний раз, когда я ее видел, от пояса и выше Наталья была толщиной в лист картона. Мне кажется, она уже нигде. Такого даже функционал не выдержит.

— Ты убил ее? — недоверчиво спросил Котя.

— Ну да. Она убила Настю и стала рушить башню. Я сумел уничтожить Наталью. Но башня погибла.

— Теперь ты снова обычный человек. — Это было не вопросом, а констатацией факта.

— Ага.

— Но как ты смог ее уоить?

— Это мой секрет, — загадочно произнес я. — Пойдем отсюда. Насте уже ничем не поможешь.

Мы вышли из башни, я притворил дверь, зачерпнул с земли пригоршню пушистого снега и протер дверную ручку. Отпечатки пальцев оставлять не стоило.

Котя заглянул мне в глаза:

— Кирилл... но как? Она же акушер! Иллан рассказала — акушеры могут уничтожить любого, кого сделали функционалом. Твою башню разрушили, ты стал человеком, а ее убил? Не верю!

Мне было тоскливо. Очень и очень тоскливо. А еще — ужасно холодно в мокрых брюках и рубашке с коротким рукавом на заснеженной зимней улице...

— На ухо скажу, — произнес я, озираясь. Котя послушно повернул голову. Я наклонился к его уху и прошептал: — Дело в том, что у любого функционала есть особые чувствительные клеточки на кончиках ушей. Если дать функционалу по уху, он от расстройства умирает!

Котя фыркнул и выпрямился. Посмотрел мне в глаза:

— Кирилл, не гони...

— Я только одного не знаю, — продолжал я тем же шепотом, ничуть не беспокоясь, услышит меня Котя или нет. — Подействует это на куратора? Или нет? А?

— Не знаю, — сказал Котя и снял очки.

— Будем на тебе проверять? — поинтересовался я.

25

Все-таки Борхес был не прав.

Помимо трех великих сюжетов существует по меньшей мере еще один, заслуживающий того же внимания.

Это предательство друга и измена любимой.

Никогда не началась бы война, не отправились бы за славой (а если честно — за богатствами) веселые греческие царьки, не осаждали бы Трою, не плутал бы по пути домой Одиссей — если бы Елена не укатила с Парисом. Не ринулись бы на поиски острова сокровищ Джим Хопкинс в компании со сквайром Трелони и доктором Ливси, не штурмовали бы форт пираты, не вернулся бы наконец домой злополучный Бен Ганн — если бы Билли Бонс не обманул подельников и не удрал с картой.

Хотя с другой стороны — без измены Елены мы не узнали бы верности Пенелопы.

Любовь и дружба — это то, ради чего приходится терпеть измены и предательство.

И все-таки быть преданным — это всегда тяжело.

Котя вздохнул и опустил глаза. Виновато пожал плечами. Сказал:

— Можешь попробовать... Откуда ты узнал, что я — куратор?

— Наталья сказала.

— Она не могла этого сказать. — Котя покачал головой. — Наталья не знала, что я — куратор. Вообще не подозревала, что я — функционал.

— Да. Она сказала только про куратора. Что он — это ты, я понял сам. Слишком поздно, к сожалению. — Я не выдержал и повысил голос: — Не бывает такого, чтобы в файлах сохранялось упоминание о функционалах! Не бывает! Полицейский, бывший историк, жаловался, что даже сейчас его письма никуда не доходят, что файлы стираются. Если цель в том, чтобы вырвать людей из их жизни, помешать им сделать что-то важное, — никакие данные сохраняться не будут. Никаких следов! Исчезают фотографии, школьные табели, детские рисунки — и вдруг исключение для твоего компьютера? Ха! Не смеши меня, Константин!

Котя покивал. Развел руками:

— Ну вот, так всегда. Хотелось как лучше... Мне и без того было очень неприятно тебя отряжать в функционалы. Да еще посредством этой дуры! Фригидная, злобная неудачница. Я этих, с Аркана, сам не люблю, если тебя это успокоит!

— То есть ты сам — не оттуда?

— Нет, Кирилл! Все не так просто. Неужели ты подумал, что из Аркана засылают десант из акушеров с начальником во главе — и начинают переделывать мир?

— Примерно так я и думал. — У меня уже зуб на зуб не попадал, и Котя это заметил. Вздохнул, расстегнул теплую куртку, протянул мне, оставшись в теплом свитере:

— Оденься!

— Нет, спасибо. — Я покачал головой.

— Да хоть на плечи набрось! Ты же теперь обычный человек, простынешь!

Дальше упираться я не стал — было слишком холодно. Куртка с трудом, но застегнулась.

— Все несколько иначе, — продолжал Котя. — Сила, которая дается функционалу, — она не от него... не только от него самого. Она принадлежит еще и миру, в котором тот живет. К нам не могут прийти из Аркана и начать превращать людей в функционалов. Вначале им надо найти куратора. Того, кто научится всему сам, с их помощью, конечно. И будет... ну, скажем так, контролировать ситуацию в целом. Примет глобальное решение и ответственность за происходящее.

— Так ты наш? — тупо спросил я.

— Наш! Нашее не бывает! — Котя засмеялся.

— Тебе сколько лет?

— Ну... побольше, чем выгляжу. — Котя отмахнулся. — Но я считаю, что молодость — она в душе. Верно?

— Котя. — У меня с трудом находились слова. — Но как? Зачем? Почему ты им позволяешь? За что нас так?

— Как так? — возмутился Котя. — Ты думаешь, у них, придурков, рай земной? Ага! Технологию они притормозили, идиоты... С каждого мира по нитке, себе кафтан решили сшить... У них, к примеру, по всей Африке войны кипят. Почему? Потому что рабства не было, вот ведь как все сложно в мире устроено! Весь континент окружен, пытаются примирить все эти Великие Эфиопии, Солнечные Суданы и Счастливые Зулусии — не выходит ничего! Зато потоки беженцев повсюду. Нельзя учиться на чужих ошибках, Кирилл!

— Но они же учатся!

— Это им так кажется. А я считал и считать буду, что без прогресса науки и техники цивилизация впадает в стагнацию и гибнет. Так что я для нашей с тобой Земли выбрал путь ускоренного научно-технического развития. Да, я выбрал! Мне предлагали и другие варианты.

— Войны, — упрямо сказал я. — У нас тоже повсюду войны. Катастрофы.

— Неизбежное следствие прогресса, — отрезал Котя. — Всегда чем-то придется жертвовать. Или эпидемии целые страны выкашивают, или люди друг друга истребляют. Я сделал выбор за всю Землю, Кирилл. Это так. Но только потому, что достойной альтернативы не было.

Мой гнев прошел. Сдулся, как лопнувший воздушный шарик. Может быть, отчасти причиной было свойственное Коти обаяние. Но отчасти — его уверенные объяснения.

— Не предлагаю верить мне на слово, — устало продолжил Котя. — С арканцами я договорюсь, со мной они спорить не станут. Или, на худой конец, сам проход открою. Я могу!

— И что?

— Съездим туда, — объяснил Котя. — Посмотришь, хорошо ли там живется. И решишь, надо ли искать лучшей судьбы, чем у нашей Земли!

Он шагнул ко мне. Потянул за рукав.

— Отстань? — попросил я.

— Что ты дуешься, Кирилл? Не мог я тебе открыться! У меня тоже есть кое-какие обязательства и принципы. Хочешь — по ушам мне надавай, по чувствительным точкам! Давай, сопротивляться не стану!

— Настю убили.

— Откуда я знал? — воскликнул Котя. — Ну откуда мне это было знать? Я бы сам Наталье за такое голову открутил, не прикончи ты ее! Все ведь шло к тому, что вы пойдете на соглашение. Наталья должна была назначить вам нечто вроде домашнего ареста — и все! Вот знал я, знал, что сексуально неудовлетворенным бабам доверять нельзя! Мне жалко Настю, Кирилл! Но даже я не могу воскрешать мертвых.

— Тебе действительно ее жаль? — спросил я.

— Да. Очень жаль. Я не ангел. Я столько всего повидал — ты бы поседел и ночами от страха кричал. — Его глаза вдруг стали непривычно жесткими. — Но когда гибнет красивая молодая девушка — я всегда очень переживаю.

— Мизантроп ты, Котя, — устало сказал я. — Хоть и куратор.

— Ну да. Проживешь две мировые войны и кучу революций — тоже таким станешь... Пошли, Кирилл! Уже и я замерз! Ну что ты ломаешься, будто восьмиклассница перед гинекологом!

— И пошляк.

— После тысячи подружек ты тоже...

— Я — не ты. Я не функционал больше, мне такие подвиги не светят.

— Брось! — Котя уже тащил меня за собой. — Разберемся. Найдем тебе работу поинтереснее. Как насчет акушера, а? Никакого поводка! Только работать придется в другом мире, это правило такое... Но тебе же Кимгим нравится? А Орысалтын — знаешь какой дивный город? Это у них вместо Москвы... Я там часто бываю.

У меня уже голова кружилась от всего, что случилось за последний час. Хотелось напиться. Или лечь и уснуть. А лучше всего — напиться и уснуть.

Но когда Котя подвел меня к скромно стоящему на улице «ниссану», я все-таки удивился. Машина не слишком роскошная, но я был уверен, что Котя не умеет водить... с его-то близорукостью.

— Зачем ты очки носишь? — спросил я, садясь на переднее сиденье.

Котя завел мотор, включил отопление. Потер руки, подышал на них — и впрямь замерз. Насмешливо посмотрел на меня:

— Очки? Я в них бабам больше нравлюсь. Очки мне придают наивный и невинный вид.

Я смолчал.

Мотор прогрелся, Котя вырулил с обочины на дорогу. Водил он виртуозно, это я сразу понял. Наверное, он все делает виртуозно. Как-никак — куратор...

— Знаешь, так даже к лучшему, — задумчиво сказал он. — Конечно, жалко Настю... Но зато притворяться мне больше не нужно. Да и ты с поводка соскочил. Так что, будешь акушером? Очень интересно, поверь! К тому же на такой функции должен быть человек с душой, с живым сочувствием... а не как эта Иванова... Кирилл, я умру от любопытства! Как ты все-таки ее прихлопнул?

— Не совсем я. Башня. — Я вздохнул, вспоминая то странное ощущение, с которым рвалась моя невидимая связь с функцией. — Сцена была словно в фильме «ужасов». Потолок разошелся, Наталью за шею обвил оголенный провод — и утащил туда. А потом плиты сошлись. Как челюсти.

— Не врешь? — спросил Котя.

— Нет. Так все и было.

Котя резко повернул руль. Мы как раз выезжали из туннеля к рижскому мосту, но он свернул не на проспект, а на глухую в ранний час улицу, уходящую к Останкино. Съехал на обочину, к каким-то гаражам и ангарам. Посмотрел на меня с нескрываемой грустью:

— Это плохо, Кирилл. Ты даже не представляешь, как это плохо.

— Почему? Она жива?

Котя покачал головой:

— Знаешь анекдот про мальчика и Деда Мороза?

— Какой?

— Ну, где мальчик увидел Деда Мороза и кричит: «Ты живой! Ты существуешь!» А Дед Мороз со вздохом отвечает: «Да, я действительно существую. И теперь мне придется тебя убить».

Урчал мотор, из кондиционера нас обдувало теплым воздухом. Где-то вдалеке простучали колеса электрички. Ехали уже сплошным потоком машины по мосту — город проснулся, город начинал новый день.

Котя строго и огорченно смотрел на меня.

— Почему, Котя? — спросил я.

— Для тебя это уже не важно, — горько сказал он.

И выбросил руку, сжимая ее на моем горле. Одну лишь правую руку — вот только хватка была словно меня кузнечными клещами схватили. В глазах потемнело, и мир закружился в прощальном вальсе.

— Как мне жаль... — донесся из ватной пустоты голос Коти.

Последним усилием, в котором не было ничего от разума, слепо и беспомощно я ударил его правой рукой, целясь не то в голову, не то в шею. Котя сделал небрежный жест, будто отмахиваясь от мухи, — и я понял, что это легкое движение должно сломать мне все кости в руке...

Не сломало.

Это был тяжелый, мощный блок, но я его пробил. И мой неловко сжатый кулак угодил Коте в подбородок.

Выглядело все так, словно по машине пролетела чугунная баба, которой вместо стены идущего под снос здания засадили Константину Чагину по морде. Его руку с моей шеи просто сдуло. В веере кровавых брызг Котя вылетел из машины вместе с дверцей. Стекло разлетелось, и смятая дверца жестяным жабо окутало его шею. В полете он зацепил ногой руль и выдрал его вместе с колонкой. Руль отлетел метров на десять, в полете сработала подушка безопасности, и на снег ни в чем не повинная деталь приземлилась на надувном мешке, будто межпланетный зонд.

Костя лежал и мотал головой. Из дверцы разлетались осколки стекла. Очень похоже отряхивается от воды белый медведь.

Ничего не понимая, я выбрался из машины. Где-то в железных потрохах искореженного «ниссана» пискнула сигнализация — и затихла, будто пришла к правильному выводу о своем полном бессилии изменить ситуацию.

— Ты соврал! — закричал Котя. Голос его был хриплым до неузнаваемости, похоже, горло пострадало, когда голова увлекла за собой все тело. Впрочем, обычному человеку голову бы оторвало начисто.

— А ты на меня за это обидься, — сказал я.

— Как ты... почему... — Котя встал, пошатываясь. С испугом выставил вперед руку: — Стой! Поговорим!

Я шел к нему. Я еще не понял, почему у меня получился такой достойный полицейского функционала удар. И уж тем более не знал, получится ли повторить фокус.

Но останавливаться сейчас было нельзя. Никак нельзя показать, что у тебя на руках был один-единственный козырный туз, а все остальное — ничего не стоящие карты.

— Мы же были друзьями... — начал Котя и тут же замолчал. Понял, что разговор у нас сейчас не получится.

И тогда он плавным жестом, будто дирижируя невидимым оркестром, начертил в воздухе волнистую линию. Именно начертил — воздух вспыхивал за его пальцами, складываясь в диковинные письмена.

Котя, как был с дверцей от машины на шее, шагнул вперед, в пылающую надпись — и бесследно пропал.

Огонь помутнел и разошелся в воздухе белым, сернисто пахнущим дымом.

Я сел на корточки, привалился к грязному колесу. Потер шею. Как я устал...

Никелированное колечко поблескивало на пальце.

— Спасибо, Настя, — сказал я зачем-то. Это было патетично и ненужно, но мне требовалось это сказать.

Захотелось курить. Мои сигареты сгинули где-то в башне. Пришлось встать, порыться в «бардачке» «ниссана». Сигареты действительно нашлись — простецкий «LM», который всегда курил Котя, и неизвестные мне «Treasure» в красивой квадратной пачке серебристого цвета. Дорогие, наверное. Я не стал скромничать, открыл и закурил.

Ничего так сигареты... Если не дороже полтинника стоят, буду иногда брать...

И тут в моем кармане зазвенел мобильник.

Несколько звонков я пропустил, затягиваясь ароматным дымом. Потом достал трубку и, не глядя на дисплей, сказал:

— Алло...

— Кирилл, ты где пропадаешь?

У меня в груди что-то ёкнуло.

— Папа? — не веря своим ушам, сказал я.

— Да уж не мама! Мать обижается, что не звонишь. И цветы, бедные, все поникли. Ты когда их последний раз поливал?

— А?

— Когда последний раз поливал цветы?

— Дней... пять?

— Кирилл, ты там куришь? — подозрительно спросил отец.

— Да.

— Никогда не думал, что скажу такое, но — очень надеюсь, что табак! — отчеканил отец. — Где ты мотаешься?

— Ну... то здесь, то там... Последнее время на «Алексеевской» все больше. В Кимгиме, в Заповеднике... в Аркан заглядывал разок.

— Мне казалось, что ты уже перерос ночные клубы, — вздохнул отец. — Ну так что? Мать готовит вкусности, я турецкую ракию в холодильник поставил. Приедешь — рюмку налью.

— Приеду, — сказал я. — Прямо сейчас приеду. Я вас очень ждал. Я вас очень люблю. Только по пути на Рижский заскочу. Как ты думаешь, можно на Рижском вокзале взять билеты в Харьков?

— Можно, — растерявшись от моей нежданной сентиментальности, сказал папа. — А что тебе делать в Харькове?

— Ну... дела... — туманно сказал я, посмотрел на ноги в раскисших тонких ботинках. — Хотя... ладно, потом заскочу. А у вас ключ от моей квартиры сохранился?

— Что с ним сделается, в труху, что ли, рассыплется?

— И впрямь, — согласился я. В трубке предупреждающе пикнуло, и я затушил сигарету в снегу. — Папа, телефон садится. Я еду.

Поймать машину оказалось непросто. Никто не хотел останавливаться перед мостом да еще ради грязного молодого парня в летней одежде и куртке с чужого плеча. Наконец притормозила раздолбанная «шестерка», типичное московское «шахид-такси».

— Мне в Перово... — открывая дверь, сказал я.

— А! Садись, дорогой! — Водитель вдруг заулыбался мне. И я вспомнил, что именно с ним меньше недели назад мотался по городу, пытаясь найти хоть какие-то свидетельства своего существования.

— Спасибо. — Я сел. И крепко задумался. Мои подъемные тоже остались не в этом мире. — Слушай... такие дела...

— Денег нет?

— Угу, — пробормотал я. — Нет, как доедем, я у родителей возьму...

— Не надо у родителей, нехорошо это — взрослому человеку у родителей деньги просить, — ответил кавказец. — Когда будут — отдашь.

— Как отдам?

— Два раза вместе ехали, поедешь и в третий.

Я откинулся на продавленное сиденье и тупо, безучастно смотрел, как водитель, нахально перестраиваясь из крайнего ряда, заворачивает на третье кольцо. Потом спрятал руки в карманы Котиной куртки.

В левом нашелся бумажник, который я беззастенчиво открыл, после чего сказал водителю:

— Тревога была ложная. Деньги есть.

Если он что-то и заподозрил, то озвучивать свои мысли не стал.

А в другом кармане я нашел Котин мобильник.

С любопытством пролистал адресную книгу — некоторые имена были мне знакомы, другие — нет. На фамилии Мельников я остановился. Поразмыслил — и набрал номер.

— Слушаю, — вежливым, но нетерпеливым голосом серьезного, занятого человека отозвался писатель-фантаст.

— Здравствуйте, Дмитрий Сергеевич, — сказал я. — Это вам звонит Кирилл Максимов, приятель Кот... Константина Чагина. Помните, мы заходили к вам неделю назад? Я с его телефона звоню.

— Э... да, да, помню. — Голос писателя чуть утратил официозность. — Вы тот молодой человек, что рассказал историю... хм... И как сейчас ваши дела? Вас узнают?

— Вы правильно поняли, это сюжет фантастического романа, который я хочу написать, — быстро сказал я. — Извините, что я это так представил, как реальную историю. Мне сразу стало ясно, что вы меня раскусили.

— Ну, молодой человек, если бы вы с мое посочиняли историй... — довольно рассмеялся писатель. — Что ж, пишите! Мне любопытно, как вы выкрутитесь. А скажите, вот с паспортом...

— Химикалии, — сказал я. — Я химией в школе увлекался.

— Ага, — с глубочайшим удовлетворением произнес Мельников. — И это я понял правильно. Вам урок! Не считайте писателей-фантастов склонными к мистике!

— Если можно, то секундный вопрос! — попросил я. — Только один. Скажите, как обычно в фантастике называют мир, параллельный Земле?

— Что вы имеете в виду? — не понял писатель.

— Ну, вот нашли планету — почти как Земля. Как ее назовут? Земля-два?

— Очень вероятно, — согласился Мельников. — К примеру, у замечательного писателя, классика американской...

— А вот если находят сразу десяток похожих на Землю планет?

Мельников замолчал. Подозрительно спросил:

— Ну... нашли? И что?

— Их тоже назовут Земля-два, Земля-три и так далее?

— Я полагаю, что в таком случае нумерация пойдет с единицы, — ответил Мельников не колеблясь. — Название «Земля-два» подчеркивает уникальность нашей планеты. Если же численный ряд длинный, то уникальность

«оригинальной Земли» лучше подчеркивается отсутствием всяческого номера.

— Спасибо большое, — сказал я с чувством. — Вот у
меня тоже такая мысль возникла. Спасибо!

Я прервал связь. Посмотрел на водителя.

— Что-то не так, да? — спросил он.

— Всегда что-то не так.

— Верно. У меня вот резина совсем лысая. А дорога —
стекло! Что мэр думает? Такой большой город, столица...
машин много, денег много...

Я сидел, прикрыв глаза, и слушал его неторопливую
жалобу.

— Все на свете люди придумали, а какой с того толк?
Где воюют, где ссорятся. Мир один, а поделить не можем. Счастья как не было, так и нет...

— Ничего, — ответил я. — Вы мне поверьте. Все еще
будет.

Машину потряхивало на разбитой трассе и временами вело из стороны в сторону. Надо заехать к родителям.
Купить билеты. Разыскать Кешью. Если настало время
злых чудес — надо найти в себе мужество остаться добрым. Я погладил большим пальцем холодное металлическое кольцо и повторил:

— Все еще будет.

2004—2005 гг.

ИЗДАТЕЛЬСКАЯ ГРУППА АСТ
КАЖДАЯ **ПЯТАЯ** КНИГА РОССИИ

Литературно-художественное издание

Лукьяненко Сергей Васильевич
Черновик

Художественный редактор О.Н. Адаскина
Технический редактор О.В. Панкрашина
Младший редактор Е.В. Демидова

Общероссийский классификатор продукции
ОК-005-93, том 2; 953000 — книги, брошюры

Санитарно-эпидемиологическое заключение
№ 77.99.02.953.Д.001056.03.05 от 10.03.05 г.

ООО «Издательство АСТ»
170000, Россия, г. Тверь, пр. Чайковского, д. 19А, оф. 214
Наши электронные адреса:
WWW.AST.RU E-mail: astpub@aha.ru

ООО Издательство «АСТ МОСКВА»
129085, г. Москва, Звездный б-р, д. 21, стр. 1

ООО «Транзиткнига»
143900, Московская область,
г. Балашиха, шоссе Энтузиастов, д. 7/1

Отпечатано с готовых диапозитивов
в ОАО «Книжная фабрика № 1»,
144003, г. Электросталь, Московская область, ул. Тевосяна, д. 25